Het aandenken

Amy Gutman

Het aandenken

2003 – De Boekerij – Amsterdam

Oorspronkelijke titel: The Anniversary (Little, Brown and Company)
Vertaling: Els Franci-Ekeler
Omslagontwerp: Studio Eric Wondergem BNO
Omslagfoto's: Arsis; Tony Stone

ISBN 90-225-3552-5

Voor mijn familie, wederom

Proloog

Nashville, Tennessee

Elf jaar geleden

ZODRA DE JURY TERUGKWAM, WIST ZE HET.

Met ernstige gezichten, hun ogen op de vloer gericht, keerden ze terug naar hun plaatsen, de twaalf mannen en vrouwen die over zijn leven zouden beslissen. Geen van hen keek naar het publiek. Geen van hen durfde hem aan te kijken. Op de derde rij van de publieke tribune leunde Laura Seton iets naar voren. Ze legde haar hand tegen haar keel en voelde haar hartslag, als een zacht gefladder. Terwijl ze haar vingers over de tere botten van haar hals haalde, dacht ze eraan hoe eenvoudig het was die te breken.

Rechter Gwen Kirkpatrick keek op de zaal neer vanaf haar hoge rechterstoel. Ze had dik, donker haar, doorweven met grijs, en haar mond was een brede, rode streep. Achter haar hing een bronzen schild aan de muur, het wapen van de staat Tennessee. Het hing er als een halo, alsof er een hoger goed mee werd aangeroepen. Niet dat Laura daarin geloofde. Ze geloofde tegenwoordig bijna nergens meer in.

'Ik laat hierbij optekenen dat de jury na beraadslaging is teruggekeerd naar de rechtszaal.' Rechter Kirkpatrick nam een slokje water en keek naar de jurybank. 'Meneer Archer, bent u nog steeds de voorzitter van deze jury?'

'Ja, edelachtbare.' Archer was een gedrongen man met blauwe bretels en een witte snor. Na dertig jaar in het verzekeringswezen was hij onlangs met pensioen gegaan.

'Ik begrijp dat u tot een uitspraak bent gekomen.'

'Ja, edelachtbare.'

Laura keek op haar horloge: het was vijf voor elf.

Voor het eerst sinds ze hier zat, stond ze zichzelf toe naar hem te kijken.

Een man met donker haar in een donkerblauw pak, die naast zijn advocaat zat. Hij had een prachtig profiel. Een hoog, wat rond voorhoofd, een rechte neus, een stevige kin. Hij maakte de indruk zowel gevoelig als sterk te zijn. Hoewel ze de uitdrukking op zijn gezicht niet goed kon zien, kon ze zich die makkelijk voorstellen. De ietwat ironische glimlach. De licht opgetrokken wenkbrauwen. Alsof hij zich een beetje zat te vervelen, maar zijn best deed beleefd te blijven. Zijn donkerbruine ogen zouden wel glanzen, als stenen in een rivierbedding.

Hij leunde naar zijn advocaat om iets te zeggen. Ze hoopte vurig dat hij zich zou omdraaien.

Steven, kijk toch naar me. Er is iets wat je moet weten.

Ze zag hem bijna onmerkbaar verstijven, alsof hij haar gedachten had opgevangen. Een ogenblik later ontspande hij zich weer.

Ze was niet van plan geweest vandaag hierheen te komen. Ze had erdoorheen willen slapen. Ze was gisteravond zo dronken geworden dat ze op de vloer buiten westen was geraakt. Maar om vier uur was ze wakker geschrokken en naar de badkamer gestrompeld. In het felle licht van de tl-buis had ze eruitgezien alsof ze op sterven lag. Een hologig gezicht, een bleke huid, grote, brandende ogen. 'Ik ben pas vierentwintig,' had ze gefluisterd. 'Ik ben pas vierentwintig.' Dat had belangrijk geleken, al was haar nu niet meer duidelijk waarom.

Voor in de zaal werden dingen gezegd, maar Laura luisterde niet echt. Ze haalde bewust adem. Ze merkte dat haar rok te strak zat. De afgelopen paar maanden was ze zeker vijf kilo aangekomen, maar dat had vreemd genoeg een troostend effect op haar. Weggestopt onder lagen vlees voelde ze zich veiliger. Alsof ze onzichtbaar was.

Herinneringen flitsten door haar hoofd, als een videofilm die snel werd doorgedraaid. Kreeft eten in Jimmy's Harborside. Kamperen in de Smokey Mountains. Dansen in "12th & Porter" op meeslepende countryrock. '*I'm in the mood, I'm in the mood, I'm in the…*'

En toen zag ze de andere dingen. De dingen die ze zich niet wilde herinneren.

Een met bloed doordrenkt overhemd achter het bed.

Botfragmenten in de open haard.

Messen. Een masker. Rubberhandschoenen.

Maar altijd een verklaring.

Altijd een verklaring. Tot er opeens geen verklaring meer mogelijk was.

'Meneer Gage, ik verzoek u te gaan staan, met uw gezicht naar de jury,' zei de rechter.

Steven Gage kwam overeind. Hij maakte een kalme en ietwat verstrooide indruk. Hij voldeed aan het verzoek alsof hij de aanwezigen een plezier deed.

'Meneer Archer, mag ik de uitspraak van de jury inzake Punt 1 van de tenlastelegging?'

Archer haalde zijn hand langs zijn mond en zei toen, zonder op te kijken: 'Wij, de jury, zijn unaniem van mening dat de Staat wettig en overtuigend heeft bewezen dat de navolgende strafbare omstandigheid of omstandigheden...'

De woorden kabbelden voort, eindeloos en betekenisloos. Een muur van keurige officiële zinnen om te verbergen wat er was gebeurd.

Steven. Kijk naar me. Kijk!

Maar hij hield zijn ogen gericht op de jury. Hij draaide zich niet om.

Het déjà-vu-gevoel werd steeds sterker. Laura had de indruk dat ze dit alles tien dagen geleden al had meegemaakt. Maar nadat de beklaagde schuldig was bevonden, was er een heel nieuwe ronde van procedures begonnen. Dat noemden ze de straffase. Verzachtende factoren. Bezwarende factoren. Alles was aan het licht gebracht. Het horen van de getuigen had meer dan twee dagen in beslag genomen, maar de jury was binnen een uur tot een besluit gekomen.

Laura keek om zich heen naar de zee van mensen op de volgepakte banken. De bejaarde man die naast haar zat, rook naar wintergroen. Zoals gedurende de hele rechtszaak zaten de familieleden ook nu op de voorste rijen. Die van Dahlia rechts van het middenpad, die van Steven links. Dahlia's ouders zaten stram rechtop, hun tienerzoon tussen hen in. De nors kijkende jongen hing onderuitgezakt op de bank en leek bijzonder slecht op zijn gemak. Aan de andere kant van het middenpad werd Stevens moeder geflankeerd door haar twee volwassen zonen. Het was een kleine, mollige vrouw met blauw haar die ineengedoken op haar plaats zat. Laura had de indruk dat ze van de bank af zou zijn gegleden als haar zonen niet naast haar hadden gezeten.

Een felle pijnscheut trok door Laura's hoofd. Haar mond

was droog als zand. Ze ademde warme gerecyclede lucht in, die door de roosters in de muren naar binnen werd geblazen. De modderkleurige gordijnen waren dichtgetrokken om de zon te weren. De wereld was geslonken tot deze zaal. Erbuiten was niets.

Laura voelde de woorden voordat haar oren ze hoorden, en haar hart werd in haar borst uiteengereten.

'Wij, de jury, zijn unaniem van mening dat de beklaagde, Steven Lee Gage, de doodstraf moet krijgen.'

Een ogenblik bleef het volkomen stil, toen begon het gefluister.

Laura voelde haar maag omdraaien en kneep haar handen ineen. Het was gebeurd, het was echt gebeurd, maar ze kon het nauwelijks bevatten. Ze had geprobeerd zich in te beelden hoe het zou zijn, maar ze had nooit gedacht dat het zo zou aanvoelen. Dit volkomen ontbreken van iedere emotie, een leegte die te vergelijken was met slaap. De doodstraf. *De doodstraf.* Ze probeerde te bevatten wat dat betekende. Maar voordat de woorden goed en wel waren bezonken, gebeurde er iets. Een commotie vóór in de zaal. Steven liep op de rechter af.

'Ik accepteer dit vonnis niet. Ik accepteer het niet, is dat duidelijk?' Hij stond er iets ineengedoken bij en trilde over zijn hele lichaam terwijl hij opkeek naar Kirkpatrick. 'Ik ben onschuldig. *Jullie* zijn de schuldigen, iedereen die hier vandaag aanwezig is. En degenen die hiervoor verantwoordelijk zijn, zullen ervoor boeten. Horen jullie dat? Jullie zullen er allemaal voor boeten.'

Het gedempte gemompel onder het publiek terwijl rechter Kirkpatrick haar hamer een aantal malen liet neerkomen. 'Meneer Phillips, houd uw cliënt in bedwang!'

'Steven. Beheers je alsjeblieft.' George Phillips hief een slanke hand op, maar zijn cliënt reageerde niet. In plaats daarvan deed hij nog een stap naar voren en boorde zijn blik zich in de ogen van de rechter.

Twee agenten snelden op Gage af. De ene, een grote man van zeker twee meter lang, greep Gage van achteren vast. Aanvankelijk leek het erop dat hij hem in bedwang kon houden, maar toen beet Gage hem in zijn hand. De gewonde man slaakte een rauwe kreet en deinsde achteruit, terwijl zijn collega zich op Gage stortte en hem tegen de grond wist te krijgen. 'Nee! Steven. Nee! O god!' Stevens moeder klemde haar handen om de armen van een van haar andere zonen. Haar kreten gingen over in snikken.

Op de grond vocht Gage fel terug, spugend, kronkelend en schoppend. Het publiek sprong overeind om te kunnen zien wat er gebeurde. Laura merkte tot haar verbazing dat ook zij overeind was gekomen en haar hals rekte om alles beter te kunnen zien. Gages gezicht was rood aangelopen. De aderen in zijn nek waren gezwollen. Laura wílde niet kijken, maar moest wel.

Dit is wat ze hebben gezien, dacht ze, *dit is wat ze hebben gezien.*

Hij slaagde er nogmaals in overeind te komen, maar nu greep een van de parketwachters hem vast, zette een knie in zijn rug en drukte hem tegen een tafel.

'Sla hem verrot! Sla hem op z'n harses!' riep Tucker Schuyler, Dahlia's jongere broer. Hij sloeg met zijn vuist in de palm van zijn andere hand, zijn gezicht net zo rood als zijn haar.

Gage vocht nog steeds fel terug en wist zich weer los te rukken. Nu vloog hij op het publiek af; zijn ogen puilden uit hun kassen. De toeschouwers haastten zich als één man naar de deur. De juryleden, die allemaal overeind waren gekomen, bekeken het tafereel verbijsterd en ongelovig. Jurylid nummer vier, het mooie blonde vrouwtje, had een angstige uitdrukking op haar gezicht, en hield met wijdopen ogen haar hand tegen haar mond gedrukt. Juryleden zes en zeven schuifelden naar de achteruitgang. Er was hun verteld dat het rechtssysteem *werkte*. Dit hadden ze niet verwacht.

'Smerige fascisten!' bulderde Gage. 'Jullie snappen er geen zak van. Blijf met jullie vuile poten van me af!'

Hij vloekte en schopte nog steeds toen iemand handboeien om zijn polsen klikte. Daarna spartelde hij nog heel even tegen, maar toen joeg er een siddering door hem heen en verslapte zijn houding. Zijn mond zakte open en hij staarde uitgeput de zaal in. Heel even was alles stil en bewoog ook Steven Gage zich niet. Toen, zonder enige waarschuwing, schokte zijn hele lichaam en sperde hij zijn ogen wijdopen. Hij gooide zijn hoofd in zijn nek en begon gekweld te loeien.

Het geloei hield lange tijd aan, een indringende jammerkreet. Het geluid van een dier dat in de val zit. De huid van Laura's nek prikte en in haar hart voelde ze een groeiende kilte. Dit was pure opgekropte razernij, zoals ze die nog nooit had gehoord.

Even plotseling als het begonnen was, hield het op.

Gage was weer stil. Zijn blik dwaalde door de zaal. Hij keek naar hen. Naar haar.

Een ogenblik hechtten hun ogen zich aan elkaar. Laura kon amper ademhalen. Het was alsof een gordijn was weggerukt en ze eindelijk de waarheid zag. De waarheid die ze zo lang had verdrongen, omdat ze haar niet had kunnen verdragen.

Wat ze zag, was een leegte die niet met woorden kon worden beschreven, een kilte waarin zelfs voor wanhoop geen plaats was. In hem zat iets zo kwaadaardigs dat er geen redden aan was. Toen zijn ogen zich in de hare boorden, speelde er een glimlach rond zijn lippen en in een verschrikkelijk moment van helder inzicht wist ze wat hij dacht. Hij was niet hier, maar zat in zijn fantasiewereld. En daar beeldde hij zich in hoe hij haar zou doden, als hij er ooit de kans toe zou krijgen.

Woensdag 5 april

ZE HAD HET BIJNA NIET IN DE GATEN.

Terwijl ze met moeite de pizzadoos boven op een stapel boeken in evenwicht hield, trok ze de hordeur open, met haar gedachten mijlenver. De geur van peperoni. De frisse lentebries. De tentamens volgende week in Abnormale Psychologie. Later zouden deze gedachten een soort overwinning lijken. Een teken dat ze er na meer dan tien jaar eindelijk in was geslaagd weer de baas te worden over haar leven. Maar het zou dagen, of misschien weken, duren voordat ze dat besefte, en toen was het al te laat. Toen kon ze alleen nog hulpeloos terugblikken op de wereld die ze had achtergelaten.

Als door een trucje van de zwaartekracht bleef de envelop aan de deur hangen, alsof hij ertegenaan was geniet. Later zou ze proberen dit ogenblik te reconstrueren en zou ze zich die eerste indruk herinneren. Een doodgewone envelop. Wit. Haar naam – *mevrouw Callie Thayer* – in duidelijke zwarte letters erop. Later zou ook dát haar vreemd voorkomen, maar op het moment zelf lette ze er amper op. Ze zag de envelop, griste hem van de grond en stopte hem in haar leren tas.

Gedurende de drie uur die daarop volgden, vergat ze het bestaan ervan, een tijdbom in haar tas.

❧

'Hallo! Is er iemand thuis?'

Natuurlijk waren ze thuis.

Het was woensdagmiddag, even na vijven. Anna was al thuis uit school. Rick, die 's ochtends dienst had gehad, zou al bezig zijn met de voorbereidingen voor het eten.

Callie legde haar boeken neer en wierp een blik in de spiegel aan het eind van de gang. Een bleek, hartvormig gezicht. Dik kastanjebruin haar. Een weerbarstige krul was losgeraakt uit de haarclip waarmee ze het uit haar gezicht hield. Bijna onbewust knipte ze de clip open en duwde ze de lok op z'n plek. Vorige maand was ze vijfendertig geworden en vandaag was dat haar aan te zien. Beginnende rimpeltjes rond haar grote, donkere ogen. Twee diepere rimpels in haar voorhoofd. Niet dat het haar iets uitmaakte. Integendeel. Ze bekeek het veranderende landschap van haar gezicht met hongerige belangstelling, een concreet bewijs dat ze niet meer degene was die ze tien jaar geleden was geweest.

'Hallo schat! Ik ben hier.'

Ze volgde Ricks stem naar de keuken. Hij stond bij de gootsteen groenten te wassen, een nummer van de Dixie Chicks op de achtergrond. Hij droogde zijn handen en kwam naar haar toe voor een kus. Hij was een lange, wat slungelachtige man, die een jongensachtige indruk maakte in zijn verschoten spijkerbroek, bergschoenen en witte T-shirt. Hij had donkerbruin haar en een lome glimlach. Groene ogen met vlekjes goud. Hij zag eruit als een timmerman of een artiest, iemand die met zijn handen werkte. Ze kon nog steeds amper geloven dat ze een relatie had met een politieman.

Ricks lippen streelden de hare. Callie legde haar hand op zijn schouder. Hij rook naar oregano en munt, een heerlijk landelijke geur. Ze hadden acht maanden verkering, sliepen vier maanden met elkaar en ze werd nog steeds overdonderd door de sterkte van de aantrekkingskracht. Maar toen Ricks lippen naar haar hals gleden, maakte ze zich van hem los. Anna was boven. Bovendien gingen ze zo dadelijk aan tafel.

'Alsjeblieft.' Callie stak hem de pizzadoos toe, met zijn inhoud van te veel vet en vlees. Hij zette de doos op het aanrecht en draaide zich weer naar haar toe. In zijn ogen stond niets te lezen, maar ze wist wat hij dacht.

'Heb je niets te doen?' vroeg ze zogenaamd streng.

'Jawel. Dit.'

Toen zijn hand over haar rug naar beneden gleed, vonkte er iets in haar binnenste. Ze liet haar ogen dichtzakken en legde haar hoofd op zijn schouder. Hij wreef ritmisch tegen haar aan, eenmaal, tweemaal, hij bleef doorgaan.

'Niet nu,' fluisterde ze tegen zijn borst. 'Vooruit, Rick. Hou op.'

14

Toch was ze bijna teleurgesteld toen hij zijn armen liet zakken en een stap achteruit deed. Nog een kuis zoentje op haar wang en toen liep hij weer naar de gootsteen. Een ogenblik bleef Callie staan waar ze stond, met een blos op haar wangen en een verlaten gevoel in haar borst. Toen deed ze de koelkast open en pakte ze een San Pellegrino. Ze nam een glas uit een van de kastjes en ging aan de tafel zitten.

'Zware dag gehad?' Rick stond met zijn rug naar haar toe waardoor ze zijn gezicht niet kon zien.

'Valt wel mee.' Callie nam een slok van het bruisende water. De belletjes prikkelden in haar mond.

Roseanne Cash zong nu op de achtergrond, een nummer over het rad dat blijft draaien. Buiten was de hemel vlekkerig grijs, doorsneden met rood en goud. Callie keek naar Rick die op zijn gemak rondscharrelde in haar gezellige, lichte keuken. Hij pakte drie borden uit de kast, proefde de dressing. De seksuele opwinding van daarnet was verdwenen en had plaatsgemaakt voor een gevoel van tevredenheid. Een heerlijk besef dat op dit moment alles was zoals ze het graag hebben wilde.

'Hulp nodig?' vroeg ze.

'Nee hoor, alles is zo'n beetje klaar.' Weer liet ze haar blik door de ordelijke, gerieflijke keuken gaan. Vurenhouten vloer, granieten aanrecht en werkbladen, bloempotten aan de muren. Kruidenplantjes groeiden in potten op de vensterbank: dragon, basilicum, tijm. Dit was het leven dat ze graag voor zichzelf had gewild, maar bovenal voor Anna. Zoals vaak bedacht ze dat ze toch maar hadden geboft dat ze hier konden wonen, in zo'n lief huisje in zo'n voorbeeldig stadje.

Merritt, Massachusetts. Aantal inwoners: 30.000.

Kerken met witte torens.

Winkelpuien van rode baksteen.

Adembenemende kleuren in de herfst.

Een stad waar de kinderen nog gewoon met hun vriendjes op straat konden spelen zonder dat het eerst afgesproken moest worden.

Iets meer dan zes jaar geleden was ze hierheen gekomen, een ongeruste moeder en studente. Ze had aan het Windham College kunnen studeren dankzij haar Abbott Scholarship, een speciale beurs voor oudere, 'niet-traditionele' studenten die hun BA wilden halen. Ze had Engels als hoofdvak gekozen en was drie jaar later cum laude afgestudeerd. Tegen die tijd had ze het huis gekocht en was ze verliefd geworden op het stadje.

Ze woonden nu ruim zeven jaar in dit huis en achteraf was gebleken dat ze het precies op tijd had gekocht. Vorig jaar had ze haar oren niet kunnen geloven toen ze had gehoord dat een huis aan de overkant voor meer dan zeshonderdduizend dollar was gekocht door een rijk gezin uit Boston. Bernie Creighton had zijn baan in de stad gehouden en was nu dagelijks zowel heen als terug twee uur aan reistijd kwijt, maar dat was het leven hier dubbel en dwars waard, zeiden hij en zijn vrouw. Callie vond het een beetje overdreven – Boston had toch goede buitenwijken? – maar hun jongste kind, Henry, was Anna's beste vriend, dus waarom zou ze er iets van zeggen?

Ze had er zelf juist ooit aan gedacht naar Boston te verhuizen, omdat daar meer werkgelegenheid was, maar na een reeks sollicitaties waar ze alleen maar stress van had gekregen, had ze besloten hier te blijven. Het huis had ze al. En ook al verdiende ze in Merritt minder, het leven was er ook minder duur. Nadat ze was afgestudeerd, had ze een baan gekregen op het alumnikantoor van Windham, waar de flexibele werktijden haar voldoende tijd gaven om voor Anna te zorgen. Nu Anna wat groter was, was ze weer parttime gaan studeren. Ze had ditmaal voor psychologie gekozen en hoopte daarin haar doctoraal te kunnen halen.

Rick was bezig wortels te snijden en hield daarbij zijn ogen voortdurend op het mes gericht. Het staal maakte zachte tikgeluidjes op de houten snijplank. Koken deed hij met dezelfde toewijding als de liefde bedrijven. Callie had hem er een keer mee geplaagd, met die concentratie. 'De keuken,' had hij toen ernstig geantwoord, 'is het gevaarlijkste vertrek van het huis.' Ze had het een nogal eigenaardige opmerking gevonden, hoewel hij waarschijnlijk wel gelijk had.

'Hoe is het ermee?' vroeg Callie. 'Heb je vandaag met je vader gesproken?'

'Ik ga dit weekend weer naar hem toe,' zei Rick. 'Ik heb een goedkope vlucht kunnen krijgen op zaterdag.'

Callie keek met een bezorgd gezicht op. 'Maar ik dacht dat de uitslagen van de onderzoeken, van het elektrocardiogram, goed waren.'

Rick legde het mes neer, tilde de snijplank op en liet de schijfjes wortel in de salade glijden. 'De uitslag van het ECG was niet doorslaggevend. Nu willen ze een zogenaamde thallium-stresstest doen. Om uit te zoeken hoeveel bloed er naar de afzonderlijke delen van het hart vloeit. Van wat die test zal uitwijzen, hangt af...'

Achter haar begon de telefoon te rinkelen. Een schril, blatend geluid.

'Neem maar even op,' zei Rick met een knikje naar het toestel.

Callie draaide zich om op haar stoel en pakte de hoorn van de haak.

'Hallo?' Ze herkende de zachte, aarzelende stem meteen. 'Nathan, het spijt me erg, maar we gaan net aan tafel.'

'O, sorry.'

Callie wist dat hij nu aan de andere kant van de lijn vuurrood werd. Ze had nog nooit een man of jongen gekend die zo snel bloosde.

Ze had Nathan Lacoste afgelopen herfst leren kennen bij Inleidende Psychologie. Hij was een tweedejaars op Windham, twintig jaar oud, en had zich zo'n beetje aan haar gehecht. Een intelligente jongen, had ze gemerkt, en ook best wel knap om te zien, maar verschrikkelijk verlegen. Ze had begrepen dat hij niet snel vrienden maakte en had haar best gedaan aardig tegen hem te zijn, want ze kon zich het verloren, eenzame gevoel van het begin van haar eigen studietijd nog heel goed herinneren. Nu wou ze echter dat ze hem iets meer op afstand had gehouden. Hij belde haar om de haverklap thuis op.

'Dan zal ik je niet storen.' Maar Nathan hing niet op. Voor een zo verlegen jongen was hij erg vasthoudend. 'Ik... mag ik weten wat jullie eten?'

'Wat?' Callie luisterde niet echt naar hem. Had ze maar niet opgenomen. Ze keek naar Rick die de laatste hand aan de salade legde, en vond dat hij er moe uitzag. Zijn ouders woonden in North Carolina, even buiten Chapel Hill. Dit was de derde keer in de afgelopen zes weken dat hij naar ze toe ging en al dat reizen begon hem op te breken.

'Ik ben gewoon benieuwd wat jullie eten. Ik heb zelf ook een beetje honger, maar ik weet niet wat ik moet maken.'

Hij hengelde naar een uitnodiging. Ze moest maar snel ophangen. 'Pizza,' zei ze kortaf. 'Een peperonipizza met sla erbij.'

'Een peperonipizza.' Hij herhaalde het langzaam. 'Dat klinkt goed. Met wat voor soort sla? Ik weet nooit hoe ik een dressing moet maken. Soms koop ik wel eens van dat kant-en-klare spul, maar dat is eigenlijk zonde. Dat kost...'

'Sorry Nathan, maar ik moet nu echt ophangen. Ik zie je morgen wel weer, goed?'

'Ja, goed. Natuurlijk.' Ze hoorde dat hij gekwetst was, en voelde zich een beetje schuldig, maar hield zich voor dat ze zich nu ook weer niet zóveel van hem hoefde aan te trekken. Ze wilde best tot op zekere hoogte met hem bevriend blijven, maar was niet van plan hem te adopteren.

'Wie was het?' vroeg Rick toen ze had opgehangen.

'Nathan Lacoste. Je weet wel, die jongen over wie ik je heb verteld.'

'Die rare?'

'Nou...' Callie zweeg. Die beschrijving klopte eigenlijk wel. 'Ja, die rare.'

'Hij belt wel vaak.'

'Dat valt wel mee.' Ondanks haar ergernis had ze nog steeds een beetje met Nathan te doen. 'Twee of drie keer per week ongeveer. Ik ben voor hem een moederfiguur. Of zoiets.'

'Of *zoiets*.'

Callie schudde haar hoofd. 'Doe niet zo mal, Rick. Hij kon bijna mijn zoon zijn. Hij is gewoon eenzaam.' Ze zweeg maar bleef naar hem kijken. Ze wilde liever ergens anders over praten. 'Maar ga even door over je vader. Wat wilde je zeggen?'

'Ik geloof dat ik er alles al over heb gezegd. Dek jij de tafel even?'

Callie pakte drie rood-met-wit geruite placemats.

'Dus je gaat zaterdag?'

'Ja.'

'Dan kan ik je wel naar Hartford brengen. Naar het vliegveld.'

'Ik vertrek heel vroeg.'

Boven schalde uit Anna's kamer het geluid van ingeblikt gelach.

'Hoe is het met haar?' Callie maakte een gebaar in de richting van de trap.

'Prima. Alles oké.'

'Echt waar?'

'Ja hoor. Ze kwam thuis. Ik vroeg: "Hoe was het op school?" Ze zei: "Goed." Toen greep ze een zakje koekjes en ging ze naar boven. Niets te klagen dus.'

'Het is haar taak de tafel te dekken voordat ze naar boven gaat.'

'Dat is ze dan vergeten.'

Callie zuchtte. 'Nee, dat is ze niet vergeten.'

'Dan had ze er blijkbaar geen zin in.'

Callie legde bestek op de placemats en ging weer zitten. 'Ik wou dat ze...'

'Je moet haar wat tijd gunnen, Callie. Ze is er nog niet aan gewend iemand anders in huis te hebben. Ze heeft je altijd voor zichzelf gehad.'

'Dat weet ik wel. En je hebt ook gelijk. Ik wou alleen dat ze het wat minder zwaar opvatte. Het is per slot van rekening niet zo dat wij elkaar nog maar net hebben leren kennen. Ze heeft heel wat tijd gehad om je te leren kennen. Ik weet echt niet waarom ze zo moeilijk doet.'

'Laat haar nou maar, Cal. Ze trekt vanzelf wel bij. Wanneer ze eenmaal ziet dat ik geen plannen heb om te vertrekken.'

Wanneer ze eenmaal ziet dat ik geen plannen heb om te vertrekken. De woorden waren als een cadeautje dat ze graag wilde, maar waarvan ze niet had verwacht het te krijgen. Ze hield het in gedachten onhandig vast, niet goed wetend wat ze ermee aan moest.

'Ik dacht dat kinderen op hun tiende wat makkelijker werden,' zei ze toen. 'Ik heb ergens gelezen dat negen de moeilijkste leeftijd is, maar dat ze op hun tiende wat makkelijker worden. Tien is een van de evenwichtsleeftijden, zoals dat heet. Ik had gedacht dat ik, hoe zal ik het zeggen, wat *ademruimte* zou krijgen voordat ze gaat puberen.'

'Ieder kind is anders. Ze groeien niet op volgens een vast patroon.'

Even bleef het stil. Callie rekte zich uit, boog een arm en liet die achter haar rug zakken. Met haar andere hand duwde ze tegen de bovenarm. Een yogastretch die ze jaren geleden had geleerd, toen ze zulke dingen deed.

'In ieder geval praat ze tegen je,' zei Callie. 'Dat is al een hele verbetering.'

'Vind ik ook.'

Callie liet haar arm zakken en herhaalde de stretch met haar andere arm.

Ze was best moe.

Ze was het liefst vroeg naar bed gegaan, maar moest nog studeren. Als ze nu al achterop raakte, zou ze het tegen het eind van het jaar niet meer kunnen bijbenen. Ze had allang niet meer de leeftijd waarop ze hele nachten kon vossen.

'Zullen we aan tafel?' Rick haalde de pizza uit de oven, waar hij hem in had gezet om hem warm te houden. De geurige deeglucht verspreidde zich door de keuken.

Callie keek hem aan en glimlachte. De spanning trok weg. Ze was dol op hun wekelijkse pizza-avond, die zowel informeel als een beetje feestelijk was. Ze stond op, rekte zich nog een keer uit en liep naar de trap.

'Zet hem maar vast op tafel, dan ga ik Anna roepen,' zei ze.

❧

VERBODEN TOEGANG
DAT GELDT VOOR IEDEREEN!!!!!
WIE BINNENKOMT ZONDER EERST TOESTEMMING TE VRAGEN KOMT IN DE PROBLEMEN
RICK EVANS, JIJ MAG NIET IN MIJN KAMER KOMEN
Ondertekend,
Anna Elizabeth Thayer

Het plakkaat op Anna's deur was nieuw. Met een wat wee gevoel las Callie de tekst nogmaals. Ze dacht aan wat Rick beneden had gezegd, over dat Anna alleen maar jaloers was. Het plakkaat op de deur had veel weg van een noodkreet, of in ieder geval een kreet om aandacht.

Callie klopte aan. Geen antwoord. In de kamer hoorde ze het hoge, opgewonden stemmetje van een tekenfilmfiguur. De woorden werden gevolgd door een bonkend geluid, een fluittoon en een harde klap. Callie klopte nogmaals aan, iets harder ditmaal, en deed de deur op een kiertje open.

'Hoi kevertje.'

Anna lag languit op haar bed te midden van een berg pluche beesten. Ze droeg een grijze trainingsbroek en het T-shirt van de Merritt Elementary School.

'Hoi mam,' zei ze.

'Mag ik binnenkomen?'

'Tuurlijk.' Anna's ogen gleden alweer van haar weg, terug naar de televisie.

Zoals gewoonlijk was het een puinhoop in haar kamer en moest Callie een hindernisbaan lopen om bij het bed van haar dochter te komen. Een haarborstel, een kettinkje, een zwarte lakschoen, een Harry Potter-boek. Callies oude computer, waar Anna om had gesmeekt, was een geïmproviseerd kledingrek geworden, nauwelijks zichtbaar onder een stapel broeken, rokken en bloesjes.

Callie ging op de rand van het bed zitten en leunde naar voren om Anna een kus te geven. Toen haar lippen de wang van haar dochter beroerden, rook ze iets onbekends, een weeïg zoete, chemische geur in Anna's haar.

'Wat is dat voor vreemde geur?' vroeg ze.

'Weet je dat niet meer? Dat flesje dat bij de post zat. Je zei dat ik het mocht hebben.'

Een klein flesje shampoo, herinnerde Callie zich nu. Een van die miniflesjes die met miljoenen tegelijk in brievenbussen werden gegooid. Een gifgroen flesje met margrietjes op het etiket.

'Ik vind de shampoo die je altijd hebt, veel lekkerder ruiken.'

'Mam, dat is *babyshampoo*.'

'Dat noemen ze alleen maar zo omdat het niet in je ogen prikt. Ik gebruik het ook en ik ben toch geen baby?'

'*Ma-am*.' Anna sloeg haar ogen op naar het plafond, alsof haar moeders mening over dit onderwerp te gênant was om op in te gaan.

Callie zuchtte en ging rechtop zitten. Dit soort fricties kwam de laatste tijd steeds vaker voor en ze moest steeds afwegen waar ze wel en waar ze niet op in moest gaan. De rommel in Anna's kamer was bijvoorbeeld iets waar ze niet moeilijk over deed. Ongeveer eens in de maand moest Anna haar kamer opruimen, maar het was Anna zelf die ermee moest leven. De televisie was een andere concessie geweest waar Callie soms spijt van had, ondanks dat ze Anna op een rantsoen van één uur per dag had gezet en dan nog alleen als ze haar huiswerk af had.

'Heb je je huiswerk af?' vroeg ze nu.

'Ja,' zei Anna.

Met haar oude beer in haar armen geklemd zag Anna er nog steeds uit als een kind, maar Callie was zich heel goed bewust van de problemen die met rasse schreden naderden. Boven Anna's bed hing een poster van Britney Spears. Borsten als ballonnen. Glanzend natte lippen. Sluik blond haar. Een onheilspellend voorteken van de jaren die hun te wachten stonden.

Callie keek naar haar dochter. 'Wat moet dat plakkaat voorstellen?' vroeg ze.

'Welk plakkaat?' zei Anna. Ze keek weer naar de tekenfilm.

Een groene eekhoorn trippelde naar het uiteinde van een boom-tak, maar lette niet op. De boomtak hield op, maar hij trippel-de gewoon door, tot hij naar beneden keek. Toen zag hij opeens dat hij in het niets hing en raakte hij in paniek. De wetenschap dat hij in de lucht hing, leek de zwaartekracht die tijdelijk was opgeheven, weer in werking te zetten. Met een suizend, fluitend geluid stortte het diertje ter aarde.

Anna lachte hard.

Callie, die haar dochter kende, hoorde dat het een geforceer-de lach was. 'Het plakkaat op je *deur*,' zei ze, want ze weigerde zich te laten afschepen.

Nog steeds zonder naar haar moeder te kijken, haalde Anna haar schouders op.

Callie wachtte of er uitleg zou komen, maar Anna zei niets. Na een paar seconden stilte probeerde Callie het nogmaals. 'Wat heb je opeens tegen Rick? Tot nu toe vond je hem best aardig. Weet je nog hoeveel lol jullie hadden toen jullie van de winter zijn gaan sleeën? Jij en Henry en Rick?'

Weer geen antwoord.

Een ontploffing op het televisiescherm. De groene eekhoorn vloog het heelal in, tussen de sterren door, langs de maan en de ringen van Saturnus.

'Anna, zet de televisie eens even uit.'

'Maar...'

'Uit!'

Met een zucht drukte Anna op de afstandsbediening, maar ze keek niet op.

In de plotselinge stilte had Callie opeens veel zin het er maar bij te laten zitten. Maar ze zouden hier uiteindelijk toch over moeten praten, dus konden ze dat net zo goed nu doen.

'Vooruit, Anna. Voor de draad ermee.'

Anna haalde weer haar schouders op, ditmaal met meer na-druk. Haar ogen dwaalden van Callies gezicht naar een punt achter haar. Alsof ze een manier zocht om te vluchten naar een plek waar haar moeder niet was.

'Hij is ook wel aardig,' zei ze uiteindelijk. 'Ik zie alleen niet in waarom hij aldoor hier moet zijn.'

'Hij is graag hier omdat hij om ons geeft. Om ons allebei.' Callie bekeek haar dochter. 'Volgens mij zit je nóg ergens mee. Er is iets wat je me niet vertelt.'

'Ik hoef je ook niet *alles* te vertellen.' Anna boog haar hoofd, waardoor haar gezicht werd verborgen door haar lange haar.

'Natuurlijk niet,' zei Callie bedaard. 'Maar als je me vertelt wat je dwarszit, voel je je misschien niet zo ongelukkig.'

Anna ging verzitten, en toen haar haar naar achteren gleed, zag Callie dat haar lippen trilden. Ze zag er uitdagend en tegelijkertijd bedroefd uit en Callie had haar het liefst in haar armen gesloten. Ze wilde iets doen, en het maakte niet uit wat, om het leed van haar dochter te verlichten. Maar ze wist uit ervaring dat het door zulke gebaren van haar kant alleen maar erger zou worden. Wanneer Anna zo'n bui had, moest ze gewoon wachten tot het overging.

'Hij is mijn vader niet.'

Anna zei het zo zachtjes dat het Callie bijna ontging. Ze keek haar dochter stomverwonderd aan en vroeg zich af of ze het wel goed had gehoord.

'*Hij is mijn vader niet,*' zei Anna nogmaals, op iets krachtiger toon. Nu keek ze haar moeder in de ogen.

Callie haalde diep adem en deed haar best om kalm te blijven. 'Ja,' zei ze. 'Je hebt gelijk.'

Koortsachtig zocht ze naar de juiste reactie, naar een antwoord dat Anna geruststellend zou vinden. Tegelijkertijd zocht ze naar aanwijzingen waarom Anna nu opeens met deze dingen kwam. Ze kon zich de laatste keer dat Anna iets over Kevin had gezegd, niet eens herinneren.

'Denk je vaak aan je vader?'

'Nee!' zei Anna. En toen: 'Soms.' Ze boog haar hoofd waardoor haar gezicht opnieuw werd verborgen door het lange haar.

'En... waar denk je dan aan?'

'Aan dingen die we samen deden. Bijvoorbeeld, dat we naar die winkel gingen om pompoenen te kopen voor Halloween. En het park, waar hij me op de schommel duwde.'

Ze was nog maar zo klein geweest, pas drie. Callie was stomverbaasd dat ze zich dat nog herinnerde. Wanneer zijzelf aan Kevin Thayer dacht, waren er bijna geen herinneringen over. Alleen de monotonie van de pogingen zichzelf wijs te maken dat ze er goed aan had gedaan met hem te trouwen. Ze kon zich zelfs zijn gezicht niet meer duidelijk voor de geest halen: dikke wangen onder het dun wordende haar, een kleine wipneus. Wanneer ze probeerde zich haar voormalige echtgenoot voor te stellen, moest ze vaak denken aan een glad, rond ei. Toch was hij geen slechte echtgenoot geweest. Alleen was hij niet de juiste man voor haar.

'Dat vond je leuk, hè?'

'Ja.'

Callie stak haar hand uit naar Anna's rug, maar Anna schoof bij haar vandaan. Even later keek ze Callie aan met een sluwe, peilende blik. De blik van een door de wol geverfde gokker die zijn kansen afweegt.

'Ga je met Rick trouwen?'

Die vraag had Callie niet verwacht. 'Dat weet ik niet, lieverd,' zei ze ontwijkend. 'Daar hebben we het nog helemaal niet over gehad.'

'Maar het is mogelijk dat je met hem gaat trouwen.'

'Lieve schat, ik ga met niemand trouwen tenzij.... tenzij we het daar samen over eens zijn. Tenzij jij en ik samen vinden dat het een goed idee is.'

'Echt waar?' Anna's gezicht klaarde op. Ditmaal schoof ze niet weg toen Callie haar aanraakte.

Callie stak haar hand onder het T-shirt van haar dochter en kietelde haar zachtjes terwijl ze haar vingers langzaam over haar smalle rug liet dalen op de manier die Anna fijn vond.

'Kevertje, als je over je vader wilt praten, moet je dat gewoon tegen me zeggen.'

'Goed.' Anna's stem klonk gedempt want ze had haar gezicht tegen een kussen gedrukt.

'Mis je hem?' Het viel niet mee om die vraag te stellen. Misschien omdat ze zo graag wilde geloven dat Anna bij haar volkomen gelukkig was.

'Maak je over mij nu maar geen zorgen, mam,' zei Anna.

Callie gaf geen antwoord. Een ogenblik had ze het eigenaardige gevoel dat Anna háár beschermde.

Toen boog ze zich weer naar voren en drukte ze een kus op Anna's zachte haar. 'Laten we naar beneden gaan. Het is pizza-avond,' zei ze.

'Dus je komt dinsdag weer terug?'

'Dat is de bedoeling.'

Het was even voor achten. Ze zaten aan de keukentafel. Rick bladerde in de *Merritt Gazette* terwijl Callie de aanvraagformulieren voor creditcards, catalogi en een loterij bekeek.

'Ik zal je missen,' zei Callie tegen hem. En ze was er zelf verbaasd over dat het waar was.

Rick keek haar aan en glimlachte, waardoor de beginnende rimpeltjes rond zijn ogen zich verdiepten. Hij zag er zowel ouder als jonger uit wanneer hij zo naar haar glimlachte. Hij was tweeëndertig, drie jaar jonger dan zij.

Ze hadden elkaar vorig jaar aan het eind van de zomer ontmoet op een buurtbarbecue. Rick woonde niet in de buurt, maar zijn vriend Tod Carver wel. Tod was Ricks beste vriend bij de politie. Hij had krullend haar en een wat spottende uitdrukking op zijn gezicht, en Callie was dol op hem. Hij herinnerde haar aan een jongen met wie ze op de middelbare school verkering had gehad.

Net als Callie was Rick een nieuwkomer in Merritt. Hij was afkomstig uit New York. Tijdens de barbecue, met plastic bordjes vol veel te vet eten voor zich, hadden ze elkaar iets over zichzelf verteld. 'Burnout,' had hij eenvoudig gezegd, toen ze hem had gevraagd waarom hij naar Merritt was gekomen. En zij had hem verteld dat ze hierheen was gekomen om te studeren en verliefd was geworden op het stadje.

Hij was erg knap om te zien en kon zo goed luisteren dat ze hem meteen graag had gemogen. Maar toen hij had gevraagd of ze een keer met hem uit wilde, had ze toch geaarzeld. Ze was al zo lang alleen. Het leek veiliger. Niemand die haar vertelde wat ze moest doen. Niemand aan wie ze uitleg hoefde te geven. Niemand die haar lastige vragen stelde, het pijnlijke verleden oprakelde. Haar leven was eenvoudig, gestroomlijnd. Meestal had ze het goed. Maar Rick had iets wat haar van gedachten deed veranderen. *Een keertje dan*, had ze gedacht. En zo was het begonnen.

De krant ritselde toen Rick een bladzijde omsloeg. Een reclamefoldertje gleed op de grond. Callie duwde de post opzij en bukte zich om het op te rapen. Reclame voor zakjes paaseieren, twee voor de prijs van één. Dat moest ze onthouden. Het traditionele eieren zoeken stond alweer voor de deur. Wanneer was het eigenlijk Pasen? Over twee weken? Of eerder?

Ze deed haar tas open om het in haar agenda op te zoeken. Toen ze hem uit de tas haalde, zag ze iets tussen de pagina's zitten. De envelop die ze daarstraks had opgeraapt. De envelop die onder de deur had gezeten. Die was ze helemaal vergeten. Ze trok hem uit de agenda, stak een nagel onder de flap en ritste hem open. Er zat maar één velletje papier in. Twee korte zinnen. Getypt.

Mijn gelukwensen, Rosamund. Ik ben je niet vergeten.

De schok was zo hevig dat ze aanvankelijk helemaal niets voelde. Als wanneer je in ijskoud water springt en geen adem kunt halen en steeds dieper en dieper zakt en niet weet wanneer je de bodem zult raken. Ze hield het briefje in haar vuist geklemd. Alles was veranderd.

'Callie? Wat is er?'

Ze schrok van het geluid van Ricks stem, die haar terughaalde, bij de afgrond vandaan.

'O, een briefje van Anna's juf,' loog ze. 'Of ik met haar kan komen praten.'

Met stijve, onhandige vingers vouwde ze het velletje papier dubbel en stak het weer in de envelop, die ze in haar agenda deed. Toen ze die wilde sluiten, zag ze opeens de datum. De vetgedrukte letters in het kleine vierkante vakje vertelden haar dat het woensdag 5 april was.

Ze staarde naar de datum en kon het nauwelijks geloven.

5 april.

Het was vandaag 5 april.

Hoe kon ze het zijn vergeten?

Donderdag 6 april

ZE DANSEN INNIG.

Haar hoofd rust op de schouder van een man, haar kleine hand ligt in de zijne. Haar jurk is lang en wit en voelt zacht aan op haar huid. Ze is een mooie jonge vrouw in een mooie jurk, die danst met haar gloednieuwe echtgenoot. Zijn been beweegt naar voren en het hare naar achteren. Hij maakt een draai en ze draait met hem mee.

Een, twee, drie. Een twee drie.

Een wals.

Weer een draai en nog een. Ze wordt een beetje duizelig. Maar wanneer ze opkijkt om dat tegen hem te zeggen, is het net alsof ze niet kan spreken. Hij glimlacht naar haar en drukt haar hoofd zachtjes weer naar beneden. Alsof hij het niet kan verdragen naar haar te kijken. Ze wil hem vragen waarom. Maar wanneer ze probeert haar hoofd op te heffen, wordt het door zijn hand naar beneden gehouden.

Een, twee, drie. Een twee drie.

Het lijkt wel alsof het donkerder wordt in de zaal, alsof het zo dadelijk gaat regenen. Maar dan ziet ze dat ze niet meer in de zaal zijn en dat alle andere mensen zijn verdwenen. Ze dansen buiten, op een parkeerterrein, omgeven door een hoge omheining. Op de achtergrond hoort ze muziek. I'm in the mood, I'm in the mood, I'm in the mood, I'm in the mood, I'm in the...

Een, twee, drie.

Een twee drie.

Ze begint bijna te giechelen, omdat ze walsen op country-muziek.

Weer probeert ze naar hem op te kijken en ditmaal verhindert hij dat niet. Maar zijn blik is gericht op iets in de verte, achter het rasterhek.

27

Er zijn geen auto's meer op het parkeerterrein. Het is vast al erg laat. Hij houdt haar wat steviger vast en walst met haar naar de omheining. Hij drukt zich hard tegen haar aan, de metalen rasters in haar rug doen haar pijn. Ze probeert hem van zich af te duwen, maar zijn gewicht ontneemt haar de adem. Dan drukt hij zijn mond hard op de hare en is er niets anders meer dan dat gevoel. Hitte schiet omhoog tussen haar benen terwijl ze haar lichaam naar het zijne plooit. Ze zoenen een schijnbaar eindeloze tijd, zijn vingers verstrengeld in haar haren.

I'm in the mood, I'm in the mood, I'm in the mood...

Zijn handen glijden over haar lichaam naar beneden. Ze maakt haar rug hol.

Opeens, sterker dan begeerte, schiet een vlam van angst door haar heen.

Er is iets mis. Dit is niet echt.

Ze moet hier weg.

Adrenaline jaagt door haar lichaam. Ze duikt opzij, rukt zich los en begint te rennen. Er is een mist opgekomen zodat ze amper iets kan zien. Niet ver achter haar hoort ze zijn voetstappen snel dichterbij komen. Als ze het kan volhouden tot ze bij de kerk is, zal ze veilig zijn. Ze snelt over het duistere landschap, alsof ze vliegt. Dan voelt ze een duw in haar rug. Haar benen klappen onder haar weg.

Ze voelt het mes voordat ze het ziet. Het wordt tegen haar arm gedrukt. Ze geeft de strijd op. Ze is niet bang meer, ze voelt vrijwel niets. Alleen een vage nieuwsgierigheid hoe het zal zijn om te sterven. Ze ziet het mes in haar vlees snijden, geluidloos en meedogenloos. Op de lelieblanke huid van haar arm welt een smalle streep bloed op. De kleur van rozen. Of appels. Van cadeaupapier met Kerstmis. Het is erg mooi om te zien. Wat vreemd dat het haar pijn doet.

Weer brengt hij het mes omhoog en laat hij het neerkomen. Weer kerft hij in haar huid. Ditmaal dringt het mes dieper in haar vlees, bijna tot op het bot.

Hou op. Alsjeblieft. Hou op.

In de verte hoort ze jankende sirenes. Het mes daalt weer neer. Ik ben hier ik ben hier ik ben hier. Van wie is die stem? Wie krijst er zo? De sirenes snerpen nu overal om haar heen. Waarom zorgen ze er niet voor dat hij ermee ophoudt?

Ze werd snikkend wakker. Tranen stroomden over haar wangen. Wat voor haar niet ongewoon was. Als klein meisje was ze al minstens een keer per week huilend wakker geworden. Alsof een diepe, allesomvattende droefenis zich van haar meester had gemaakt. Haar oudere zuster, Sarah, had haar een keer wakker geschud. 'Waarom huil je?' had Sarah gevraagd. 'Ik huil niet,' had ze geantwoord. Want ze had het niet geweten, tot ze haar gezicht had aangeraakt en het zilte vocht had gevoeld. Maar de droom, waar kwam die vandaan? Ze had deze droom al jaren niet meer gehad.

Ze trok een badjas aan, ging naar beneden en zag Anna aan de keukentafel. Anna zat al aan haar ontbijt: het restant van een chocoladecake. Haar lange haar had een slordige scheiding en was in een staart gebonden. Boven de tere oorschelpen was het strak naar achteren getrokken.

Callie zei er bijna iets van – 'Chocoladecake als ontbijt?' – maar besloot toen dat het voor één keertje niet erg was.

'Heb je je vitaminepilletje geslikt?' vroeg ze.

'Ja.'

'Goed zo.'

Ze pakte een glas uit de kast en schonk er melk in. In plaats van aanmerkingen te maken op de cake, kon ze net zo goed Anna's ontbijt aanvullen.

'Alsjeblieft. Helemaal opdrinken.'

'Maar ik hou niet van melk, mam.'

Callie zette het glas bij haar bord. 'Je drinkt het evengoed allemaal op.'

Callie draaide zich weer om naar het aanrecht en deed koffie in het koffiezetapparaat. Ze voelde zich suffig en gedesoriënteerd, bijna alsof ze gisteravond een slaappil had ingenomen. De nachtmerrie liet haar niet los, en iets anders ook niet. *Mijn gelukwensen, Rosamund. Ik ben je niet vergeten.* Een ogenblik vroeg ze zich af of ze zich ook dát had verbeeld, of ook dát een droom was geweest.

'Mam, mogen we een hond? Bij de familie Johnson hebben ze zo'n leuke puppy. Half terriër en half beagle. Ze hebben hem bij het asiel gehaald en je hoeft er niet voor te betalen, behalve voor de inentingen. Dat heeft Sophie zelf gezegd. Ze hebben haar Florence genoemd en het is zo'n leuk hondje met van die hangoren. Net een...'

'Een hond heeft veel aandacht nodig, Anna. Wij zijn veel te weinig thuis.' Ze hadden het hier al vaker over gehad en haar antwoord kwam automatisch.

Callie pakte een mok uit het kastje en schonk koffie voor zichzelf in. Er gleed een druppel van de bruine vloeistof langs de glazen pot. Ze pakte een vaatdoek om hem op te vangen. De vaatdoek was vochtig en vettig, de gemorste koffie heet. Dat was allemaal geen droom. Dat was allemaal echt.

'Maar waarom kan het nou niet? Ik zal voor hem zorgen. Ik snap echt niet...'

Anna's stem drong weer tot haar door en opeens verloor ze haar geduld. 'Ik heb nee gezegd. En nee is nee. Ik wil er niets meer over horen.'

Een blos kroop over Anna's gezicht. Alsof Callie haar een klap had gegeven. Ze keek haar moeder onthutst aan. Ze had toch niets gedaan?

Callie deed een stap naar voren, maar Anna was al overeind gesprongen. Ze greep haar schooltas en vloog langs Callie heen de keuken uit.

Even later sloeg de voordeur dicht.

Het geluid echode door het huis.

Een tijdlang bewoog Callie zich niet. Ze stond daar maar en voelde zich afgrijselijk. Ze had niet zo moeten uitvallen, vooral niet na gisteravond. Ze keek uit het raam en zag dat het weer was omgeslagen. Zo te zien zou het vandaag gaan regenen. Te laat besefte ze dat ze tegen Anna had moeten zeggen een jas mee te nemen.

Haar koffie was koud geworden, maar ze dronk hem evengoed op. Daarna zette ze de mok in de gootsteen en ging ze naar boven om zich aan te kleden. Maar eenmaal in haar slaapkamer zakte ze op haar bed neer en liet ze haar hoofd tussen haar handen zakken.

Toen ze helemaal was uitgehuild, droogde ze haar ogen. Ze liep naar de badkamer, snoot haar neus en waste haar gezicht met koud water. Ze bekeek zichzelf in de spiegel. Haar huid was rood-en-wit gevlekt. De blik in haar ogen maakte haar een beetje bang. Zo had ze er *toen* uitgezien.

Terug in haar slaapkamer pakte ze de telefoon en drukte een voorgeprogrammeerd nummer in.

'Politie.' Het was Ricks vriend, Tod Carver. Hij had een lijzige, geruststellende stem, als van de sheriffs in oude televisieseries.

'Dag Tod. Met Callie.' Ze hoorde zelf hoe gespannen haar stem klonk, maar hoopte dat hij er geen erg in zou hebben.

Toen ze doorging, deed ze extra moeite normaal te klinken, alsof er niets aan de hand was. 'Hoe is het ermee?'

'Goed. Met jou?'

'Ook goed. Prima. Ben je al bezig met de voorbereidingen voor het eieren zoeken?'

'Ja. De kinderen komen volgende week bij me logeren. Ze verheugen zich er erg op.' Tod was vorig jaar na een onaangename echtscheiding vanuit Virginia naar Merritt gekomen. Callie wist hoe erg hij het vond dat hij zijn kinderen bijna nooit zag.

'Hoe is het met ze?'

'Uitstekend. Lilly zit tegenwoordig op turnen. Ze kan al een achterwaartse salto maken. Het jaagt mij de stuipen op het lijf, maar zij vindt het prachtig. En Oliver is begonnen met wisselen.'

'Goh.'

'Zeg dat wel.'

Het bleef even stil. Callie vond dat ze voldoende hadden gebabbeld. 'Is Rick in de buurt?'

'Ja, ik zal hem even roepen. Leuk je gesproken te hebben, Callie.'

'Insgelijks. Tot zondag.'

Even later kwam Rick aan de lijn.

'Hoi, wat is er?' Hij klonk verbaasd maar blij. Ze belde hem bijna nooit op zijn werk.

'Niks. Alleen dat ik gisteren via UPS een pakketje had moeten krijgen,' zei ze, 'en me afvroeg of jij dat soms had aangepakt. Ik heb ze gebeld en volgens hen is het afgeleverd. Het gaat om... wat boeken voor school die ik nodig heb.' Tot haar opluchting hoorde ze dat ze normaal klonk en dat het huilerige uit haar stem was verdwenen. Ze vond het niet leuk dat ze tegen Rick moest liegen, maar ze had geen keus.

'Nee, ik heb niets gezien.'

'Was... Is er ook niemand aan de deur geweest toen ik niet thuis was? Heb je niemand in de buurt van het huis zien rondhangen of zo?'

'Nee. Bel UPS nog even. Ze hebben zich vast vergist en het pakje bij het verkeerde adres afgegeven.'

'Ja, dat zal dan wel. Ik zal ze nog een keer bellen.' Leuk geprobeerd, maar ze had eigenlijk al geweten dat degene die de envelop onder haar deur had geschoven, ervoor had gezorgd dat niemand hem zou zien. En zo moeilijk was dat niet. Overdag was het bij haar in de straat erg stil. De volwassenen waren op hun werk of deden boodschappen, en de kinderen zaten op school. En ook als er mensen buiten waren, zou dat niet echt iets uitmaken. Na al die jaren vond ze het nog steeds verbazingwekkend dat mensen zo weinig zagen van wat er rondom hen gebeurde.

'Kom je vanavond op tijd voor het eten? Er staat gebraden kip op het menu.' Anna's lievelingskostje. Om iets goed te maken na hun woordenwisseling van vanochtend.

'Eerlijk gezegd was ik van plan na mijn werk regelrecht naar huis te gaan. Ik wil mijn tas alvast inpakken. Ik ben de laatste tijd een beetje moe.'

'O.' Ze was teleurgesteld maar probeerde het niet te laten merken. 'Morgen dan?'

'Zou ik best willen, echt waar, maar ik vlieg zaterdag heel vroeg.'

'Dan...' Callie liet de rest van de zin wegsterven.

'Wat?'

'Niets.' Ze had op het punt gestaan te zeggen dat ze elkaar dan niet meer zouden zien voordat hij vertrok, maar bedacht zich. Hij had al zorgen genoeg. Zijzelf had tegenwoordig niet zo erg veel contact met haar ouders, maar ze leefden allebei nog en het was fijn om te weten dat ze er nog steeds waren.

'Zeg,' zei Rick, 'ik moet weer aan het werk.'

'Ja, natuurlijk. Als... als ik je niet meer spreek voordat je gaat, wens ik je nu alvast een goede reis.'

'Ik bel je zodra ik terug ben.'

'Zou je... Zou je me soms het nummer van je ouders kunnen geven? Voor het geval dat?' Ze kreeg een kleur toen ze het vroeg. Het klonk alsof ze hem erom smeekte. Alsof ze zich aan hem opdrong.

'Het is beter dat ik jou bel,' zei hij.

Toen ze had opgehangen, voelde ze zich nog ellendiger dan ervoor.

Ze hoorde een auto langskomen, het geronk van de motor zwol aan en zakte weer weg. Ze hees zich overeind en liep naar de kast. Ze liet haar badjas op de vloer vallen en trok haar nachtpon uit. Naakt voor de lange spiegel bekeek ze zichzelf.

Haar huid, zo wit dat hij bijna doorzichtig leek, glansde zacht in de spiegel. Ze was klein en slank, en haar borsten waren nog steeds stevig. Als kind had ze op ballet gezeten en ze was er vrij goed in geweest. In de dans had ze een arena gevonden waar ze zich kon voorstellen dat ze werd *gezien*. Het was iets waar ze nooit over praatte, zelfs niet met haar zuster, het gevoel dat ze soms had dat ze bijna onzichtbaar was. In haar eentje had ze gezocht naar oplossingen, naar een manier om zich te laten gelden. En toen, op haar negende, had ze in een uitvoering op school een solo mogen dansen.

Alles was perfect geweest, precies zoals ze het zich had voorgesteld. Ze had in het licht van de schijnwerpers over het podium gewerveld, in de wetenschap dat in de fluwelen duisternis daarbuiten alle ogen op háár gericht waren. Maar na de voorstelling, toen alles voorbij was, was haar duidelijk geworden dat er niets was veranderd. Toen ze in de coulissen door haar zuster en ouders was omhelsd, had ze zich gevoeld alsof ze in het niets oploste. Ze had het nauwelijks kunnen geloven. Ze had zich verbijsterd gevoeld, verraden. Ze was er zó van overtuigd geweest dat na die avond alles anders zou zijn.

De dag daarop was ze zonder enige uitleg van ballet af gegaan. Haar ouders hadden haar verbaasd gevraagd wat er aan de hand was en haar aangeraden er nog even over na te denken. Ze had altijd zoveel van dansen gehouden. Waarom wilde ze er nu mee ophouden? Maar na die avond deed het haar niets meer. Ze had tegen haar ouders gezegd dat ze er gewoon geen zin meer in had. Ze hadden het niet begrepen, maar zich erbij neergelegd.

Omdat ze altijd lange mouwen droeg, waren haar armen net zo wit als haar buik. Met ingehouden adem stak ze ze nu langzaam naar voren. Ze bekeek de tere, bleke huid met het symmetrische patroon van littekens. Dunne witte strepen, van de elleboog tot de pols, meer dan ze kon tellen.

Dit is echt. Het is gebeurd. Het is niet iets wat je hebt gedroomd.

De eerste keer dat ze met Rick naar bed was gegaan, had hij de littekens zachtjes aangeraakt. Hij had niets gezegd, haar alleen vragend aangekeken. 'Die heb ik overgehouden aan een slechte periode in mijn leven,' had ze gezegd. 'Ik wil er niet over praten.' Dat was vier maanden geleden geweest. Hij had er nooit meer naar gevraagd. Nu spoelde het verleden over haar heen terwijl ze naar haar armen keek. De littekens waren overblijfselen van een ander leven, een verleden dat in haar huid stond gekerfd.

Melanie White was om even na vijven terug op haar werk en probeerde alle tassen in de kast te proppen, maar dat lukte niet zo erg. Ze moest een deel van de spullen in de kast verzetten om ze er allemaal in te krijgen, want het waren er maar liefst zeven, waaronder een glanzend zwarte van Barney's en een paar blauwe van Bergdorf-Goodman. Ze had in één middag een paar duizend dollar uitgegeven, maar voelde zich daar prima bij. Na de zege van die ochtend vond ze dat ze dit zonder meer had verdiend.

Nog maar zes uur geleden had ze in de rechtszaal zitten wachten tot de edelachtbare Randolph Lewis vanaf zijn hoge rechterstoel zijn uitspraak zou doen. Ze had samen met senior vennoot Tom Mead achter de advocatentafel gezeten, beiden zichtbaar gespannen, hun ogen gericht op Lewis. Melanie wist dat ze hun zaak op een indrukwekkende manier hadden gebracht, maar zou dat genoeg zijn? Rechters wezen een zaak niet graag af na een kort rechtsgeding, vanwege het risico van revisie. Het was veiliger om de zaak te laten voorkomen en dan gebaseerd op de bevindingen een uitspraak te doen.

Toen de rechter was begonnen, had ze een beklemd gevoel op de borst gekregen. In een schijnbaar eindeloze redevoering had hij alle feiten nogmaals opgesomd – de levens die waren geruïneerd, het spaargeld dat verloren was gegaan, het vertrouwen dat was geschonden. In de zaal was niemand die eraan twijfelde dat zijn hart uitging naar de eisers.

Toen had hij gezwegen en opgekeken, en had Melanie een sprankje hoop gevoeld, een vonk die door zijn volgende woorden was aangewakkerd.

'Maar hoe laakbaar ook het gedrag dat ertoe heeft geleid dat de eisers al hun geld hebben verloren, ik zie geen wettelijke reden waarom ik United Bank schuldig zou moeten bevinden. United Bank heeft leningen gegeven aan Leverett Enterprises, en dat geld schijnt door Leverett Enterprises te zijn gebruikt in een complot om de eisers te bezwendelen. Maar zelfs als deze aantijging juist mocht blijken te zijn, heeft de eisende partij niet kunnen aantonen dat United Bank van de zwendel van Leverett op de hoogte was, noch dat United Bank verplicht was een onderzoek in te stellen of de eisers op de hoogte te stellen. Om bovenstaande redenen is bij dezen Bank United op alle punten van de aanklacht vrijgesproken.'

Melanie had haar gezicht in de plooi gehouden, maar van-binnen had ze gejubeld.

We hebben gewonnen. We hebben gewonnen. We hebben gewonnen.

Een halfuur later had ze onder een lawine van felicitaties haar paperassen bij elkaar gepakt. Ze was in deze zaak de lei-dende advocate geweest en had het grootste deel van het werk verricht, en de goedkeurende blikken van Tom Mead vertelden haar dat dit hem niet was ontgaan. In mei zou ze vast tot ven-noot in de firma worden gekozen. De toekomst zag er roos-kleurig uit.

Maar toen ze haar aktetas aan een assistent had overhandigd, had ze een glimp opgevangen van meneer en mevrouw Murphy. De zaal was al leeggelopen, maar het echtpaar was blijven zit-ten. Van de $150.000 die ze bij Leverett hadden geïnvesteerd, was minder dan $6000 over. Penny Murphy had in de getuigen-bank verklaard dat ze bij de bank hadden gezegd dat het een vei-lige investering was. 'Ze wisten dat we oud zijn, dat Wilbur ziek is, dat we ons geen risico's konden veroorloven.' Vorig jaar wa-ren ze gedwongen geweest hun huis te verkopen. Penny werkte nu bij McDonald's. Wilbur had een tweede hartaanval gekregen waarvan hij nog steeds niet was hersteld. Heel even, toen Mela-nie naar meneer en mevrouw Murphy keek, was de glans van de zege verdwenen. *Wat moesten die arme mensen nu?* had ze zich afgevraagd. *Waar moesten ze van leven?*

Tom Mead had haar een stevige, koele hand gegeven. 'Mooi werk,' had hij zachtjes gezegd.

Ze had strak geglimlacht. 'Bedankt.'

Ze had nog een blik op meneer en mevrouw Murphy gewor-pen, en ditmaal was dat haar iets minder zwaar gevallen. Wat het echtpaar was overkomen, was ontegenzeglijk tragisch, maar de schuld lag niet bij United Bank. Het was precies zoals de rechter had gezegd. Hun cliënt trof geen blaam. Het waren de mensen bij Leverett die de eisers een rad voor ogen hadden gedraaid, dus waren zij degenen die daarvoor moesten boeten. Het probleem was echter – zoals iedereen wist – dat Billy Le-verett spoorloos verdwenen was. En niemand had het geld kunnen vinden. Zoals de zaken er nu voor stonden, zou het een wonder zijn als de eisers hun geld ooit terugkregen. United Bank was hun laatste en hun beste hoop geweest en nu was ook die in rook opgegaan.

Maar, had Melanie nogmaals in zichzelf gezegd, dat was haar probleem niet. Het was haar taak geweest de belangen van haar cliënt te behartigen en dat had ze op een bewonderenswaardige manier gedaan. United Bank was geen Enron of WorldCom. De directie was niet corrupt. Men had hooguit blijk gegeven van een slecht beoordelingsvermogen toen ze zich met Leverett hadden ingelaten, vond Melanie.

Vanuit het gerechtsgebouw waren ze naar Le Bernardin gegaan, met een stel advocaten van hun firma. Melanie had tonijncarpaccio met citroenmayonaise genomen. Ze had geen voorafje gewild. Zoveel trek had ze niet.

'Op Harwich & Young, de beste advocatenfirma van de stad. En vooral op Tom en Melanie, die zich echt kapot hebben gewerkt.' Harold Linzer, de bedrijfsjurist van United Bank, had zijn glas champagne opgeheven. Hij had gesteven witte manchetten, rechtgeknipte nagels en een gouden zegelring.

Ze had de rauwe tonijn heen en weer geschoven op haar bord en een slokje champagne genomen. Toen de sprankelende wijn door haar lichaam was getrokken, had ze haar gedachten de vrije loop gelaten. De afgelopen zes weken had ze zich volledig aan deze zaak gewijd. Het was een weelde dat ze nu eindelijk weer eens aan andere dingen kon denken. Heel even zag ze de Murphy's weer voor zich – *waar zouden die lunchen?* – toen dronk ze de rest van haar Veuve Cliquot en hield ze haar glas op om het opnieuw te laten vullen.

Het winkelen was haar beloning geweest en ze had eigenlijk daarna rechtstreeks naar huis willen gaan. Maar de macht van de gewoonte was te sterk geweest en uiteindelijk was ze toch nog even naar kantoor gegaan om te zien of er nog berichten voor haar waren binnengekomen en om haar post te bekijken. Tom Mead had erop aangedrongen dat ze op vakantie zou gaan, maar dat had ze beleefd geweigerd. Op 22 mei waren de vennootverkiezingen en ze wilde de vinger aan de pols houden.

'Fijn gewinkeld?' Vivian Culpepper stond in de deuropening, haar smalle wenkbrauwen opgetrokken. Haar stijlvolle, perzikkleurige broekpak accentueerde haar gladde, bruine huid.

Melanie stond op en streek haar strakke zwarte rok glad. Ze probeerde de deur van de kast dicht te doen, maar er zat iets in de weg. Ze bukte zich weer, duwde een tasje wat verder naar achteren en wist de deur toen dicht te krijgen.

'Gefeliciteerd,' zei Vivian. 'Ik heb gehoord dat jullie het geweldig hebben gedaan.'

De twee vrouwen omhelsden elkaar. Vivians uitbundige donkerbruine krullen werden tegen Melanies sluike blonde haar gedrukt.

'Ik was van plan je te bellen,' zei Melanie. 'Ik kom net binnen.' Vivian was haar beste vriendin, een van de weinige echte vriendinnen die ze ooit had gehad. Ze waren tijdens hun eerste jaar op Princeton kamergenootjes geweest en sindsdien onafscheidelijk gebleven. Hun vriendschap was voortgekomen uit hun gezamenlijke zuidelijke afkomst. Vivian was geboren en getogen in Mississippi en was na Princeton doorgegaan naar Yale Law School, terwijl Melanie, die uit Nashville kwam, had gekozen voor de Universiteit van Virginia. Het was frappant dat ze ondanks hun verschillende huidskleur zoveel op elkaar leken. Ze waren allebei lang en slank, hadden hoge jukbeenderen en grote, wijd uit elkaar staande ogen. Het was alsof een schilder hen had afgebeeld als een studie in zwart en wit.

'Wat zei Paul ervan?' vroeg Vivian toen ze op hun gemak waren gaan zitten, Melanie achter haar bureau, Vivian tegenover haar.

'Paul.' Melanie keek Vivian met een schuldige blik aan en zag opeens Pauls smalle, gevoelige gezicht voor zich. 'Ik... ik heb het hem nog niet verteld.'

'Je hebt het hem nog niet *verteld*?' Vivian staarde haar aan. 'Je wint een kort geding voor een van onze belangrijkste cliënten en je neemt niet eens de moeite dat aan je verloofde te vertellen?'

'De uitspraak is vanochtend pas gedaan.' Zelfs in haar eigen oren klonk dat erg slap.

Vivian bekeek haar met een sluwe blik. 'Als je tijd hebt gehad om half Madison Avenue leeg te kopen, heb je ook tijd gehad om de man te bellen met wie je gaat trouwen.'

'Dat doe ik heus nog wel.'

'Wil je weten wat ik denk?'

'Heb ik de keus?'

Vivian praatte er al overheen. 'Jij gaat helemaal niet met deze man trouwen. En hoe eerder je dat beseft, hoe beter het voor jullie allebei is. Paul is een goeie vent, Mel. Waarom doe je hem dit aan? Als het vanwege Frank is...'

'Frank? Ben je mal? *Ik* ben bij *hem* weggegaan, weet je nog wel?'

'Dat weet ik nog, ja.' Vivian keek haar kalm aan. Alsof ze wilde zeggen: ik weet nog veel meer. 'Heb je hem nog teruggebeld?'

Melanie pakte het stapeltje post. Een uitnodiging voor een benefietavond van Legal Aid. Een folder over verdere rechtenstudies. Het afschrift van haar creditcard. Ze gooide de folder in de prullenbak – Harwich & Young regelde zelf cursussen – en legde de uitnodiging en het afschrift opzij, het begin van een hele stapel dingen die ze moest doen.

'Nee, natuurlijk niet,' zei ze op effen toon. 'Ik heb toch gezegd dat ik niet met hem wil praten?'

'Ik vind dat je hem moet bellen.'

Melanie staarde haar aan. 'Wat? Ik dacht dat je Frank niet kon uitstaan.'

'Ik zeg niet dat je een nieuwe relatie met hem moet beginnen. Dát zul je van mij niet horen. Met die narcistische klootzak zeker. Nee, ik bedoel dat jij volgens mij nog steeds niet weet wat een narcistische klootzak hij is. Als je hem weer zou zien of bellen, zul je misschien eindelijk gaan inzien wie en wat hij precies is. Zolang dat niet gebeurt, zul je tot in de eeuwigheid een beetje verliefd op hem blijven en fatsoenlijke mannen aan het lijntje houden terwijl je niet echt om ze geeft. Mannen die toevallig niet Frank Collier zijn en op wie je dus niet verliefd kunt worden.'

'Doe niet zo belachelijk. Waarom zou ik gaan trouwen met iemand op wie ik niet verliefd ben?'

'Daarom ga je ook niet met Paul trouwen, zoals ik daarnet al zei.'

Melanie sloeg haar ogen ten hemel en spreidde haar handen alsof ze de strijd opgaf. De euforie om de zege die ze vandaag hadden behaald, was nog te groot om zich iets van Vivian aan te trekken.

'Dank u, dokter Freud. En als je het niet erg vindt, wil ik nu graag mijn achterstallige post doornemen en naar huis gaan. Als ik de afgelopen twee dagen vier uur heb geslapen, is het veel.'

Vivian vertrok en Melanie ging aan het werk. Een brief van Princeton Alumni. Een nieuwsbrief van de City Bar Association. Verzoeken om rechterlijke procedures van collega-advocaten betreffende een aansprakelijkheidszaak. Bijna halverwege de stapel zat een witte envelop zonder postzegel of poststempel. Haar naam was erop getypt. Ze scheurde hem open met een briefopener en haalde het enkele velletje wit papier eruit.

Mijn gelukwensen, Melanie. Ik ben je niet vergeten.

Ze staarde naar de woorden. Ook zonder afzender twijfelde ze er geen moment aan van wie het briefje afkomstig was. Maar waarom? Dat was de vraag. Waarom deed hij dit? Ze voelde zich als een insect dat met een speld is doorboord en niet kan vluchten. Was het nog niet erg genoeg dat hij vorige week dat bericht had achtergelaten, terwijl ze nog zó had gezegd dat hij haar niet moest bellen? Het enige wat ze van hem verlangde, was dat hij haar met rust liet. Was dat echt zo moeilijk? Toen ze nog getrouwd waren, had hij daar juist helemaal geen moeite mee gehad. Dit was typisch iets voor Frank Collier: op de meest ongeschikte momenten iets van je laten horen. Vorige week, toen ze midden in de voorbereidingen voor het kort geding had gezeten, en nu weer, nu ze het had verdiend zich te verheugen, te genieten van haar zege.

Mijn gelukwensen, Melanie. Ik ben je niet vergeten.

De woorden leken met haar te spotten. Er waren niet veel dingen waarin ze had gefaald, maar haar huwelijk was een ramp geweest. Ze had wel eens het gevoel dat al haar successen troostprijzen waren, een soort compensatie voor de liefde die ze nooit had gekend. Deze gedachte duwde ze echter meteen ver van zich af en ze onderdrukte het aansluipend zelfmedelijden. Haar leven was niets bijzonders. Huwelijk, overspel, scheiding. Duizenden vrouwen maakten zulke dingen mee. Honderdduizenden. Miljoenen. Het was belangrijk het juiste perspectief te bewaren, en, dacht ze bij zichzelf, velen hadden het veel moeilijker. Zij bofte met haar succesvolle carrière; ze had meer geld dan ze kon uitgeven. En ze had Paul Freeman, de man met wie ze van plan was in het huwelijk te treden.

Paul.

Ze moest hem echt bellen. Vivian had gelijk. Ze moest hem ook vragen wanneer die cocktailparty ook alweer was. Morgen of overmorgen? Ze keek naar haar dagkalender, die nog op dinsdag stond. Wat was het vandaag, donderdag? Ja, donderdag. 6 april.

Donderdag 6 april.

Het was alsof ze een klap in haar gezicht kreeg. Frank en zij waren op 17 december getrouwd. Frank zat er meer dan drie maanden naast. Net toen ze had gedacht dat hij haar niet nóg meer kon kwetsen, was hij erin geslaagd het mes nog lekker even in haar vlees om te draaien.

Mijn gelukwensen.

Hij had niet eens de datum goed onthouden.

De vlaag van woede deed haar goed. Verhelderde veel. Ze klemde haar lippen op elkaar en pakte het velletje papier op. Ze vouwde het dubbel, scheurde het in tweeën, en scheurde de helften nogmaals door.

Het is voorbij. Het is voorbij. Het is voorbij.

Frank Collier, je bent volledig uit mijn leven geschrapt.

Met opgetrokken benen op de houten ligstoel, weggedoken in een dik jack, keek Diane Massey uit over de klippen en de vlakke grijze zee. Toen een koude windvlaag in haar gezicht sloeg, dook ze dieper weg in haar trui. Het enige waar ze niet aan had gedacht, was hoe lang de winters in Maine duurden. Maar ook al was het hier op de veranda nog zo koud, ze wilde niet naar binnen gaan. Niet terug naar de overvolle eetkamertafel met de slordige stapels manuscriptpagina's. Niet terug naar de wurgende verwarring van het verhaal dat ze niet kon vertellen.

Ze was altijd een gedisciplineerde schrijfster geweest die haar deadlines met gemak haalde. Haar *true crime*-boeken werden gelezen door miljoenen mensen, die ongeduldig uitkeken naar ieder nieuw boek. Ze had acht keer achter elkaar op de bestsellerlijst van de *New York Times* gestaan en had nog nooit een manuscript te laat ingeleverd. Maar met dit boek had ze van het begin af aan moeite gehad en was ze geplaagd door tegenslagen.

Ze was er thuis in New York aan begonnen. Maanden had ze zitten zwoegen, pogend een ritme te vinden. Maar hoe meer ze eraan werkte, hoe meer ze in de war raakte. Het liep gewoon niet. Voor het eerst in haar schrijverscarrière had ze steeds minder zin om aan haar bureau te gaan zitten. Ze nam uitnodigingen aan voor etentjes waar ze normaal gesproken geen tijd voor had. Ze nam zelfs de telefoon op in de uren die ze altijd reserveerde voor het schrijven.

De hoofdpersoon van haar nieuwe boek was Winnie Dandridge, een moordenares uit de welgestelde kringen van Houston. Een charmante vrouw die haar maffiaminnaar had betaald om haar rijke echtgenoot om zeep te brengen. De connecties van het paar met de georganiseerde misdaad baarden Diane zorgen. Vooral na twee anonieme brieven waarin ze was gewaarschuwd het boek niet te schrijven. Ze zat echter niet alleen in over haar persoonlijke veiligheid, maar ook over de problemen met het verhaal zelf, en de manier waarop ze het wilde vertellen.

Toen maart opeens voorbij was en de deadline van 1 juni akelig dichtbij kwam, had ze aan Maine gedacht, aan het huis van haar ouders op Blue Peek Island. Het eiland was 's winters vrijwel uitgestorven, en dus een perfecte plek om in alle rust te werken. Er zat alleen maar een handjevol vaste bewoners, hoofdzakelijk kreeftenvissers. Drie dagen later had ze haar koffer gepakt en was ze vertrokken. Slechts twee mensen wisten waar ze was: haar vaste redactrice en haar literair agent.

Ze was ongeveer een week geleden in Maine aangekomen, vastbesloten hard aan het werk te gaan. Maar tot haar ergernis had ze gemerkt dat de verandering van omgeving niet had geholpen. Ze maakte lange wandelingen, staarde naar de zee en maakte zich zorgen over haar deadline. Iedere middag om vijf uur ging ze joggen, een rondje van vijf kilometer, een ritueel dat haar er dagelijks aan herinnerde hoe weinig ze ook die dag voor elkaar had gekregen. Ze werd erg goed in het verzinnen van smoesjes, gaf allerlei omstandigheden de schuld. Daglicht werd een obsessie, zowel het teveel als het te weinig eraan. Overdag gaf ze het zonlicht de schuld, 's avonds de duisternis.

Ze wist natuurlijk wel dat het aan haarzelf lag. Als ze echt had willen werken, zou niets haar hebben tegengehouden. Ze had door de jaren heen wel onder moeilijker omstandigheden gewerkt. Ooit had ze een hele nacht in een morsige hotelkamer zitten schrijven terwijl een stelletje in de kamer ernaast luidruchtig de liefde bedreef en hun kreten en gekreun zich hadden gemengd met die van de slachtoffers in haar verhaal. Dood en seks. Seks en dood. Hoe vaak hoorden die niet bij elkaar, explosies van haat en liefde die elkaar opvolgden als in een soort kosmische dans. Ze had die nacht in een soort trance geschreven, was helemaal vergeten waar ze zat. En dan had je de jaren dat ze als verslaggever in een rumoerige nieuwskamer had zitten schrijven, met rondom collega's die zaten te telefoneren en redacteuren die om kopij riepen. Nee, als ze aan werken toe

41

was geweest, had ze de woorden heus wel gevonden.

Ze zag de veerboot uitvaren en langzaam naar het vasteland stomen. Ze kon net zo goed even de post gaan halen, dan had ze dat maar vast gedaan.

Het postkantoor was een eindje verderop in de straat, een bescheiden, withouten gebouwtje met een dapper wapperende Amerikaanse vlag. Er was niets veranderd sinds ze hier als kind de zomers had doorgebracht en nog niet eens over de toonbank had kunnen kijken wanneer ze op postzegels wachtte.

De bel klingelde toen ze de deur opendeed.

'Ik ben nog aan het sorteren, Diane. Het kan nog wel een minuutje of tien duren.' Jenny Ward, een stevige eilandbewoonster, was een paar jaar jonger dan Diane. Ze had het postkantoor overgenomen toen haar moeder met pensioen was gegaan.

'Geeft niks. Ik wacht wel even.' Binnen was het licht en warm, en het rook er naar koffie en lijm. Aan de muur aan de voorkant hingen rijen postbusjes met koperen deurtjes. Diane ging op een houten stoel zitten die voor een van de ramen stond.

'Hoe gaat het met het boek?' Achter de toonbank sorteerde Jenny razendsnel de post.

'O... goed hoor.' Diane vertrok haar mond tot de geforceerde glimlach die haar vrienden in New York ook regelmatig te zien kregen.

'Nou, ik hoop dat je het snel afmaakt, want ik kan nauwelijks wachten tot het uitkomt. Ik snap niet hoe je het allemaal kunt schrijven, echt niet.'

Ik ook niet, dacht Diane. *Geloof me. Ik ook niet.*

Jenny bleef babbelen, nieuwtjes over het eilandleven. Het kreeftenseizoen. Een nieuwe baby. De grondbelasting van vorig jaar. Ze leek het leven zo makkelijk op te vatten. Diane benijdde haar daarom. Al benijdde ze op dat moment eigenlijk iedereen die geen boek hoefde te schrijven.

'Alsjeblieft.'

Jenny gaf haar een aantal Fed Ex-enveloppen van haar agent en haar uitgeverij.

Diane scheurde de grote envelop van haar uitgeverij meteen open. Erin zaten drie kleinere enveloppen in zachte pastelkleuren. Zachtroze. Lichtblauw. Wit. Ze deden haar denken aan paaseieren. Er zat een briefje bij in Mariannes bekende handschrift: 'Allemaal fanmail zo te zien,' had ze geschreven. 'Ik had het idee dat je misschien wel een opkikkertje kon gebruiken.' Diane glimlachte, zij het een beetje wrang, toen ze bedacht dat Marianne niet eens wist hoe ver ze achterliep.

Ze maakte de roze envelop open en liet haar blik over de woorden in het spichtige, schuine handschrift glijden. 'Ik heb van mijn dochter *Dromen over sterven* cadeau gekregen en sindsdien heb ik al uw boeken gelezen. Bent u nooit bang dat de mensen over wie u schrijft een keer wraak zullen nemen?'

De volgende envelop die ze opende, was de witte. Ze vouwde het enkele velletje dun, wit papier open en las de korte, getypte boodschap.

Mijn gelukwensen, Diane, ik ben je niet vergeten.

Gelukwensen?

Verbaasd draaide ze het velletje papier om, op zoek naar uitleg. Waarmee werd ze gelukgewenst? Niet met haar jaardag bij de AA. Die was pas over een paar maanden. Ze bekeek de envelop. Geen poststempel of adres. Ze besloot Marianne te bellen om te vragen waar hij vandaan was gekomen. Ze stopte alle brieven in haar tas. De rest maakte ze thuis wel open.

Ze nam afscheid van Jenny en liep terug naar huis. Tussen de gebouwen door zag ze de vlakke grijze zee onder de lage grijze lucht. Ze had een beetje pijn in haar maag. Ze dronk te veel slechte koffie. Ze had een voorraadje French Roast meegenomen, maar die smaakte hier niet hetzelfde. Het oude aluminium koffiezetapparaat bezat een eigenaardige alchemie die de geurige koffiebonen veranderde in een onaangenaam bittere vloeistof.

Ze dacht verlangend aan haar flat in New York, de lichtjes, het verkeer, het lawaai. Ze woonde op een zolderverdieping in Tribeca, een grote open ruimte waar de zon vrij spel had. Op doordeweekse dagen ging ze altijd ontbijten in Le Pain Quotidien. Ze kon de knapperige croissant en de mok café latte bijna proeven. Na een paar uur achter haar bureau ging ze naar de fitnessclub. Daar sportte ze dan een poosje met Bob, haar vaste trainer, en soms nam ze daarna een massage. Thuis was dan inmiddels de post bezorgd, met het gebruikelijke voorraadje uitnodigingen. Uitnodigingen voor signeersessies, een première, verzoeken om lezingen. In New York leidde ze een bruisend leven, had ze vrienden, ging ze naar dineetjes en feesten. Allemaal dingen die haar van haar werk afleidden en waarvoor ze was gevlucht, maar die haar nu enorm aantrekkelijk leken.

Ze ging haar huis binnen, liep regelrecht naar haar bureau en dwong zichzelf aan het werk te gaan. *Nu blijf je zitten tot je wat gedaan hebt, Diane. Geen uitvluchten meer.* Ze werkte ongeveer twee uur en ging toen een broodje tonijn voor zichzelf klaarmaken – een heel verschil met de take-away sushi die ze thuis zou zijn gaan halen. Met het broodje in haar hand keerde ze terug naar haar bureau en werkte ze weer door.

Om drie uur zag ze tot haar verbazing dat ze meer dan tweeduizend woorden had geschreven. Ze legde nog een blok hout in de open haard en printte de nieuwe pagina's uit. Aan haar bureau herlas ze wat ze die dag had geschreven en zette met potlood wat aantekeningen in de kantlijn. Het zag er goed uit, beter dan ze had gedacht.

Toen ze weer opkeek, was het bijna vijf uur. Ze had flink gewerkt. Voor het eerst in maanden was het een goede dag geweest. Ze stond op, rekte zich uit en liep naar boven om zich om te kleden. Ze bond haar haren in een staartje, zette een muts op en stopte haar halsketting onder haar T-shirt. Gehoorgevend aan een impuls pakte ze de telefoon en draaide een nummer in New York.

De assistente van haar redactrice nam op.

'Hallo, Kaylie. Met Diane. Is Marianne er?'

'Nee, het spijt me, Diane. Ze is in vergadering. Kan ik iets voor je doen?'

'Nee. Of misschien wel. Ik vroeg me af… Ik heb daarnet de post ontvangen die jullie hebben doorgestuurd en daar zat een brief bij zonder afzender. Die moet dus door iemand zijn afgegeven. Ik was benieuwd van wie hij afkomstig is.'

Een korte stilte. 'O ja. Die heeft iemand afgegeven bij de receptie. Maar ik weet niet wie. Als je wilt, kan ik wel vragen of ze het genoteerd hebben.'

'Ja, heel graag.' Diane hoorde op de achtergrond telefoons rinkelen en iemand die op de gang iets riep. 'Nog één ding. Weet je toevallig wanneer die envelop precies is afgegeven?'

'Momentje.' Ze hoorde geblader. 'Ja. Gisteren.'

Nadat ze had opgehangen, trok Diane een windjack aan en verliet ze het huis voor haar dagelijkse joggingrondje. Ze volgde iedere dag dezelfde route. Eerst nam ze Harbor Road, de doorgaande weg van het eiland. Op een gegeven moment sloeg ze af naar Carson's Cove en volgde ze de door dennenbomen beschaduwde bosweg die langs de verlaten werf van Fischer liep en uitkwam bij de rotsige klippen aan zee.

Ze kikkerde altijd op wanneer ze eenmaal begon met hardlopen en vandaag was dat niet anders. De wind ruiste in de hoge oude bomen; het lege hemelgewelf strekte zich erboven uit. Wat kon je toch makkelijk de juiste verhoudingen uit het oog verliezen, vergeten hoe goed je het had. Ze moest opeens denken aan Nashville, waar alles was begonnen. Ze herinnerde zich nog goed de toevallige ontmoeting waar al het andere uit was voortgevloeid. Nu, achteraf gezien, zou je kunnen denken dat het onvermijdelijk was geweest, maar als ze heel eerlijk was, moest ze toegeven dat ze ook erg had geboft.

Haar eerste baantje was bij het dagblad van Nashville geweest, waar ze algemene verslaggeving had gedaan. Verhaaltjes over het weer en auto-ongelukken. Soms mocht ze als iemands plaatsvervangster naar vergaderingen van het schoolbestuur. Achteraf gezien vrij saai allemaal, maar toen had ze het interessant gevonden. Er was uiteraard geen kíjk op geweest dat ze het proces tegen Gage zou mogen verslaan. Dat baantje had Bryce Watkins, de ervaren misdaadverslaggever van de krant, gekregen. Maar net als de lezers was ze geboeid geweest door het verhaal, gefascineerd door het drama dat zich in het Davidson County Courthouse afspeelde. Ze had ieder woord gelezen dat erover werd geschreven en Watkins voortdurend aan zijn hoofd gezeurd om informatie. Een paar keer had ze haar eigen werk zelfs stiekem in de steek gelaten om delen van de rechtszaak te kunnen volgen.

Toch zou ze genoegen hebben genomen met een plaats aan de zijlijn, als Laura Seton er niet was geweest. Ze hadden elkaar ontmoet op een bijeenkomst van de AA in een kerk in het centrum van Nashville. Omdat ze tegen de zijmuur van de zaal had gezeten, had ze Laura zien binnenkomen en haar stilletjes een plaats zien kiezen op de allerlaatste rij. Ondanks de zonnebril en hoed had Diane haar herkend. En vanaf dat moment had ze geen woord meer gehoord van wat er werd gezegd, omdat ze alleen nog maar aan Laura kon denken. Ze had zich afgevraagd hoe ze haar zou kunnen benaderen zonder haar af te schrikken. Slechts kort had ze met zichzelf gedebatteerd of wat ze van plan was, moreel wel verantwoord was, omdat ze wist dat ze Laura's kwetsbaarheid uitbuitte, maar eigenlijk had ze haar besluit al genomen. Het voormalige vriendinnetje van Gage was de belangrijkste getuige van de openbare aanklager. Een exclusief interview met Laura Seton was de kans van haar leven.

Aan het eind van de bijeenkomst was ze naar buiten geheld en had ze Laura op de trap van de kerk ingehaald. 'Je keek zo ongelukkig,' had ze eruit geflapt. 'Mag ik je mijn nummer geven? Als je soms een keertje wilt praten, kun je me altijd bellen.' Ze had Laura een stukje papier gegeven met haar privé-nummer erop gekrabbeld.

Laura had haar hoofd gebogen gehouden. 'Dank je,' had ze zachtjes gezegd. Toen had ze het papiertje in haar zak gestopt en zich snel omgedraaid. Weken waren voorbijgegaan, maar Laura was niet meer naar de AA-bijeenkomsten gekomen. Daarover verbaasde Diane zich niet echt. Nieuwkomers woonden soms een of twee bijeenkomsten bij en gingen dan toch weer drinken.

Het proces tegen Steven Gage was inmiddels doorgegaan.

In de nacht nadat het vonnis was uitgesproken, werd Diane om even over tweeën wakker van de telefoon.

'Ik moet met iemand praten,' snikte Laura, nauwelijks verstaanbaar. 'Het spijt me, maar ik had je nummer. Ik wist niet... wie ik anders moest bellen.'

Diane was in vliegende vaart naar Laura's flat gegaan, waar ze de halflege flessen wodka had weggegooid en naar Laura had geluisterd. Urenlang waren de woorden naar buiten gerold in een stroom van zelfverwijten. Laura scheen ervan uit te gaan dat Diane wist wie ze was, of misschien kon ze vanwege de drank niet meer helder denken.

'Ik hield zoveel van hem,' had Laura gesnikt. 'En ik hou nog steeds van hem... ondanks alles... ondanks wat er allemaal is gebeurd. Hoe heb ik dit kunnen doen? Ik heb hem vermoord, de man van wie ik hou.'

'Je hebt hem niet vermoord, Laura. Je móést de waarheid vertellen.' Ze had mechanisch gesproken terwijl ze Laura zachtjes over haar schouder had gestreeld. Ze was bij haar gebleven en had haar getroost, maar in gedachten had ze aantekeningen zitten maken. In gedachten had ze het boek al vormgegeven.

Nu, meer dan tien jaar later, dacht ze een beetje verschrikt terug aan de ambitieuze jonge vrouw die ze was geweest. Verschrikt, maar ook dankbaar. Al haar boeken waren bestsellers geworden, maar het eerste was ingeslagen als een bom. Acht jaar na de eerste publicatie was *De verdwijnende man* nog steeds in herdruk en waren er meer dan vijf miljoen exemplaren van verkocht in drieëntwintig talen.

Diane kwam bij Harbor Road het bos weer uit. Ze jogde langs de verweerde houten schuur die op instorten stond en begon erover na te denken wat ze vanavond zou eten; veel had ze niet in huis. Misschien macaroni met tomatensaus, iets eenvoudigs, waar niet veel tijd voor nodig was. Dan zou ze nog een poosje werken, tot het tijd was om naar bed te gaan. Als ze het tempo van vandaag kon volhouden, zou ze haar deadline misschien nog halen. Wat was het vandaag? 6 april. Ze had dus nog bijna twee maanden. Als ze nu –

Mijn gelukwensen, Diane. Ik ben je niet vergeten.

Een gedachte flitste door Dianes hoofd. Het heden en het verleden botsten tegen elkaar. Ze keek naar de datum op haar Cartier-horloge. 6 april. Als de brief gisteren was afgegeven, zoals Kaylie had gezegd, was dat dus op 5 april geweest. En dat was een datum die in haar geheugen zat verankerd, een datum die ze nooit zou vergeten. Wat eigenaardig dat ze net aan hem had lopen denken, voordat ze dit verband had gelegd. Alsof haar onderbewustzijn alvast een sprong had gemaakt en de link had gevonden.

5 april, vijf jaar geleden.

De dag waarop Steven Gage was geëxecuteerd.

❧

Tot Callies grote opluchting was Anna 's avonds weer in een goede bui. Haar dochter schepte zich voor de tweede maal een portie gebraden kip op en praatte honderduit over Harry Potter. Het was alsof ze de confrontatie aan het ontbijt helemaal was vergeten.

'Mam, vind jij ook niet dat Henry een beetje op Harry Potter lijkt?'

'Ja, inderdaad.'

'Alleen is hij geen tovenaar.'

'Je weet maar nooit, Anna.'

'Mam, als jij op Zwijnstein zat, welk huis zou je dan willen? Als je niet voor Griffoendor was gekozen?'

'Ik zou alleen maar Griffoendor willen,' zei Callie speels. Griffoendor was Harry's huis.

'Maar als je daar nou niet voor was gekozen. Welk zou je dan willen?'

'Even denken,' Callie deed alsof ze diep nadacht. 'Zwadderich in ieder geval niet.'

Anna keek goedkeurend.

'Misschien... Ravenklauw. Is dat niet het huis van Cho?'

'Ja.'

'Zij lijkt me aardig. Met haar zou ik best vriendin willen zijn.'

Ze hadden in tijden niet zo'n gezellige avond gehad.

Pas toen Callie Anna instopte, merkte ze hoe moe ze was. De laatste tijd had ze lange dagen gemaakt op het alumnikantoor van Windham. Het adressenbestand voor de vijfde reünie was nog steeds niet terug van de zetter en nu Debbie Slater met zwangerschapsverlof was, stonden Martha en zij er alleen voor. Aan de studente die hen zou moeten helpen, hadden ze niet veel. Haar naam was Posy – Posy Kisch – maar ze noemden haar Kabuki Girl. Ze droeg altijd een dikke laag witte make-up en vuurrode lippenstift. Deze week was ze met groen haar op haar werk verschenen. Soms belde ze wanneer ze niet kwam, maar meestal nam ze die moeite niet eens.

Maar hoe moe ze ook was, ze moest echt nog een aantal artikelen lezen. Ze liet de vaat in een sopje staan en liep de trap op naar haar kamer en haar bureau. Nadat ze maandenlang allerlei methoden had uitgeprobeerd, wist ze dat dit het beste was. Je niet laten afleiden. Gaan zitten en werken. Ze deed de halogeenlamp op haar bureau aan en pakte een samenvatting. '*De ene keer zie je het wel, de andere keer niet: onbewuste overbrenging en persoonsverwisseling.*' Ze zocht in de stapel artikelen tot ze de tekst had gevonden die ze zocht.

Toen ze begon te lezen, was het alsof de wereld om haar heen verdween. Ze waren bezig met het onderwerp geheugen en ze vond de leerstof erg intrigerend. Jury's, schreef de auteur van het artikel, hechtten veel waarde aan de verklaringen van ooggetuigen. Eén geloofwaardige ooggetuige kon een beklaagde achter de tralies brengen. En toch was vaak gebleken dat onder ede afgelegde getuigenverklaringen onjuist waren. 'In sommige gevallen liegt de getuige, maar het komt vaker voor dat hij of zij zich doodgewoon vergist. Er wordt veel te weinig aandacht besteed aan de grillen van het geheugen.'

Er roerde zich iets in haar achterhoofd: het verleden dat haar een bezoekje bracht.

Dingen die ze zich herinnerde of meende zich te herinneren.

Dingen die ze liever zou vergeten.

Ze las de inleiding door en begon aan de tekst zelf: de case-study die de auteur gebruikte om zijn stelling toe te lichten. In het eerste geval had een kaartjesverkoper een matroos aangewezen als de man die hem onder bedreiging met een vuurwapen had beroofd. De matroos was echter onschuldig en had zelfs een alibi. Later bleek dat de matroos al vaker kaartjes bij hem had gekocht. Omdat hij de kaartjesverkoper bekend was voorgekomen, had die hém uit de rij van mogelijke verdachten gepikt. Een ander voorbeeld ging over een psycholoog die beschuldigd was van verkrachting; ook hij was door het slachtoffer uit de verdachtenrij gepikt. Maar op het moment dat de verkrachting had plaatsgevonden, had de psycholoog deelgenomen aan een live-programma op tv. De verklaring? Het slachtoffer had naar het programma gekeken toen ze was verkracht en de herinnering aan wat ze op het scherm had gezien, had zich gemengd met de herinnering aan de verkrachting. Ook dit was een klassiek voorbeeld van onbewuste overbrenging, een hapering in het geheugen.

Onbewuste overbrenging.

Callie schreef het op. Ze staarde een poosje naar de term en dacht na over wat ze had gelezen.

'*Er wordt veel te weinig aandacht besteed aan de grillen van het geheugen...*'

Veel te weinig aandacht. Misschien.

Maar soms veel te veel.

Ze wilde graag meer te weten komen over deze getuigen, die zo zelfverzekerd waren geweest, zo pertinent. Waren mensen met bepaalde karaktertrekken eerder dan anderen geneigd zulke fouten te maken? En hoe zat het met iemand die voortdurend aan zichzelf twijfelt? Die weet wat ze heeft gezien, maar weigert dat zelf te geloven? Zijzelf behoorde tot de tweede groep, dat wist ze zeker. Als haar zou worden gevraagd iemand te identificeren, zou ze gekweld worden door twijfels. Hoeveel zelfvertrouwen ze ook zou hebben, ze zou altijd blijven twijfelen. Ze dacht aan een meisje genaamd Laura Seton, zag haar gekwelde ogen weer voor zich, zag haar in de getuigenbank, waar ze met uitgestoken vinger Steven Gage had aangewezen. Ze dacht aan Sharon Adams, de beste vriendin van Dahlia Schuyler. Op het moment zelf had ze zich al afgevraagd hoe je zo zeker van je zaak kon zijn. Was er niet altijd dat kleine beetje twijfel dat fluisterde dat je het ook wel mis kon hebben?

Door de jaren heen had ze zichzelf geleerd bepaalde feiten van zich af te zetten. Het was een vaardigheid die ze zorgvuldig had ontwikkeld, een werktuig dat ze nodig had om te overleven. In het begin had ze het omwille van haar dochter gedaan; later voor zichzelf. Jarenlang had ze plezier gehad van deze gewoonte en er nooit vraagtekens bij gezet. Nu pas kwam het in haar op dat deze strategie ook averechts kon werken. Ze had het briefje dat ze gisteravond onder de deur had gevonden, van zich afgezet. Nu dwong ze zichzelf het uit de bureaula te pakken waarin ze het had weggestopt.

Mijn gelukwensen, Rosamund. Ik ben je niet vergeten.

Callie pakte een notitieboekje en sloeg een lege pagina op. Ze likte aan haar lippen terwijl ze naar het onbeschreven blad keek en nadacht over hoe ze moest beginnen.

Wie kon het briefje hebben gebracht?

Dat was de vraag.

Het moest iemand zijn die wist waar ze woonde, iemand die moeite had gedaan haar te vinden.

Callie keek uit het raam boven haar bureau. Het was bijna donker. Ze zag de fijn afgetekende zwarte boomtakken die zich uitstrekten naar de hemel. Aan de overkant brandde alleen licht achter een raam op de tweede verdieping en de Mercedes van Bernie Creightons was een zwarte vlek op de overschaduwde oprit. Ze had de deuren en ramen al op slot gedaan en de alarminstallatie in werking gezet. Maar toen de wind de bladeren deed bewegen, dacht ze opeens dat ze iemand zag.

Met een abrupt gebaar kwam ze half overeind, stak haar hand uit naar het raam en liet het bamboe rolgordijn zakken. Het kwam met een klap naar beneden en sloot de nacht buiten. Ze zakte terug op haar stoel, haalde diep adem en maande zichzelf kalm te blijven. Ze keek weer naar de witte pagina met de lichtblauwe lijntjes. Het was niet alleen de vraag wie, maar ook waarom. Waarom had iemand dit gedaan, dit briefje onder haar deur geschoven? Wat zat erachter? Waar was die persoon op uit?

Geld misschien. Chantage.

Of wraak.

Een ogenblik danste die gedachte door haar geest, gevaarlijk helder en scherp. Toen hield ze zichzelf streng voor dat het niet waar was. Dat het niet waar kon zijn. Steven Gage was dood. Tenzij...

Een nieuwe gedachte drong zich aan haar op, met verpletterende logica.

Hij kan het van tevoren gepland hebben. Hij kan het geregeld hebben.

Als een elektrische schok sidderde dat denkbeeld door haar lichaam. Op het moment dat de gedachte in haar opkwam, wist ze dat het waar was. Heel even voelde ze zich alsof iets haar belette te ademen. Haar gedachten namen een wilde vlucht. Maar langzaamaan begon ze weer helder te denken en kwamen de vragen.

Wie had hij ervoor gecharterd?

Wie zou erin hebben toegestemd?

Het antwoord diende zich bijna onmiddellijk aan: Lester Crain.

Wat Steven Gage en Lester Crain hadden gedaan, was het toppunt van onbeschoftheid geweest, de ergste belediging die ze de rouwende families van hun slachtoffers hadden kunnen aandoen. Crain, een verkrachter en moordenaar, was indertijd een magere punk met een grote bek geweest, pas zeventien toen hij de misdaad had gepleegd waarvoor hij de doodstraf had gekregen: hij had een weggelopen tiener op gruwelijke wijze gemarteld en vermoord. Nadat hij zijn slachtoffer herhaalde malen had verkracht, had hij haar aan het plafond opgehangen, met een nijptang haar tepels eraf geknepen en haar vagina volgespoten met bleekmiddel. Tegen de tijd dat hij met haar klaar was, was haar lijk amper herkenbaar geweest als dat van een mens. Crain was echter niet alleen vanwege deze misdaad berucht geworden, maar nog meer vanwege het cassettebandje waarop hij de ijselijke kreten van zijn slachtoffer had opgenomen.

Gage en Crain hadden elkaar leren kennen in de dodencellen van Tennessee en snel een bondgenootschap gesloten. Gage was al een levende legende, Crain werd zijn pupil. De ongelooflijke reeks gebeurtenissen die op hun kennismaking was gevolgd, was begonnen in de gevangenisbibliotheek, waar Gage zijn legale vaardigheden als praktiserend gevangenisadvocaat had aangescherpt. Met de hulp van Gage wist Crain het voor elkaar te krijgen dat hij opnieuw berecht zou worden, door een rechter ervan te overtuigen dat het cassettebandje met de

51

doodskreten dat de jury had beluisterd, door de politie was gevonden tijdens een ongeoorloofde huiszoeking. Later vertelde Crain op een persconferentie vrolijk dat hij zijn tweede kans te danken had aan Steven Gage. Hij zou zijn best doen, beloofde hij, om hem ooit net zo'n dienst te bewijzen.

Dit was allemaal al erg genoeg, maar daarmee was het nog lang niet afgelopen.

Toen hij op zijn tweede rechtszaak zat te wachten, was Lester Crain uit de gevangenis ontsnapt. Het had maanden geduurd voor de opschudding die Crains ontsnapping had veroorzaakt, was gezakt. Afgezien van de moord in Tennessee werd hij verdacht van nog meer misdaden. Twee wrede verkrachtingsmoorden in Texas en een in het zuiden van Florida. Voorspellingen van deskundigen dat Crain nogmaals een moord zou plegen, goten olie op het vuur van de angst. Seksuele psychopaten als Crain, zeiden de experts, hielden nooit op.

Maanden, en toen jaren, wachtte iedereen tot Crain ergens zou opduiken. Maar al naargelang de tijd verstreek, begon men er zoetjesaan van overtuigd te raken dat er iets was gebeurd. Dat Lester Crain dood was of niet meer in staat iets te doen. Een derde mogelijkheid was dat hij erin was geslaagd het land te verlaten. Crain had een aantal jaren een losbandig leven geleid op de grens van Texas toen hij samen met zijn aan de drank verslaafde vader aan de rand van El Paso had gewoond. Het zou niet makkelijk zijn geweest vanaf Tennessee helemaal naar Texas te komen, maar als Crain er op de een of andere manier in was geslaagd de grens te bereiken, kon hij die makkelijk hebben overschreden.

Dit alles was lang geleden gebeurd, zeven, acht jaar geleden. Maar als Crain nog leefde, moest hij ergens zijn. Zou hij soms hier zijn? In Merritt?

Callie stond abrupt op. Adrenaline stroomde door haar lichaam. Ze voelde een allesoverheersende aandrang met iemand te praten. Rick sliep waarschijnlijk al, maar ze probeerde het toch. Haar hand omvatte de hoorn van de telefoon toen ze zijn nummer indrukte. Nadat de telefoon viermaal was overgegaan, sloeg het antwoordapparaat aan en hoorde ze zijn stem op het bandje. Bijna sprak ze een boodschap in, maar uiteindelijk veranderde ze van gedachten en hing ze op.

De doos stond op de hoogste plank van de kast, achter een rij schoenen.

Ze klom op een trapje om hem te pakken.

Ze ging in de slaapkamer op de grond zitten met de doos tussen haar benen. Het was er net zo een als die ze op Windham had, een eenvoudige witte doos om dossiermappen in op te bergen. Een ogenblik staarde ze naar de kartonnen deksel, bedekt met een laagje stof. Ze dacht vluchtig aan Pandora en die andere, mythische doos. Haar veiligheid was echter niet gegarandeerd als ze de deksel op haar doos liet zitten. Dat wat *zij* vreesde, bevond zich buiten de doos. Dat kon niet opgesloten worden.

De doos zat helemaal volgepakt: dossiermappen, schriften, foto's. Ze nam de pakketjes er behoedzaam uit en legde ze op de vloer. Een map met vergeelde krantenknipsels. Een klein, blauw notitieboekje. Haar maag verkrampte toen ze brieven zag die in een fors, schuin handschrift waren geschreven. Ze bleef er een poosje naar staren, durfde ze bijna niet aan te raken.

Helemaal onder in de doos vond ze waar ze naar zocht. Toen ze het boek pakte, keek ze met opzet niet naar de foto op het omslag. Ze wilde zijn gezicht niet zien. Niet nu. In ieder geval nog niet. Ze zag dat de rug van het boek een beetje loszat, alsof hij afstand nam van de pagina's. Heel voorzichtig, zodat de bladzijden niet zouden losraken, sloeg ze de titelpagina op.

De verdwijnende man:
het geheime leven van de seriemoordenaar Steven Gage.
Door Diane Massey

Langzaam sloeg ze de bladzijden om tot het eerste hoofdstuk met de bekende openingszinnen.

Gedurende de maanden voordat hij in Nashville, Tennessee, werd gearresteerd, reisde Steven Gage het hele land door. Zijn reizen hadden een gejaagd karakter en vaak vertrok hij plotsklaps en zonder aanwijsbare reden. Van Boston naar San Francisco, door naar Miami en weer terug naar Boston. Van Nashville naar Phoenix en Burlington. Van Charlotte naar Indianapolis. Toen al het bewijsmateriaal bijeen was gebracht – de bonnetjes van de benzine die hij had gekocht met gestolen creditcards, de vliegtickets die hij had besteld onder een valse naam – zou blijken dat hij gedurende die wanhopige zes maanden bijna vijftigduizend kilometer had afgelegd. En overal waar hij was geweest, waren vrouwen gestorven...

Minuten verstreken. Callie bleef lezen, haar ogen vlogen over de pagina's. Iedere zin, ieder woord, ieder beeld bracht haar terug naar het verleden.

Achteraf gezien lijkt het ongelooflijk dat hij niet sneller is gepakt. Hij reed vaak in zijn eigen auto, gebruikte veelal zijn eigen naam, reisde doodleuk overdag. Een mogelijke theorie was dat hij had gehoopt dat hij gepakt zou worden. Toch heeft Gage tien jaar lang straffeloos vrouwen vermoord. Getuigen met wie hij persoonlijk had gesproken, hadden moeite hem te beschrijven. Ze zeiden allemaal dat hij lang en knap was, maar niemand kon veel méér over hem zeggen. Een knappe man, die toch geen blijvende indruk achterliet, de perfecte vermomming voor een moordenaar. Hij had geen vermommingen nodig. Zijn eigen gezicht was goed genoeg. Hij glipte de wereld van zijn slachtoffer binnen en nam haar met zich mee wanneer hij vertrok. Ook wanneer een lijk werd gevonden, was daarop geen spoor van hem te vinden. Geen haren. Geen vezels. Geen vingerafdrukken. Ze noemden hem de verdwijnende man.

Callie werd er opnieuw door overspoeld, door het afgrijzen over wat hij had gedaan. En het ging niet alleen om de slachtoffers, maar ook om hun ouders en de andere nabestaanden. Nu ze zelf een kind had, kon ze zich een dergelijk leed niet eens inbeelden. Ze dacht aan de familieleden van Dahlia Schuyler, aan die van alle anderen; tientallen, misschien honderden verwoeste levens die nooit meer zouden worden als voorheen. Ze dacht aan Dahlia's jongere broer, die zich zo schuldig had gevoeld aan haar dood. Hij was ervan overtuigd geweest dat Dahlia gered had kunnen worden als hij op tijd was gekomen. Zoveel levens die waren afgekapt, een bijna eindeloze lijst namen. Fanny Light. Clara Flanders. Dana Koppleman. Tientallen mooie, jonge vrouwen, allemaal met sluik blond haar.

Heel langzaam, heel geleidelijk, veranderde er iets in haar binnenste. Ondanks de verwarring van de aanstormende gedachten werd haar iets duidelijk. Een overtuiging dat ze álles zou doen om het leven dat ze had opgebouwd, te beschermen.

Langzaam sloot ze het boek en nu keek ze naar het gezicht op het omslag. Ze dwong zichzelf het te bekijken, haar blik niet af te wenden. De uitpuilende ogen, de gezwollen aderen. De tanden ontbloot in woede. Ze was niet bang meer, het enige wat ze voelde was een enorme vastberadenheid. Nog steeds naar het boek kijkend, fluisterde ze: *'Deze keer zul je niet winnen.'*

Maandag 10 april

Het Prada-pakje paste perfect.

Melanie was een van de beste klanten van meneer Lin en ze had hem zover gekregen dat ze de rok, die iets ingenomen had moeten worden, zaterdag al had kunnen halen. Toen ze door de gang naar haar kantoor liep, voelde ze de bewonderende blikken. De lange zwarte rok zat strak om haar heupen en liep van onderen iets uit. Het zwarte jasje was nauwsluitend en getailleerd. Ze voelde zich zowel gepantserd als sexy, een gevaarlijke combinatie. Een vrouw die zich zo'n pakje kon veroorloven, was iemand die je niet tegen je in het harnas wilde jagen. Ze glimlachte in zichzelf toen ze door de gang liep.

Kijken mag, aankomen niet.

'Tjonge. Wat zie je er fantastisch uit!'

'Dank je, Tina.' Melanie glimlachte tegen haar secretaresse en draaide zich om bij de deur van haar kantoor. 'Zeg, ik moet even iets doen. Verbind voorlopig niemand door, goed?'

Toen ze de deur achter zich dichtdeed, verdween de glimlach van Melanies gezicht. Er was een reden waarom ze vandaag dit pakje had aangetrokken. Ze wilde het gevoel hebben dat ze alles aankon. Buiten, tweeëntwintig verdiepingen lager, kroop het verkeer over Park Avenue. Ze keek er eventjes naar en pakte toen de telefoon. Het was pas even over halfnegen, maar Frank ging altijd vroeg naar zijn werk. Een van de dingen die ze gemeen hadden gehad. Een van de weinige dingen, zoals was gebleken.

'Frank Collier, alstublieft. U spreekt met Melanie White.'

'Ja, mevrouw White. Ik verbind u door.' De stem van de secretaresse kwam haar niet bekend voor, maar blijkbaar wist ze wie Melanie was. Terwijl ze wachtte tot Frank aan de lijn zou komen, vroeg Melanie zich af wat haar was verteld. *Dat ze hém*

56

heeft verlaten, zeg. Dan is 't vast een kreng van een mens.

'Hallo, Melanie. Fijn dat je terugbelt.' Ze voelde zich wee worden toen ze de bekende lijzige stem hoorde. Zelfs op honderden kilometers afstand was Frank Collier een overheersende figuur. Ze stelde zich hem voor in zijn ruime kantoor met het uitzicht op het Capitool. Hij was indrukwekkend lang, één meter negentig, had staalgrijs haar en onschuldig blauwe ogen. Ze zag hem voor zich: achterover geleund in zijn leren stoel, met een lome glimlach op zijn gezicht, alsof hij er geen seconde aan twijfelde dat hij uiteindelijk zijn zin zou krijgen.

'Sorry dat het een beetje lang heeft geduurd. Ik zat midden in een kort geding.' Ze klonk beleefd maar afstandelijk, zoals ze had gehoopt te klinken. Ze was niet van plan hem te laten merken hoezeer ze tegen dit telefoontje had opgezien.

'Hoe is het gegaan?'

'Goed. We hebben gewonnen. De rechter heeft meteen een uitspraak gedaan.' Ze ergerde zich aan de trotse klank in haar stem. Alsof ze een kat was die een vogeltje aan zijn voeten deponeerde. Alsof ze op een aai hoopte van Frank Collier, megaadvocaat. Misschien zou het haar minder hebben gestoord als dat niet jarenlang ook echt zo was geweest.

'Dat verbaast me niets, Melanie. Je bent een prima advocaat.' Zijn woorden klonken haar minzaam in de oren, maar misschien verbeeldde ze zich dat. Maakte niets uit. Terzake.

'Frank, ik had graag dat je ophield steeds contact met me te zoeken. De telefoontjes, dat briefje. Ik heb er echt genoeg van.'

'*Telefoontjes?*' Hij klonk verbaasd. 'Ik heb je maar één keer gebeld, Melanie. Vorige week. Ik heb toen een bericht achtergelaten. En ik weet niet over welk briefje je het hebt.'

'Maar...' Melanie zweeg verward. Dit antwoord had ze niet verwacht. Van wie kon dat briefje dan afkomstig zijn? Maar waarom zou hij liegen? Als hij het briefje had gestuurd, zou ze niet weten waarom hij dat niet gewoon zou toegeven.

Hij sprak weer. 'Melanie, geloof me, op dat punt zijn we het roerend met elkaar eens. En er is een reden waarom ik je heb gebeld.'

Een lange, geladen stilte, het handelsmerk van Collier. 'Ik vond dat ik het je zelf moest vertellen. Ik ga weer trouwen.'

Ze begon bijna te lachen, want ze dacht dat het een grap was, maar de stilte die op zijn woorden volgde, vertelde dat ze het mis had.

Een ogenblik bevroor de wereld. De tijd leek stil te staan. Toen bewoog alles zich opeens op dubbele snelheid en was ze te kwaad om iets te kunnen zeggen. *Wat een klootzak. Wat een vuile schoft.* Ze kwam in de verleiding hem over haar eigen verloving te vertellen, hem dat voor de voeten te gooien. Maar ook al was de verleiding sterk, ze wist dat ze te lang had gewacht. Zo vlak na Franks aankondiging zou het een nederlaag zijn. Een armzalige poging hem ervan te overtuigen dat ze nog steeds begeerlijk was. Had ze het hem maar eerder verteld. Maar daar had ze nu natuurlijk niets aan. Het enige wat er voor haar overbleef, was voorgeven dat het haar niets deed.

'Gefeliciteerd,' zei ze koel. 'Ik hoop dat je erg gelukkig zult worden.'

◈

Diane Massey had een pesthumeur.

Ze typte nog een paar woorden op haar laptop en staarde toen weer in het niets. Het was vanochtend begonnen, toen ze haar post was gaan halen. Jenny had haar verteld dat er een man op het postkantoor was geweest die had gevraagd of ze op het eiland was. Hij had niet willen zeggen hoe hij heette, maar beweerde dat ook hij schrijver was. Hij had gezegd dat hij net als Diane in alle rust wilde werken, maar het niettemin prettig vond te weten dat ze hier was. Het was niet nodig er iets tegen Diane over te zeggen, had hij haar op het hart gedrukt. Hij wilde haar beslist niet storen.

Diane geloofde er geen woord van.

Ze had meteen gedacht dat het Warner wel zou zijn.

Hun relatie was meer dan drie maanden geleden stukgelopen, maar hij weigerde het op te geven. In New York belde hij haar nog steeds een paar keer per week en iedere keer smeekte hij haar hem nog een kans te geven. Hij wilde ook aldoor met haar komen praten. Ze reageerde nooit op de berichten die hij op haar antwoordapparaat insprak, maar ze bezorgden haar iedere keer een onaangenaam gevoel. Het contrast tussen wie hij was en de man die ze had gemeend in hem te zien. Jenny's beschrijving van de onbekende man had haar echter enigszins gerustgesteld – Warner had geen baard – maar de gedachte dat hij haar hier zou kunnen vinden, gaf haar een zeer onprettig gevoel.

Ze werkte nerveus nog een paar uur door, maar kon zich niet concentreren. Ze was blij toen het eindelijk vijf uur was. Tijd voor haar joggingrondje. Voordat ze de deur uitging, pakte ze haar walkman en deed er een cassette van Garbage in. Meestal vond ze de stilte juist kalmerend, maar vandaag had ze behoefte aan lawaai. Aan iets wat ruig en woest genoeg was om de ongeruste gedachten te verdrijven.

Alweer zo'n grauwe dag. Een landschap in tinten grijs. Leigrijs water. Een bleekgrijze hemel. Hoge donkergrijze bomen. Je kon nauwelijks geloven dat het uiteindelijk toch weer lente zou worden, laat staan dat daar een zonnige zomer op zou volgen. Ze zag een auto aankomen, maar kon het geronk van de motor nauwelijks horen omdat de harde muziek in haar koptelefoon al het andere geluid overstemde.

Toen ze de ongeplaveide weg naar Carson's Cove insloeg, sloot het bos zich meteen om haar heen. Tengere dennenbomen, onvoorstelbaar hoog, vele rijen dik. Meestal knapte ze op van het joggen, maar vandaag gebeurde ook dát niet. Wat haar het meeste dwarszat, was het onaangename gevoel dat iemand ingebroken had in haar persoonlijke levenssfeer. Al was dat niet echt rationeel. Het eiland was niet van haar alleen. Toch raakte ze het irritante gevoel niet kwijt dat iemand zich aan haar opdrong. Dat was een van de dingen waarover ze met Warner steeds ruzie had gehad. Hij begreep niet dat ze er behoefte aan had alleen te zijn. Maar daar wilde ze nu niet over piekeren. Een oplossing zou ze toch niet vinden. Uiteindelijk kwam de keuze altijd op hetzelfde neer: haar werk of de liefde. Allebei tegelijk ging niet.

Een tijdlang had ze gedacht dat Warner anders was. De uitzondering die de regel bevestigde. Hij maakte zelf zulke lange uren dat ze had gedacht dat ze het goed met elkaar zouden kunnen vinden. Maar uiteindelijk was ook hij kribbig geworden en steeds meer van haar gaan eisen. Toen puntje bij paaltje kwam had hij, net zoals de anderen, iemand gewild die voor hem zou zorgen.

Er was altijd een ontnuchterend moment waarop ze besefte dat het niets zou worden. En dat moment kwam uiteindelijk toch heel plotseling, zodat ze er iedere keer door werd overrompeld. Je zou denken dat zoiets geleidelijk ging, een trage opeenstapeling van feiten, als de opbouw van een rechtszaak. Maar zover terug als ze zich kon herinneren, was dat juist nooit het geval geweest. In plaats daarvan was er altijd één specifiek moment geweest waarop alles opeens duidelijk was geworden.

Ze wist van iedere relatie nog precies wanneer dat was gebeurd. In het geval van Don Bishop, de cardioloog, was het op een avond na het eten geweest. Hij had in gedachten verzonken naar haar boekenkasten staan staren en gezegd: 'Vind je niet dat je genoeg boeken hebt?' Bij Phil Brooks was het keerpunt gekomen toen hij een bericht had achtergelaten dat alleen maar luidde: 'Met mij.' Het ging niet eens om de woorden, maar om de intonatie, de stompzinnige manier waarop hij verdiept was in zichzelf. Vanaf dat moment had ze niet meer op zijn telefoontjes gereageerd en uiteindelijk had hij het opgegeven.

Bij Warner was het moment gekomen toen hij voor het eerst zijn stem had verheven. Haar gedachten gleden terug naar die laatste avond, de laatste keer dat ze elkaar hadden gezien. Ze waren gaan eten bij Raoul's, bij haar om de hoek. Ze had al iets van die dreiging gevoeld, een stroming onder de oppervlakte. Tussen happen van haar steak au poivre door had ze erover zitten denken of ze iets moest zeggen. Eenmaal terug op haar flat hadden ze vreselijke ruzie gekregen.

Ze was aangekomen bij het smalle pad naar het water. Precies op het moment dat ze de eerste glimp van de zee zag, kreeg ze van achteren een klap die haar de adem benam. Ze dacht alleen maar: *Wat?* Terwijl ze haar eigen lichaam door de lucht zag vliegen, voelde ze alleen maar pure verbazing. Dat kon goed of slecht zijn. Ze wist het echt niet. Ze probeerde haar val te breken met haar handen, maar was niet snel genoeg. Ze viel plat op haar gezicht en haar brein leek te imploderen. Het duurde een seconde voordat de pijn tot haar doordrong en ze zich niet meer kon verroeren. Toen, alsof iemand een schakelaar had omgedraaid, kreeg ze het gevoel in haar lichaam terug. Pijnscheuten schoten door haar heen. Alles werd wazig. Haar gedachten, haar lichaam, de hemel, de aarde – niets was nog zoals het behoorde te zijn.

Boven zich hoorde ze vaag iemand ademen.

Haar nagels drongen in de harde grond toen ze probeerde op haar knieën overeind te komen, maar net toen ze zich op één elleboog had opgericht, zette iemand zijn voet op haar rug. De voet werd gevolgd door het zware lichaamsgewicht. Ze hoorde het kraken van botten. Ze stak een arm uit in een zwijgende smeekbede, graaide in het niets. Ze probeerde te schreeuwen,

maar had geen adem en haar kreet was slechts een zacht ge-
jammer. Het gewicht drukte nog zwaarder op haar, knieën
klemden zich tegen haar flanken. Ze zag gespierde dijen in
zwart denim. Ze voelde dat er iets rond haar hals werd gelegd
en langzaam aangetrokken. Angst maakte plaats voor pijn. Ze
kon niet meer nadenken. Ze wilde in leven blijven, ze wilde *le-*
ven. Haar longen snakten naar zuurstof.

Handen draaiden haar ruw op haar rug. Ze hapte naar adem
en snikte wanhopig. Haar blik gleed over de zwarte mouwen
van het overhemd naar zijn gezicht. Hij zei niets, keek alleen
naar haar zonder met zijn ogen te knipperen. Zelfs met de
baard herkende ze hem meteen. Ze vergat nooit een gezicht.

Jij, dacht ze. *Waarom jij?*

Ze wilde het echt weten.

Toen werd het ding rond haar hals strakker getrokken en
kon ze weer geen adem krijgen. Boven haar suisden de boomtoppen in de wind en zij zweefde ernaar toe. Een explosie van
kleuren achter haar ogen. Ze dacht aan Dahlia Schuyler. Het
laatste wat ze dacht voordat de hemel zwart werd, was: *Zo had
ze zich dus gevoeld..*

❧

Hij keek neer op de slappe gedaante op de grond. Zijn hart
bonkte nog van de inspanning. Hij was vervuld van een blijd-
schap die hij nog nooit eerder had ervaren.

Van alles wat is geschreven, houd ik alleen van wat is ge-
schreven in bloed...

De woorden van de grote Duitse filosoof bloeiden rood op in
zijn geest.

Na nog een of twee seconden keek hij met tegenzin op zijn
horloge. De grote wijzer stond op de twee, de kleine op de zes.
Het duurde nog een seconde tot het tot hem doordrong dat het
pas tien over zes was. Was het echt zo snel gegaan? Het leek onmogelijk. Met een schokje vroeg hij zich af of zijn horloge soms
stilstond. Hoe laat was het in werkelijkheid?

Toen viel het gouden horloge rond haar bleke pols hem op.
Met de handschoenen nog aan draaide hij haar arm tot hij de
wijzerplaat van het horloge kon zien. Hij zag er de naam Cartier op staan. Zelfs hij kende die naam. Het horloge moest duizenden dollars hebben gekost, vijfduizend, tienduizend. Hijzelf

had $29,95 voor zijn klokje betaald. Maar beide horloges gaven dezelfde tijd aan. Dat deed hem goed. Timex. Cartier. Het maakte niet uit. Tijd was een van de weinige dingen in het leven die nog fair waren.

Het leven is niet fair. Hoe vaak had hij dat als kind niet gehoord. Alsof het iets was wat je maar had te accepteren. Alsof je machteloos was. Nou, hij accepteerde het niet. Hij was een man van daden. Je kon het verleden niet veranderen, maar je kon je er wel voor wreken. Door de jaren heen was hij tot de conclusie gekomen dat de mens een vrij zwak wezen was. De meeste mensen zaten liever te jeremiëren over wat er was gebeurd, dan dat ze deden wat er gedaan moest worden. Ze zochten niet naar kansen, maar naar smoesjes. Hoeveel mensen zouden het lef hebben te doen wat hij zojuist had gedaan?

Kan men zijn eigen rechter zijn en wreker van zijn eigen wet? Ja, ja en nogmaals ja. En nu had hij dat eindelijk bewezen.

Zijn blik gleed weer naar het roerloze lichaam op het pad. Hij zou graag nog een poosje zijn gebleven om het beeld goed in zich op te nemen, maar ook al waren er niet veel mensen op het eiland, hij mocht de voorzichtigheid niet uit het oog verliezen. Hij moest zijn werk aan het lijk afmaken en dan terugkeren naar zijn boot. Hij was onder dekking van de nacht aangekomen en zou op dezelfde manier vertrekken. Hij moest zich aan zijn schema houden, doen wat hem te doen stond en dan maken dat hij wegkwam.

Het recept voor mijn geluk: een Ja, een Nee, een rechte lijn, een doel.

De bekende woorden echoden in zijn hoofd, herinnerden hem aan zijn plannen. Hij moest zijn werk hier afronden en zorgen dat hij op tijd terug was in Merritt.

Dinsdag 11 april

CALLIE ZAT OP DE RAND VAN HAAR BED PLUISJES VAN HAAR trui te trekken, wat een erg kalmerende bezigheid was, omdat je er absoluut niet bij hoefde na te denken. Ze was klaar met de rechterkant en begon nu aan de linker. Een voor een plukte ze de pluizige bolletjes wol eraf en liet ze in de prullenbak vallen. Toen ze opkeek, was ze een beetje duizelig. Er waren twintig minuten verstreken.

Ze was nu al bijna een week zo. Verstrooid. Ongericht. De wereld rondom haar kwam haar als steeds onwerkelijker voor. Pas 's nachts, wanneer ze nergens meer besef van had, voelde ze de werkelijkheid weer. De oude nachtmerrie kwelde haar nu bijna iedere nacht. Steven Gage op het parkeerterrein, zijn handen die over haar lichaam gleden. De hitte van de begeerte, de angst voor de dood, ineengestrengeld in de slaap. Het ergste was dat de droom soms veranderde, alsof hij een eigen wil had. Soms zag Steven eruit als Lester Crain. Eén keer had hij Ricks gezicht gehad. Daarvan was ze hevig geschrokken. Het had aangevoeld als verraad. Ze was met een schok wakker geworden en naar het toilet gehold om over te geven.

Ze had nog steeds geen besluit genomen over wat ze moest doen. De afgelopen week had ze urenlang op het internet gezocht naar informatie over Lester Crain. Maar zoals ze al had verwacht, was er weinig wat ze niet al wist. Ze maakte zichzelf wijs dat dit een goed teken was; want dan was hij misschien wel dood. Alle deskundigen waren het erover eens dat een man als Crain niet zomaar zou ophouden met moorden. Toch was geen enkele misdaad aan hem toegeschreven in de jaren sinds zijn ontsnapping.

Ze wou dat ze iemand had met wie ze kon praten, maar er

was nu niemand meer. Ze dacht aan haar ouders in Indiana, die er afgelopen kerst opeens een stuk ouder hadden uitgezien. Haar vader met de wallen onder zijn ogen, haar moeder die haar opeens wat broos was voorgekomen. Na alles wat ze vanwege haar al hadden moeten doorstaan, kon ze hun dit echt niet aandoen. Bovendien, ook al ging ze met hen praten, wat zouden ze kunnen doen? Ze zouden zich alleen maar weer zorgen gaan maken, net als toen, net zoals ze nu al jaren deden. En ook nu zouden ze niet bij machte zijn hun dochter te beschermen. Toen ze zich voorstelde hoe zij zich in hun plaats zou voelen, werd ze gekweld door schuldgevoelens. Ze kon zich niets ergers voorstellen dan de angst dat je kind in gevaar verkeerde.

Vroeger had ze haar hart kunnen uitstorten bij haar oudere zuster, Sarah, maar de bedaarde, perfecte Sarah had nu zelf problemen. Zij en haar man waren zwaar getroffen door de malaise in de hightech van de afgelopen jaren. Gary was zijn baan kwijtgeraakt en Sarah, die arts was, moest weer hele dagen werken. Ze had twee jonge kinderen, van wie er één autistisch was, en zou liever thuis zijn gebleven om voor hem te zorgen. Nu moesten de kinderen naar de crèche zodat Gary naar werk kon zoeken.

De enige andere mogelijkheid was haar voormalige echtgenoot, Kevin Thayer. Die wist het in ieder geval. Aan hem hoefde ze niets uit te leggen. Kevin, met zijn ronde, blozende gezicht, zijn geur van Ivory-zeep. Belachelijk eigenlijk, dat hij haar de beste keuze leek. Ze hadden elkaar de afgelopen jaren amper gesproken. Hun scheiding was niet makkelijk geweest. Ze betwijfelde of hij het haar ooit had vergeven dat ze hem had verlaten. Maar inmiddels moest zelfs híj hebben ingezien dat het huwelijk nooit stand zou hebben gehouden. En nu hij een nieuw leven had opgebouwd, had hij minder reden om boos te zijn. Ze had gehoord dat hij een zoon had en dat er een nieuwe baby op komst was. Hij werkte voor een accountantsbedrijf in Chicago. Zijn vrouw was huisvrouw en moeder.

Ze had natuurlijk nóg een reden om Kevin te bellen. Ze dacht aan Anna. Ook als ze dat briefje niet zou hebben ontvangen, zat ze in haar maag met hun gesprek. Anna miste haar vader. Heel eenvoudig. Ze was het aan Anna verschuldigd Kevin te bellen en te proberen de schade te repareren. Wroeging overspoelde haar toen ze eraan dacht hoe blind ze was geweest; dat ze niet had gezien wat Anna allemaal moest doorstaan. Het feit dat ze het niet had geweten, was geen excuus. Ze had het moeten aanvoelen. Ze had Anna ernaar moeten vragen.

Kevins telefoonnummer stond niet in haar telefoonklapper, maar ze had het in de map met haar scheidingspapieren. Ze hurkte bij de la en tilde mappen op tot ze de juiste had gevonden.

Het blocnotevelletje met zijn telefoonnummer was vergeeld en droog van ouderdom. Hoe lang geleden was het nu alweer dat ze het had genoteerd? Zou het nog wel het juiste nummer zijn? Ze staarde onzeker naar de cijfers, piekerend over wat ze moest doen.

De telefoon pakken en het nummer draaien was eenvoudig genoeg. Maar wanneer ze die stap eenmaal zou hebben genomen, was er geen weg terug. Misschien kon ze het beter doen wanneer Anna niet thuis was. Want stel dat Anna het hoorde? Of toevallig de telefoon in een andere kamer oppakte? Ze moest ook aan Rick denken. Die kwam vanavond terug. Hij zou over twee uur hier zijn en ze moest nog onder de douche en zich aankleden.

Uit Anna's kamer kwam geen enkel geluid. Callie vroeg zich af wat ze aan het doen was. Rusteloos stond ze op en liep de gang door.

Toen ze op Anna's deur klopte, zag ze dat het plakkaat verdwenen was.

Een onbestemd geluid in de kamer. Toen riep Anna: 'Binnen.'

Callies blik ging automatisch naar het bed, maar daar zag ze Anna niet. Haar dochter zat voor haar computer, haar ogen op het scherm gericht. De kleren die op de monitor hadden gelegen, vormden nu een slordige stapel op een stoel. Anna staarde naar het scherm, haar hand op de muis.

Callie ging achter haar staan.

'Nog heel even, mam,' zei Anna. Ze keek ingespannen naar een vierkant vlak gevuld met felgekleurde blokjes die in snel tempo verdwenen. Een klik van de muis en een blokje verdween. Even later was er geen één meer over.

Uit de speaker van de computer klonk zegevierende muziek.

'Ha!' zei Anna.

'Wat is dat?' vroeg Callie.

'Een spelletje dat ik van Henry heb gekregen.'

'Van het internet?'

'Nee, op een cd-rom.'

Gelukkig, dacht Callie, maar ze zei niets. Ze had Anna's AOL-toegang beperkt tot Kids Only. Toch maakte ze zich zorgen over wie er allemaal in de *chat rooms* voor kinderen op de loer lagen. Ze had Anna keer op keer op het hart gedrukt hoe belangrijk het was aan de strenge huisregels te gehoorzamen. *Geef nooit je ware naam. Zeg nooit waar je woont. Als iemand ergens met je wil afspreken, moet je me dat onmiddellijk komen vertellen.* Ze had Anna het liefst bij dat hele internet weggehouden, maar alle kinderen hadden AOL.

'Heb je je huiswerk af?'

'Ma-am.' De versie met de twee lettergrepen.

'Ja of nee?'

'Ja, ik heb mijn huiswerk af. Wil je het zien?' Haar kin naar voren, uitdagend.

'Nee dat hoeft niet, ik vertrouw je.'

'Je vertrouwt me helemaal niet,' zei Anna. 'Als je me vertrouwde, zou je er niet naar vragen. Je zit iedere seconde van de dag op mijn lip. Afgelopen weekend moest ik ook al van alles met je samen doen. Het *hele* weekend.'

Dat was waar, dacht Callie. Ze had zich meer zorgen gemaakt om Anna dan anders en had haar de hele tijd bij zich in de buurt willen hebben. Toch dwong iets haar dat te ontkennen, een behoefte om zo gewoon mogelijk te blijven doen.

'Dat is niet waar,' zei ze. 'Zondag heb je de hele middag bij de Creightons gezeten.'

'Maar je bent *twee keer* komen kijken.'

'Ik was gekomen om een praatje te maken met Henry's moeder.'

'Waarom? Je mag haar niet eens.'

Callie keek Anna verbaasd aan. Hoe wist Anna zo precies hoe ze zich voelde? Wat zou ze gedaan of gezegd hebben? Het was trouwens niet zo dat ze Mimi Creighton niet mocht, alleen dat ze niets gemeen hadden. Mimi, met haar MBA van Harvard, heerste over haar gezin alsof het een bedrijf was. Voordat zij en Bernie kinderen hadden gekregen, had ze voor een adviesbureau gewerkt. Nu stak ze al haar energie in het grootbrengen van perfecte kinderen. Mimi sprak over haar kinderen alsof het investeringen waren. Benjamins prachtige cijfers, Emma's voetbalbekers. En Henry? Die was het intelligentst van allemaal. Bijna een genie.

'Rick komt straks,' zei Callie, om over iets anders te beginnen.

'O,' zei Anna. 'Ik dacht dat hij op reis was.'

'Dat was hij ook, maar nu is hij terug.'

Anna gaf geen antwoord.

Callie wilde iets zeggen – *ik begrijp het wel; ik wil alleen maar dat je gelukkig bent* – maar de woorden bleven in haar keel steken. Ze stak zwijgend haar hand uit en aaide haar dochter over haar bol.

Voor jou ben ik bereid alles te doen, dacht ze.

Anna dook onder haar hand vandaan.

Terug in haar slaapkamer pakte Callie de telefoon. Ze had het blocnotevelletje op het nachtkastje gelegd. Nu drukte ze het nummer in. Als hij niet thuis was, zei ze in zichzelf, zou ze geen boodschap achterlaten. Als hij niet thuis was, zou het een teken zijn. Als hij niet –

'Hallo?'

Een zachte, bijna kinderlijke stem. De nieuwe mevrouw Thayer.

'Donna? Met Callie.'

Een korte stilte en toen: 'O.' Het had even geduurd voordat ze de naam had thuisgebracht. 'Ik... Kevin is er niet.' Ze klonk behoedzamer dan anders. 'Je treft het niet, want hij is de stad uit. Voor zaken.'

Op de achtergrond hoorde Callie de televisie, het geluid van kibbelende kinderen.

'Is er iets gebeurd?'

'Nee,' zei Callie. 'Ik moet hem alleen even spreken. Over... Zou je hem willen vragen me te bellen? Maar niet thuis. Ik zal je het nummer van mijn mobiele telefoon geven.'

'Als het goed is, spreek ik hem vanavond. Als ik een nummer had waar hij te bereiken is, zou ik het je geven, maar hij is... hij is aldoor onderweg.'

'Dat geeft niets,' zei Callie.

'Maar hij zal me zo dadelijk wel bellen. Dan zal ik het aan hem doorgeven.'

Callie bedankte haar uitgebreid en hing op.

Toen ze de telefoon had neergelegd, bedacht ze pas dat ze Donna om het nummer van Kevins mobieltje had kunnen vragen. Ze overwoog haar nog een keer te bellen, maar bedacht zich. Stel dat ze Kevin op een ongelegen ogenblik stoorde. Ze wilde hem niet lastigvallen. Ze kon beter wachten tot hij zou bellen. Dat zou niet al te lang duren.

❧

Anna wachtte tot ze de deur van haar moeders slaapkamer dicht hoorde gaan. Toen, met een klik van de computermuis, logde ze in op AOL. Ze bekeek haar Vriendenlijst en zag dat TheMagician93 nog on line was. Ze klikte om hem een bericht te sturen. Het kader verscheen op het scherm.

Bttrfly146   *Soms haat ik mijn moeder.*

Maar zodra de woorden verschenen, had ze er spijt van. Ze haatte haar moeder niet. Het leek alleen af en toe zo.
Er klonk een belletje en toen verschenen er nieuwe woorden op het scherm. Hij gaf haar antwoord.

TheMagician93   *Ik heb je al gezegd dat je daar niet hoeft te blijven. Ze kan je niet dwingen te blijven.*

Anna kauwde op de punt van een streng haar. Wilde ze dat? Zou ze echt van huis kunnen weglopen? Ze keek haar kamer rond – de blauw-met-witte sprei die ze vorig jaar zelf had uitgekozen, de berg pluche beesten. Haar favoriete boeken en posters. Ze vond het een hartstikke fijne kamer. Maar soms was ze zo kwaad op haar moeder dat het haar bijna te veel werd. Als ze wegliep, zou haar moeder zich ellendig voelen. Misschien zou er dan iets veranderen. Bovendien hoefde ze niet erg lang weg te blijven. Alleen maar tot haar moeder goed bang was geworden.

Butterfly146   *Waar zouden we dan naartoe gaan?*
TheMagician93   *Dat kunnen we zelf uitmaken...*

❧

De bel ging. Callie holde de trap af. Ze draaide aan de sloten, gooide de deur open. Daar stond hij, zijn gezicht zwak verlicht door het gele schijnsel van de lamp op de veranda. Hij glimlachte niet, maar keek haar ernstig aan. Hij droeg een kakikleurige broek en instappers, en zijn oude, bruine leren jack. Ze dacht aan alle keren dat ze dat jack de afgelopen acht maanden had gezien. Toen ze het in de bioscoop een keer koud had gekregen, had Rick het om haar schouders gelegd. Op dat moment had ze zich meer tot hem aangetrokken gevoeld dan ooit tevoren.

Hij was terug, hij was echt terug.

Tot op dit moment had ze het zich niet echt kunnen voorstellen.

Ze stortte zich in zijn armen. Hij drukte zijn mond hard op de hare.

Zo bleven ze staan, elkaar kussend, een schijnbaar eindeloze tijd. Ze legde een hand in zijn nek. Hij streelde haar achterhoofd. Ricks huid was koud, of misschien was de hare erg warm.

'Hoe is het met je vader?' fluisterde ze.

'Goed. Een stuk beter.'

Toen Callie de voordeur op slot deed, sloeg Rick weer zijn armen om haar heen. Zachtjes draaide hij haar naar zich toe, tot ze elkaar in de ogen keken. Op dat moment gebeurde er iets, schoot er iets door haar heen. Het bloed in haar aderen werd als kwik toen ze hun lichamen tegen elkaar persten. Hun monden zogen zich aan elkaar vast toen hij haar tegen de muur drukte. Ze haakte een been om het zijne en klemde hem nog dichter tegen zich aan. Ze voelde de botten van haar bekken tegen zijn dijen drukken. Ze had zich nog nooit zo gevoeld, zo week van liefde en begeerte. Ze greep zijn hand en trok hem snel mee de trap op.

Anna's deur was dicht. Ze sliep vast al. Ze liepen op hun tenen naar Callies kamer, deden de deur op slot en lieten zich op het bed vallen, boven op de sprei. Zijn mond was overal. Terwijl Callie wegzonk in wat haar lichaam allemaal voelde, flitsten beelden door haar hoofd. Ricks leren jack. De ogen van Steven. *Mijn gelukwensen...*

Rick stroopte ruw haar rok omhoog, trok haar beha op over haar borsten. Toen zijn tong rond een tepel cirkelde, deed Callie haar ogen dicht. Hun lichamen bewogen zich gezamenlijk, hadden al een ritme gevonden. De leegte kwam steeds sneller op haar af en ze gaf zich eraan over. Ze strengelde haar vingers ruw in zijn haar. Zijn lippen gleden naar haar andere borst. Ze pakte een van zijn handen en wreef ermee tussen haar benen.

Ze drukte zich tegen zijn handpalm, verlangend verlangend verlangend.

Het duurde te lang. Ze wilde hem in zich voelen.

'Nu,' fluisterde ze. 'Nu.'

Ze hoorde de verpakking van een condoom openscheuren.

Toen, na seconden of een eeuwigheid, was hij terug. Ze hief haar heupen op en hij begon te bewegen, langzaam en toen sneller. Callie legde haar hand op het lage gedeelte van zijn rug, voelde de vochtigheid. Terwijl ze tegen elkaar aan stootten, leek haar bloed te dansen. Er was niets anders meer dan dit genot, niets buiten deze plek.

Ze rolden om, nog steeds als één, tot Rick onder haar lag. Callie ging rechtop zitten, haar handen op zijn schouders. Een ogenblik stopten ze en vonden hun ogen elkaar. Toen verliep alles in snel opeenvolgende golven van genot. Callie wierp haar hoofd achterover toen ze hem bereed, harder en sneller en harder en sneller, tot de vonk ontvlamde.

Ja, ja, ja.

Onder zich hoorde ze hem een kreet slaken.

Later lagen ze stil samen, met de stilte van het huis om hen heen. Ricks ogen waren gesloten. Zijn borst ging op en neer. Callie kuste zijn schouder. Ze plooide haar lichaam naar het zijne en vroeg zich af of hij sliep.

Veilig, zo voelde ze zich. *Veilig.* Nog steeds een nieuw gevoel voor haar.

Toen ze Rick pas had leren kennen, was ze heen en weer geslingerd tussen angst dat hij zou blijven en angst dat hij zou vertrekken. Ze was vastbesloten geweest de onafhankelijkheid waar ze zo hard voor had gewerkt, niet te verliezen. Tegelijkertijd, naarmate de band tussen hen sterker was geworden, was een oude angst komen aansluipen. De angst dat hij haar op een dag niet goed genoeg meer zou vinden, dat hij op een dag zou verdwijnen.

Ze was als een klein kind dat twee tegengestelde dingen wilde. Toen Anna een jaar of twee was geweest, had ze halverwege de trap een vreselijke driftbui gekregen. Callie was bezorgd naast haar gaan zitten tot Anna had uitgestoten wat er aan de hand was. Ze had naar boven gewild om met haar speeltjes te spelen, maar ook beneden willen blijven om bij haar moeder te zijn.

Met Kevin was ze erin geslaagd dit conflict te vermijden

door gewoon niet al te veel om hem te geven. Ze hadden elkaar op een zondag ontmoet in de kerk van haar ouders, op het wekelijkse praatuurtje. Ze had zijn ronde gezicht zien oplichten toen ze thee hadden gedronken uit porseleinen kopjes. Hij maakte de indruk een ernstige en aardige maar weinig opwindende man te zijn. Hij had honderduit gepraat over de kinderen van zijn zuster. Ze had meteen begrepen dat hij dol was op kinderen. Dat haar lichaam zo neutraal op hem reageerde, had ze geruststellend gevonden.

Ze waren in de kerk getrouwd in het bijzijn van alleen hun naaste families. Callie had een gemengd boeket gedragen. Zonder rozen. Geen rozen. Ze hadden een huis met een tuin gekocht in een voorstad van Indianapolis. Een paar jaar had ze zo'n beetje voortgekabbeld, verdoofd en stuurloos. Ze keek televisie, voerde telefoongesprekken, zorgde voor haar dochtertje. Iets meer dan twee jaar hadden ze in dat huis gewoond, maar ze had niet één nieuwe vriendin gekregen. Het was bijna alsof ze had geweten dat ze weg zou gaan en geen tijd had willen verkwisten. Maar toch was ze er niet ongelukkig geweest. Geluk, wist ze nu, was een relatief begrip.

Na Anna's tweede verjaardag waren de twijfels gekomen. Ze zag zichzelf door de ogen van haar kind en wat ze zag, beviel haar niet. Ze liet alles aan Kevin over, had zelf geen enkel doel in haar leven. Wat voor rolmodel zou ze zijn wanneer Anna wat groter werd? Kevin hield haar angstvallig in de gaten, wilde dat ze Prozac nam en zich onder behandeling zou laten stellen bij een therapeut. Maar hoe meer haar geest ophelderde, hoe meer ze begon te beseffen dat haar huwelijk een vergissing was geweest.

Rick mompelde iets wat ze niet verstond en haalde haar terug naar het heden. Haar lichaam voegde zich glad en koel naar het rijzen en dalen van zijn borst. Nog meer dan toen ze de liefde bedreven, had ze het gevoel dat hij een deel van haar was. Ze kreeg een beetje kramp in haar been, maar wilde zich niet bewegen, wilde niets doen waardoor deze broze vredigheid zou worden verstoord. Langzaam schoof ze haar hand onder de zijne. Haar blik gleed naar haar arm. Naar de rijen smalle, witte littekens die haar geketend hielden aan het verleden.

Toen ze opkeek, zag ze dat Rick wakker was. Zijn ogen glansden in de duisternis. Hij zei niets, bekeek haar alleen aandachtig. Ze voelde een sterke neiging zich om te draaien, maar dwong zichzelf naar hem te blijven kijken. Alweer een kleine zege in de strijd om contact niet te mijden.

'Ik vind dat we moeten gaan trouwen.' Hij zei het zo zachtjes dat ze er niet zeker van was dat ze het goed had verstaan.

'Callie, wil je met me trouwen?'

Ze bleef roerloos liggen, durfde nauwelijks adem te halen, draaide toen haar hoofd om. Ze voelde iets, maar ze wist niet wat, kon het gevoel geen naam geven.

'Callie? Cal?' Rick wreef over haar schouder. 'Lieveling, wat is er?'

'Ik...' Ze drukte haar gezicht tegen het laken. Haar wangen waren heet en droog.

'Wat is er?' vroeg Rick nogmaals. Zijn adem rook naar pepermunt.

Ze gaf geen antwoord. Wat zou ze moeten zeggen?

Uiteindelijk draaide ze haar hoofd naar hem toe. 'Ik zit aan Anna te denken,' zei ze.

'Dat komt best wel in orde.'

'Ik...' Ze had het gevoel dat er iets werd uitgerafeld, dat haar leven uit elkaar viel.

'Ik hou van je, Callie,' zei Rick.

Tranen sprongen in haar ogen. Ze had haar gezicht naar het plafond gedraaid zodat hij haar niet kon aankijken. Was alles maar zo eenvoudig als hij dacht.

'Hoe weet je dat?' vroeg ze hem.

'Hoe weet ik wát?' Rick kwam op een elleboog overeind om haar gezicht te kunnen zien. Ze draaide haar hoofd verder bij hem vandaan, liet haar haar over haar ogen vallen.

'Hoe weet je dat je van me houdt?' zei ze hakkelend. 'Want, zie je, dat heeft iemand anders al een keer tegen me gezegd, en ik... geloofde hem. Ik geloofde ieder woord dat hij zei, maar het waren allemaal leugens. Dus... als ik jou nu zou geloven, wat zou het dan betekenen? Ik heb het al eens grandioos mis gehad en ik ben nog steeds dezelfde persoon die ik toen was. In sommige opzichten ben ik weliswaar veranderd, maar ik ben het nog steeds zelf. Misschien begrijp ik niet wat liefde is. Tussen een man en een vrouw. Wanneer ik eraan denk, kan ik me er helemaal niets bij voorstellen. Ik schijn niet in staat te zijn...'

'Ik ben je ex niet, Callie.'

Ze draaide geschrokken haar gezicht naar hem toe. De tranen waren opgedroogd.

72

'Ik ben Kevin niet. Ik zal je niet verlaten. Zo goed ken je me inmiddels toch wel?'

'O...'

Hij voelde haar onbehaaglijkheid aan. 'Je hebt het toch over Kevin?'

'Nee,' zei ze. 'Het was iemand anders. Kevin... kwam daarna.'

Weer werd ze erdoor getroffen hoe weinig hij wist over de belangrijkste feiten van haar leven. Was hij zich bewust van de enorme gaten? De stukjes die niet pasten? Zoveel leugens, groot en klein, op elkaar gestapeld. En als ze hem nu de waarheid vertelde, zou hij haar dan nog kunnen vertrouwen?

'Ik vraag me af,' zei ze, 'of je iemand ooit echt kent. Of je echt kunt weten wie hij of zij is. Ik dacht vroeger van wel. Ik dacht dat ik het kon.'

Er roerde zich iets in haar borst, iets wat leek te groeien. Zonder waarschuwing explodeerde het. Ze begon te huilen. Maar nu wendde ze haar gezicht niet af. Hij mocht het zien.

'Ik hou ook van jou,' fluisterde ze. Ze hield zijn hand stijf vast.

Het was alsof de woorden uit haar hart werden gereten en een gapende wond achterlieten. Maar samen met de pijn kwam een eigenaardig licht gevoel, alsof iets was begonnen.

Rick wiegde haar in zijn armen, sprak fluisterwoordjes in haar haar. Hij streelde zachtjes haar rug terwijl ze het uitsnikte op zijn schouder. Hij toonde geen spoor van ergernis, geen spoor van ontsteltenis. Hij leek de chaos van haar emoties zonder meer te accepteren. Ze kon bijna geloven dat hij het zou begrijpen, bijna geloven dat ze het hem kon vertellen.

Ze kon het bijna geloven, bijna...

Bijna, maar niet helemaal.

Uiteindelijk hield de stroom van tranen op. Ze had geen idee hoeveel tijd er was verstreken. Ze bleef uitgeput tegen Rick aangedrukt liggen en regelde haar ademhaling naar de zijne. Het was alsof een door storm opgezweepte zee haar op dit bed had neergesmeten. Haar arm lag schuin over Ricks borst en weer zag ze de littekens. *Jij bent van ons,* leken die te zeggen. *Dit is wie je bent.*

Woensdag 12 april tot zaterdag 15 april

CALLIE ZAT AAN DE KEUKENTAFEL TE LEZEN EN KOFFIE TE drinken. Herinneringen aan gisteravond tolden door haar hoofd. De zon scheen naar binnen en verwarmde de kamer. Ze zat er al twee uur, maar slaagde er niet in zich te concentreren. Ze had dezelfde pagina twee keer herlezen, maar er niets van in zich opgenomen.

Haar mobiele telefoon verstoorde ruw haar gedachten. Ze griste hem uit haar tas. Kevin. Het was Kevin. Ze voelde zich op slag wee worden.

Hij nam amper de moeite haar gedag te zeggen. 'Wat is er?' vroeg hij.

Zijn stem was nog precies zoals ze zich die herinnerde, nasaal en monotoon. Tegelijkertijd was het de stem van een vreemde. Hij was iemand die ze niet kende. Ze had gedacht dat ze met hem zou kunnen praten, dat ze hem over het briefje zou kunnen vertellen. Nu ze hem aan de lijn had, wist ze dat ze zich daarin vergist had.

'Nee,' zei ze met klem. 'Nee. Er is niets.'

'Je hebt toch gebeld?' zei hij kortaf. 'Ik neem aan dat je daar een reden voor had.'

'Dat klopt,' zei ze. 'Ik had ook een reden.'

Ondanks de honderden kilometers die tussen hen in zaten, kon ze zijn ergernis voelen. Ze had gedacht dat zijn gevoelens ten opzichte van haar zo onderhand wel zouden zijn verzacht, maar daarin had ze zich dus vergist. Kevin werd niet snel kwaad, maar kon lang een wrok tegen iemand koesteren. Als het niet om Anna was gegaan, zou ze meteen hebben opgehangen, maar nu ze hem aan de lijn had, dwong ze zichzelf met hem te praten.

'Ik wilde met je praten over Anna.'

'Wat is er dan met haar?' Hij sprak op een afgemeten toon, alsof het hem niet interesseerde, maar ze wist dat hij luisterde. Ze zou er veel voor geven om dit gesprek niet te hoeven voeren, maar ze had geen keus.

'Anna mist je,' zei ze. 'Zou je in overweging kunnen nemen haar te ontmoeten?'

Aan de andere kant van de lijn bleef het lang stil. 'Waarom nu?' zei hij uiteindelijk. Ze kon de bitterheid horen.

'Ze heeft de laatste tijd dingen over je gevraagd.' Het kostte haar moeite dat te zeggen.

Hij snoof. 'Kijk eens aan. Wat een verrassing. Weet ze dan dat ik besta? Ik dacht dat jij dat geregeld had.'

'Je dacht dat *ik* dat geregeld had? Ik? Waar heb je het over?' Er waren nog geen vijf minuten voor nodig geweest om in hun oude patroon te vervallen, waarbij Kevin haar kil overal de schuld van gaf en zij emotioneel werd.

'Jij hebt het besluit genomen.' Zijn stem had geen intonatie.

'Wij allebei,' zei Callie. 'Je bent er niet tegenin gegaan.'

'Zou dat iets uitgehaald hebben?'

Een antwoord lag op de punt van haar tong, maar ze slaagde erin het binnen te houden. 'Laten we ons concentreren op het heden, goed? Laten we alleen denken aan Anna. Ze wil je graag zien. Wat vind je daarvan?'

'Ik weet het niet,' zei hij uiteindelijk. 'Ik weet het echt niet. Ik moet daar met Donna over praten. Met mijn vrouw. Ik moet erover nadenken.'

'Goed. Ga met haar praten en denk erover na en laat het me dan weten. Maar bel me niet thuis. Bel maar naar mijn mobieltje, dat is het nummer dat je nu ook hebt gedraaid. Ik wil niet dat Anna je toevallig aan de lijn krijgt. Je kunt me ook op mijn werk bereiken. Ik zal je het nummer geven.'

Ze hoorde dat hij het opschreef. Ze beschouwde dat als een goed teken.

'Dank je,' zei ze.

'Waarvoor? Ik heb niet gezegd dat ik het zal doen. En als ik het doe, doe ik het niet voor jou.'

Weer werd ze erdoor getroffen hoe bitter hij was. De tijd had niets geheeld. Toen vermaande ze zichzelf dat ze het zich niet zo moest aantrekken. Ze deed dit per slot van rekening voor Anna.

Het gesprek had haar een beetje uit haar evenwicht gebracht, maar ze herstelde zich snel. Zoals iedere woensdag had ze het erg druk en vloog de tijd voorbij. Pas toen ze 's avonds aan tafel zaten, dacht ze weer aan Kevin en begon het tot haar door te dringen welke krachten ze had losgemaakt. Stel dat Kevin probeerde Anna tegen haar op te zetten. Wat zou er dan gebeuren? Stel dat Anna besloot dat ze bij hem wilde gaan wonen? Hoe zou ze dat ooit overleven? Het maakte niet uit dat Kevin nog niet eens had gezegd dat hij Anna wilde zien. Haar geest bleef onverbiddelijk allerlei nare scenario's verzinnen.

'Wil je nog?' vroeg Rick, met een gebaar naar de pizza.

'Ja, ik lust nog wel wat,' zei Callie.

Ze pakte een punt en nam een grote hap.

Anna zat met smaak te eten, maar liet de korstjes liggen. Callie zag aan de halvemaanvormige restanten dat ze aan haar derde punt zat. Langzaamaan nam Callies bezorgdheid af. Waarom zou ze alleen maar aan negatieve dingen denken? Te oordelen naar Kevins toon was het twijfelachtig of hij Anna überhaupt wilde zien.

Nu Rick terug was, viel het haar makkelijker met beide benen op de grond te blijven. De vormeloze angsten die haar hadden gekweld, leken veel minder kracht te hebben. Haar speculaties over Lester Crain, bijvoorbeeld – wat voor bewijs had ze eigenlijk? Als iemand haar iets wilde doen, zou hij toch geen briefje sturen?

Wie het ook is, hij weet waar ik woon. Iemand is bij ons huis geweest.

Daar wilde ze niet aan denken. Niet nu.

Op donderdagavond moest Rick werken. Callie en Anna beschilderden de eieren. Op vrijdag nam Rick haar mee uit eten terwijl Anna naar de Creightons ging.

Zaterdag was een koele heldere dag die de belofte van de lente in zich meedroeg. Rick kwam pannenkoeken met spek eten en daarna gingen ze een wandeling maken. Mount Holyoke was een paarsblauwe berg vijftien kilometer buiten de stad. Een breed, langzaam stijgend pad zigzagde naar een adembenemend uitkijkpunt. Terwijl Anna en Henry voor hen uit holden, namen Callie en Rick hun gemak ervan. Ze wandelden langzaam, hand in hand, zonder te praten. Het betekende iets, dacht Callie, wanneer je niets hoefde te zeggen. Iedereen had het over communicatie en hoe belangrijk het was met elkaar te praten. Maar vaak was de behoefte een stilte op te vullen een weerspiegeling van iets wat ontbrak.

Op de top van de berg stond het Summit House. Dat was ooit een bekend hotel geweest, maar deed nu dienst als museum. Vanaf de brede winderige veranda had je een spectaculair uitzicht op het modelstadje Merritt, de lapjesdeken van akkers en velden, en de blauwe Connecticut River die er dwars doorheen liep.

Callie leunde op de balustrade, de zon warm op haar gezicht. Ergens in de diepte hoorde ze Anna en Henry naar elkaar roepen. Rick kwam achter haar staan en sloeg zijn armen om haar middel. Een ogenblik bleven ze zo staan, om uit te rusten en van het uitzicht te genieten. Toen trok Rick haar iets dichter tegen zich aan en fluisterde in haar oor: 'Heb je erover nagedacht? Over trouwen, bedoel ik?' Het was net alsof de wereld opeens ietsje donkerder werd. 'Ik moet erover nadenken,' zei ze.

Toen Henry die avond naar huis was, keken ze samen naar een videofilm. Ze hadden Chinees gehaald en Callie begon de mandjes te vullen voor het eieren zoeken dat morgen, op paaszondag, zou plaatsvinden. Anna nam stiekem steeds een chocolade-eitje tot Callie zei dat ze ermee op moest houden.

'Hij heeft er nog meer gegeten.' Anna wees naar Rick, die een beetje geërgerd keek.

'En als zíjn moeder hier was, zou ze ook tegen hem zeggen dat hij eraf moest blijven.'

Anna was al naar bed toen Rick opstond om te vertrekken. 'Weet je zeker dat je geen hulp nodig hebt?' vroeg hij met een gebaar naar de mandjes.

'Heel zeker. Echt. Ik doe het elk jaar.'

Op de veranda kusten ze elkaar en toen ging Callie weer naar binnen om de mandjes te halen.

De hemel was een omgekeerde kom vol sterren toen ze van de veranda afdaalde naar het gazon. Ze bleef een ogenblik staan en haalde diep adem in de frisse nachtlucht. Haar ogen zochten naar de Grote Beer en ze zag de smalle witte sikkel van de maan. Verderop in de straat zag ze de lichtbundel van een zaklantaarn op en neer gaan tussen de bosjes. Naomi en Morton Steinmetz. Of misschien David Enderly. Callie wuifde in de richting van het bewegende licht en ging toen aan de slag.

Ze knielde naast de veranda en schoof een mandje onder de trap. Anna deed vanaf haar vierde mee aan het paaseieren zoeken. Callie had stapels schoenendozen en albums vol foto's. Anna die op haar vijfde met een onthutst gezicht naar een felblauw ei keek. Een vergenoegde achtjarige Anna omringd door mandjes vol eieren. Dit jaar zou het echter Anna's laatste keer zijn. Na je tiende kon je het niet meer maken.

Toen ze overeind kwam, werd Callie er opeens door getroffen hoe de tijd vloog. Ieder ogenblik, zo substantieel en reëel, was voorbij voordat je het wist, overgeleverd aan een onzeker lot in de uithoeken van het geheugen. Hoe lang zou ze zich deze avond, de genegenheid en vrolijkheid die ze hadden gedeeld, blijven herinneren?

Een halfuur lang liep ze door de tuin om alle mandjes te verstoppen. Ieder jaar beklaagde Anna zich dat het veel te makkelijk was, dus had Callie dit jaar een paar nieuwe plaatsen verzonnen. Eén mandje ging in de recyclingbak, onder een stapel plastic flessen. Een ander verborg ze in de brievenbus. Oké, een beetje voor de hand liggend, maar toch had ze dat nog nooit eerder gedaan. Ze was erg tevreden over de plek die ze had gevonden voor het allerlaatste en kleinste mandje. Dat duwde ze in de regenpijp achter een struik op de hoek van het huis. Het gleed er eerst een paar keer uit, maar uiteindelijk wist ze het toch klem te krijgen.

Ze kwam net uit de bosjes toen ze schrok van een geluid. Het leek van de overkant van de straat te komen, uit de tuin van de Creightons. Het geluid van knappende twijgen en toen een zachte bons. Callie bleef angstig staan wachten of er iets zou gebeuren, maar het bleef stil. Ze hoorde niets bijzonders. Alleen het vage gedreun van verkeer in de verte en de wind in de bomen.

Mijn gelukwensen, Rosamund.

De woorden rezen op in haar gedachten.

Ze keek de straat af, maar de zaklantaarn was verdwenen. Ze was nu helemaal alleen. Snel liep ze over het gazon terug naar de voordeur.

Eenmaal binnen, deed ze de deur op slot en zette ze het alarm aan. Ze probeerde te negeren dat ze het gevoel had gehad dat er iemand naar haar had staan kijken. Het was vermoedelijk alleen maar een dier geweest of een tak die op de grond was gevallen. Geen reden om je druk te maken. Niets om je zorgen over te maken.

Toen ze in het huis was verdwenen, wachtte hij tot het licht boven aanging. Even later zag hij de gouden gloed achter het rolgordijn. Hij had graag nog een paar minuten gewacht om te zien of ze het soms zou optrekken. Hij wist dat ze dat soms deed, vlak voordat ze naar bed ging. Dan staarde ze naar buiten met een droefgeestige, verloren blik. Een blik waar je haar overdag nooit op zou betrappen, wanneer ze wist dat mensen naar haar keken. Het was een privé-blik, beperkt tot momenten waarop ze dacht dat ze alleen was. Al die jaren had ze zoveel aangenomen, zonder enige rechtvaardiging. Aangenomen dat niemand haar in de gaten hield. Aangenomen dat niemand haar kon vinden. En het was zo eenvoudig geweest. Gewoon even zoeken via de computer. Haar identiteit was alleen maar geheim gebleven omdat niemand echt had gezocht. Hetzelfde gold voor Diane Massey: het ongerechtvaardigde gevoel dat ze de situatie meester was. Een praatje met haar portier onder het mom dat hij een oude vriend was, was voldoende geweest. De portier wist geen details, maar wel dat ze naar Maine was. In interviews had ze het over Blue Peek Island gehad, en daar bleek ze inderdaad naartoe te zijn gegaan.

Hij bleef naar het rolgordijn staren, alsof hij er dwars doorheen zou kunnen kijken. Toen wendde hij zich spijtig af. Het was niet veilig om rond te blijven hangen.

Hij kroop door de boomhut naar de opening rond de boomstam. Behoedzaam liet hij één been zakken tot zijn voet de bovenste lat raakte.

Toen hij bijna bij de grond was, liet hij zich op de dikke laag bladeren vallen. Een sterke, vochtige geur van rottende bladeren en aarde steeg op. De geur verraste hem. Het was bijna precies hetzelfde. Hij snoof de koele nachtlucht op en dacht aan Diane Massey.

Timex. Cartier. Het maakt niet uit. Alleen tijd is fair.

Hij bleef op zijn hurken zitten en loerde de tuin van de Creightons af, om er zeker van te zijn dat niemand hem had gehoord. Een paar seconden later kwam hij in beweging. Twijgen en steentjes drukten zich in zijn handpalmen toen hij de grond aftastte, op zoek naar de verrekijker die hij uit zijn handen had laten vallen. Stom van hem dat hij zoiets had laten gebeuren, vooral omdat ze zo dichtbij was geweest. Ze had het gehoord.

Ze had zich geschrokken omgedraaid. Gelukkig had hij zich net op tijd kunnen terugtrekken in de boomhut.

Hij vond de verrekijker en hing hem om zijn nek. Door een hek kon hij de achtertuin van de Creightons zien, beschut door een hoge witte omheining. De achterdeur van het huis kwam uit op een veranda met een gasbarbecue en een picknicktafel. Alle benodigdheden voor een normaal, alledaags gezinsleven. Toch kon zo'n gevoel van veiligheid, zulke perfecte vrede, in één klap verbrijzeld worden. Dahlia was opgegroeid in een huis als dit, mooi, veilig, beschermd. Maar dat alles had haar niet kunnen beschermen op de avond dat ze Steven Gage had ontmoet.

Hij kroop door een dikke haag van struiken tot hij bij de stoep uitkwam. Hij aarzelde even en stapte toen de open ruimte in. Onder het mistige schijnsel van een lantaarn stak hij snel de straat over. Zijn voetstappen waren hoorbaar op het asfalt en toen was hij in haar tuin.

De struiken langs de voorkant van het huis vormden zijn doelwit. Toen hij haar daartussen had zien verdwijnen, had hij begrepen dat hij daar moest zijn. Tussen twee struiken was een opening. Daar glipte hij doorheen. Hij hurkte naast de houten zijwand van de veranda en tuurde in de schaduw. Hij schudde aan de takken van een knoestige struik en betastte de aarde. Ze was hiernaartoe gekropen met een klein mandje en even later zonder mandje weer te voorschijn gekomen.

Het moest hier ergens zijn, dacht hij. Maar waar, verdomme, waar? Opeens zag hij het, althans, hij zag het bleke lint ervan. Behoedzaam stak hij zijn hand in het uiteinde van de regenpijp tot hij het mandje kon vastpakken. Het zat erg strak in de smalle pijp en het duurde even voor hij het loskreeg. Ongeduldig kneep hij het riet samen tot het mandje meegaf.

Paaseitjes rolden op de grond toen het mandje loskwam uit de regenpijp. Hij pakte een in zilverpapier gewikkeld chocolade-eitje, deed de wikkel eraf en stak het eitje in zijn mond. De zoetigheid smolt op zijn tong. Hij stak zijn hand in zijn zak en haalde er een ander eitje uit, een hol eitje van roze plastic. Toen hij eraan draaide, viel het ei in twee helften uiteen. Hij keek naar het voorwerp dat erin zat. Hij vroeg zich af hoe lang het zou duren tot ze zou beseffen wat het betekende. Ze was intelligent, dat moest hij haar nageven. Hij dacht niet dat het erg lang zou duren.

Ik ben geen man, ik ben dynamiet.

Hij glimlachte om de woorden van de filosoof.

Hij draaide de helften weer aan elkaar en legde het ei in het mandje. Het roze ei zag er erg onschuldig uit, zo tussen de andere. Wie zou kunnen vermoeden wat erin zat? Hij trok het lint netjes weer recht voordat hij het mandje terugstopte.

Toen hij er zeker van was dat het goed klemzat in de regenpijp, kwam hij overeind. Alles was nu in orde. Alles was gereed. Het was tijd om naar huis te gaan voor een goede nachtrust. Het enige wat hem nog te doen stond, was ervoor zorgen dat Anna het mandje zou vinden.

Zondag 16 april

'Wat is Anna groot geworden! Hoe oud is ze nu?'
'Tien,' zei Callie. Ze keek naar Anna die aan de overkant van de straat samen met de andere buurtkinderen door de struiken van de Creightons kroop, op zoek naar eieren en mandjes.
'Dit is dus haar laatste jaar.'
'Ja.' Callie voelde een steek.
Naomi Steinmetz schudde haar hoofd; haar korte grijze haar schudde mee. Achter de dikke glazen van haar grote bril leken haar ogen erg groot. Ze was docent Latijn op Windham geweest en onlangs na vijfentwintig jaar met pensioen gegaan. Ze deed Callie altijd denken aan een groot, vriendelijk insect.

Het was zo'n magische dag vroeg in de lente waarop de tijd stil leek te staan. De lucht was letterlijk hemelsblauw en er dreven bolle, witte wolken langs. Overal lachten en gilden kinderen die opgewonden naar de verborgen schatten zochten. Er waren meer dan twintig kinderen; ieder jaar deden er meer mee. De volwassenen bleven op de achtergrond waar ze, onbelangrijk en vergeten, met een weemoedige en wat nostalgische glimlach het jachtige gezoek gadesloegen.

'Mamma, ik heb er *alweer* een gevonden! Hier.' Anna duwde Callie een mandje in handen en holde weer weg.

Naomi lachte. 'Wat een energie.'

'Ja,' zei Callie. Op dagen als deze, wanneer Anna gelukkig leek te zijn, kon ze de andere keren bijna vergeten, zichzelf er bijna van overtuigen dat Anna's boze buien alleen maar groeistuipen waren.

Toen Naomi wegliep om haar man te zoeken, keerde Callie terug naar de veranda. Ze zette Anna's mandje bij de groeiende buit en keek weer op haar horloge. Het was over halftwaalf. Rick was laat.

Vanaf de veranda zag Callie de tweeling van de Hennings naar een halfverborgen zakje gekleurde eitjes waggelen. Een van de tweejarige tweeling keek precies in de goede richting maar draaide zich opeens om. De andere deed een paar snelle pasjes, wankelde en viel. Daarna had hij alleen nog maar belangstelling voor zijn linkerschoen. Hij bekeek de zool ervan aandachtig en stak hem toen in zijn mond.

'Wacht maar tot volgend jaar,' riep Callie naar hun moeder. 'Dan zijn ze niet te houden.'

Aan de overkant stoeiden Anna en Henry met de hond van een van de buren. Het jonge hondje greep een mandje met eieren en holde ermee de tuin door. *Foto maken*, dacht Callie en ze liep het huis in om haar fototoestel te pakken.

Weer buiten deed ze er een film in en trok het lipje een stukje uit het rolletje. Ze sloot het klepje en wachtte op het gezoem dat haar zou vertellen dat de film goed zat. Toen ze het fototoestel bij haar oor hield, hoorde ze achter zich een geluid en voordat ze tijd had om zich om te draaien, legde iemand zijn handen op haar schouders. Het was alsof haar bloed bevroor. Ze slaakte een schelle kreet en draaide zich met een ruk om.

Het was alleen maar Tod Carver die achter haar stond, met een schaapachtige uitdrukking op zijn gezicht.

'Jeetje, Callie,' zei hij beteuterd. 'Het was niet mijn bedoeling je aan het schrikken te maken.'

Ze had het fototoestel laten vallen. Hij raapte het op. 'Ik hoop dat je toestel niet kapot is.'

'Het is op het gras terechtgekomen. Het zal dus wel meevallen.' Ze glimlachte een beetje gegeneerd tegen hem. 'Sorry dat ik zo gilde. Ik had niemand achter me verwacht.'

Dat was niet de enige reden, maar dat kon hij niet weten.

'Zijn de kinderen hier?'

Tod grijnsde spottend. 'Nee, ik heb Oliver en Lilly thuisgelaten en ben in mijn eentje gekomen om eieren te zoeken. Ik dacht zo dat ik met mijn lengte en kracht de andere kinderen makkelijk kon verslaan.'

'En als dat niet lukt, kun je altijd nog met je penning schermen.'

'Goed idee.' Tod grinnikte.

Callie grinnikte terug, gekalmeerd door de onschuldige scherts.

'Ze zijn daarginds,' zei Tod en hij wees naar de tuin van de familie Steinmetz. Callie ving een glimp op van Lilly, met haar lange haar en haar spillebenen. Tod was dol op zijn dochter, die twee jaar jonger was dan Anna.

Net als Rick was Tod iemand die je nooit voor een politieman zou aanzien: een rustige, warmhartige man met een jongensachtig, open gezicht en koperkleurig haar. Toen ze zo naar hem stond te kijken begreep ze niet waarom hij geen vriendin had, al had Rick gezegd dat Tod erg was aangeslagen door zijn scheiding en nog niet toe was aan een nieuwe relatie.

'Waar is Rick?' vroeg Tod, precies toen ze hierover stond te denken.

'Hij had er al moeten zijn.' Weer keek Callie om zich heen.

'Hé, Tod, Callie!' Mimi Creighton kwam breed glimlachend op hen af. Gucci-pumps, moderne blonde plukjes in haar kapsel, een Louis Vuitton-handtas. Mimi had de grote stad verlaten, maar alle uiterlijke kenmerken behouden.

'Wat een *prachtige* dag, vinden jullie ook niet?' Mimi zag er opgewonden uit, bijna frivool, en haar kleine ogen schitterden. Als je iedere trek van haar apart bekeek, was Mimi niet mooi te noemen, maar alles bij elkaar genomen maakte ze een leuke indruk. Haar voortanden stonden iets te ver naar voren, ze had een wipneus en kleine grijsgroene ogen, maar de energie die ze uitstraalde was een goed substituut voor schoonheid.

'Zeg dat wel,' zei Tod laconiek en hij glimlachte erbij.

Mimi leek hem niet echt te horen. Ze had haar blik op haar zoon gevestigd. 'Ik kan nauwelijks geloven dat dit voor Henry de laatste keer is.'

'Net als voor Anna,' zei Callie.

'Nou ja,' zei Mimi monter. 'Ze moeten per slot van rekening een keertje groot worden.'

Ze leek er niet erg mee te zitten. Callie had het idee dat ze druk bezig was Henry's toekomst uit te stippelen, van de lagere school in Merritt tot aan de hoogste machtsregionen van het land. Haar andere twee kinderen studeerden al, de ene op Yale, de andere op Brown. Callie vermoedde dat Henry, het nakomertje, niet gepland was geweest.

Callie keek naar de tuin van de familie Driscoll, waar Anna en Henry op het gras lagen met hun hoofden dicht bij elkaar. Wie weet waar ze allemaal over lagen te kletsen. Henry was best aardig om te zien, vond Callie, een wat stuntelige, intelligente jongen met het uiterlijk dat vanwege de Harry Potter-rage in de mode was. Hij was klein en tenger en had kwieke, intelligente ogen achter een bril met dikke glazen. Net als Anna leek hij soms ouder dan hij was en soms juist veel jonger.

Callie had het altijd een beetje vreemd gevonden dat Anna's beste maatje een jongen was. Maar ze waren min of meer samen opgegroeid, dus was het eigenlijk wel logisch. Bovendien was er nogal wat veranderd sinds zijzelf Anna's leeftijd had gehad en de meisjes de jongens alleen maar vervelend hadden gevonden.

'Gegroet, waarde buren.' Bernie Creighton was komen aanlopen en legde nonchalant zijn arm om de schouders van zijn vrouw.

Bernie zag eruit alsof hij het erg met zichzelf getroffen had. 'Goed in zijn vel' was de term die in Callie opkwam toen ze naar hem keek. Hij was niet lang, iets kleiner dan zijn vrouw – een meter vijfenzestig schatte ze –, had een brede borst en een keurig snorretje en was iets te zwaar voor zijn lengte. Maar de extra kilootjes stonden hem wel goed. Hij maakte eerder de indruk goed gevoed dan zwaarlijvig te zijn.

'Ik heb Bernie gedwongen vandaag te komen,' zei Mimi. Ze klonk tevreden. 'We hebben vorige week een film gezien waarin iemand een vader speelde die de tweede naam van zijn dochter niet wist. Sterker nog: hij wist niet eens dat ze een tweede naam hád.'

'*The Royal Tenenbaums*,' zei Callie. 'Die hebben wij ook gezien.'

'Ja, die bedoel ik. Toen heb ik tegen Bernie gezegd dat hij de vóórnamen van zijn kinderen nog zou vergeten als hij ze niet wat vaker zou zien.'

Callie en Tod lachten beleefd. Zo grappig vonden ze het niet.

Bernie haalde zijn schouders op. 'Ik heb het druk met een belangrijke rechtszaak. Niks aan te doen.'

'Hij heeft zelfs een flatje in Boston genomen,' zei Mimi.

'Alleen maar tot na de rechtszaak.'

Zo kabbelde het gesprek voort, maar Callie luisterde niet echt. Ze hoorde Tod af en toe zeggen: *O ja? Nee. Meen je dat?* Bij de Creightons hoefde je je nooit zorgen te maken dat je niets had om over te praten. Mimi en Bernie praatten maar al te graag over zichzelf.

Toen Callie de straat weer afkeek om te zien of Rick er al aankwam, zag ze iets wat ze absoluut niet had verwacht: haar klasgenoot Nathan Lacoste kwam langzaam hun richting uit gefietst. Ze had hem niet meer gesproken sinds de avond dat hij naar een uitnodiging had gehengeld om pizza te komen eten. *Die rare*, had Rick hem genoemd. Wat deed die nou hier? Callie draaide zich snel om, in de hoop dat hij haar niet zou zien. Misschien was hij op weg naar de campus van Windham, een paar straten verderop. Maar hij woonde helemaal aan de andere kant van de stad, dus had hij geen reden om hier langs te komen.

Toen ze weer omkeek, zag ze tot haar opluchting dat hij geen aanstalten leek te maken om te stoppen. Hij fietste tussen de mensen door, stopte op de hoek en draaide zich om.

'Hé, maatje!' hoorde ze Tod roepen.

Ze keek om en zag Rick.

'Sorry schat. Ik heb me verslapen. Ik had vergeten de wekker te zetten.'

De dag werd nog iets zonniger toen Rick zich naar haar toe boog om haar te kussen. Callie pakte zijn grote warme hand en sloot die om de hare heen.

De festiviteiten liepen langzamerhand ten einde. Kinderen lagen in groepjes op het gras, de mandjes om hen heen, én deden zich gelukzalig te goed aan zoetigheden in alle mogelijke vormen. Chocolade paashaasjes, gevulde eitjes en suikerbeestjes. Callie zag geen van de kinderen een hardgekookt ei eten.

Bernie en Mimi liepen gearmd terug naar hun huis. Toen Tods kinderen kwamen aangeslenterd, gingen ook zij drieën naar huis.

'Je ziet er moe uit,' zei Callie tegen Rick. Ze stonden nog steeds hand in hand.

Rick haalde zijn schouders op. 'Dat valt wel mee. Ik heb alleen niet goed geslapen.'

'Heb je honger?' vroeg Callie.

'Nu je het zegt.'

Anna kwam aangehuppeld. Ze droeg een spijkerbroek en een geel bloesje dat het goud in haar haar goed deed uitkomen.

'Ik vind de lichtblauwe eieren het mooiste,' zei Anna. 'Het zijn net eitjes van een roodborstje, maar dan groter.'

Callie en Rick liepen naar huis met Anna achter zich aan.

In de keuken zette Callie brood, mosterd, een restje kip en sla op tafel.

'En? Hoe is het met je vriendje?' vroeg Rick plagend terwijl hij borden uit de kast pakte.

Callie liet haar ogen rollen. 'Schei toch uit. Dat was twintig jaar geleden.' Rick zat haar er altijd mee te plagen dat Tod zoveel leek op Larry Peters, een jongen met wie ze op de middelbare school verkering had gehad. Callie dacht weer aan Tod en vond dat hij er vandaag erg gelukkig had uitgezien.

'Hij zal het er wel moeilijk mee hebben, dat zijn kinderen zo ver weg wonen.'

'Ja, dat is zo,' zei Rick. Maar hij ging er niet op in.

Callie besmeerde een boterham met mosterd. 'Waarom is hij helemaal hierheen gekomen, als zij in Virginia zijn gebleven?'

'Ik geloof dat hij helemaal opnieuw wilde beginnen. Hij heeft als kind hier in het Noorden gewoond.'

'Dan kan ik erin komen dat hij weer deze kant uit is gekomen, maar hij zal evengoed wel eenzaam zijn.' Callie wierp een tersluikse blik op Rick. 'Ik heb erover zitten denken een kennismaking te regelen tussen Martha en Tod.'

'Wie is Martha?'

'Je kent haar wel, van mijn werk. Ze is al een tijdje gescheiden.'

'Die met dat kroeshaar?'

'Het is geen *kroeshaar*, het is krulhaar. Vrouwen betalen veel geld voor zulk haar.'

'Dan ben ik blij dat jij niet een van die vrouwen bent.'

'Is dat het probleem? Vind je Martha niet mooi genoeg?'

'Nee lieverd, daar gaat het niet om.'

'Waar gaat het dan om?'

Rick haalde zijn schouders op. 'Je kunt het proberen. Maar ik geloof niet dat hij interesse zal hebben.'

'Ik kan het in ieder geval vragen. We zouden ze een keer voor het eten kunnen uitnodigen. Ze hoeven niet meteen uit te gaan.'

Ze hoorde Anna in de woonkamer uitroepen: '*Cool!*'

'Wat is er?' riep Callie.

Anna verscheen met een stralend gezicht in de deuropening. Ze had iets in haar hand.

'Wat een prachtig horloge!'

Horloge? Callie draaide zich naar haar om. 'Laat eens kijken,' zei ze.

Met een achterdochtige blik op haar moeder deed Anna haar hand open.

Het horloge had een gouden schakelband en op de wijzerplaat stond het woord Cartier.

Callie nam het horloge van Anna over en legde het op haar

vlakke hand. Ze wist niet veel van dure sieraden, maar dit leek een echte Cartier te zijn. Ze had ooit een namaak-merkhorloge gehad, een zogenaamde Rolex. De lichte metalen onderdelen ervan hadden heel anders aangevoeld dan dit.

'Hoe kom je hieraan?' vroeg Callie.

Anna keek haar verbaasd aan. 'Het zat in het plastic ei in een van de mandjes. Het mandje dat je in de regenpijp had verstopt.'

'Waar is dat mandje?' Callie bleef op kalme toon praten, maar ze voelde angst opkomen. Ze wist niet wat er aan de hand was, alleen dat het haar niets beviel.

Anna haalde haar schouders op. 'In de zitkamer.'

'Wat is er aan de hand?' Rick draaide zich naar hen om.

Het had geen zin te proberen de feiten te verbergen. 'Anna heeft in een van de mandjes met paaseieren een horloge gevonden,' zei Callie.

Rick liep naar de tafel en bekeek de halfklaargemaakte boterhammen. 'Als ik nou de rest van het brood even smeer.'

'Heel graag. Dank je.'

Callie liep naar de zitkamer, waar ze het mandje zag staan, met het gele lint er nog omheen, precies zoals ze het gisteravond had gemaakt. Groen plastic gras lag eromheen verspreid, alsof de vulling was ontploft. Op de vloer lagen de twee helften van een hol roze ei. Callie pakte ze op, bekeek ze en draaide de helften tegen elkaar. Ze herinnerde zich dergelijke eieren van vroeger, maar had ze al jaren niet meer gezien.

Ze liep met het plastic ei terug naar de keuken, waar Anna onderuitgezakt op een stoel zat. 'Zat het horloge hierin?'

Anna knikte. 'Ja, en mag ik het nu terug hebben? *Ik* heb het gevonden.'

'Nee lieverd, dit moet een vergissing zijn. Ik heb het hier niet in gedaan.'

'Maar het is nu evengoed van mij,' zei Anna. Er was een uitdagende klank in haar stem gekropen. 'Iemand heeft het in een mandje gestopt en *ik* heb het gevonden.'

Callie schudde haar hoofd. 'Het moet van iemand zijn. We moeten uitzoeken van wie.'

'Dat is niet eerlijk, mam. Ik heb het gevonden.'

Anna leek op het punt te staan in tranen uit te barsten. 'Goed. *Dan niet.*' Ze duwde haar stoel zo hard achteruit dat die bijna omviel en holde de keuken uit.

Callie staarde naar het horloge.

Boven hoorde ze Anna's deur dichtslaan. Daar ging hun perfecte dag.

'Laat eens kijken,' zei Rick.

Zonder iets te zeggen stak Callie hem het horloge toe. Rick bekeek het.

'Denk je echt dat dit een originele Cartier is?' vroeg hij.

'Denk jij dan van niet?'

Rick haalde zijn schouders op. 'Het lijkt gewoon niet erg waarschijnlijk. Waarom zou iemand een originele Cartier in een mandje met paaseieren doen? Het is waarschijnlijk namaak. Misschien heeft iemand het gevonden bij de grote schoonmaak.'

Callie moest zich inhouden om niet aan een lange uitleg te beginnen. Dat *zij* degene was die dit mandje had gevuld en dat ze er geen horloge in had gedaan. Voor ze begon, wist ze al dat ze het daarmee alleen maar erger zou maken. Het zou leiden tot allerlei vragen. En wat moest ze dan zeggen? Als ze Rick ervan overtuigde dat het een kostbaar horloge was, zou hij het meenemen naar het bureau. En zij – zij wilde het voorlopig houden. Al wist ze zelf niet waarom.

Ze stak haar hand uit en nam het horloge weer van Rick over. De wijzers stonden op tien over twaalf. Ze liet het in haar zak glijden.

'Je hebt waarschijnlijk gelijk,' zei ze.

☘

Op 7 mei stapte de eenentwintigjarige Dahlia Schuyler om even voor negenen in de witte Saab die ze van haar ouders voor haar verjaardag had gekregen en reed naar Donovan's Bar & Grill, waar ze met vriendinnen had afgesproken. De mooie blonde studente van Vanderbilt had aanvankelijk niet willen gaan omdat ze moest studeren voor een examen in organische chemie, maar had zich uiteindelijk toch laten overhalen. 'We hadden tegen haar gezegd dat je maar één keer jong bent,' vertelde Cindy Meyers, een van de meisjes van haar studentenclub. 'Ze was liever thuisgebleven, maar ze wilde ons niet teleurstellen. Zo was ze. Haar vrienden gingen altijd voor. Ik weet dat dit als een cliché klinkt, maar Dahlia was bij iedereen ontzettend geliefd.'

Die woorden werden steeds maar weer herhaald door de vrienden, vriendinnen en de familie van Dahlia Schuyler. De levenslustige studente in de medicijnen had naar alle maatstaven een heerlijk leven. Als dochter van een welgestelde projectontwikkelaar en zijn sociaal actieve vrouw, had Dahlia een bevoorrechte jeugd gehad. Ze had op Harpeth Hall gezeten, een particuliere school voor meisjes, en was bijna ieder jaar een van de besten van haar klas geweest. Haar klasgenootjes herinnerden zich haar als een populair meisje, altijd het middelpunt van de vriendinnenschaar, en ze kon niet alleen goed leren maar had ook belangstelling voor andere dingen. Jarenlang was paardrijden haar grootste hobby geweest en was ze zo vaak gaan rijden als ze maar kon – in het weekend, na school en in de zomervakantie. Ze had meegedaan aan wedstrijden en veel lintjes gewonnen. Toen ze nog klein was, had Dahlia dierenarts willen worden. Maar ze hield ook erg van kinderen en tegen de tijd dat ze aan Vanderbilt ging studeren, had ze besloten kinderarts te worden, een droom die ze de rest van haar korte leven zou proberen te verwezenlijken.

In de lente van 1988 had Dahlia met recht plezier in haar leven. Ze had zulke mooie cijfers en zulke goede aanbevelingen van haar docenten, dat ze goede kans maakte door vrijwel iedere medische topfaculteit in het land te worden toegelaten. En ook al had ze deze lente dan wat tegenslag ondervonden – zes weken terug had ze het uitgemaakt met haar vriend, na een verkering van twee jaar – ze had de liefhebbende steun van familie en vrienden, en ze kon een mooie, veelbelovende toekomst tegemoet zien. 'We hadden wel gemerkt dat Dahlia een beetje down was,' zei studiegenootje Cindy Meyers. 'Maar ze hield er niet van om over zichzelf te praten. Wanneer Dahlia zich ongelukkig voelde, richtte ze haar aandacht juist op andere mensen. Als je haar vroeg hoe het met haar ging, merkte je even later dat je haar juist over jezelf zat te vertellen. Ze had een sterk karakter en was erg volwassen. Bij veel mensen is het zo, dat ze vinden dat ze de hele tijd gelukkig horen te zijn, maar Dahlia nam het goede samen met het slechte en probeerde zich altijd zo positief mogelijk op te stellen.'

In het licht hiervan is het misschien niet verbazingwekkend dat Dahlia vlak voordat ze naar haar vriendinnen in

het café ging, haar jongere broer nog even opbelde. Ze ver-
schilden maar twee jaar in leeftijd en konden het goed met
elkaar vinden, maar in tegenstelling tot Dahlia, wie alles
kwam aanwaaien, had de achttienjarige Tucker het altijd
moeilijk gehad. Sinds hij vorig jaar van school was geko-
men, had hij zijn draai niet kunnen vinden. Hij viel van het
ene slecht betalende baantje in de horeca van Nashville in
het andere en was, naar Dahlia's mening, veel te vaak alleen.
'Ze voelde zich een beetje schuldig wat Tucker aanging,' ver-
telde Cindy. 'Alsof het feit dat zij alles altijd zo goed deed,
het voor hem nog moeilijker maakte. Alsof zij perfect en hij
niets waard was.' Die avond had Tucker erg terneergeslagen
geklonken en had Dahlia hem uitgenodigd met haar mee te
gaan naar Donovan's.

Donovan's is een ouderwets bruin café, geliefd bij jour-
nalisten en de plaatselijke politici, maar ook bij studenten.
Het was er die avond druk. Dahlia had haar vriendinnen
snel gevonden. Cindy Meyers en Sharon Adams waren on-
geveer een uur eerder aangekomen en zaten aan hun tweede
Frozen Margarita. Dahlia ging bij de twee jonge vrouwen
zitten en probeerde de aandacht te trekken van een kelner,
maar geen van hen keek in haar richting. Ze besloot toen zelf
even naar de bar te gaan om een glas bronwater met bessen-
sap te bestellen. Ze was moe, zei ze tegen haar vriendinnen,
maar ze wilde op Tucker wachten.

Ongeveer twintig minuten later beseften Cindy en Sha-
ron, die druk aan het praten waren over een eindejaarsfeest,
dat Dahlia niet was teruggekomen. 'Toen ik naar de bar
keek, zag ik dat ze met een man zat te praten,' zei Cindy
Meyers. 'Ik had de indruk dat ze al een tijdje met hem in ge-
sprek was. Ik herinner me dat ik daar blij om was, omdat ze
in niemand echt geïnteresseerd was geweest sinds ze het had
uitgemaakt met Jim. Het leek me een goed teken. Dahlia zat
op een barkruk en de man boog zich naar haar toe. Ik ben er
bijna naartoe gegaan om iets te zeggen, maar ik wilde niet
storen. Sharon en ik zijn blijven zitten en toen we onze
drankjes op hadden, zat Dahlia nog steeds met die man te
praten. Hoe dan ook, toen we besloten op te stappen, ben ik
naar Dahlia en die man gelopen, maar toen ik vlak bij ze
was, fluisterde hij iets in haar oor en glipte hij weg. Ik heb te-
gen Dahlia gezegd dat we weggingen, maar ze wilde nog

even blijven. Tucker was er nog steeds niet en ze wilde op hem wachten. Dat zei ze tenminste, maar ik kon zien dat ze ook wilde blijven praten met de man met wie ze in gesprek was geraakt. Ze zei dat hij Steven heette.'

Het was even over tienen toen Cindy en Sharon terugkeerden naar de campus van Vanderbilt.

Toen Tucker om elf uur in het café aankwam, was Dahlia Schuyler verdwenen...

Callie legde het boek weg en leunde tegen de muur van haar slaapkamer, haar benen losjes voor zich uit gestrekt, haar blote voeten uiteen. Ze pakte het horloge dat naast haar op de grond lag en bekeek het van alle kanten. Een ogenblik vroeg ze zich af of ze krankzinnig aan het worden was. Zou ze het horloge in Anna's mandje hebben gedaan en dat zijn vergeten? Eerlijk gezegd had ze dat liever dan de feiten waar ze zich mee geconfronteerd zag. Het geluid dat ze gisteravond had gehoord toen ze in de tuin bezig was geweest. Er had dus inderdaad iemand naar haar gekeken. Het horloge en het briefje. Er moest een verband tussen die twee dingen zijn.

Het was bijna één uur 's nachts.

Het boek lag open op haar schoot. Ze deed het dicht, draaide het afwezig om en staarde naar de foto op de achterkant. Diane Masseys haar was naar één kant geborsteld en ze keek eronder vandaan. Misschien omdat ze niet glimlachte, maakte ze een wat hooghartige indruk. Ze had haar armen over elkaar geslagen. Om haar linkerpols droeg ze een horloge.

Callie staarde verbluft naar de foto en zei tegen zichzelf dat het niet waar kon zijn.

Dit kon niet het horloge zijn dat Anna vandaag had gevonden. Dat bestond niet. Dat bestond gewoon niet. Want áls het dat horloge was, als dat zo was...

Haar brein weigerde die gedachte af te maken.

Callie pakte het horloge en keek weer naar de foto. Daarop was het horloge zo klein. Ze had een vergrootglas nodig. Ze hadden er in een keukenla eentje liggen, die Anna wel eens gebruikte voor school.

Beneden, aan de tafel waar ze altijd aten, bekeek ze de foto nogmaals. Ze hield het vergrootglas op verschillende afstanden tot ze het horloge duidelijk kon zien.

Dezelfde schakelband.

Dezelfde witte wijzerplaat.
Ze kon de inscriptie niet lezen, maar ze kon wel raden wat er stond.

Maandag 17 april

'WAAR HAD U PRECIES MET HAAR AFGESPROKEN?' DE VROUW aan de andere kant van de lijn klonk sceptisch, en nog maar amper beleefd. Haar naam was Marianne North en ze was Diane Masseys redactrice.

'Bij mij thuis. Voor de lunch. Ze had gisteren moeten komen maar...' Callie aarzelde. 'Ze is niet komen opdagen.'

'Bij u thuis? In *New York*?'

'Eh... ja.' Callie draaide een lok haar om haar vinger en was blij dat ze haar nummerweergave had laten blokkeren. Ze had meer tijd moeten besteden aan het uitdenken van een aannemelijk verhaal. Diane kon wel in Los Angeles zijn, of in het buitenland.

Ze besloot de voorzichtigheid in de wind te slaan en een risico te nemen. 'Hoor eens, u kunt me wel of niet geloven, maar het kan toch geen kwaad om het even te checken?'

Een paar seconden later hing Callie met een verslagen gevoel op.

Het was even over enen, een koele, bewolkte dag. Ze was van plan geweest vanochtend te studeren. Ze moest nog zoveel lezen. In plaats daarvan was ze bijna de hele ochtend bezig geweest met haar pogingen Diane aan de telefoon te krijgen. Het had haar niet verbaasd dat Diane een geheim nummer had. Daarom had ze Dianes uitgever gebeld. Bij Carillon Books was ze met deze en gene doorverbonden, aan de lijn gehouden. Eén keer was de verbinding zomaar verbroken. Ze had een aantal berichten achtergelaten, maar er had niemand teruggebeld. Ze had op het punt gestaan het op te geven en de politie in New York te bellen, toen ze was gebeld door Marianne North.

Gezeten op de rand van haar bed keek Callie weer naar het

horloge, dat op haar nachtkastje lag. Ze pakte het op. Op de achterplaat stonden letters en cijfers: 1120, gevolgd door 157480CD. Een serienummer vermoedelijk, het bewijs van eigendom. Ze herinnerde zichzelf er nogmaals aan dat ze onmogelijk zeker kon weten dat dit horloge van Diane was. Maar hoe ze ook haar best deed zichzelf gerust te stellen, haar onrust bleef groeien.

Ze had sinds het ontbijt niets gegeten. Misschien kon ze beter wat nemen.

Toen ze de trap afliep, werd ze zich bewust van een allesoverheersende stilte, die alleen werd verbroken door het gedempte geluid van haar voetstappen op de loper. De gezichten op de foto's aan de muur volgden haar toen ze met trage passen langs hen liep. Anna en zij op een strand in Nantucket. Anna in Disney World. Een officiële portretfoto van Anna toen ze vijf was. Anna op een slee. Ze vroeg zich opeens af waarom ze al deze foto's had, waarom zovéél. Het leek wel alsof ze wilde bewijzen dat ze echt een leven had. *Kijk, hier zijn we geweest. En hier en hier en hier.* Opeens vond ze het een beetje bizar, bijna gênant.

In de keuken deed ze de koelkast open en staarde wezenloos naar de inhoud. Als ze tijd had gehad, zou ze misschien iets hebben gekookt, troostvoedsel, net als toen ze klein was. Gehakt en aardappelpuree. Een macaronischotel. In plaats daarvan nam ze genoegen met een boterham met pindakaas en een glas melk.

Ze legde de boterham op een bord en ging aan de keukentafel zitten. Terwijl ze at, keek ze om zich heen, maar er was iets wat haar niet lekker zat. Meestal keek ze met genoegen naar haar gezellig ingerichte keuken, maar vandaag was van dat genoegen weinig te merken. Overal zag ze potentieel gevaar. Het messenblok op het aanrecht. Een vleesvork met vlijmscherpe punten. De gaspitten van het fornuis, reukloos maar dodelijk. Ze begreep nu pas ten volle wat Rick had bedoeld. Ze besefte opeens dat de keuken inderdaad het gevaarlijkste vertrek van een huis was.

Dinsdag 18 april

HULPSHERIFF TIM O'HARA REED IN ZIJN JEEP CHEROKEE DE veerboot af die bij Blue Peek Island had aangelegd. Hij wou dat hij tijd had gehad om zich te verkleden voordat hij eropuit was gegaan. Hij voelde zich niet echt op zijn gemak in zijn shetlandtrui en geperste kakibroek. Hij zag eruit als de provinciale student die hij ooit was geweest, terwijl hij juist zo zijn best deed om van dat imago af te komen.

Hij reed het parkeerterrein af en sloeg de Main Street in. Hij was sinds afgelopen zomer niet meer op het eiland geweest en keek ervan op hoe somber het eruitzag. In juli en augustus groeide de eilandbevolking tot boven de duizend, maar gedurende de lange, donkere winter zakte dat aantal terug naar twee- tot driehonderd. Wanneer in juni de eerste vakantiegangers arriveerden, zou de Main Street weer tot leven komen. Vandaag kon je nauwelijks geloven dat die verandering echt opnieuw zou plaatsvinden. Alles zag er grijs uit. Het leek wel een spookstad.

Afgelopen zomer had hij als hulpsheriff de eilanddienst gehad, zoals iedere nieuwe hulpsheriff van Hanson County. Blue Peek Island lag vijfenveertig minuten varen van de kust, maar het viel officieel onder Hanson County. Vier dagen per week, drie lange maanden lang, had hij vrijwel niets te doen gehad. Uit verveling was hij toertjes gaan maken over het eiland en had hij door de vredige straten gepatrouilleerd. Hij had wat bekeuringen uitgeschreven voor te hard rijden, een postbusvandaal gearresteerd. In zijn ogen had hij gewoon zijn werk gedaan, zodat hij zijn salaris tenminste met recht zou verdienen, maar de eilandbewoners hadden hun ogen ten hemel geslagen en hem Columbo genoemd. Hij had het zich laten aanleunen en gedaan alsof hij het grappig vond, maar leuk was anders. Oké, hij was pas drieëntwintig, maar verdiende hij daarom geen respect?

Vandaag was het echter iets anders. Dat hoopte hij tenminste. Heel misschien zou dit eindelijk zijn eerste echte zaak worden. Een grote stap op zijn ambitieuze weg om bij de Maine State Police te komen.

Hij had net naar zijn verloofde willen gaan, toen de brigadier hem had gebeld. Molly en hij zouden even naar het winkelcentrum gaan en daarna bij Molly's ouders gaan eten.

'Je moet even naar Blue Peek Island om iets na te trekken. Een bericht over een vermiste persoon. Ik kan Barrett wel sturen,' zei de brigadier, 'maar die kent het eiland niet.'

'Geen probleem,' antwoordde O'Hara. 'Ik pak de eerstvolgende boot.'

Een melding over een vermiste persoon. Dat kon interessant worden.

Hij had een lang, dun notitieboekje gepakt en de kaft omgeslagen. Onderaan de eerste pagina zette hij het cijfer '1'. Als het notitieboekje ooit nodig mocht zijn voor een rechtszaak, kon dat belangrijk zijn. Opeenvolgende paginanummers konden helpen bewijzen dat er niet met het bewijsmateriaal was geknoeid.

'Het gaat om Diane Massey.'

De pen van O'Hara, gereed om te gaan schrijven, bleef boven de pagina hangen. 'Dat meent u niet,' zei hij.

'Ken je haar?'

'Ja, natuurlijk, ik bedoel, ze is...' O'Hara stopte. Hij wilde de brigadier niet het gevoel geven dat hij een stuk onbenul was. 'Ze is schrijfster. Ze heeft dat boek geschreven over Steven Gage. U weet wel, de seriemoordenaar.'

'Ik weet wie Steven Gage is.' De brigadier klonk gepikeerd. 'Dus je kent haar?'

'Dat is iets te veel gezegd. Afgelopen zomer heb ik haar gezien toen ze bij haar ouders op bezoek kwam. Die hebben een kast van een huis boven op North Point.'

'Dat heb ik gehoord, ja,' zei de brigadier. 'Hoe dan ook, ik heb een telefoontje gekregen van iemand in New York. Even kijken hoe ze ook alweer heet... hier heb ik het... Marianne North. Zij schijnt de redactrice van Massey te zijn en slaagt er niet in haar te bereiken. Het is waarschijnlijk niks, maar ze drong er erg op aan dat iemand een kijkje zou gaan nemen.'

Waarschijnlijk niks.

Of misschien wel...

O'Hara zette zijn auto in een van de parkeerhavens. Keus genoeg vandaag. Het huis van Massey stond een eindje van de weg af en had uitzicht op de Narrows. Vanaf de plek waar hij stond was het huis zichtbaar, indrukwekkend en gehuld in mistsluiers. Het was meer dan honderd jaar geleden gebouwd door ene Thomas Massey.

Afgelopen zomer had hij een paar uur doorgebracht in het Blue Peek Island History Museum om iets meer te weten te komen over de rijke families uit Boston die hier als eersten zomerhuizen hadden laten bouwen. Ze hadden zichzelf 'buitenmensen' genoemd en hielden van de eenvoudige genoegens van het leven. Hun zomers waren een aaneenschakeling van zeiltochten, feestjes en picknicks. De afstammelingen van die pioniers kwamen nu met hún kinderen naar het eiland. De eerste zomergasten zouden echter op zijn vroegst pas over een maand arriveren. Het eiland was nu nog vrijwel verlaten. Wat had Diane Massey hier dan te zoeken?

Granieten traptreden voerden naar het huis, dat beschut stond tussen dennenbomen. Vanwaar hij stond kon hij nog net een deel van de dakpannen zien. De wind stak op en hij hoorde het geruis van de bomen. Hij lichtte de klink van het lage hek op en liep naar het huis.

Hij klopte op de achterdeur, drie harde klopjes. Hij wachtte even en klopte toen nogmaals. Geen antwoord. De veranda liep helemaal om het huis heen. Hij liep naar de voorkant. Zijn voetstappen maakten een hol geluid op de verweerde houten planken. Vanaf de veranda liep een groot gazon af tot aan de granieten klippen. In de zomer zou het gras smaragdgroen zijn, een gemanicuurde fluwelen deken. Nu was het nog sjofel en bruin en zat er onkruid tussen.

Bij de voordeur zag hij een houten ligstoel met een blauw linnen kussen. Naast de stoel stond een rieten tafeltje met daarop een asbak vol peuken. Hij klopte nog een paar keer op de deur. Geen antwoord. Hij duwde de deurknop naar beneden. De deur zat niet op slot.

'Mevrouw Massey? Bent u thuis?'

Hij stond in een twee verdiepingen hoge hal met aan zijn linkerhand een brede trap. Aan het eind van een brede gang zag hij een gesloten deur.

'Is hier iemand?' riep O'Hara.

Binnen was het donkerder dan buiten. O'Hara drukte op een lichtschakelaar. Een zware, gietijzeren kroonluchter straalde stoffig licht uit.

Opeens rook hij iets, een misselijkmakende geur van verrotting. Hij liep langzaam de gang in. De geur werd sterker. Zijn hand gleed naar zijn pistool. Hij overwoog het bureau te bellen, maar zag ervan af. Als het een vals alarm zou blijken te zijn, zou hij er eeuwig mee gepest worden. Hij was al genoeg geplaagd met dat Columbo. Hij kon dit beter zelf doen. Zonder al te opgewonden te raken.

Hij liep naar de deur, duwde die open en kwam uit in de keuken. Er was niemand, maar de stank deed hem kokhalzen. Hij zag een lichtschakelaar aan de muur, draaide hem om en keek om zich heen. Er stond een ouderwetse houtkachel met daarnaast een modern gasfornuis. Een tafel met vier rieten stoelen. Vaatwerk in het droogrek. Alles leek normaal te zijn, in orde. Maar waar kwam die stank vandaan?

Naast de kachel zag hij een smalle deur.

Hij liep ernaartoe, trok hem open en tuurde naar binnen. Bezems, dweilen, schoonmaakmiddelen. Gewoon een bergkast.

Waar hij nu stond, was de stank iets minder sterk. Dichter bij de deur van de keuken was hij sterker. Speurend liep hij terug in die richting. Ja, hij kwam er dichterbij. Onder de gootsteen was een kastje. Hij hurkte en deed het open. Bij de volgende ademhaling moest hij bijna kotsen van de stank die uit het kastje walmde.

Jezus.

Door zijn mond ademend trok hij behoedzaam de plastic vuilnisemmer eruit. Lege blikjes tonijn, groen uitgeslagen rijst en bonen, een stinkende, blubberige massa. Hij had nooit geweten dat doodgewone keukenafval zo kon stinken. Kokhalzend deed hij het deurtje dicht. Hij dacht diep na. In de zomer werd op dinsdag en zaterdag de vuilnis opgehaald. Maar ook als dat buiten het seizoen minder vaak werd gedaan, zou ze de vuilniszak buiten hebben gezet. Zou ze van het eiland vertrokken zijn en vergeten hebben deze emmer te legen? Dat was natuurlijk mogelijk, maar leek niet erg waarschijnlijk.

Zijn huid prikkelde, net als toen hij als jongen met zijn vader mee was op jacht en had aangevoeld dat er iets ging gebeuren, zonder te weten wat of wanneer. Hij verliet de keuken en liep langzaam de gang weer door in de richting van de trap.

Hij kwam langs een spookachtige woonkamer waar al het meubilair was bedekt met stoflakens. Nu pas zag hij dat er aan de andere kant van de kamer een deur was. Hij liep ernaartoe, deed de deur open en zag een studeerkamer. In tegenstelling tot de andere kamers was deze duidelijk in gebruik. Op het grote bureau stond een Sony laptop waar een draagbare printer aan was verbonden. Op het bureau en de vloer lagen stapels papier en in een hoek stond een straalkachel. Overal lagen krantenknipsels, mappen vol. Toen hij naar een van de krantenkoppen keek, zag hij de naam Winnie Dandridge. Opeens begreep hij het. Massey was hiernaartoe gekomen om te schrijven.

O'Hara liep door de woonkamer terug naar de gang en de hal. Hij liep de trap op en zag boven een gang met een zestal deuren, die op één na allemaal gesloten waren. Hij liep naar de deur die op een kier stond.

'Mevrouw Massey? Bent u daar?'

Zijn hart begon sneller te kloppen en hij hield zijn hand op zijn pistool, maar toen hij zijn hoofd om de deur stak, zag hij dat ook in dit vertrek niemand aanwezig was. Witte gordijnen. Uitzicht op het water. Twee eenpersoonsbedden, één ervan opengeslagen, het andere bedekt met stapeltjes kleren. Onder het bed minstens zes paar schoenen. Sportschoenen, bergschoenen. Een paar sandalen met zulke hoge hakken dat hij niet snapte hoe ze erop kon lopen. De enige keer dat hij zulke schoenen had gezien, was in een televisieprogramma waar hij van Molly per se naar had moeten kijken, over vier mooie meisjes in New York die met iedereen naar bed gingen.

Hij keek in de kasten en onder de bedden. Toen bekeek hij de andere kamers. Daarna liep hij weer naar beneden en doorzocht hij het deel van het huis waar hij nog niet was geweest. Toen hij er zeker van was dat er niemand aanwezig was, dacht hij na over wat hij moest doen. Met wie zou Diane hier contact hebben? Jenny Ward was de eerste naam die in hem opkwam. Zo'n beroemdheid als Diane Massey kreeg vast veel post. Het postkantoor ging 's middags dicht, dus was Jenny waarschijnlijk thuis. O'Hara zette zijn mobieltje aan en vroeg bij Inlichtingen het nummer op.

'Hallo?' Het was een mannenstem, Jenny's echtgenoot Phil.

'Is Jenny thuis?'

'Met wie spreek ik?'

'Met Tim O'Hara, de hulpsheriff.'

Hij hoorde aan de andere kant van de lijn iets wat klonk als snuiven. 'Wat kan ik voor u doen, Columbo?' O'Hara voelde een blos opkomen. Hij was al maanden niet op het eiland geweest, maar zijn reputatie was blijkbaar nog intact.

'Is ze thuis?'

Een stilte, toen kwam Jenny aan de lijn.

'Hallo?' zei Jenny. Alsof ze een vraag stelde. Hij herinnerde zich haar als een vriendelijke, nuchtere vrouw. Ze was altijd aardig tegen hem geweest.

'Ik ben op zoek naar Diane Massey. Ik heb begrepen dat ze op het eiland is.'

'Ja, ze is hierheen gekomen om te schrijven. Ik heb gezegd dat ze stapelgek is dat ze daar zo dicht bij het water is gaan zitten. Het huis heeft geen centrale verwarming, zie je. Zelfs met aparte kachels moet het er ijskoud zijn. En je zit met brandgevaar. Ik vind…'

O'Hara onderbrak haar woordenstroom. 'Ik wil graag weten of je haar in de afgelopen paar dagen hebt gezien.'

Een korte stilte.

'Nee,' zei Jenny toen. 'Al ongeveer een week niet. Hoezo?' Op de achtergrond begon een baby te huilen.

O'Hara aarzelde. Dit was een gesprek dat hij liever niet voerde via een makkelijk af te luisteren mobiele telefoon. 'Is het goed dat ik even langskom? Een paar minuten maar.'

'Eh, momentje.' Gedempte geluiden op de achtergrond, toen kwam Jenny weer aan de lijn. 'We wilden net uitgaan.'

Haar stem klonk zo overdreven monter, dat hij meteen begreep dat ze loog. 'Het is maar voor heel eventjes,' zei O'Hara.

'Nou…' Ze klonk hulpeloos.

'Ik ben over vijf minuten bij jullie.'

Voordat ze antwoord kon geven, hing hij op.

Phil en Jenny Ward woonden in een lief wit huisje halverwege het eiland. Deze buurt zag er heel anders uit dan die met de grote villa's aan de kust. Hier waren de huizen stevig en klein, erop gebouwd om zowel 's zomers als 's winters bewoond te worden. De kreeftenkooien die in de achtertuinen stonden opgestapeld, gaven aan dat hier hard gewerkt werd. Op de opritten stonden pick-ups en oude Fords en Chevrolets.

Jenny deed de deur voor hem open, een baby tegen haar schouder. 'Wat is er aan de hand?' vroeg ze toen ze waren gaan zitten.

'Het is waarschijnlijk niets,' zei O'Hara, als echo van de brigadier.

Jenny liet de gigantische baby wippen op haar schoot. *God, wat een lelijk kind.* O'Hara glimlachte tegen het vollemaansgezicht van de baby en haalde zijn notitieboekje te voorschijn.

'Ik ben op zoek naar mevrouw Massey. Ik ben bij haar huis geweest, maar daar was ze niet. Heb je enig idee waar ze kan zijn?'

Terwijl hij sprak nummerde hij snel de pagina's: 6,7,8...

Phil Ward kwam de woonkamer in gestommeld, een grote, donkere kerel. 'We moeten naar mijn moeder. We zijn al laat,' zei hij.

Jenny keek op. 'Ik dacht dat ze had gezegd om vijf uur.'

Haar man keek haar nijdig aan.

'Hoe eerder we deze vragen afwerken, hoe eerder ik weg ben.' O'Hara bleef beleefd, hoewel het hem moeite kostte.

'Als jij het zegt, *Columbo*.' Phil Ward sjokte weg. O'Hara hoorde hem in de keuken een blikje opentrekken.

Jenny had een frons op haar voorhoofd. Ze was duidelijk afgeleid. Ze bleef de grote baby op en neer wippen en wierp steelse blikken in de richting van de keuken.

'Jenny?' zei O'Hara bemoedigend. 'Heb je enig idee waar ze kan zijn?'

Jenny schudde haar hoofd. 'Ze is meestal thuis. Ze gaat niet eens naar de winkel. Ze heeft etenswaren meegebracht vanaf het vasteland.'

'Heeft ze bezoekers gehad?'

'Nee. Althans, dat geloof ik niet. Ze is hierheen gekomen om een boek af te maken. Heb jij wel eens iets van haar gelezen? Hartstikke goede boeken. Maar het eerste is nog steeds mijn favoriet, het boek over Steven Gage. Hoe heet dat nou toch alweer, iets met verdwijnen.'

'*De verdwijnende man.*'

Jenny keek hem blij verrast aan. 'Ja. Heb jij het ook gelezen?'

'Ja,' zei hij en toen ging hij snel door. 'Wanneer heb je haar voor het laatst gezien?'

'Zeker weten doe ik het niet. Niet deze week. Misschien begin vorige week. De laatste keer dat ze is geweest, heeft ze haar post opgehaald, een paar enveloppen van Fed Ex. Het staat allemaal genoteerd. Ik kan wel…' Jenny zweeg abrupt. Toen zei ze: 'Er schiet me opeens iets te binnen. Diane gaat iedere dag joggen, in de buurt van Carson's Cove. Ze zegt dat ze daardoor beter kan denken. Jeetje, ik hoop niet dat haar iets is overkomen.'

De baby slaakte een kermende kreet. Jenny wreef hem over zijn rug.

'Het zal wel niets zijn,' zei O'Hara. 'Misschien is ze even teruggegaan naar het vasteland of zo.'

'Misschien.' Jenny klonk niet overtuigd. 'We hebben soms problemen met jongens die in de bossen gaan schieten. Ik had haar moeten vertellen dat ze altijd een gekleurd jack of zo moet aandoen. Als stadsmens weet ze dat misschien niet.'

De hobbelige weg naar Carson's Cove was omzoomd met hoge bomen. Naarmate O'Hara de bochtige weg volgde, merkte hij dat de beschaduwde lucht steeds koeler werd. De weg eindigde bij een kleine open plek, waar O'Hara zijn jeep tot stilstand bracht. Hij stapte uit en liep naar de opening tussen de bomen waar een smal pad begon.

Het had al een paar weken niet geregend en het pad was bedekt met droge bruine bladeren. Als Diana hier inderdaad was geweest, zou ze geen voetafdrukken hebben achtergelaten. Hij besefte nu pas dat hij bij haar huis geen auto had gezien. Hij had eraan moeten denken Jenny te vragen of ze met een auto was gekomen.

Hij had net een eerste glimp opgevangen van de loodgrijze zee toen hij een verandering in het terrein opmerkte. Tot een paar meter terug hadden de bladeren en dennennaalden een gladde, opeengepakte massa gevormd. Hier lagen ze losser, alsof ze overhoop waren gehaald. Hij hurkte om de grond van dichtbij te bekijken. Twijgen en dennenappels drongen in zijn handpalmen toen hij langzaam vooruitkroop. Hij zag nog steeds geen voetafdrukken, geen teken van menselijk contact. Dan zou het wel een dier geweest zijn, dacht hij.

Hij stond op. Een vogel slaakte een schrille kreet. Bladeren en klontjes aarde bleven aan zijn broekspijpen hangen. Hij sloeg ze eraf. Het bos leek zich aan hem op te dringen, stil en drukkend. Hij vervolgde zijn weg over het pad in de richting van het water, maar liep nu ietsje sneller dan voorheen.

Ongeveer zeven meter verderop zag hij een eindje van het pad af een verlaten schuur. Het hout was half vermolmd en het dak verzakt. Aan de voorkant gaf een gapend gat aan waar de deur had gezeten.

O'Hara stapte door het struikgewas heen en tuurde naar binnen. Hij deed zijn zaklantaarn aan en liet de lichtbundel door de hele ruimte spelen. De donkere schuur stond vol afgedankte spullen. Een verroeste boottrailer. Gereedschap voor houtbewerking. Oude kreeftenkooien en boeien. Langzaam bescheen O'Hara het ene voorwerp na het andere. Geen enkel teken dat hier recentelijk iemand was geweest. Toen hij alles had bekeken, deed hij de zaklantaarn uit en liep hij weer naar buiten.

Later kon hij niet precies zeggen wat zijn aandacht had getrokken naar de zijkant van de schuur, naar de grote berg losse takken die tegen de muur lag opgestapeld, maar toen hij ernaartoe liep om die wat nader te bekijken, zag hij iets. Het was alsof er een elektrische stroom door zijn hoofd en zijn hart voer. Een ogenblik kon hij niet meer denken.

Ze lag in de foetushouding op haar rechterzij, geheel ontkleed. O'Hara ploegde dwars door de struiken heen. Hij liet zich naast haar op zijn knieën vallen. Bruine ogen staarden nietsziend naar de rand van zijn leren schoenen. Bloed dat uit haar mond was gesijpeld, vormde een opgedroogd riviertje dat de kleur had van gesmolten roest. Haar gezicht was gezwollen en zat vol blauwe plekken, maar hij twijfelde er geen moment aan wie ze was.

De stank walmde naar hem op, als van vis of garnalen die te lang hadden gelegen. Er zat iets om haar nek, een strakke, zwarte band. Hij weerstond de normale menselijke impuls om hem los te maken. Het was zijn taak de plaats delict te beschermen, alles te laten zoals het was. Het lijk moest zo blijven liggen tot de State Police erbij was.

Toen zag hij nóg iets, wat zijn hele lichaam deed verstijven. Haar arm, in haar arm zat een rij diepe, rode sneden. Keurig parallel. Iemand had daar de tijd voor genomen. Hij had zulke sneden al eens eerder gezien, maar in een boek, in een studieboek van de politieacademie waarin voorbeelden werden getoond van het werk van seriemoordenaars.

Er joeg een huivering door O'Hara's lichaam en hij voelde zich erg alleen. Opeens besefte hij dat hij nog nooit eerder een lijk had gezien.

Hij kwam overeind en pakte zijn mobiele telefoon.

Met zijn blik afgewend van het lijk belde hij de centrale van het bureau.

Donderdag 20 april

NA MIJN STUDIE HEB IK EEN FANTASTISCHE REIS DOOR
Europa gemaakt en daarna ben ik als stagiaire begonnen bij
Lowell, Cafferty, een makelaarsfirma in Boston. Daar heb
ik Joe Flick ontmoet. We wisten meteen dat we soulmates
waren. We zijn allebei marathonlopers en houden ervan om
op zaterdagavond op zoek te gaan naar tenten met goede
live-muziek. Maar het allerbelangrijkste is misschien wel dat
we tot de ontdekking kwamen dat we allebei dol zijn op Sa-
mantha's verse vanilleshake met amandelen! Afgelopen
kerst hebben we onze verloving bekendgemaakt. Als alles
goed gaat, zullen we getrouwd zijn tegen de tijd dat u dit
leest, en onze intrek hebben genomen in onze nieuwe flat in
de Back Bay van Boston.

Callie keek op van de ingezonden formulieren voor de Vijfde
Reünie waar ze nu al twee uur mee bezig was. Ze was bedolven
onder verhalen van veelbelovende toekomsten, een zee van
klopjes op de eigen schouder. Een beetje cynisch vroeg ze zich
af of de werkelijkheid er gelijke tred mee hield. Wat had men allemaal weggelaten uit deze naadloze verslagen van prachtige
prestaties? Ze dacht ook aan de studenten die geen verslag hadden ingestuurd, degenen die alleen maar hun naam en adres
hadden gegeven of helemaal niet hadden gereageerd. Misschien
hadden zij wel geprobeerd de vragen te beantwoorden maar het
halverwege opgegeven, verslagen door het gevoel dat ze op hun
zesentwintigste de race al hadden verloren.
     Callie wreef in haar ogen. Tijd voor een pauze, dacht ze.
     Ze liep naar de receptieruimte en legde een stapeltje bijge-
werkte formulieren op het bureau van Posy Kisch. Zoals ge-

woonlijk hing Posy aan de telefoon en keek ze niet eens op. Haar haar was vandaag paarsrood, bijna dezelfde kleur als haar lippenstift. '*Dus zei ik, ben je helemaal. En toen zei hij, schei toch uit joh...*'

Martha zat aan haar bureau te typen. Ze keek een beetje verstrooid op toen Callie binnenkwam.

'Kunnen we niets aan Kabuki Girl doen?' vroeg Callie toen ze de deur dicht had gedaan.

Martha haalde hulpeloos haar schouders op. 'Ik zou niet weten wat,' zei ze. 'Het is nog maar voor één maand. Misschien hebben we volgend jaar meer geluk.'

Callie plofte neer op een stoel. 'Windham College. Waar de student de baas is. Dat zou het motto moeten zijn. Volgend jaar moeten we erop staan dat we de kandidaten in ieder geval een sollicitatiegesprek mogen afnemen.'

'Daar valt wat voor te zeggen.' Martha nam een slokje koffie uit een blauwe keramiekmok. 'Maar goed, ze is er vandaag tenminste,' zei ze vergoelijkend.

Callie sloeg haar ogen ten hemel. 'Vandaag toevallig wel.'

De afgelopen weken hadden ze er geen pijl meer op kunnen trekken wanneer Posy zou komen opdagen. Een tentamen. Een zieke fret. Een kapotte wekker. Uiteindelijk had Callie maar niet eens meer gevraagd waarom ze niet was komen opdagen. 'Bel alleen als je niet komt,' had ze vermoeid gezegd. Posy had stuurs toegezegd dat ze dat zou doen. En toen had ze zich drie dagen niet laten zien.

'Hoe moet die ooit een baan krijgen en houden wanneer ze eenmaal is afgestudeerd?'

'Godzijdank is dat niet ons probleem,' zei Martha.

'Dat is waar,' zei Callie.

Een donkere krul zakte over Martha's voorhoofd. Ze streek hem afwezig naar achteren. Ze had de vierkante, bekwame handen van een kunstenares, met kortgeknipte nagels. Naast haar werk op Windham deed ze aan pottenbakken. Ze was jong getrouwd, gescheiden, en had twee kinderen in de tienerleeftijd. Martha leek het leven te nemen zoals het kwam en daar had Callie bewondering voor.

'Hoe is het met jou?' vroeg Martha na nog een slok koffie. 'Ik heb je deze week amper gesproken. Hoe was dat paasfestijn van jullie?'

Callie voelde iets kriebelen in haar maag. 'Het was heel leuk,' zei ze. 'Heel gezellig.'

'Met Anna alles in orde?'

'Lijkt me wel. Weinig uitbarstingen de laatste tijd.'

'En Rick?'

'Die is... *lief*,' Callie deed haar best meer zelfvertrouwen te tonen dan ze voelde, want in werkelijkheid begon haar relatie met Rick een beetje ingewikkeld te worden. Ze wist niet goed waar ze aan toe waren. Zijn aanzoek hing nog steeds tussen hen in, als een zwevend vraagteken.

'Het is een prima jongen,' zei Martha.

'Weet ik,' zei Callie.

Toen ze Martha in haar kalme blauwe ogen keek, voelde Callie zich een beetje schuldig. Waarom mocht zij iemand als Rick hebben terwijl Martha niemand had? Callie wist dat Martha het zich niet zo aantrok; dat ze niet echt een man nodig had. Maar ze wist ook dat haar vriendin gelukkiger zou zijn als ze een vaste partner had. Ze reageerde wel eens op contactadvertenties, en vrienden hadden ook wel voor koppelaar gespeeld, maar afgezien van wat amusante verhalen had het niet veel opgeleverd.

Impulsief boog Callie zich naar haar toe. 'Ik zou je graag aan iemand willen voorstellen.'

Martha trok haar wenkbrauwen op alsof ze wilde zeggen: Ik luister.

'Hij zit bij de politie en is een vriend van Rick. Hij woont bij mij in de buurt.'

Ze beschreef Tod Carver in het kort. Martha leek geïnteresseerd. 'Volgens Rick is hij nog niet over zijn ex heen, maar je moet ergens beginnen. Hij heeft twee kinderen, allebei nog vrij jong. Is dat een probleem?'

'Nee hoor.'

Callie glimlachte. 'Dan ga ik deze week met hem praten. Ik had gedacht jullie allebei op een etentje uit te nodigen.'

Iemand klopte op Martha's gesloten deur en toen stak Posy haar hoofd naar binnen. De dikke laag make-up op het frisse jonge gezicht had iets griezeligs. Niet voor het eerst vroeg Callie zich af waarom ze zichzelf dat aandeed. Was het een wanhopige poging de aandacht te trekken of vond ze het gewoon leuk om er zo uit te zien?

'Er is hier ene Nathan voor je,' zei Posy tegen Callie.

Nathan. Callie kreunde binnensmonds. Ze was hun plannen bijna vergeten. Nathan had die ochtend vroeg gebeld om te vragen of ze tussen de middag met hem wilde gaan eten. Ze had het afgewimpeld onder het mom dat ze het te druk had, maar er uiteindelijk in toegestemd met hem een kop koffie te gaan drinken.

'Hij zegt dat je hem verwacht,' zei Posy.

'Ja, dank je. Ik kom zo.'

Posy deed de deur dicht, met een fikse knal. Het kantoor dreunde helemaal na.

'Je kunt altijd nee zeggen,' fluisterde Martha toen Callie opstond.

'Waarom heb ik daar niet eerder aan gedacht?' fluisterde Callie terug. 'De volgende keer doe ik dat beslist. 'Zeg, heb je de *Globe* uit? Mag ik hem meenemen?'

'Ga je gang,' zei Martha.

Callie pakte de krant van de boekenplank en liep het kantoor uit naar Nathan.

Hij stond naast Posy's bureau, één en al magere armen en benen. Hij hipte van zijn ene op zijn andere voet en hield zijn ogen op de grond gericht. Toen Callie naar hem toe liep, hief hij met een ruk zijn hoofd op en kroop er een blos over zijn gezicht.

'Dag Callie.' Hij maakte een nog nerveuzere indruk dan anders.

Callie nam snel een besluit.

'Nathan, ik heb het echt ontzettend druk vandaag. Ik heb geen tijd om ergens naartoe te gaan. Als je wilt kunnen we hier een kop koffie nemen, en dan moet ik weer aan het werk.'

Even leek het alsof hij daartegen bezwaar wilde maken, maar hij zag er uiteindelijk van af.

'Goed,' zei hij met een schokkerig ophalen van zijn schouders. 'Dan blijven we maar hier.'

Toen ze Nathan een mok koffie gaf, zag Callie dat Posy naar hem keek. In plaats van de gebruikelijke verveelde uitdrukking, lag er nu een bijna begerige interesse op haar gezicht. Ze vroeg zich af met wat voor gedachten Posy speelde, maar toen begon Nathan te praten.

Ze namen hun koffie mee naar Callies kantoor. Ze deed de deur niet dicht. Ze nodigde Nathan met een gebaar uit in de bezoekersstoel te gaan zitten en nam zelf plaats achter haar bureau.

'Heb je me gemist?' vroeg Nathan toen ze waren gaan zitten. Hij keek haar indringend aan met een eigenaardige glimlach op zijn gezicht.

'Gemist?' vroeg Callie luchtig. 'Ik wist niet dat je weg was geweest.'

Zijn glimlach zakte weg en zijn mond kreeg een humeurige trek. 'Ik ben ziek geweest. Griep. Heb je niet eens gemerkt dat ik er niet was? Ik zit toch meestal naast je?'

'Ik ben blij dat je weer beter bent,' zei Callie.

Nathan gaf geen antwoord. Hij keek de kamer rond met een gezicht alsof hij met zijn gedachten heel ergens anders zat. 'Ik heb laatst een mooie film gezien, een propagandafilm van de nazi's. Ongelooflijke beelden van nazi's die baby's kusten en dat soort dingen.'

Callie staarde hem aan. Was hij altijd zo'n griezel geweest? Toen ze elkaar hadden ontmoet, had ze hem een vreemde maar aardige jongen gevonden. Nu vond ze hem alleen nog maar vreemd.

'Zulke dingen zijn niets voor mij,' zei ze.

Toen hij tien minuten later vertrok, voelde Callie zich enorm opgelucht. Ze bleef in de deuropening van de receptieruimte staan tot hij om de hoek was verdwenen.

Toen ze terugliep naar haar kantoor, vroeg Posy: 'Wie was dat?'

'Een eerstejaars,' zei Callie. 'Nathan Lacoste.'

'Waar ken je hem van?'

'Hij zit bij sommige vakken bij me in de klas. Waarom wil je dat weten?'

Posy had een kleur gekregen. 'Zomaar,' mompelde ze en ze boog haar hoofd. 'Ik vroeg het me alleen maar af.' Onder de dikke laag witte make-up was haar gezicht roze gevlekt.

Posy zag iets in Nathan! Callie moest er bijna om lachen. Nathan en Kabuki Girl. Het ideale paar. Het was in ieder geval iets om te onthouden voor als Nathan nog een keer zou komen. Wie weet? Misschien zou het lukken. Misschien pasten die twee juist bij elkaar.

Terug achter haar bureau begon Callie aan de tweede stapel formulieren.

Nadat ik mijn studie had afgerond, ben ik naar New York verhuisd waar ik als stagiaire ben begonnen bij Cravath, Swaine & Moore...

Lieve hemel, wat een saai gedoe allemaal. Ze pakte de krant die ze Martha had afgetroggeld en bekeek de koppen op de voorpagina. Ze had zin om dit weekeinde naar de film te gaan, maar niet de film waar Nathan het over had gehad. Ze bladerde naar de cultuurpagina's.

Diane Massey.

De naam viel haar meteen op. Een ogenblik dacht ze dat ze het zich had ingebeeld, maar eigenlijk wist ze het al. Bloed steeg naar haar hoofd. Haar hart begon te bonken. Diep in haar binnenste zei een stem: *dit is waar je op hebt zitten wachten.*

Een ogenblik was het alsof de naam voor haar ogen zweefde, helemaal los van de krant. Toen verruimde haar blik zich langzaam en kon ze de woorden eromheen ook lezen. MYSTERIE ROND DOOD VAN MISDAADAUTEUR NOG GROTER. En eronder: DIANE MASSEY BRACHT HAAR LAATSTE DAGEN IN ALLE RUST DOOR OP EEN EILAND.

Ze las het artikel eerst heel snel door en toen langzamer.

Dit was duidelijk niet het eerste artikel hierover, misschien niet eens het tweede. Pas in de laatste paragrafen werden de feiten over de misdaad samengevat. Diane was naar het eiland gegaan om in alle rust een boek af te maken. Ze was vermoedelijk tijdens haar dagelijkse joggingrondje overvallen. Tot nu toe waren geen namen van verdachten bekendgemaakt. De doodsoorzaak was een klap met een stomp voorwerp en wurging. Toen haar lichaam was gevonden, had er een zwarte nylonkous om haar hals gezeten.

Callies ogen bleven stokken bij de gedrukte woorden.

Een zwarte nylonkous.

Helemaal in de war vloog ze overeind en liep naar Martha's kantoor. Ze voelde zich opeens niet lekker, zei ze. Misschien had ze iets onder de leden. Ze zag Martha's bezorgde gezicht als van heel ver weg. Tegelijkertijd leek al het gevoel in haar lichaam merkwaardig verscherpt. Ze voelde het bloed door haar aderen stromen, haar huid aan de botten kleven. Iedere cel van haar wezen leek met de snelheid van het licht te vibreren.

Callie liep naar huis zonder op haar omgeving te letten. Een Volkswagen remde met gierende banden toen ze door rood overstak. Door de autoruit zag ze de geschrokken bestuurder, met ogen als schoteltjes. Ze besefte vaag dat ze bijna was aangereden, maar het drong nauwelijks tot haar door. *Wat moet ik nu?* dacht ze. *Wat moet ik nu?* Ze kon dit niet meer in haar eentje aan, dat was wel duidelijk. Maar wie kon ze om hulp vragen? Met wie kon ze praten? Het moest iemand zijn die van haar achtergrond op de hoogte was. Iemand die ze kon vertrouwen.

Op het moment dat Callie haar voordeur opendeed zag ze in een flits een gezicht uit het verleden. Ze nam snel haar mentale checklist door. Achter ieder punt kon ze een vinkje zetten. Scherpzinnig, doortastend, kende haar achtergrond, en had nóg een pluspunt: beroepshalve zou ze gedwongen zijn desgevraagd dingen geheim te houden.

Voor het eerst sinds ze de krant had gezien, kon Callie weer iets helderder denken. Ze holde de trap op naar haar kamer. Ergens in een bureaula vol rommel moesten haar oude adresboekjes liggen. Ze groef het zwarte boekje met de kunstleren kaft op en sloeg het open bij de W.

'Mevrouw White werkt hier niet meer.'

De moed zonk Callie in de schoenen. 'Weet u waar ik haar kan bereiken?'

Een korte stilte. 'Ik zal u doorverbinden.'

Het duurde even, maar uiteindelijk kreeg ze een telefoonnummer. Ze hing op, nam meteen de hoorn weer van de haak en draaide het nummer.

'Harwich & Young,' zei een stem.

Callies hart bonkte. 'Melanie White, alstublieft,' zei ze.

Een klik en toen hoorde ze de beltoon.

'Met het kantoor van Melanie White.' Een onpersoonlijke vrouwenstem.

Callie kneep hard in de hoorn. Het leek zo onwezenlijk. 'Ik... Ik wil graag...' begon ze. 'Zou ik Melanie even mogen spreken?'

Ze zat op de rand van haar bed en leunde een beetje naar voren. Ze had haar benen over elkaar geslagen en begon in allebei het gevoel te verliezen.

'Het spijt me, maar mevrouw White is in vergadering. Wilt u een bericht achterlaten?'

'Alleen... Alleen dat Callie Thayer heeft gebeld. En dat het dringend is.'

Een halfuur later probeerde Callie het nogmaals.

'Alstublieft,' zei ze. 'Het is dringend.'

'Kan ik aan mevrouw White doorgeven waar het over gaat?'

Callie voelde ergernis in zich opkomen.

'Nee,' zei ze. 'Het spijt me. Het is… Het is iets persoonlijks.'

Nadat ze weer had opgehangen, liet ze zich achterover op het bed vallen. Ze bleef bijna twintig minuten liggen, vrijwel zonder zich te bewegen. Ze voelde zich volslagen uitgeput, alsof ze nachtenlang niet had geslapen. De verleiding was groot om onder de dekens te kruipen en in te slapen, maar ze was klaarwakker en wist wat haar te doen stond.

Nog steeds plat op haar rug pakte ze de telefoon weer. Ze hoefde niet naar het nummer te kijken. Ze kende het uit haar hoofd.

'Met het kantoor van mevrouw White.' Dezelfde koele stem.

In een seconde flitste het verleden door haar hoofd, het pad dat haar uiteindelijk hiernaartoe had gevoerd. Het was alsof ze op de rand van een klip stond, klaar om te springen. Ze wilde niet, maar ze had geen keus. Ze haalde diep adem en sloot haar ogen.

'Wilt u alstublieft tegen mevrouw White zeggen dat Laura Seton haar wil spreken?'

⚭

'Laura Seton?'

Melanie White keek op van de vloer waar ze op haar knieën te midden van dozen en stapels papier zat. Ze was bezig steekproeven te nemen in het werk van een groep stagiairs. Buiten was de hemel strakblauw, maar Melanie had er geen erg in. De documenten moesten nog gefotokopieerd worden en voor middernacht de deur uit zijn.

'Ik weet zeker dat het dezelfde vrouw is die vanochtend al een paar keer heeft gebeld.' Tina Dryer was klein van stuk, amper één meter zestig en hoogzwanger. Haar getuite lippen gaven blijk van haar afkeuring over deze verkwisting van Melanies tijd.

'Ik…' Melanie staarde Tina aan, volkomen verbluft. De feiten betreffende de zaak-Connor Pharmaceuticals botsten met het verleden; gedachten aan marktaandelen en marktbeheersing maakten plaats voor een scherp gevoel van nostalgie.

Ergens ver beneden hen toeterden claxons en piepten banden, maar Melanie hoorde het niet. Ze was weer in Nashville, reed in een gehuurde Ford Escort over Route I-40 naar de gevangenis. De Riverbend Maximum Security Institution. De Death Row

113

van Tennessee. Een gigantische rode zon beukte op haar neer terwijl ze gejaagd in haar mobieltje sprak. *Hoeveel tijd nog? Heb je iets gehoord? Is er niet nog één, nog één, nog één...*

Toen was ze opeens in een rokerige hotelkamer met Mark Kelly en Fred Irving. Toen ze de bedrukte gezichten van de vennoten zag, wist ze dat ze verloren hadden. Ze dronken nog steeds koffie, rookten nog steeds sigaretten, bespraken nog steeds hun strategie. Maar ze zag de waarheid in de harde, felle ogen van de oudere advocaten.

'Ik heb geprobeerd van haar los te krijgen wat er zo dringend is, maar...' Tina maakte een hulpeloos gebaar en legde haar handen toen op haar ronde buik.

'Laura Seton,' zei Melanie, de lettergrepen traag uitsprekend. Alsof ze door de naam nogmaals hardop te zeggen een verklaring kon vinden.

Resoluut stond ze op. 'Goed, Tina, verbind haar maar door.'

Tina trok haar geëpileerde wenkbrauwen op, maar zei niets. Ze draaide zich om, liep de kamer uit en deed de deur achter zich dicht.

Melanie pakte meteen op toen de telefoon begon te rinkelen. 'Melanie White,' zei ze, terwijl ze achter haar bureau plaatsnam.

'Melanie? Met... Met Laura Seton. Ik weet dat het lang geleden is.'

De stem verraste Melanie. Heser en krachtiger dan ze had verwacht. Niet de stem die ze zich herinnerde. Of gedacht had zich te herinneren. Geen stem die ze ooit zou hebben toegeschreven aan de Laura Seton die ze kende.

In haar herinnering was Laura een wazige figuur met onduidelijke contouren. En dat kwam niet alleen door het verstrijken van de tijd; dat was ook toen al zo geweest. Laura had altijd op haar de indruk gemaakt een tikje wazig te zijn. Alsof ze werd gefilmd door een lens die bijgesteld moest worden. Misschien kwam het door het golvende kastanjebruine haar dat langs haar gezicht viel, het weinig effectieve gebaar waarmee ze het aldoor naar achteren had gestreken. Zelfs nu herinnerde Melanie zich nog hoe dat gebaar haar was gaan irriteren en hoe ze de impuls had moeten onderdrukken om Laura's hand te grijpen.

'Herinner je je mij nog?' zei de stem van Laura, niet-Laura. Het was een vraag, maar het klonk meer als een mededeling. Een teken dat ook zij wist dat de tijd nooit zou kunnen uitwissen wat zij samen hadden meegemaakt.

'Ja,' zei Melanie. 'Natuurlijk.'

Een nieuwe golf van herinneringen overspoelde haar. De opwindende roes van haar begintijd als advocaat bij Watkins & Graham. Ze was nog maar net naar Washington DC verhuisd nadat ze was opgenomen in de orde der advocaten. Ze had een flatje gevonden in Dupont Circle, twee metrohaltes bij haar werk vandaan. De dag waarop ze bij Mark Kelly was geroepen, was begonnen zoals alle andere dagen. Ze had zitten werken aan een lang memorandum over rechtskeuze. Kelly had er vermoeid en gespannen uitgezien. Hij had haar keurend opgenomen. 'Ik heb een pro-Deozaak voor je. We gaan het hoger beroep behandelen in de zaak-Gage.'

Op het moment had het een ongelooflijke eer geleken, maar dat was uiteraard erg naïef van haar geweest. Pas jaren later had ze begrepen waarom ze háár ervoor hadden gekozen. Net als Dahlia was ze opgegroeid in Nashville. Ze leken zelfs op elkaar. Het was bijna alsof niet zij maar Dahlia voor zijn leven had gevochten. Gerechtelijk was dat allemaal niet van belang; het was louter een kwestie van de juiste sfeer scheppen. Toen haar bazen zich tegenover het helse karwei van het hoger beroep gesteld hadden gezien, hadden ze besloten dat het in ieder geval geen kwaad zou kunnen.

Uiteindelijk had het niets uitgehaald. Ze hadden hem evengoed ter dood gebracht. En zij, een vijfdejaars associé, was voor Watkins & Graham vrijwel nutteloos geweest. Een dure post op de jaarbalans, moeilijk te rechtvaardigen. Ze was talloze malen in de rechtszaal verschenen, veel vaker dan andere advocaten die tegelijk met haar waren afgestudeerd, maar zaken betreffende ter dood veroordeelden kon je niet leren, daar moest je gevoel voor hebben, en ze zou er weinig aan hebben voor de commerciële zaken die ze van nu af aan kon verwachten.

Achteraf gezien wist ze dat ze er toch gedeeltelijk voor verantwoordelijk was geweest. Ze had op z'n minst moeite kunnen doen zich met twee dingen tegelijk bezig te houden. Maar toentertijd hadden de commerciële zaken zo banaal geleken, zo onbelangrijk, vergeleken met haar pogingen om het leven van een man te redden. Dat die man waarschijnlijk meer dan honderd vrouwen had vermoord, was iets waar ze gewoon niet bij bleef stilstaan. Ze had dergelijke gedachten steeds weggeduwd en zich geconcentreerd op de hoofdzaak. De doodstraf was een barbaarse straf. Ongeacht wat hij had gedaan.

Maar toch. Meer dan honderd vrouwen. Ze had moeite met de hoeveelheid. In de ogen van de meeste mensen was Steven Gage de productiefste seriemoordenaar die hun land ooit had gekend. Zelfs de beruchte Ted Bundy bleef ver bij hem achter. Die had voorzover men wist slechts iets meer dan dertig vrouwen vermoord voordat hij was gepakt. Over de cijfers kon je natuurlijk twisten. Niemand wist het zeker. Maar hoe je het ook bekeek, Gages misdaden waren verbijsterend.

Ze hield zich voor dat Steven Gage nog ver van het wereldrecord zat. Er was een Engelse arts, Harold Shipman, die meer dan tweehonderd slachtoffers had gemaakt. En Pedro 'het monster van de Andes' Lopez werd verdacht van meer dan driehonderd moorden. Maar de schrikbeelden van al deze gewelddadigheden deden niets af aan die van Steven. *Meer dan honderd vrouwen*. Ze had moeite gehad het te bevatten.

Maar dat was allemaal later gekomen. In het begin had ze het alleen maar opwindend gevonden. Een van de eerste dingen die ze had gedaan nadat ze de opdracht had gekregen, was Laura's getuigenis doorlezen. Laura, Stevens vaste vriendin, was een fabelachtige getuige geweest. Maandenlang had ze hem bespioneerd en rekeningen van de telefoonmaatschappij en creditcardafschrijvingen gekopieerd. Een van de creditcardafschrijvingen had uiteindelijk het bewijs geleverd dat Steven op de plek was geweest waar Dahlia voor het laatst was gezien. In Donovan's, op 7 mei, de dag dat ze was verdwenen.

Ter voorbereiding op een vraaggesprek met Laura, had Melanie ieder woord van haar getuigenis uitgeplozen. Het doel was tegenstrijdigheden te vinden, dingen die niet klopten. Ze had Laura een paar keer persoonlijk ontmoet, maar het had tussen hen nooit geklikt. Afgezien van hun leeftijd – ze waren allebei vijfentwintig toen ze elkaar leerden kennen – hadden ze vrijwel niets gemeen.

Ze schrok op uit haar gedachten en besefte dat Laura wachtte tot ze iets zou zeggen. 'Hoe is het met je?' vroeg ze haastig.

'Goed. Ik... alles is nu heel anders.'

Melanie zei eenvoudig: 'Daar ben ik blij om.' Want ze kon zich geen veranderingen voorstellen die het leven voor Laura niet beter zouden hebben gemaakt.

'Ik hoop dat je het niet erg vindt dat ik bel.' De woorden leken respectvol, maar de toon verloochende de woorden. 'Ik moet met iemand praten. Iemand die... op de hoogte is van mijn verleden.'

Daarop volgde een stilte, alsof Laura nadacht. Toen sprak ze weer.

'Ik heb nu een andere naam. Callie. Callie Thayer. Thayer is de achternaam van mijn ex en die ben ik blijven gebruiken. Ik woon in – ach, dat maakt eigenlijk niet uit, maar niemand hier weet wie ik ben. Althans, dat dacht ik. Ik heb een baan bij een kleine universiteit. Ik leid een erg kalm leven. Ik ben weer gaan studeren en ik... Maar dat interesseert jou waarschijnlijk allemaal niet. De reden waarom ik bel, is dat ik een briefje heb gekregen. Daar is het mee begonnen. Iemand heeft een envelop onder mijn voordeur geschoven. Daardoor begreep ik... dat ze het wisten. Ik schrok er vreselijk van, maar later kwam ik weer tot rust. Ik dacht dat het hooguit om chantage kon gaan of dat het misschien zelfs een rare grap was. Dat iemand via het internet te weten was gekomen wie ik was.

Afgelopen zondag hadden we het jaarlijkse paaseieren zoeken. Dat is hier een buurtgebeuren. Ik had een van de mandjes verstopt in een regenpijp van ons huis. Mijn dochter vond het mandje, maar iemand had met de inhoud geknoeid. Ik had er alleen maar chocolade-eitjes in gedaan, van die kleintjes in gekleurd zilverpapier, maar toen mijn dochter het mandje vond, lag er een plastic ei in. Dat ei kon je openmaken, en toen bleek dat er een horloge in zat.

Ik wist meteen dat er iets mis was. Ik wist alleen niet wat. Later keek ik naar *De verdwijnende man* – dat boek van Diane Massey – en toen zag ik dat ze op de foto op de achterflap het horloge draagt dat mijn dochter heeft gevonden. Vorige week heb ik haar uitgever gebeld om te zeggen dat ze dringend contact met haar moesten opnemen. En toen las ik gisteren in de krant...'

De woordenstroom droogde op.

'Ja?' moedigde Melanie haar aan. Ze voelde zich zowel verward als achterdochtig. Een brief. Een horloge. Een plastic ei. Het klonk nogal bezopen.

'Nou, dat Diane is vermoord. Vorige week. Op dat eiland in Maine.'

'Vermoord? Diane Massey?' Melanie schoot overeind op haar stoel. Opeens werd de hele woordenstroom haar duidelijk. Alleen vroeg ze zich nog heel even af of het wel echt waar was. Waarom had ze daar niets over gehoord? Maar ja, ze had ook dag en nacht gewerkt en nauwelijks een krant ingekeken.

117

Melanie logde in op het internet en zette de website van de *New York Times* op het scherm. In het zoekvakje tikte ze 'Diane Massey' in. Er verschenen twee artikelen.

'Ze is gewurgd,' zei Callie. En na een korte stilte: 'De moordenaar heeft een zwarte nylonkous gebruikt.'

Melanies hart begon sneller te kloppen. 'Heb je de politie gewaarschuwd?' vroeg ze.

'Nee,' zei Callie. 'Nee, dat kan ik niet doen.' Ze klonk bijna bang.

'Waarom niet?' Het was de voor de hand liggende vraag.

'Mijn dochter,' zei Callie. 'Ik… Ik wil niet dat zij hier iets over hoort. Als ik naar de politie zou gaan, zou de publiciteit…' Ze maakte de zin niet af. 'Ik heb mijn verleden hier geheimgehouden. Dat wil ik zo houden.'

'Hoe oud is je dochter?' vroeg Melanie.

'Tien,' antwoordde Callie.

Het was niet logisch, vond Melanie, *dat ze niet naar de politie wilde gaan.* Ze stond op het punt daar tegen Laura iets over te zeggen, toen ze zich bedacht. Voordat ze erop inging, kon ze beter proberen wat meer informatie te krijgen.

'Waarom denk je dat het horloge van Diane was?' Toen ze het vroeg, besefte Melanie dat dit lang niet het enige was waar twijfel over bestond. Het enige wat ze zeker wist, was wat er in de website van de *Times* stond. Laura had de waarheid gesproken toen ze had gezegd dat Diane was vermoord. Of het verhaal over dat mandje met paaseieren ook waar was, viel nog te bezien.

'Het ziet er precies zo uit als het horloge op de foto. Maar het gaat niet alleen om het horloge. Het gaat om alles bij elkaar. De timing. Dat briefje dat ik heb gekregen.'

'Wat stond er dan in dat briefje?'

'Heb ik dat niet gezegd?' Callie klonk verward.

'Nee, je hebt alleen gezegd dat je een brief had gekregen. Dat iemand een envelop onder je deur had geschoven.'

'Er stond in: "Mijn gelukwensen, Rosamund. Ik ben je niet vergeten." Zo noemde Steven me altijd – Rosamund. Het was een dom grapje. Omdat ik zo van rode rozen hield. Die kocht hij altijd voor me.'

Melanie had haar hand uitgestoken naar haar bureaukalender om te kijken wat ze voor morgen op het programma had staan, maar nu liet ze haar hand op het bureaublad zakken. 'Mijn gelukwensen?'

'Ja. Dat stond erin. En de datum was 5 april.'

'5 april,' herhaalde Melanie. Het was alsof het opeens koud werd in de kamer.

'De datum van de executie.' Callies stem klonk vlak.

In een flits werd alles duidelijk. Franks verbaasde ontkenning toen ze hem ervan had beschuldigd haar briefjes te sturen. Haar ex had dus de waarheid gesproken. Het briefje was niet van hem afkomstig.

Melanies gedachten sprongen vooruit. Ze moest zo snel mogelijk een eind aan dit gesprek maken.

'Het spijt me heel erg, maar ik moet naar een vergadering. Mag ik je hierover vanmiddag terugbellen?'

'Om hoe laat?' vroeg Callie.

'Tegen het eind van de middag.'

'Ik... ja, goed.' Callie had het hier liever niet bij gelaten, maar ze had weinig keus.

Melanie had al bijna opgehangen toen er nog een vraag bij haar opkwam.

'Laura?'

'Ja.'

Ze was er nog.

'Waarom heb je juist *mij* gebeld?'

Callie aarzelde. 'Nou... Ik wist dat ik jouw oordeel kon vertrouwen. En ook vanwege de zwijgplicht.'

'De zwijgplicht?' Melanie kon haar niet volgen.

'Ik wist dat je alles wat ik je zou vertellen, als vertrouwelijk zou moeten beschouwen.'

Melanies hele lichaam verstrakte. Laura bedoelde het recht van verschoning tussen advocaat en cliënt. De heilige regel die de advocaat verbiedt de geheimen van een cliënt openbaar te maken. Maar Laura was haar cliënt niet. Ze had zomaar opgebeld. Met een wee gevoel besefte Melanie dat ze enorm in de problemen zat.

De bibliotheek van Harwich & Young was op de drieënzestigste verdieping. Het was het domein van de junior associés en Melanie kwam er bijna nooit. Toen ze vier jaar geleden bij de firma was gekomen, was ze meteen een senior associé geweest en had ze anderen researchopdrachten gegeven in plaats van die zelf te doen. Het was even over zevenen en buiten begon het al te schemeren. De stad in de diepte was een flonkerende zee van lichtjes, een visuele compensatie voor het monotone karakter van het leven van een junior associé.

'Kan ik u ergens mee helpen?' De bibliothecaresse die de avonddienst had, keek op van haar balie.

Melanie glimlachte tegen de uilachtige vrouw. 'Nee, dank u,' zei ze.

De leeszaal was een stille oase van gepolijst mahoniehout. Bureaulampen brandden in de nissen waar aankomende advocaten aan het werk waren. Een jonge blonde vrouw in een grijs broekpak had een Gucci-pump uitgeschopt. Ze zat ingespannen te lezen en aantekeningen te maken, waarbij ze haar gemanicuurde voet liet wippen. Melanie kreeg het verontrustende gevoel dat ze naar een jongere uitgave van zichzelf keek. Ze voelde een impuls haar te waarschuwen, te zeggen *het is nog niet te laat*. Die gedachte verraste haar en ze vroeg zich af waar hij vandaan was gekomen. Ze hield immers van haar werk. Haar werk was niet het probleem.

Ze wendde haar ogen af en liep naar de boekenrekken. Ze voelde zich een beetje opgelaten toen ze tussen de rekken door liep. Ze had het idee dat de jongere advocaten naar haar keken en zich afvroegen wat ze hier te zoeken had. Ze had de research ook op de computer in haar kantoor kunnen doen, via Westlaw Research, maar dan zou er iets over vast komen te liggen en dat wilde ze niet.

Na enig speurwerk vond ze de CPLR, een verzameling wetboeken die de wetten van de staat New York bevatten. Ze pakte het deel dat ze nodig had en liep ermee naar een nis. Ze liet haar ogen snel over de wet glijden en las toen de uitleg: '*Het recht van verschoning van een advocaat tegenover zijn cliënt is misschien de oudste van de ongeschreven wetten, en de rechtbanken in New York doen nog altijd vaak een beroep op de ontwikkelingen van het gewoonterecht...*'

Ze doorliep een lijst van samenvattingen van rechtszaken, op zoek naar relevante gevallen. Welke professionele verplichting had ze tegenover Laura? Dat was de hamvraag. Laura was op dit moment niet haar cliënt, maar dat maakte waarschijnlijk niets uit. Als ze zich niet vergiste, vielen ook toekomstige cliënten onder de regel. Maar was Laura wel een toekomstige cliënt? Had ze haar gebeld om rechtskundig advies in te winnen? Misschien was dit meer een geval van een gesprek tussen twee kennissen.

Maar terwijl ze over de analogie nadacht, wist ze al dat die waarschijnlijk niet opging. Tijdens het telefoongesprek van die ochtend was Laura heel duidelijk geweest: ze had haar gebeld in de overtuiging dat alles wat ze zei als vertrouwelijk zou worden beschouwd. Opeens schoot Melanie een regel te binnen die ze ooit bij lessen in ethica had geleerd. *Als iemand redelijkerwijs denkt dat hij een cliënt is, treedt het verschoningsrecht tussen advocaat en cliënt in werking.* Ze kon zich de naam van de zaak niet herinneren, maar de regel nog wel. Het kwam erop neer dat je erg voorzichtig moest zijn. En dat was ze ook altijd geweest, tot nu. Op feestjes, tijdens vliegreizen, in gesprekken met vrienden. Altijd had ze opgepast. *Ik kan je uiteraard geen juridisch advies geven. Ik spreek niet als je advocaat...*

Melanie noteerde een aantal citaten en stond op om de betreffende boeken te gaan halen. Terug in haar nis las ze snel, zonder aantekeningen te maken. Ze deed nu waar ze goed in was: een juridisch vraagstuk uitpluizen. De positieve en negatieve punten ervan bekijken om de zwakke schakel te vinden. Maar onder de kalme oppervlakte was ze gefrustreerd, bijna boos. Niet op Laura. Nee. Ze was boos op zichzelf. Dat ze zich door Laura in een hoek had laten drijven, terwijl ze altijd zó voorzichtig was. Terwijl ze zo makkelijk had kunnen zeggen: 'Ik kan je geen juridisch advies geven.'

In het gunstigste geval was de situatie nog steeds onduidelijk, wat haar twee keuzemogelijkheden gaf: ze kon opnieuw contact opnemen met Laura en proberen haar uit te leggen dat er sprake was geweest van een misverstand. De tweede mogelijkheid, die haar nog minder aanstond, was de kwestie voorleggen aan de vennoten. Of aan de ethiekcommissie, om te vragen hoe ze dit het beste kon aanpakken. Maar het vooruitzicht dat ze naar die drie mannen moest gaan, stond haar erg tegen. Ze zag hun uitgestreken gezichten al voor zich, zag hen de subtiele berekening maken. Het feit dat ze zich tot hen had gewend, zou op zich al het bewijs zijn dat ze de mist in was gegaan. Over een paar weken waren de vennootverkiezingen. Was het echt het risico waard? Ze moest betalende cliënten inbrengen in plaats van probleemgevallen.

Toen Melanie alles had gelezen wat ze nodig had, was er bijna een uur verstreken. Ze had om negen uur met Paul afgesproken in een restaurant om de hoek. Toen ze aan Paul dacht en aan de avond die voor hen lag, voelde ze haar tegenzin groeien.

Ze haalde haar mobiele telefoon uit haar tas en liep de gang op.

'Dag, schat,' zei ze toen Paul opnam. 'Hoor eens, het spijt me erg, maar ik moet vanavond overwerken. De cliënt... Je weet hoe het gaat. Ze willen morgen een voorlopig voorstel. Ik dacht dat we daar nog een hele dag voor hadden, maar dat is niet zo.'

Gedempte stemmen aan de andere kant. Paul klonk gezaghebbend. 'Je moet ze in de blauwe mappen doen. Daar hebben we het gisteravond toch over gehad?' Hij kwam weer aan de lijn. 'Sorry. Wat zei je?'

Ze herhaalde haar smoes, op een overdreven opgewekte toon. Ze dacht dat hij het wel zou merken, maar hij zat blijkbaar elders met zijn gedachten.

'Geeft niets,' zei hij. 'Ik ben hier ook nog wel even bezig.'

Weer de gedempte stemmen aan de andere kant. 'Nee, ik geloof dat Joe ze heeft,' hoorde ze Paul zeggen, en toen, geïrriteerd: 'Vraag het hem dan.'

Ze zag Pauls kantoor voor zich, slechts vijf straten bij haar vandaan. Boeken keurig opgestapeld op zijn bureau. Naast de telefoon een lijstje met de dingen die hij moest doen. Op een stapeltje documenten de presse-papier met de duizendschoon die ze hem met de kerst had gegeven. Gek toch, dat altijd wanneer ze aan Paul dacht, ze zich hem op zijn kantoor inbeeldde.

Ditmaal verontschuldigde hij zich niet toen hij weer aan de lijn kwam. 'Zal ik straks nog even langskomen? Hoe laat denk je thuis te zijn?'

'Eerlijk gezegd heb ik een beetje hoofdpijn. Misschien kan ik beter meteen naar bed gaan.'

'Weet je het zeker? Ik wil je wel een massage geven.'

'O, dat is hartstikke lief van je, maar... Ik had toch liever dat je morgen kwam. Dan voel ik me vast een stuk beter.'

Toen ze ophing, besefte Melanie dat ze écht pijn in haar hoofd had, een nadrukkelijk kloppende pijn had zich in haar achterhoofd genesteld. Het enige wat ze vandaag had gegeten, was een bakje magere koffieyoghurt. Ze liep de gang door naar het keukentje met de koffiepotten en trekautomaten.

Ze trok een Snickers uit de automaat en schrokte hem naar binnen, maar meteen welde walging in haar op. Er kleefde een stukje chocola aan haar vinger. Ze wilde het eraf schudden, maar het bleef plakken en de chocolade begon zelfs in haar huid te dringen. Met weerzin staarde ze naar de donkerbruine vlek en voelde ze de warme kleverigheid.

Ze gooide de wikkel in de prullenbak, waste haar handen bij de gootsteen en wreef ze droog met papieren handdoekjes. Toen stak ze de gang over naar de toiletruimte. Daar was gelukkig niemand. Ze ging een toilethokje binnen en begon te braken. Afgezien van de Snickers die ze had gegeten, was haar maag vrijwel leeg. Ze trok het bewijsmateriaal door en leunde tegen de deur. Zweet parelde op haar voorhoofd. Ze veegde het weg met haar hand.

Even later kwam ze naar buiten en liep ze naar een van de drie wasbakken. Ze had altijd een tandenborstel in haar tas, in een blauw plastic kokertje. Terwijl ze haar tanden poetste, concentreerde ze zich op de textuur van de borstel. Ze telde de halen, om nergens anders aan te hoeven denken. Toen ze klaar was, kamde ze haar haar en stiftte ze haar lippen lichtroze. Ze bekeek zichzelf in de spiegel maar meed haar ogen, want ze wilde de schaamte niet zien. Het was zo lang geleden dat ze aan de wens had toegegeven, maar het gevoel was nog steeds hetzelfde.

Ze had eetstoornissen altijd geassocieerd met tienerproblemen. Zijzelf had haar tienerjaren volkomen probleemloos doorlopen. In de jaren dat haar leeftijdgenoten mollig en pukkelig waren geworden, was zij slank gebleven met een gladde huid. Ze had zich, voorzover ze zich kon herinneren, nooit druk hoeven maken over haar figuur. Wanneer ze in de spiegel keek, was ze altijd tevreden geweest. Ze was mooi en sterk. Daarbij was ze ook nog populair geweest. Telefoontjes bij de vleet. Wanneer ze erin had toegestemd met een jongen uit te gaan, had die altijd zo dankbaar geleken. In die tijd had ze er nooit aan getwijfeld dat ze iedereen om haar vinger kon winden.

Het was dan ook een hele schok geweest toen ze op haar dertigste opeens boven een toiletpot hing. De eerste keer gebeurde het nadat ze Frank in bed had aangetroffen met Mary Beth. Ze wist nog steeds niet hoe het was gekomen, hoe ze op het idee was gekomen. Maar erna had ze een overweldigende opluchting gevoeld, en dat was het begin geweest. Ze wist dat het op de lange termijn geen oplossing was, maar die wetenschap was abstract gebleven, min of meer gescheiden van haar dagelijkse leven, terwijl de troost erg reëel was.

Tot haar opluchting was de aandrang sterk gedaald nadat ze naar New York was verhuisd en was ze al gaan denken dat haar gedrag het doel had gediend. Maar toen, kort nadat Paul haar ten huwelijk had gevraagd, was het weer begonnen. De afgelopen paar maanden was het goed gegaan en had ze niet één keer gepurgeerd. Ze hield het bij in haar agenda: 108 dagen. Weer had ze zichzelf er bijna van weten te overtuigen dat het probleem van de baan was.

Er was een grote spiegel naast de deur van de toiletruimte. Ze bekeek zichzelf snel van top tot teen. Tot haar opluchting zag ze dat ze er uiterlijk heel normaal uitzag. En wie zei dat het niet echt was, het beeld in de spiegel? Zolang ze er zo zou blijven uitzien, was alles in orde.

Op de terugweg naar de bibliotheek liep ze de keuken weer in, vulde een plastic bekertje met water en nam twee aspirientjes in. Ze was blij dat Paul met zijn gedachten elders had gezeten en niet had gemerkt dat er iets mis was. En toch behield ze een vaag en onaangenaam gevoel waar ze geen verklaring voor had. Ze verlangde niet van hem dat hij haar gedachten kon lezen, maar het zou toch wel prettig zijn als hij het zou merken wanneer er iets was. Frank zou het meteen hebben gehoord en haar hebben gevraagd wat er was. Voordat ze deze gedachte van zich kon afzetten, stak die al als een dolk in haar hart. Ze legde haar boeken op een karretje en besloot dat het welletjes was.

Twintig minuten later liep ze de lobby van het flatgebouw in Central Park South in waar ze woonde. 'Goedenavond, mevrouw White,' zei de portier. Ze was zijn naam vergeten. Hij was nieuw, werkte hier nog geen maand, en maakte deel uit van een wisselende ploeg. Het gebouw had een paar honderd flats en meer dan twaalf man personeel. Ze schreef jaarlijks met de kerst voor bijna duizend dollar aan cheques uit voor het personeel.

Haar flat was op de veertigste verdieping en had een prachtig uitzicht op het park. Twee slaapkamers, een grote zitkamer, een eetkeuken en een badkamer. Hoewel ze hier nu al bijna vier jaar woonde, waren de kamers spaarzaam gemeubileerd. Een witte bank en fauteuil. Vloerkleden en wat antiek. Ze was hier regelrecht vanuit haar kapotte huwelijk naartoe gekomen, verdoofd en vertwijfeld. Ze had iets onpersoonlijks gewild, een tijdelijk toevluchtsoord. De flat was een plek geweest waar ze zich kon verschuilen, waar ze haar wonden kon likken. Ze kon

124

het verleden natuurlijk niet vergeten, maar het in ieder geval wel buitensluiten.

Ze liep regelrecht naar de koelkast en pakte er een fles wijn uit. Ze ontkurkte de koude chardonnay en schonk een glas vol. Eén lange teug en ze voelde de roes al.

Een stuk kalmer slenterde ze naar de zitkamer. Het antwoordapparaat dat op een bijzettafeltje naast de bank stond, had een rood lampje dat knipperde. Met het glas wijn in haar hand ging ze zitten en drukte ze op de knop. Een telefoontje van haar vader. Eentje van Vivian.

Ze herinnerde zich wat Vivian over Paul had gezegd. *Je bent niet verliefd op Paul.* De woorden staken nog steeds. Ze kende die intonatie, het zelfvertrouwen dat eruit sprak. Toch, dacht ze, kon zelfs Vivian het mis hebben. Ze hield niet van Paul zoals ze van Frank had gehouden, maar dat wilde nog niet zeggen dat ze niet van hem hield. Vermoedelijk was het tegenovergestelde waar. Haar liefde voor Frank was niet gezond geweest. Met Frank was ze helemaal het benul kwijtgeraakt van wie ze was, een mot die naar een vlam werd getrokken. Wat Paul betrof, voelde ze zich nu nog precies zoals voordat ze hem had leren kennen.

De wijn maakte haar aangenaam tipsy. Ze schopte haar schoenen uit en ging liggen. Haar gedachten keerden terug naar Laura Seton en het nieuws over Diane. Ze dacht aan Diane zoals ze haar voor het laatst had gezien, een mooie levenslustige vrouw. Ze kon bijna niet geloven dat ze dood was, dat ze niet meer bestond. Maar de dood was altijd moeilijk te bevatten. Ze dacht aan Steven Gage. Hoewel ze zijn dood had zien aankomen, had ook die onwerkelijk geleken.

Na een poosje stond ze op en liep ze naar een ingebouwde boekenkast. Onder de planken waren kastjes. Ze knielde en deed er een open. Het boek lag er, zoals ze had geweten. Ze haalde het uit het kastje en draaide het om. Haar blik werd onmiddellijk naar het horloge getrokken. Een klassieke Cartier Panther. Ze had zelf ook een Cartier, maar een minder duur model. Ze had het rechthoekige horloge met het krokodillenleren bandje vorig jaar gekocht van haar bonusgeld. Ze had er ongeveer achtduizend dollar voor betaald; de Panther kostte zeker twaalfduizend.

Ze draaide het boek weer om en staarde naar Steven Gage, naar het knappe, van woede verwrongen gezicht van de man wiens leven ze had geprobeerd te redden. Dikke aderen kronkelden grotesk over zijn voorhoofd en zijn ogen puilden uit. Zijn tanden waren ontbloot in een wilde grijns die eerder dierlijk dan menselijk was. Je kreeg de indruk dat zich in zijn brein een enorme druk aan het opbouwen was, een druk die steeds groter werd, tot de schedel leek te barsten.

Ze sloeg het boek open en keek naar de titelpagina.

De verdwijnende man:
Het geheime leven van seriemoordenaar Steven Gage
Door Diane Massey

Ze bladerde door. Het deel waar ze naar zocht, was bijna aan het eind. Het duurde een paar minuten voordat ze het had gevonden. Ze ging staan en begon te lezen.

Ongeveer een week voor de dood van Dahlia Schuyler merkte Laura dat ze een panty kwijt was, één van de drie die ze een aantal dagen eerder had gekocht. Twee huidkleurige. En een zwarte. Laura wist zeker dat ze ze alledrie in een la van het bureautje in haar slaapkamer had gelegd. Maar toen ze zich aankleedde om naar haar werk te gaan en in de la keek, kon ze de zwarte panty niet vinden. Ze zag alleen een leeg doosje. Geen spoor van de panty. Laura wist dat ze het doosje niet had opengemaakt. Dat wist ze heel zeker. Ze wist ook zeker dat Steven de enige was die dat gedaan kon hebben. Er was niemand anders in haar flat geweest sinds ze de kousen had gekocht. Dat was de reden waarom ze hem, toen hij die avond kwam, vroeg of hij de panty om de een of andere reden had meegenomen.

Hij keek haar aan zonder antwoord te geven en liep toen naar de keuken om iets te drinken te halen. Een wodka, meende ze, met sinaasappelsap. Dat dronk hij toen vaak. Ze liep achter Steven aan naar de keuken en vroeg het hem nogmaals. Ze was een beetje boos, terwijl ze bijna nooit boos was op Steven. Maar omdat ze geen andere zwarte panty had, was ze die ochtend gedwongen geweest zich om te kleden. Daardoor was ze te laat op haar werk gekomen. Laura had een hekel aan te laat komen.

Ook de tweede keer gaf hij geen antwoord. Hij dronk zijn glas in één keer leeg en vulde het opnieuw. Deze keer alleen met alcohol. Hij deed er geen sap bij. Al die tijd keek hij naar haar, met een vreemde lege blik in zijn ogen. Toen hij de tweede wodka achteroversloeg, liep ze naar hem toe, opeens bezorgd dat hij misschien ziek was. Ze vergat het geval van de verdwenen panty, tot heel lang daarna. Tot na de dood van Dahlia Schuyler, toen alles haar eindelijk duidelijk begon te worden. Toen ze 's nachts uren wakker lag in haar pogingen een verklaring te vinden. Niet alleen voor de panty, maar voor alle dingen die ze geprobeerd had te negeren.

De keer dat ze een met bloed doorweekt overhemd achter zijn bed had gevonden.

De keer dat ze haar open haard had uitgeveegd en stukjes bot had gevonden.

De keer dat ze in zijn auto een tas had gezien met messen, een skimuts en handschoenen.

De incidenten drongen zich aan haar op tot ze amper nog kon nadenken. Wanneer ze 's nachts alleen was, wist ze zichzelf ervan te overtuigen dat ze allemaal samen iets betekenden, maar wanneer het dan weer dag werd en ze Steven zag, verbleekten haar twijfels. Hij was de man van wie Laura hield, de man met wie ze hoopte te trouwen. Nadat ze vele malen een valse start had gemaakt, begon haar leven eindelijk vorm te krijgen. Steven werkte als assistent voor een advocaat en zou binnenkort aan een rechtenstudie beginnen. Ze zou hem tijdens zijn studie financieel steunen en daarna zouden ze een gezin stichten. Ze zag hun toekomst helemaal voor zich, een eigen huis, mooie, perfecte kinderen. Die droom moest koste wat kost in stand gehouden worden. De waarheid moest eraan opgeofferd worden.

Door de jaren heen had ze dapper haar best gedaan de verhalen van haar geliefde te geloven, gepoogd zijn ongelooflijke leugens kritiekloos te accepteren. Het bebloede overhemd? Dat kon Steven uitleggen. Hij had het gebruikt om iemand die bij een auto-ongeluk gewond was geraakt, te verbinden. Het maakte niet uit dat hij daar tot dan toe niets over had gezegd en vaag deed over het tijdstip en de plaats. Laura had het geslikt. Of in ieder geval gedacht dat ze het had geslikt. Hij had de skimuts en handschoenen nodig, beweerde hij, vanwege zijn allergieën. Hij had de messen meegenomen om ze te laten slijpen. De botjes waren van een gebraden kip.

Melanie merkte dat ze haar hoofd schudde, langzaam, heen en weer. Het feit dat Laura niets had gezegd, had Gage de vrijheid gegeven te blijven moorden. Hoeveel levens zouden er gespaard zijn als Laura de waarheid had erkend? In ieder geval dat van Dahlia Schuyler. En misschien nog veel meer. *Hoe is het mogelijk dat je het niet hebt geweten?* Dat was steeds haar vraag geweest. Dat was de reden waarom ze Laura nooit helemaal had geloofd. Tijdens haar vraaggesprekken met Laura had ze geprobeerd dit scepticisme te verbergen, maar hoezeer ze ook haar best had gedaan, ze had altijd het vermoeden gehad dat Laura wist wat ze dacht.

Met het boek in haar hand liep Melanie terug naar de bank. Ze zakte weg in de zachte kussens en staarde de donkere nacht in. *Achteraf heb je altijd makkelijk praten,* zei haar vader altijd. Voor het eerst probeerde ze de gebeurtenissen te bekijken door de ogen van de Laura van toen. Laura had behoefte gehad aan liefde. Steven had haar die geboden. *Net zoals jij Frank nodig had. Het is in feite precies hetzelfde.* Net als Laura had ze gezien wat ze wilde zien en de rest genegeerd.

Ze dacht eraan hoe gretig ze Franks uitleg, die louter zijn eigen belangen diende, steeds had geaccepteerd. Wat gaf het dat hij al twee keer getrouwd was geweest? Hij had gewoon de juiste vrouw niet gevonden. Zijn eerste vrouw had geen greintje eigenwaarde gehad. Die had ze helemaal aan hem ontleend. Hij had van haar gehouden, zei hij, maar zo kon je niet leven. Vervolgens was hij in het andere uiterste vervallen en had hij een verstokte carrièrevrouw gehuwd. Een vrouw die niet in staat was intieme gevoelens te tonen. Hij was ondraaglijk eenzaam geweest. Na deze hartverscheurende bekentenissen had hij Melanie diep in de ogen gekeken en gezegd dat hij bij haar eindelijk de liefde had gevonden waar hij zijn hele leven naar had gezocht.

Daarbij moest gezegd worden dat zij pas zesentwintig was, nog kneedbaar. Frank was tweeënvijftig, een man met veel macht en connecties. Hij had alle registers opengetrokken om indruk op haar te maken en zoals te verwachten was geweest, was ze onder de indruk geraakt. Het eerste jaar van hun huwelijk was goed verlopen. Ze had het zo druk gehad met de zaak-Gage dat ze amper erg had in de veranderingen: dat Frank steeds later thuiskwam en steeds vaker voor korte reisjes de stad uit moest. In de daaropvolgende maanden had hij talloze aanwijzingen achtergelaten, maar ze had die eenvoudigweg niet willen zien. Pas toen ze hem op heterdaad met een andere vrouw betrapte, waren haar ogen opengegaan.

Ze deed Dianes boek dicht en legde het op de salontafel. Ze wist nog steeds niet wat ze met dat telefoontje van Laura moest doen.

Mijn gelukwensen, Melanie. De woorden rezen op in haar gedachten. Hadden de briefjes iets te maken met de moord op Diane? Had Laura daar gelijk in? Ze wou dat ze het hare niet had weggegooid. Ze zou het nu graag nog een keer bekijken. Weer herinnerde ze zichzelf eraan dat het mogelijk was dat Laura loog. Laura kon het briefje zelf hebben gestuurd, het hebben afgegeven op haar werk. En wat het horloge betrof, áls dat bestond, kon Laura het best zelf in dat mandje hebben gedaan. Ze had tijdens het telefoongesprek in ieder geval geen enkel bewijs geleverd dat het horloge inderdaad van Diane was geweest.

Maar waarom zou Laura al die moeite doen? dacht Melanie. Was het mogelijk dat Laura terugverlangde naar haar kortstondige roem? Kon ze het briefje hebben geschreven in een poging aandacht te trekken, waarbij ze de moord op Diane had gezien als een kans om weer in de belangstelling van de media te komen? Gedurende de rechtszaak was Laura korte tijd een beroemdheid tegen wil en dank geweest. In de hele wereld had men met gespannen aandacht haar getuigenis gevolgd. De honger van het volk naar informatie had onverzadigbaar geleken. Hoe was het om je leven te delen met een psychopathische moordenaar? Al die tijd had Laura geweigerd interviews te geven en volgehouden dat ze niets te maken wilde hebben met de jacht van de media op nieuws. Maar als Laura daar echt zo over dacht, waarom had ze dan met Diane gepraat? Waarom had die interviews mogen afnemen die in *De verdwijnende man* waren opgenomen?

Peinzend stond Melanie op en liep naar de keuken. Ze zou niet moeten drinken op een lege maag, maar ze had nog steeds geen trek. Ze schonk nog een glas in uit de van de kou beslagen fles en keek vol bewondering naar de gulden vloeistof die in het kristallen glas kolkte. Paul, die meer van wijn wist dan zij, vond het maar niets dat ze de voorkeur gaf aan witte wijn. Hij beweerde dat rode wijn veel meer inhoud had. Dat kon Melanie niets schelen. Ze had geen behoefte aan inhoudelijke dingen, niet in haar leven en niet in haar wijn.

Toen ze terugliep naar de zitkamer, struikelde ze bijna over een vloerkleed. Ze hield het glas hoog en slaagde erin niets te knoeien. Gek genoeg voelde ze zich niet eens aangeschoten, al was ze dat waarschijnlijk wel. Haar geest leek nog even helder als de wijn in haar glas, haar gedachten allerminst beneveld. De alcohol leek haar juist te helpen helder te denken.

Dat is precies wat alcoholisten denken. Je mag wel oppassen.

Maar dat was voor haar geen probleem. Ze dronk bijna nooit. Ze hield niet van het gevoel dat ze meestal van alcohol kreeg: dat ze niet meer de baas was over zichzelf. Laura was alcoholiste geweest, hoewel ze al niet meer dronk toen zij haar had ontmoet. Misschien was dat een van de redenen waarom ze altijd zo'n rauwe indruk had gemaakt. Alsof haar huid letterlijk dunner was dan die van andere mensen.

Melanie nam een lange teug van de wijn. Er zat haar iets dwars. Het scenario waarover ze had zitten denken. Wat was daar mis mee? Toen ze weer op de bank neerzakte, wist ze wat het was. Het tijdframe, dat was het probleem. Chronologisch klopte het niet.

Volgens de *Times* was Dianes lichaam dinsdag pas gevonden. En het had zeker een hele dag geduurd voordat het nieuws in de krant was gekomen. Toch was het briefje bijna twee weken daarvóór afgegeven op haar kantoor. De datum in het briefje was 5 april en ze had het op 6 april tussen haar post gevonden. Nogmaals, dat was bijna twee weken voordat Laura het geweten kon hebben.

Tenzij Laura zelf iets met de moord te maken had natuurlijk.

Laura Seton een moordenaar? Dat was wel erg vergezocht. Laura was onstabiel geweest, maar had nooit tekenen van een gewelddadige inslag vertoond. Laura was een vrouw geweest met klassieke depressieverschijnselen, die al haar woede verbeten in zich opgesloten hield. Althans, zo was ze toen geweest, toen Melanie haar had gekend. Zou ze in de tussenliggende jaren zo zijn veranderd? Melanie dacht weer aan de stem door de telefoon, zo verrassend sterk. Als Laura's stem zo drastisch was veranderd, kon haar temperament dan ook zijn veranderd? Maar dan zat ze nog altijd met de beweegredenen. Daar moest ze nog even over nadenken.

Ze vindt dat Dianes boek haar leven heeft vernield. Ze heeft het uit wraak gedaan.

Verontrust door die gedachte zette Melanie haar glas neer. Ze herinnerde zich nu dat Laura kwaad was geweest over het boek. Ze leek van mening te zijn geweest dat Diane een stilzwijgende overeenkomst had geschonden. Geen onlogische reactie als je bedacht hoe ze in het boek was overgekomen. Maar als Laura Diane uit wraak had vermoord, waarom had ze Melanie dan gebeld? Waarom zou ze dan iets gedaan hebben wat het risico dat ze gepakt zou worden, alleen maar zou vergroten?

Maar ook dat, bedacht Melanie, kon in psychologische begrippen worden uitgelegd. Moordenaars kwamen vaak vrijwillig naar voren om te helpen de moord op hun slachtoffer op te lossen. Vaak bleven ze idioot dicht bij de plek waar ze de moord hadden gepleegd. Dat was de reden waarom rechercheurs vaak foto's lieten maken van de omstanders. Verrassend vaak bevond de moordenaar zich onder hen, ergens aan de rand van de menigte. Misschien was Laura's telefoontje net zoiets, een variatie op een thema.

Laura. Laura's telefoontje. Met een schokje besefte Melanie dat ze ook dit had geaccepteerd zonder er vraagtekens bij te zetten. Maar was de vrouw die had gebeld Laura Seton wel? Laura had altijd een beetje ademloos gesproken, was vaak een zin begonnen zonder die af te maken. Weer dacht ze aan de stem door de telefoon, de kern van zelfvertrouwen. Ze had het verschil meteen opgemerkt, maar niet de logische stap gezet die erop had moeten volgen. Misschien had de vrouw niet zoals Laura geklonken, omdat ze Laura niet wás.

Melanie trok haar benen onder zich op en dronk de rest van haar wijn. Maar de warme gloed die ze eerder had gevoeld, bleef verdampen. De telefoon ging. Melanie verstijfde. Ze liet het antwoordapparaat opnemen.

'Dag schat. Ben je daar? Hallo?' Pauls lichaamloze stem galmde door de kamer. 'Je bent blijkbaar inderdaad meteen naar bed gegaan. Dan bel ik je morgen wel. Ik hou van je.'

Ik hou van je.

De woorden bleven hangen in de lege lucht. En toen waren ze verdwenen.

Maar hou ik ook van jou? Hou ik van je?

De woorden dansten in haar hoofd.

Toen ze de telefoon had horen overgaan, was ze er meteen van uitgegaan dat het Laura was. Laura of wie de vrouw ook

131

was die haar vandaag op haar werk had gebeld. Ze stond gewoon in het telefoonboek. Iedereen kon haar bellen. Het feit dat de vrouw niet had geprobeerd haar thuis te bereiken, was enigszins geruststellend. Of misschien had ze gewoon gedacht dat Melanie toch niet zou opnemen.

Melanie ging languit op de bank liggen en staarde naar het plafond. De wijn had haar toch beneveld en de mist werd nu dikker. Ze voelde zich alsof ze hier al uren lag, en ze had nog steeds geen antwoorden gevonden. Ze kwam steeds terug bij het feit dat ze meer informatie nodig had. Ze had overwogen aan de politie te melden dat ze dat briefje had ontvangen, maar net als Laura – of de vrouw die zei dat ze Laura was – hield ze dit liever stil.

Ze was niet van plan het onderwerp te worden van een smeuïg verhaal in een roddelblad. Zeker niet nu de vennoot-verkiezingen voor de deur stonden. Harwich & Young was een conservatieve firma, uiterst terughoudend. Een zweem van een schandaal kon de balans al doen doorslaan. Ze keek wel uit. Haar carrière was vanwege Steven Gage al een keer bijna ontspoord. Ze had geboft dat ze toen een nieuwe kans had gekregen. Ze mocht deze niet verknoeien.

Je moet nog een keer met haar praten. Oog in oog.

Aanvankelijk verbaasde de gedachte haar, maar ergens was het wel logisch. Door aan te dringen op een ontmoeting zou ze de ander dwingen haar kaarten te tonen. Als het Laura niet was, zou de vrouw misschien niets meer van zich laten horen. Maar als het Laura *wel* was? Wat zou er dan gebeuren? Melanie probeerde de gedachtegang tot het eind te volgen, alle voor- en nadelen af te wegen. Zou een ontmoeting nog meer complicaties toevoegen aan een nu al onaangename situatie? Dat zou heel goed kunnen, maar veel keus had ze niet. In ieder geval zou ze dan beslagen ten ijs komen. Ze moest het risico nemen.

Zondag 23 april

MET DE AUTO WAS HET DRIE UUR VAN MERRITT NAAR MAN-
hattan. Iets minder als je hard reed. Callie was van plan geweest
vroeg te vertrekken, maar had uiteindelijk eerst uitgebreid ontbeten met Anna. Ze had pannenkoeken gebakken, met bosbes-
senjam, en sinaasappels uitgeperst. Tegen de tijd dat ze Anna
afzette bij de Creightons, was het over negenen.

Toen ze eenmaal op de I-91 zat, nam ze nogmaals door wat
ze van plan was te zeggen. Ze had verbaasd opgekeken van
Melanies uitnodiging persoonlijk met haar te komen praten.
Tijdens het telefoongesprek was ze er vrijwel zeker van geweest
dat Melanie haar niet vertrouwde. Maar de laatste keer dat ze
elkaar hadden gezien, had ze natuurlijk danig in de vernieling
gezeten en Melanie kon niet weten hoezeer ze sindsdien was
veranderd. Ze besloot zich bij de feiten te houden. Dat was de
beste aanpak. Op Melanies verzoek had ze het briefje en het
horloge bij zich. Concrete bewijzen.

Toen ze Manhattan naderde, werd de verkeersstroom een
verwarde, jachtige janboel. Auto's en vrachtwagens haalden
links en rechts in, botsingen werden op het nippertje voorkomen. Een taxi sneed haar zo scherp dat hij bijna haar bumper
meenam. De chauffeur wierp een moordende blik op haar. Ze
klampte zich vast aan het stuur. In de verte doemde de skyline
van de stad op, grillig en imponerend.

Op voorstel van Melanie hadden ze afgesproken in het Lowell Hotel. Tegen de tijd dat Callie haar auto had weggezet, was
ze bijna een halfuur te laat. Ze had het nummer van Melanies
mobieltje niet, anders had ze haar kunnen bellen. Nu snelde ze
de straat door, in de hoop dat Melanie het wachten niet had opgegeven. Ze draafde over Park Avenue met zijn rechthoekige ge-

bouwen, kwam langs de toren van Met Life en een uit rode baksteen opgetrokken kerk. Toen ze eindelijk bij het hotel was, vloog ze langs de portier en daalde snel de korte trap af. Buiten adem botste ze bijna tegen een magere, lange blonde vrouw.

Eventjes staarden ze elkaar alleen maar aan.

De vrouw was Melanie.

Er gleed een vreemde uitdrukking over Melanies gezicht – verbazing, spijt, verwarring. Maar ze herstelde zich snel en stak een gemanicuurde hand uit. 'Dag, Laura,' zei ze.

Callies hele lichaam verstrakte. Door de telefoon kon ze het nog wel hebben om met die naam aangesproken te worden, maar oog in oog met Melanie was het iets anders. Laura Seton bestond niet echt meer. Die behoorde tot het verleden.

Callie dwong zichzelf te glimlachen. 'Zou je me alsjeblieft Callie willen noemen?' vroeg ze. 'Het spijt me dat ik zo laat ben. Heel erg bedankt dat je hebt gewacht.'

'Ik dacht dat je verdwaald was. Ik hoop dat je mijn routebeschrijving hebt kunnen volgen.'

'De beschrijving was heel duidelijk,' zei Callie. Ze was een beetje duizelig.

Een korte, onzekere stilte. Toen nam Melanie haar vastberaden mee naar een lift. 'Laten we in de Pembroke Room gaan theedrinken,' zei ze. 'Of lunchen. Net wat je wilt.'

Ze stapten uit op de tweede verdieping.

Klassieke muziek speelde op de achtergrond toen ze aan een kleine ronde tafel plaatsnamen. De zaal was een elegante oase; de stad leek mijlenver. Er waren kanten gordijnen, weelderige stoffering, dikke vloerbedekking die voetstappen dempte. Het servies was wit met blauwe en gouden randjes. Op de tafel stond een kaars.

'Lang geleden,' zei Melanie, terwijl ze haar servet van de tafel pakte en op haar schoot legde. 'Je ziet er goed uit.'

'Dank je,' zei Callie. En ze voegde er leugenachtig aan toe: 'Jij ook.'

Ze vond dat Melanie er helemaal niet goed uitzag. Om te beginnen was ze veel te mager. Ze droeg een dun, zwart truitje dat aan haar ribben plakte alsof het een tweede huid was. Je kreeg een indruk van hoeken en punten, van iets wat strak was opgewonden. Maar Callie zag vooral een verandering in Melanies ogen. Nog steeds dat opmerkelijke blauw, maar koeler. *Gedoofd* was het woord dat in haar opkwam. Alsof erin een licht was uitgegaan. Het glanzende blonde haar dat vroeger tot over haar schouders viel, reikte nu slechts tot haar kaaklijn, en leek óók al killer. Eerder maanlicht dan zon.

Achter hun tafel stond een enorm boeket lelies. De geur ervan verspreidde zich op een subtiele manier door de zaal. Ondanks het kalmerende decor was Callie gespannen. Er waren een twaalftal tafeltjes, waarvan er, behalve dat van hen, twee bezet waren. In een hoek zaten drie rustige mensen aan thee en gebak. Aan een grotere tafel zat een groep lachende jonge vrouwen. Meer mensen dan Callie had verwacht, beslist meer dan haar lief was. Ze zette een groot vraagteken bij Melanies keuze en vroeg zich af waarom ze juist hiernaartoe had gewild. Het was geen plek waar je een vertrouwelijk gesprek kon voeren.

Callie deed haar menukaart open.

Melanie volgde haar voorbeeld.

'Ik trakteer,' zei Melanie snel, toen Callie naar de prijzen keek.

Er kwam een kelner naar hen toe en Melanie bestelde een *afternoon tea*. Onzeker en niet erg hongerig, volgde Callie haar voorbeeld.

Toen de kelner wegliep, zag Callie dat Melanie naar haar zat te kijken.

'Sorry dat ik zo naar je zit te staren,' zei Melanie toen ze merkte dat Callie het zag. 'Maar je bent zo veranderd.'

Callie glimlachte flauwtjes. 'Niet alleen uiterlijk,' zei ze. 'Ik ben een heel ander mens geworden.'

'En je woont nu dus in Massachusetts?'

'Ja, in Merritt. Dat is in het westelijke deel van de staat.'

'De Berkshires?'

'Daar in de buurt, ja. Maar dichter bij Amherst en Northampton.'

'Is daar niet een universiteit?'

'Windham College,' zei Callie. 'Daar heb ik mijn graad gehaald. Nu werk ik in het alumnikantoor, maar ik studeer ook nog steeds.'

'Ik ben daar een paar jaar geleden geweest. Het is een heel mooi deel van New England.'

Op een aangename, maar volslagen onpersoonlijke wijze kabbelde het gesprek voort. Alsof ze alleen maar wat tijd moesten zoekbrengen. Callie vroeg zich af of Melanie ergens op wachtte.

De kelner arriveerde met twee borden vol driehoekige sandwiches. Naast elk van de eetbare piramides lag een bloem.

Terwijl Callie wachtte tot haar thee zou afkoelen, at ze een van de minuscule sandwiches. Haar eetlust was opeens teruggekeerd en ze voelde dat haar maag knorde. Ze at een sandwich met gerookte zalm en pakte er toen een met komkommer.

'En jij bent dus van Washington naar New York getrokken?' vroeg Callie tussen twee happen door.

'Ja,' zei Melanie. 'Ik woon hier nu alweer vijf jaar. En ik vind het heerlijk.'

'En je man?' vroeg Callie. 'Hoe vindt hij het hier?'

Melanies gezicht leek te bevriezen. 'Ik ben niet getrouwd.'

'O, sorry,' zei Callie. 'Ik dacht –'

'Ik ben getrouwd geweest, maar nu niet meer.'

Een intonatie in Melanies stem waarschuwde Callie er niet verder op in te gaan. 'Deze sandwiches zijn verrukkelijk,' zei ze, terugkerend naar een neutraal onderwerp.

Melanie had een tweede kopje thee voor zichzelf ingeschonken, maar geen hap gegeten. Nu duwde ze haar bord weg met een zweem van afkeer op haar gezicht.

'Ik heb laat ontbeten,' zei ze. 'Ik heb geen trek.'

Callie had haar eigen sandwiches op en keek naar die van Melanie. 'Mag ik soms…'

Melanie maakte een gebaar. 'Ga je gang.'

De kelner bracht aardbeien. Callie at maar door. Ze keek over Melanies schouder naar de groep vrolijke jonge vrouwen. Lachsalvo's klonken op van hun grote ronde tafel. Misschien oud-studentes die bij elkaar waren gekomen. Of een vrijgezellenfeestje. Wat de gelegenheid ook mocht zijn, die was niets vergeleken bij de reden waarom zij en Melanie hier zaten.

Callie deed een lepeltje slagroom op haar aardbeien. Ze keek afwachtend naar Melanie en vroeg zich af wat er zou komen.

Alsof ze haar gedachten kon lezen, leunde Melanie naar voren.

'Ik wist niet zeker of je het wel zou zijn,' zei ze op zachte toon.

Voor het eerst hoorde Callie een spoor van haar zuidelijke accent. Ze keek haar verbluft aan. 'Wat?'

'Door de telefoon klonk je zo anders dan vroeger. Ik dacht dat je het misschien niet was, dat het een list was. Daarom wilde ik het zo doen. Ik vroeg me af of je inderdaad zou komen, en áls je zou komen, of je soms iemand anders zou blijken te zijn.'

'O…' Callie had geen idee wat ze moest zeggen. Ze was volledig overrompeld door deze bekentenis. Ze had wel gemerkt dat Melanie zich behoedzaam opstelde, maar had niet begrepen waarom. Als Melanie haar identiteit in twijfel trok, wat voor twijfels zou ze dan nog meer hebben?

'En de brief dan, en het horloge? Geloof je wel wat ik je heb verteld?'

Melanie beet op haar lip. Ze leek over iets na te denken en toen tot een abrupt besluit te komen. 'We kunnen dit gesprek beter elders voortzetten,' zei ze. 'Mijn flat is hier niet ver vandaan. Daar kunnen we in alle rust praten.'

Callie stemde er meteen mee in. Melanie haalde een platina creditcard te voorschijn. Niet lang daarna stonden ze buiten. Ze zeiden geen van beiden iets gedurende de korte taxirit naar het gebouw waar Melanie woonde.

De lift gleed veertig verdiepingen omhoog naar Melanies flat.

'Wat prachtig,' zei Callie, toen ze Melanies flat waren binnengegaan en ze het weidse uitzicht zag. 'Je kunt hiervandaan de hele stad zien.'

'De East Side. Het park.' Melanie deed een lamp aan. 'Ga zitten.'

Callie liet zich op de bank neerzakken en keek nieuwsgierig om zich heen. Witte muren, witte bank, witte fauteuil. *Melanie White, in haar witte woning.* Het leek wel een sprookje. Had ze dit met opzet zo gedaan? Was het een decor? Of hield ze gewoon van wit?

Afgezien van een paar ingelijste foto's maakte de kamer een onpersoonlijke indruk. Even onwillig als Melanie zelf om details prijs te geven.

'Koffie? Of iets fris?'

'Nee, dank je,' zei Callie.

Melanie ging tegenover Callie in de brede leunstoel zitten. De ruime afmetingen van de stoel onderstreepten haar broosheid. Callie bedacht opeens dat Melanie misschien ziek was. Ze vroeg zich af wat er mis was gegaan met haar huwelijk en wanneer ze was gescheiden.

'Voordat we beginnen,' zei Melanie, 'wil ik iets ophelderen. Ik kan je geen juridisch advies geven. Ik kan niet optreden als je advocaat. Dit gesprek voer ik met je als… laten we zeggen als een vriendin. Dat wil ik goed duidelijk maken. Ik moet zeker weten dat je dit goed begrijpt.'

Callie kreeg de indruk dat Melanie zich opeens onbehaaglijk voelde, al wist ze niet goed waarom. 'Ja,' zei ze. 'Daar was ik al van uitgegaan. Ik bedoel, ik betaal je ook niet.'

Melanie ontspande zichtbaar bij die woorden en dat maakte Callie juist onzeker. Ze had het gevoel dat haar iets ontging en wilde vragen wat het was, maar voor ze een vraag kon stellen, nam Melanie weer het woord.

'Heb je het horloge meegebracht?'

'Ja. En het briefje ook.'

'Mag ik ze zien?'

'Tuurlijk.' Callie haalde ze uit haar tas.

Het horloge zat in een kartonnen doosje. Melanie nam de deksel eraf. 'Ik kan het beter niet aanraken,' zei ze. 'Ondanks dat misschien meerdere mensen het in hun handen hebben gehad sinds je dochter het heeft gevonden, kunnen er nog delen van vingerafdrukken op staan.'

Vingerafdrukken, dacht Callie verschrikt. Waarom had ze daar zelf niet aan gedacht? Maar zodra de vraag door haar hoofd flitste, wist ze waarom. Steven had nooit vingerafdrukken achtergelaten. Nooit. Niet één keer.

Melanie bekeek het horloge en deed toen de deksel weer op het doosje. Ze zette het op een tafel naast haar stoel. 'De brief?' zei ze terwijl ze opkeek naar Callie.

Callie stak haar de envelop toe.

Melanie aarzelde. 'Momentje,' zei ze. Ze stond op, liep naar de gangkast en kwam terug met een paar zwarte leren handschoenen.

'Niet precies wat de politie gebruikt, maar beter dan niets.'

Ze trok de handschoenen aan, pakte toen de envelop aan en haalde het briefje eruit. Zwarte broek, zwarte trui en nu zwarte handschoenen. Al dat wit om haar heen en zelf was ze helemaal in het zwart.

Zelfs met de handschoenen aan hield Melanie het vel papier behoedzaam tussen haar duim en wijsvinger aan een punt vast. Ze boog haar hoofd toen ze het bekeek, waardoor Callie haar gezicht niet kon zien.

Toen ze weer opkeek, stond haar gezicht bezorgd. 'Heb je enig idee wie dit kan hebben geschreven?'

Callie sloeg haar ogen neer. 'Nee. Ik bedoel, ik heb geen bewijs.'

138

'Maar je hebt wel een idee?'

'Het is misschien belachelijk, maar ik moest meteen aan Lester Crain denken.'

'Lester Crain?' Melanie staarde haar aan.

'Op de dag van het vonnis zei Steven dat we er allemaal voor zouden moeten boeten. Hij keek de rechtszaal rond naar ons en je kon de haat gewoon voelen. Iedereen deed het af als de reactie van iemand die doordraaide. Maar ik... kende hem heel goed. Hij meende het. Maar hij kon toen natuurlijk zelf geen wraak meer nemen. Hij zou iets moeten regelen met iemand anders, iemand die hem iets verschuldigd was. Steven heeft Crain geholpen om een nieuw proces te krijgen. Crain heeft toen gezegd dat hij een manier zou zoeken om hem daarvoor te bedanken.'

Melanie legde haar hand tegen haar voorhoofd. 'Ik... Ik kan dit nauwelijks geloven.'

'Ik zeg niet dat het waar is,' zei Callie. 'Maar ik moest er wel aan denken.'

'Ik geloof dat je beter naar de politie kunt gaan.'

Meteen schudde Callie haar hoofd. 'Nee,' zei ze. 'Dat kan ik niet doen.'

'Waarom niet?' vroeg Melanie.

Iets in Melanies toon, iets onderdanigs, maakte dat Callie op haar hoede was. Ze had de indruk dat Melanie probeerde haar te manipuleren.

'Je moet *iets* doen,' ging Melanie door toen Callie geen antwoord gaf. 'Je kunt niet negeren wat er is gebeurd. De politie moet hier een onderzoek naar instellen. Als er een verband bestaat tussen de dood van Diane en deze voorwerpen, komen ze er uiteindelijk tóch achter. En als er geen verband bestaat, als het om iets anders gaat, kunnen ze ook daar een onderzoek naar instellen.'

Callie knikte langzaam, maar zei niets.

'Misschien is het Dianes horloge helemaal niet,' zei Melanie sussend. 'Het is gewoon een horloge van Cartier. Ik heb er ook een.'

Ze stak haar arm uit om Callie het gouden horloge aan het zwarte bandje te laten zien. Maar het enige wat Callie kon denken was: *maar ze zijn niet hetzelfde.*

'Het zijn twee heel verschillende horloges,' zei ze, al wist Melanie dat natuurlijk ook wel.

'Maar van dezelfde firma,' zei Melanie.

'En wat dan nog?' zei Callie. Ze voelde zich een beetje overdonderd. 'Het horloge dat Anna heeft gevonden, is precies hetzelfde model als dat op de foto van Diane.'

Melanie leunde naar voren en sloeg haar handen ineen. 'Hoor eens, je hebt me gevraagd of ik je geloof. Het antwoord is ja, ik geloof je, al weet ik niet zeker waarom. Maar je hebt me in een lastig parket gebracht. Je hebt me met dat telefoontje een beetje overrompeld. Pas toen je was uitgesproken, zei je iets over de zwijgplicht, wat wij het verschoningsrecht noemen. Daar had ik zelf niet aan gedacht. Wat ik hiermee wil zeggen, is dat ik een geval als dit... niet kan geheimhouden. Dat zou onethisch zijn. Het onderzoek naar de moord is in volle gang. Wat jij me hebt verteld, kan er betrekking op hebben. Je verkeert misschien zelf in gevaar. Je hebt geen idee wie hierachter zit. Je weet niet wat hij verder nog zal doen.'

'Dat snap ik allemaal wel,' zei Callie op scherpe toon. 'Dacht je soms dat ik daar niet aan had gedacht?'

Een lange, geladen stilte.

Gedachten tolden door Callies hoofd. Ze begreep nu waarom Melanie erop had gestaan van tevoren vast te leggen wat voor soort gesprek dit was. Geen advocate. Een *vriendin*. Daar had ze een reden voor gehad. Het had te maken met dat verschoningsrecht. Daarvoor golden vermoedelijk beperkingen. Misschien was het niet van toepassing als Melanie niet officieel haar advocaat was. Dat leek nu erg logisch, hoewel ze er niet eerder op was gekomen. Maar ze had erop gerekend dat Melanie dit als vertrouwelijke informatie zou beschouwen. Had dat dan geen enkele betekenis?

'Neem me niet kwalijk,' zei Callie, 'dat ik zo tegen je uitviel.'

'Het is een zenuwslopende situatie.'

'Ja,' zei Callie. Ze had moeite haar stem in bedwang te houden. 'Maar wat ik eraan zal doen – áls ik er iets aan zal doen – moet ik zelf uitmaken. Daarom heb ik jou gebeld en niet iemand anders. Ik dacht dat jij het, als advocate, geheim zou moeten houden.'

'Dat snap ik,' zei Melanie. 'Maar ook wanneer het verschoningsrecht van toepassing is, zijn er grenzen aan. Als jij me bijvoorbeeld zou vertellen dat je van plan was een misdaad te plegen...'

Callie sprong overeind. 'Maar daar gaat het niet om,' zei ze. 'Dit is heel wat anders.'

140

'Dat is zo,' zei Melanie. 'Je hebt gelijk. Maar het is evengoed iets wat ik niet met goed fatsoen stil kan houden. Ik moet het in ieder geval bespreken met een van de vennoten van mijn firma. Ik ben bij hen in dienst. Ze moeten hiervan op de hoogte gesteld worden. Op ons gesprek van vandaag is het verschoningsrecht niet van toepassing. Voordat we aan het gesprek zijn begonnen, zijn we overeengekomen dat ik niet luister in de functie van je advocaat. Wat het telefoongesprek betreft, geef ik eerlijk toe dat de status niet helemaal duidelijk is. Maar ook als een gesprek als vertrouwelijk wordt beschouwd, kan ik erover praten met de advocaten voor wie ik werk. Het verschoningsrecht geldt ook voor de andere leden van de firma.'

'O,' zei Callie. Ze beet op haar lip. Daar had ze niet bij stilgestaan. 'Maar zouden zij het aan iemand rapporteren? Aan de politie, bedoel ik?'

'Dat hangt ervan af,' zei Melanie. 'Daar kan ik nu niets over zeggen.'

'Heb je het al aan iemand verteld?'

Een stilte.

'Nee,' zei Melanie. 'Nog niet.'

Een kort moment van opluchting. Ze had nog een kans. Maar de situatie begon evengoed uit de hand te lopen en Callie voelde zich verloren. Het enige wat ze zeker wist, was dat ze Melanie ervan moest weerhouden hierover te praten.

'Ik heb jou gebeld, omdat ik je vertrouwde.' De woorden waren eruit voordat ze er goed over had nagedacht. Hoewel ze er niet zeker van was of ze waar waren, hadden ze het beoogde effect. Melanie leek te aarzelen en Callie maakte daarvan gebruik.

'Als je er niet bij betrokken wilt worden, is dat best. Daar heb ik alle begrip voor. Maar ik wil niet hebben dat iemand anders dit te weten komt. Het is mijn probleem. Ik los het zelf wel op.'

'Eerlijk gezegd,' zei Melanie, 'weet ik niet of dat zo is. Het gaat niet alleen om jou, zie je. Het is mogelijk dat nog meer mensen in gevaar verkeren.'

Callie staarde haar geschrokken aan. 'Wat bedoel je?' vroeg ze.

'Nou... Dianes moordenaar is nog op vrije voeten.' Melanie meed Callies ogen. Ze leek opeens slecht op haar gemak.

'Je weet iets,' zei Callie. 'Je houdt iets voor me achter.'

Er gleed een schaduw over Melanies gezicht. Callie wist meteen dat ze gelijk had. Melanie herstelde zich snel. Toen ze weer sprak, maakte ze een wat afstandelijke indruk en was haar gezicht een onbewogen masker.

'Is dit dan nog niet genoeg? Kort nadat jij een dreigbrief hebt gekregen, is Diane vermoord. De brief heeft de datum van de jaardag van Steven Gages executie. Diane heeft een boek over Steven geschreven. Een paar dagen na de moord heeft iemand jou haar horloge gestuurd. Het is niet erg moeilijk verband tussen deze dingen te leggen. Het ziet er niet goed uit, Laur... Callie.'

'Er staat alleen maar "Mijn gelukwensen". Dat is niet precies een bedreiging.'

Melanie keek haar aan en schudde haar hoofd. Ze ging er niet tegenin.

Callie probeerde het nogmaals. 'En zoals je al zei, is het misschien haar horloge niet. Misschien heb ik het helemaal mis.'

'Misschien,' zei Melanie. 'Maar het kan net zo goed zijn dat je gelijk hebt.'

Callie stond abrupt op. Ze liep naar de grote ramen en keek uit over de stad. Het verbaasde haar dat het buiten nog licht was. Voor haar gevoel zat ze hier al dagen. Haar blik gleed naar de foto's op de boekenplank rechts van haar. Melanie in baret en toga naast een oudere man. Een mooi zwart meisje voor de Eiffeltoren. Een paar rijen lachende mannen en vrouwen op een universiteitscampus. Toen ze naar de kleine verzameling keek, besefte Callie ineens wie eraan ontbraken. Geen spoor van de ex. Geen spoor van Steven Gage. Dit was hoe je een verleden creëerde, door er zorgvuldig onderdelen van uit te kiezen. De delen die je wilt houden, stelde je tentoon. De rest verbande je. En als je dan heel erg bofte, slaagde je erin dat te vergeten.

Achter haar hoorde ze Melanie zeggen: 'Ik heb een idee.'

'Ja?' zei Callie behoedzaam. Ze sloeg haar armen over elkaar en wachtte af.

'Kun je je Mike Jamison nog herinneren?'

'De naam komt me bekend voor.'

'Hij zat bij de FBI. Op de afdeling Ondersteunende Recherche.'

'De profielschetser.' Ze herinnerde zich hem nu. 'Hij heeft vraaggesprekken gevoerd met Steven. Vlak voor...'

'Ja.'

Na al die jaren meden ze allebei nog steeds de woorden. *Vlak voor de executie.* Vlak voor zijn dood. Vlak voordat de staat Tennessee een naald in zijn arm heeft gestoken.

'Wat is er met hem?' vroeg Callie.

'Het is maar een idee,' zei Melanie. 'Ik heb hem al jaren niet gesproken, maar ik heb gehoord dat hij bij de FBI is weggegaan en nu voor een beveiligingsfirma werkt. Het is een goede vent. Tijdens het hoger beroep heb ik hem vrij goed leren kennen en ik… heb hem altijd graag gemogen.'

Melanie leek opeens verlegen en er steeg een blos naar haar wangen. De plotselinge kleur gaf haar bleke gezicht reliëf.

Ze ging snel door.

'Ik zat te denken dat ik hem wel even kon bellen. Hij kent veel mensen bij de politie. Hij zou tot veel meer informatie toegang hebben dan jij of ik. Hij zou het horloge en het briefje kunnen laten onderzoeken om te zien of er vingerafdrukken op staan. Hij kan er waarschijnlijk ook achter komen of het horloge inderdaad van Diane was.'

Callie voelde dat haar hart sneller ging kloppen. 'En als het van haar was?'

'Als het van haar was… Dan weet ik het niet. Laten we niet op de zaak vooruitlopen.'

'En je zou hem niet vertellen wie ik ben en hoe je aan het horloge bent gekomen?'

Melanie aarzelde. 'In het begin is dat niet noodzakelijk,' zei ze. 'In ieder geval tot duidelijk is of het horloge inderdaad van Diane was. Als dat zo blijkt te zijn… zal ik met iemand moeten gaan praten. Daar zal niets anders opzitten. Ik vind het zelfs nu al een probleem dat ik dit geheim moet houden.'

Callie dacht zich in Melanies plaats in en had er begrip voor. Maar als Melanie wél met anderen over deze dingen mocht praten, waarom werkte ze dan mee?

'Waarom doe je het dan?' vroeg Callie met een zweem van achterdocht in haar stem.

Melanie bloosde weer, sterker ditmaal. 'Tijdens ons eerste gesprek dacht jij dat je me in vertrouwen iets vertelde. Dat wil ik graag respecteren, als ik kan.'

'O.' Weer had Callie het gevoel dat Melanie iets achterhield, dat er andere belangen waren die ze nog niet had onthuld. Ze wilde graag weten wat die belangen waren voordat ze een besluit nam. Maar ze zag aan de gesloten uitdrukking op Melanies gezicht dat die niet van plan was er iets over los te laten.

'En als ik er niet mee instem?' vroeg Callie. 'Wat ga je dan doen?'

Melanie gaf antwoord op een afgemeten en zelfverzekerde toon. 'Dan ga ik praten met vennoten van mijn firma. We hebben een ethiekcommissie.'

De zon was langzaam gedraaid en wierp nu schaduwen in de kamer. Callie keek op haar Swatch. Het was vijf over halfvier. Ze moest binnen een uur op de terugweg zijn. Rick was de stad weer uit, naar zijn ouders. Toen ze Anna bij de Creightons had afgezet, had ze beloofd dat ze voor het avondeten terug zou zijn.

Callie draaide zich om naar Melanie en keek haar recht in de ogen.

'In feite heb ik dus geen keus,' zei ze.

'Ik vrees dat het daarop neerkomt.'

❧

De schilderijen waren ronduit afgrijselijk. Bleke pastelkleuren op goedkoop karton, toeristenprullaria van het ergste soort. Zonsondergangen boven de Hudson. Het Empire State Building. Twee dikke kinderen met een idiote glimlach op hun gezicht die in Central Park aan het schaatsen waren. Het lot had beschikt dat hij voor een van de allerergste exemplaren moest staan, maar hij had geen keus als hij zicht op haar deur wilde houden.

'Die? Vindt u die mooi? Ik kan wel wat van de prijs afdoen.' De schilder, als je hem zo kon noemen, was een dikke man met een glimmend rood gezicht, vieze nagels en bloeddoorlopen ogen. Hij stonk naar jenever en tabak.

'Ik wil er nog even over nadenken.' Hij glimlachte naar de man en draaide zich toen snel om. Ook al had hij zich zorgvuldig vermomd, je hoefde het lot niet te tarten. Hij was er vrij zeker van dat de schilder een alcoholist was, en dus geen geloofwaardige getuige. Toch was het altijd mogelijk dat de man zich hem zou herinneren. Spijtig besloot hij dat hij niet naar deze plek kon terugkomen. Hij zou een andere standplaats moeten vinden vanwaar hij haar gebouw in de gaten kon houden. Gelukkig was het koud vandaag, ongeveer tien graden. Niemand zou het vreemd vinden dat hij een dikke jas, handschoenen en een muts droeg.

144

Hij besloot de straat over te steken om van dichterbij een kijkje te nemen.

Maar precies op het moment dat hij van de stoep afstapte, zag hij haar naar buiten komen. Een ogenblik bleef hij als bevroren staan, niet in staat zich te bewegen, een dier gevangen in de lichtbundels van koplampen. Hij voelde zich licht in het hoofd worden. Hij kon geen adem krijgen. *Hoe kon ze nu hier zijn?*

Opperste verwarring spoelde over hem heen toen hij de menigte weer in dook. Het was als een idiote, onmogelijke droom waar alles op de verkeerde plek zat. Dit was het gebouw waar Melanie woonde. Manhattan. Central Park South. Eén hoopvol moment dacht hij dat hij zich vergist had. Dat hij iemand had gezien die op Laura leek, en niet Laura zelf. Het optimisme hield een paar seconden stand, tot hij weer keek.

Toen hij haar op de stoeprand zag staan om een taxi aan te houden, wist hij dat hij zich niet had vergist. Ze had die expressie van eenzame verwarring over zich, waar hij haar al vaker op had betrapt wanneer ze alleen was. Al was ze nu natuurlijk niet alleen; ze stond te midden van een stroom voetgangers. Maar ondanks al die mensen op straat, wist hij dat ze zich eenzaam voelde. De trieste trek op haar gezicht gaf hem een steek van vreugde. Ze *moest* ook triest zijn. Ze *moest* eenzaam zijn. Ze had niet beter verdiend. Toch werd zijn plezier om haar lijden getemperd door groeiende onrust. Wat had ze bij Melanie te zoeken? Hoe was ze hier terechtgekomen?

Een taxi kwam met gillende banden tot stilstand. Laura stapte in. Even later zoefde de taxi weg en verdween ze uit het zicht. Hij staarde haar nog een paar ogenblikken na en liep toen verder over Fifth Avenue. Zijn benen voelden slap aan. Zijn hart bonkte in zijn borstkas. Om hem heen wervelde alles. Zijn geest was een zee van vragen.

Hij liep Central Park in en volgde doelloos een pad. Hij kwam langs schommels, een dierentuin, een glazige, ondiepe vijver. Overal glimlachende mensen. Hij wou dat ze dood waren. Een vrouw met een wit hondje knikte vriendelijk tegen hem. De glimlach bevroor op haar rode lippen toen hij haar kil aanstaarde. Steeds opnieuw krijste die ene vraag in zijn hersenen. *Wat had Laura bij Melanie thuis te zoeken?*

Hij liep maar en liep maar, terwijl hij nadacht en probeerde antwoorden te vinden. Terwijl hij probeerde zijn plannen aan te passen aan deze ontwikkeling. Laura en Melanie hadden elkaar dus gevonden. Dat was duidelijk. Hij was er vrij zeker van dat Laura's bezoek iets te maken had met de brieven en het horloge. Maar hoeveel wisten ze? Wat hadden ze uitgevogeld?

Heel even kwelde hem de verontrustende gedachte dat hij hen had onderschat. Hij had geweten dat beide vrouwen intelligent waren, maar dit had hij niet verwacht. Het idee dat ze met elkaar hadden zitten praten, vervulde hem met een laaiende woede. Ze hadden er geen recht op bij elkaar te komen. Dit was niet wat hij had gepland. Maar in ieder geval wist hij nu wat er gaande was. Daarvoor was hij dankbaar. Hij had in ieder geval het verband ontdekt. Stomtoevallig. Hij hield die laatste gedachte even vast, zich verkneukelend over hun onwetendheid. Langzaamaan, als het draaien van de wind, keerde zijn zelfvertrouwen terug.

Hij sloeg een beschut pad in onder een dak van bladeren. Toen hij de geur van vochtige aarde opsnoof, dacht hij weer aan Diane. Hoe ironisch dat deze lentegeur altijd gedachten aan de dood in hem zou opwekken, hem altijd zou herinneren aan de laatste keer dat hij haar had gezien, liggend op de grond, stil en wit.

Zijn gedachten keerden terug naar Melanie en Laura, naar hun stiekeme rendez-vous. Misschien was zijn aanwezigheid hier vandaag geen toeval. *Schrijf in bloed: en je zult ontdekken dat bloed een geest is.* Wat hij vandaag had gezien, zei hij in zichzelf, was een teken dat hij in actie moest komen.

⚜

Het was bijna acht uur en het was roezemoezig druk in het restaurant. Clarence was hét nieuwe restaurant. Je ging erheen om te zien en gezien te worden. Dat hield Melanie zich voor terwijl ze plichtmatig het menu bekeek, maar ze begon zich steeds slechter op haar gemak te voelen. De lijst voorgerechten was ronduit belachelijk, het ene gerecht nog absurder dan het andere. Geglaceerde runderwangetjes? Laat me niet lachen. Zalmprofiteroles?

Tegenover haar aan het blauwgelakte tafeltje zette Paul zijn leesbril op. Met gefronste wenkbrauwen bestudeerde hij het menu alsof het een contract van een cliënt was. Hij zag er zo humorloos uit, zoals hij daar zat, dat Melanie het niet kon laten hem een beetje te plagen.

'Denk je dat ik een hamburger kan krijgen, als ik erom zou vragen?'

Paul keek geïrriteerd op.

'Jeetje, het was maar een grapje hoor.' Maar ze voelde zich meteen een beetje schuldig. Paul had echt uitgekeken naar vanavond. Hij vond het heerlijk om nieuwe restaurants uit te proberen.

Een kelner stootte tegen de rug van haar stoel. Melanie knarsetandde. Vastberaden bekeek ze het menu weer, maar niets sprak haar aan. Ze moest opeens denken aan de geroosterde varkenslapjes waar ze als kind in Nashville zo van had gehouden. Van de barbecue. Niet die je in restaurants kreeg, maar echt *soulfood*. Ze deelde die voorliefde met haar vader, tot haar moeders grote verdriet. Hun dienstmeisje, Ruby, bracht altijd stiekem een doos varkenslapjes mee van een slager dicht bij haar huis in North Nashville.

Nogmaals nam ze het aangebodene door. Gekonfijte eend? Babykarbonade?

Ze vouwde de menukaart dicht en legde hem opzij. 'Kies jij maar iets voor me,' zei ze.

Paul keek op, blij verrast. 'Weet je het zeker?' vroeg hij.

'Natuurlijk. Waarom niet?' zei ze.

En dat was nog waar ook.

De afgelopen twee weken had ze amper iets naar binnen gekregen, alleen maar yoghurt, wortels en vruchtensap. Vanochtend had ze geprobeerd wat havermout te eten, maar ze was er na twee happen bijna van gaan kotsen.

Paul sprak met de kelner, bestelde gerechten en wijn. Zijn lichtbruine haar begon dun te worden. Over vijf of tien jaar zou hij kaal zijn.

'Weet je het echt zeker?' vroeg hij haar.

'Absoluut,' zei ze.

Een kelner kwam voorbij met borden met ingewikkelde torentjes eten. Ze ving exotische geuren op, anijs en misschien munt. Paul pakte een knapperige soepstengel en haalde hem door een schaaltje dip. Het geluid dat hij maakte toen hij kauwde, had iets wat haar vaag irriteerde.

Hij bette zijn mond met een servet. 'Hoe is jouw dag verlopen?' vroeg hij.

Melanie nam een slokje water. 'Goed,' zei ze. 'En die van jou?'

Meer hoefde ze niet te zeggen. Hij stak meteen van wal. Dat hij een uur op de Stairmaster had getraind voordat hij naar zijn werk was gegaan. Dat Jason Fisk – een belangrijke vennoot – tevreden was geweest over de dagvaarding die hij had opgesteld. Ze vroeg zich grimmig af hoe lang het zou duren voordat hem zou opvallen dat ze helemaal niets zei. Maar toen verweet ze zichzelf beschaamd dat ze niet eerlijk was. Als ze zelf geen zin had om te praten, kon ze het Paul niet kwalijk nemen dat hij het gesprek voor zijn rekening nam.

Toch, hoe langer hij doorging, hoe meer hij op haar zenuwen werkte.

Hun gerechten arriveerden. Paul praatte door. Ze betrapte zich erop dat ze aan Mike Jamison zat te denken, zich afvroeg of hij erg was veranderd. Ze had hem al bijna vijf jaar niet gezien, sinds de executie van Gage. In tegenstelling tot Pauls kwikzilverachtige glimlach, had er in die van Jamison nooit alleen maar vrolijkheid opgesloten gelegen. Ze herinnerde zich de eerste keer dat ze die glimlach had gezien en hoe iets in haar binnenste daarop had gereageerd. Er leken vele lagen van betekenis onder schuil te gaan: geamuseerdheid, ironie, droefenis.

Ze had Jamison daarstraks gebeld en een bericht achtergelaten op het antwoordapparaat van zijn kantoor. Gelukkig wist ze hoe de firma heette waar hij was gaan werken. Ze had indertijd de aankondiging ontvangen nadat hij bij de FBI was weggegaan en de informatie genoteerd. Toen ze op kantoor in haar telefoonklapper had gekeken, had ze zijn naam en adres meteen gevonden.

'Hoe smaakt het?' Pauls stem bracht haar terug naar het heden, naar de tafel vol gerechten.

'Fantastisch,' zei ze. 'Heerlijk.'

'Je hebt bijna geen hap gegeten.'

Melanie keek naar haar bord. Ze zag lagen geel, groen en oranje over iets wits heen. Wat had Paul voor haar besteld? Het zag eruit als vis. Ze zag dat ze er stukjes van had afgesneden en op een rijtje gelegd.

Ze dwong zichzelf een hap te nemen en duwde haar bord toen in Pauls richting. 'Ik heb gewoon niet veel trek,' zei ze. 'Wil jij de rest soms?'

'Zoals je wilt,' zei Paul op afgemeten toon. Ze kon zien dat hij boos was.

Gedurende de rest van de maaltijd zeiden ze niet veel. Ze namen geen nagerecht. Het was een opluchting toen Paul zijn espressokopje neerzette en om de rekening vroeg.

Buiten was het koud. Het duurde lang voordat ze een taxi vonden. Ze wachtten in stilte, allebei met opgeheven hand, alsof ze elkaar niet kenden. Paul gaf haar een koele kus toen ze in de taxi stapte. Hij vroeg niet of hij met haar mee naar huis mocht, en daar was ze hem dankbaar voor.

Het eerste wat ze zag toen ze het licht aandeed, was het rode knipperlichtje op haar telefoon. Zonder haar jas uit te trekken liep ze snel de kamer door.

Ze was vergeten wat een zware stem hij had, krachtig en zelfverzekerd. Dat alleen al, die stem op het bandje, voerde haar terug in de tijd, naar die gejaagde weken in Tennessee vóór de executie. Ze herinnerde zich van hem nog het beste dat hij zoveel hart voor zijn werk had gehad. Ze had er moeite mee zich hem voor te stellen bij een particulier bedrijf in plaats van bij de FBI.

'Melanie. Wat fijn weer eens iets van je te horen.' Hij klonk alsof hij het meende. 'Als je wilt, kun je me vanavond thuis bellen. Het maakt niet uit hoe laat. Ik blijf meestal laat op.' Hij had het nummer ingesproken. Het netnummer was van Arlington, Virginia.

Het was even voor negenen. Melanie liep langzaam naar de gangkast en hing haar jas op. Ze had niet verwacht dat hij zo snel zou bellen. Om redenen die haar niet helemaal duidelijk waren, maakte zijn bericht haar onrustig. Ze hadden destijds een band gehad, een goede verstandhouding. Althans, zo had het voor haar aangevoeld. Zonder dat ze precies kon aangeven waarom, was Mike Jamison belangrijk voor haar geweest. Hij had haar gemogen. Hij had in haar geloofd. Misschien lag het zo eenvoudig. Als ze hem belde, zou misschien blijken dat wat ze ooit hadden gehad, was verdwenen. Misschien klampte ze zich vast aan het weinige wat nog over was, omdat ze al zoveel was kwijtgeraakt uit die periode in haar leven.

Jamison was een paar weken voor de executie in Nashville aangekomen. Hij was toen een van de belangrijkste profielschetsers van de afdeling Ondersteunende Recherche geweest, hoofdauteur van een opzienbarend rapport over lustmoordenaars. Gage had om Jamison gevraagd nadat hij iets van zijn werk had gelezen. Hij had Jamison een flatteuze brief geschreven met het verzoek om een gesprek. De toon van de brief was collegiaal geweest, als van deskundigen onder elkaar. Gage had hem de verleidelijke mogelijkheid voorgehouden dat hij misschien eindelijk zijn mond zou opendoen en onthullen waar de tientallen slachtoffers waren van wie het stoffelijk overschot nooit was gevonden. Gage had zich aan strohalmen vastgeklampt omdat hij wist dat hij nog maar heel weinig tijd overhad. Het aanbod was een doorzichtige list geweest om de executie uit te stellen.

Dat Gage met Jamison had aangepapt, had zijn advocaten met afgrijzen vervuld. Ze herinnerde zich hoe verbijsterd Fred Irving had gekeken toen Gage zijn plannen had bekendgemaakt. Het had Jamison natuurlijk niets uitgemaakt wat de motieven van Gage waren. Een kans om Steven Gage te ondervragen zou hij niet laten schieten. Toen duidelijk was dat ze de plannen van Gage niet konden verijdelen, hadden zijn advocaten er noodgedwongen mee ingestemd. Irving had Melanie de opdracht gegeven met Jamison te gaan praten. Op het moment zelf had ze dat opgevat als een bewijs dat de oudere advocaten haar vertrouwden. Later pas had ze zich gerealiseerd dat ze de strijd gewoon hadden opgegeven.

Terugblikkend kon je vaststellen dat de vraaggesprekken niets aan de zaak hadden veranderd. Melanie vond zelfs dat het een slimme list van Steven was geweest. Als meest beruchte seriemoordenaar van Amerika bezat Gage een zekere macht. Hij had geweten dat Jamison likkebaardend de kans zou aangrijpen om hem te ontmoeten. Het was niet onlogisch van Gage geweest hulp te zoeken, ervan uit te gaan dat de profielschetser alles in het werk zou stellen om zijn proefkonijn in leven te houden.

Melanies eerste gesprek met Jamison had plaatsgevonden in een Waffle House dicht bij de gevangenis, waar ze naartoe waren gegaan voor een kop koffie. Het was laat op de avond en op hen tweeën na was het restaurant leeg. Het sprak vanzelf dat er strikte limieten waren geweest aan wat ze had mogen zeggen. In haar hoedanigheid van Gages advocaat mocht ze niets zeggen over de duidelijke bewijzen dat hij schuldig was. Aan de andere kant weerhield niets haar ervan naar Jamison te luisteren. Ze hadden een paar uur op de harde bankjes gezeten, terwijl ze sterke koffie dronken in het schelle tl-licht. Zij had haar pleidooi gehouden om het leven van Gage te sparen en vervolgens naar Jamison geluisterd.

Jamison bezat het gemoedelijke air van ex-atleten. Hij had iets over zich wat vertrouwen inboezemde. Je kreeg vanzelf de neiging hem van alles toe te vertrouwen. Had hij dat geleerd, had ze zich afgevraagd, of was hij ermee geboren? Wat echter de meeste indruk op haar had gemaakt, was de grote hartstocht voor zijn werk. Ze kende wel meer mannen en vrouwen die veel om hun werk gaven. Haar eigen man. Studiegenoten en collega's. Maar in Jamison had ze een zuiverheid bespeurd die ze nooit eerder had gezien. Hij werd niet gemotiveerd door geld of macht, maar door de behoefte dingen te weten te komen.

Ze hadden de kwestie van toerekeningsvatbaarheid besproken, en de vraag of Steven daarvan gebruik had kunnen maken bij zijn verdediging. Dat was natuurlijk toen al een hypothetische vraag geweest, zelfs als hij van gedachten zou zijn veranderd. Jamison had gezegd dat Gage niet ontoerekeningsvatbaar was, althans niet in de juridische zin van het woord. Maar ze had de ironie in zijn stem gehoord en was ingegaan op het onderscheid.

'Maar volgens u is hij ook niet toerekeningsvatbaar,' had ze beschuldigend gezegd.

Jamison had zijn schouders opgehaald. 'Hij wist wat hij deed en hij wist dat het verkeerd was. Daar komt het bij de juridische definitie op neer. Er bestaat geen enkele twijfel dat dit voor hem geldt. Maar toerekeningsvatbaar in de ware zin van het woord? Nee, ik vind van niet. Er is veel nadruk gelegd op het feit dat Gage in staat was zijn driften te beheersen. Wanneer er gevaar dreigde dat hij gepakt zou worden, hield hij zich gedeisd. Na de moord op Dahlia Schuyler zijn er in Tennessee geen moorden meer gepleegd. Hij is erin geslaagd zich te beheersen tot hij buiten het rechtsgebied zat.'

'Wat wilt u daarmee zeggen?'

'Daarmee wil ik zeggen: en wat dan nog? Vooruit, juffrouw White. U bent een pientere vrouw. Wat is er fout aan dit plaatje?'

'Ik ben zijn advocaat, meneer Jamison. Daar kan ik geen antwoord op geven.' Zelfs in haar eigen oren klonk dat betweterig, maar het was iets wat gezegd moest worden.

'Goed, *hypothetisch* gesproken dan.' Weer die ironische intonatie. 'Een man slaagt erin zich te onthouden van zijn – misschien niet *onbedwingbare*, maar toch wel *onweerstaanbare* – behoefte om vrouwen te vermoorden, hun lijken te verkrachten

151

en ze tot slot ledematen af te hakken. Je hoort over zo'n man. Zou u hem, gebaseerd op uw persoonlijke definitie, als geestelijk gezond beschouwen?'

'Nee.'

'Daarmee wil ik zeggen dat de juridische definitie niet erg bruikbaar is. In ieder geval niet vanuit een psychologisch perspectief, en dat is mijn interessesfeer. Wanneer we vragen of iemand in staat is de aandrang om andere mensen te vermoorden *te beheersen*, slaan we wat mij betreft de interessantste vragen over. Normale mensen bezitten deze driften niet. Dus hoeven ze die ook niet te beheersen. Het gros van de bevolking, inclusief u en ik, heeft geen idee hoe het voelt om een aandrang tot moorden te voelen. Een moordenaar van dit soort verschilt in alle opzichten van de rest van de mensheid. Te zeggen dat hij de aandrang kan *beheersen*, is ergens bespottelijk. Dat is alleen maar een manier om onszelf wijs te maken dat de wereld begrijpelijk in elkaar zit. We zeggen: "Hij is niet krankzinnig, hij is slecht. Het is zijn eigen keus geweest." Maar het soort keuze waar we het over hebben, valt niet in dezelfde categorie als de keuzen die wij maken. Het is de keuze een aandrang te onderdrukken die een normaal mens helemaal niet voelt. Ik denk dat we uiteindelijk de verklaring zullen vinden in de neurotransmitters. Op dat gebied wordt veel onderzoek gedaan.'

Melanie herinnerde zich het gesprek alsof het gisteren was geweest. Het was het eerste gesprek geweest van een lange reeks die ze gedurende die vreemde, afschuwelijke periode hadden gevoerd, terwijl de dagen en weken wegtikten naar de datum die was vastgesteld voor de executie.

En toen was het opeens voorbij geweest. Steven Gage was dood. Plotsklaps was de zaak waarin ze helemaal was opgegaan, in het niets verdwenen. Hoewel ze had geweten dat het zou gebeuren en had geprobeerd zich erop voor te bereiden, kon ze het niet bevatten. De eerste dag voelde ze zich als verdoofd, ontdaan van iedere emotie. Ze had haar dossiers en haar kleding ingepakt alsof ze een robot was. Pas toen ze Jamison sprak, was ze in tranen uitgebarsten. Hij was die avond bij haar gebleven. Ze hadden de hele nacht zitten praten en drinken.

De volgende dag was ze teruggevlogen naar Washington, waar ze Frank in bed had aangetroffen met Mary Beth.

Als haar huwelijk niet juist op dat moment op de klippen was gelopen, zou ze contact met Jamison hebben gehouden.

Maar nu had ze al haar energie nodig gehad om alleen maar te overleven. Tot op dat moment was haar leven volgens plan verlopen. Ze had het gevoel gehad dat ze er macht over had. Nu had ze kort na elkaar drie vernietigende klappen moeten incasseren. De executie van Gage. Het overspel van haar man. De "suggestie" van Watkins & Graham om elders een baan te gaan zoeken.

'Ik hoop dat je er begrip voor hebt,' had Fred Irving gezegd, zijn kale hoofd glanzend in het lamplicht. Hij had er zowaar een beetje nerveus bij gezeten achter zijn massieve bureau. 'Het is niets persoonlijks. Wat de zaak-Gage betreft heb je uitstekend werk geleverd, maar je deskundigheid is beperkt.'

Ze had hem willen toeschreeuwen: 'En aan wie ligt dat?' In plaats daarvan had ze zwijgend geknikt. Ze dacht aan haar toekomst. Ze had een referentie van Irving nodig.

Daarop was de echtscheiding gevolgd, de verhuizing naar New York, de jaren bij Harwich & Young, waar ze dankzij haar vriendschap met Vivian een baan had kunnen krijgen. Hoewel ze Mike Jamison nooit was vergeten, hadden ze geen contact gehouden.

Ze nam de hoorn van de haak en draaide het nummer. Hij nam vrijwel meteen op.

Hij zei niet hallo, maar herhaalde haar naam. Iets in zijn toon, een diepgaand gevoel, vervulde haar met een plotselinge warmte.

'Hoe is het met je?' vroeg hij.

'Ik... *goed*,' zei ze. En toen : 'Nee, eigenlijk niet. Ik zit met een probleem.'

'Dat dacht ik al,' zei hij. 'Waar kan ik je mee helpen?'

Hij gedroeg zich alsof er helemaal geen tijd was verstreken, wat vreemd was maar prettig.

'Ik... ik moet met je praten. Over iets vertrouwelijks.'

'Dat kan.' Hij aarzelde geen moment.

Het was makkelijk, veel makkelijker dan ze had verwacht. Ze vertelde hem alles. Zonder Laura – Callie – met naam te noemen somde ze de relevante feiten op. Dat een vrouw die ze kende een brief had ontvangen op de jaardag van Gages dood. Dat een paar weken later de dochter van de vrouw een Cartier-horloge had gevonden dat in een plastic paasei was gestopt dat ze bij het traditionele paaseieren zoeken had gevonden. Hij was al op de hoogte van de moord op Diane Massey, had de berichten erover in de kranten gevolgd. Toen ze zei dat het horloge erg veel leek op dat van Diane, hoefde ze dan ook verder niets uit te leggen.

'Volgens jou is het hetzelfde horloge,' zei hij. Het was een vaststelling, niet een vraag.

Ze probeerde een slag om de arm te houden. 'Ik weet dat natuurlijk niet zeker. Maar de hele kwestie is zorgwekkend. Ik weet dat het veel gevraagd is, maar ik had gehoopt... dat je zou kunnen helpen. Dat je misschien de mogelijkheid had uit te zoeken of Dianes horloge na haar dood vermist werd.'

'Ik ken mensen bij de State Police van Maine. Ik zou die natuurlijk kunnen polsen. Het probleem is alleen dat áls het zo is, ze me dan niet met rust zullen laten. Dan zullen ze willen weten waar ik die informatie vandaan heb. Dan willen ze alle feiten.'

'Ja,' zei Melanie. 'Dat weet ik. Maar ik had gedacht – als je nou eens niets over een horloge zou zeggen, maar alleen nieuwsgierig zou doen. Alsof je persoonlijk belangstelling voor de zaak hebt vanwege je research naar lustmoorden. Als dan blijkt dat het horloge inderdaad vermist wordt, bekijken we daarna wel hoe we verder moeten. Ik zal dan weer gaan praten met... die vrouw en zeggen dat ze met de informatie voor de dag moet komen. Als ze hoort dat het waar is, zal ze dat volgens mij wel doen. Ze wil alleen geen toestanden als het tóch nergens toe leidt.'

'Ik vrees dat ik dat niet kan doen, Melanie.' Hij klonk spijtig, maar vastbesloten. 'Ik kan die mensen niet iets voorliegen. Als ik ze benader, moet ik open kaart spelen. Ik kan wel zeggen dat ik bepaalde inlichtingen bezit, maar als dit waar blijkt te zijn, zal het verregaande gevolgen hebben – dan zullen ze met je willen praten. En met die vrouw. Als je de informatie niet vrijwillig levert, bestaat de kans dat je zult worden gedagvaard.'

Melanie liet zijn woorden bezinken.

'De vrouw die je dit heeft verteld. Denk je dat het mogelijk is dat ze het zelf heeft opgezet? Dat ze de dood van Diane gebruikt om aandacht op zichzelf te vestigen?'

'Zoiets dacht ik aanvankelijk ook,' bekende Melanie. 'Maar nadat ik met haar had gesproken, ben ik daarvan afgestapt.' Er was ook nog het punt van de chronologie, het feit dat haar eigen briefje was afgeleverd voordat Diane was vermoord, maar ze was er nog niet klaar voor om daarop in te gaan.

'Heeft ze een theorie? Over wie erachter kan zitten?'

Melanie haalde diep adem. 'Kun jij je Lester Crain nog herinneren?'

'Lester Crain? God, ja. Maar waarom...' Zijn stem zakte weg. Ze kon hem bijna hóren nadenken. 'Vanwege die toestand met Gage?'

'Precies. Ze heeft het idee dat Crain misschien probeert de dood van Gage te wreken.'

'Die vrouw heeft Gage dus zelf gekend?'

'Ik... Daar kan ik geen antwoord op geven.'

Aan de andere kant van de lijn hoorde ze zijn adem stokken. 'Lieve hemel, Melanie. Ben jij het?'

'Ik?' Ze lachte kort, droog. 'Nee. Nee, natuurlijk niet. Als ik het was, zou ik je dat wel vertellen.'

'Dat hoop ik maar,' zei hij ernstig. 'Want als dit allemaal echt waar is, als het geen list is, kan het bijzonder gevaarlijk zijn. Die vrouw, wie het ook is, kan dan in gevaar verkeren. Beseft ze dat? Neemt ze voorzorgsmaatregelen?'

'Dat weet ik niet. Maar ik zal met haar praten. Haar waarschuwen.'

'Ja, doe dat alsjeblieft.' De diepe ernst in zijn stem maakte Melanie een beetje duizelig. Voor het eerst besefte ze hoeveel potentieel risico ze zelf liep. Misschien concentreerde ze zich zo op Laura's dilemma om niet aan dat van haarzelf te hoeven denken.

'Heb je bepaalde suggesties? Wat ze zou moeten doen, bedoel ik?'

'Ze zou naar de politie moeten gaan,' zei hij meteen. 'Dat zou het beste zijn.'

'Dat weet ik, maar het is nogal ingewikkeld. Er zijn redenen waarom ze dat niet wil doen.'

'Dan moet ze erg voorzichtig zijn. Als ze het zich kan veroorloven moet ze voor persoonlijke bewaking zorgen. Zo niet, dan moet ze al het mogelijke doen om haar woning te beveiligen. Een goede alarminstallatie aanschaffen. Is ze alleenstaand?'

Melanie aarzelde. Dat was de indruk die ze had gekregen, maar ze besefte nu dat ze het helemaal niet wist. 'Dat geloof ik wel, afgezien van haar kind dan.'

'Laten we hopen dat het alleen maar een vals alarm is. Dat iemand een bizarre grap uithaalt.'

'Ja,' zei Melanie. Een grap. Bij de gedachte alleen al voelde ze zich iets beter.

'Wat vind jij?' vroeg Jamison. 'Wat vind je dat we eraan moeten doen?'

'Nou... als jij nou eens eerst naar de politie van Maine gaat en zegt dat je informatie hebt die belangrijk kan zijn. Dat je hebt gesproken met iemand die een horloge heeft dat mogelijk van Diane is geweest. Ik heb het horloge hier. Ik kan je het serienummer geven. Als het van haar is, heeft ze daar vast wel papieren van. Je hebt meestal een garantiebewijs nodig wanneer je een horloge als dit wilt laten schoonmaken of repareren.'

'En als blijkt dat het van Diane was? Dan willen ze natuurlijk met die vrouw praten.'

'Dan kan ik contact met haar opnemen. Uitleggen dat ze naar de politie moet gaan. Dat ze geen andere keus heeft.'

'De politie zal haar best doen haar te beschermen. Haar identiteit geheim te houden.'

'Dat zal ik tegen haar zeggen,' zei Melanie, hoewel ze betwijfelde of Callie daardoor gerustgesteld zou zijn. Ze had sterk het gevoel dat Callie er niet aan gewend was mensen te vertrouwen.

'Goed dan. Ik zal morgenochtend meteen wat mensen bellen. Kun je me de details over het horloge even geven?'

'Het is een Cartier Panther. Panther is het model. Even kijken, achterop staan twee nummers, 1120 en daaronder 157480CD.'

Op de achtergrond hoorde ze het krassen van een pen op papier.

'Ik zat te denken aan vingerafdrukken,' zei ze. 'Denk je dat het de moeite waard is het horloge daarop te laten onderzoeken?'

'Laten we daar nog even mee wachten tot ik met de jongens in Maine heb gesproken.'

'Goed.'

Het gesprek stokte, alsof ze allebei wachtten tot de ander iets zou zeggen.

'En, hoe is het verder met je?' vroeg hij uiteindelijk. 'God, wat is het lang geleden.'

'Ja,' zei ze. 'Zeg dat wel. Bijna in een ander leven.'

'Werk je nog steeds als advocaat?'

'Ja, ik zit nu bij een firma in New York. Harwich & Young.'

'De naam ken ik.'

'Ik sta op de nominatie om vennoot te worden. Ik maak een goede kans.'

'Gefeliciteerd.'

'Het is nog niet zover. En jij? Hoe is het met jou?'

'Even kijken, het is nu ongeveer drie jaar geleden dat ik bij de FBI ben vertrokken. Ik heb toen een jaar vrij genomen. Ik wilde wat tijd hebben voor mijn kinderen. Mijn leven opnieuw inrichten. Vorig jaar heb ik een nieuwe baan genomen. Bedrijfsbeveiliging. Het uitpluizen van de achtergrond van werknemers. Psychologische beoordelingen. Na 11 september is daar ontzettend veel vraag naar. Het is... iets anders dan wat ik bij de FBI deed, maar het is niet per se een slechtere baan.'

'En je vrouw? Hoe is het met haar?'

'Die... die maakt het goed, maar we zijn niet meer bij elkaar. We zijn vier jaar geleden uit elkaar gegaan. Dat was hoofdzakelijk mijn schuld, denk ik.'

'Het spijt me erg dat te horen,' zei Melanie.

'Het is beter zo,' zei hij. 'In het begin hadden de kinderen het er erg moeilijk mee, maar ik geloof dat ze er nu wel vrede mee hebben. Ze studeerden toen allebei al. Dat maakte het wat makkelijker.'

'Ik ben ook gescheiden,' zei Melanie. 'Rond dezelfde tijd.' Ze zei niets over haar verloving. Ze zei ook niets over Paul.

'Ach, dat spijt me.'

'Maar ik heb geen kinderen,' zei ze. 'En we zijn niet erg lang getrouwd geweest.'

'Maar evengoed. Het is nooit makkelijk.'

'Nee,' zei ze. 'Dat is waar.'

Een korte stilte.

'Weet je,' zei hij, 'ik ben vrij vaak in New York. Ik zou het leuk vinden je weer eens te zien.'

Toen hij het zei, besefte ze dat ze daarop had gewacht. 'Dat zou ik ook leuk vinden,' zei ze.

Dinsdag 25 april

DE CAFETARIA VAN WINDHAM COLLEGE HAD EEN IETWAT verwarrende nieuwigheid gelanceerd: themamaaltijden. Sommige van de thema's waren best leuk en vormden een aantrekkelijke afwisseling: Cajun Dag. Chocolade Waanzin. Groente Gezond. Maar soms vroeg Callie zich af of iemand in de keuken aan de drugs was. Vandaag, bijvoorbeeld, hadden ze een kermisthema, compleet met hoempamuziek. Het geluid jengelde melodieloos uit een oude speaker die iemand had meegebracht.

Callie schoof haar dienblad over de balie met de warme maaltijden. Martha drentelde achter haar aan. Uit hun krachten gegroeide hotdogs en warme saucijzenbroodjes. Een weerzinwekkend vat gele popcorn.

Callie draaide zich om naar Martha. 'Zullen we maar een slaatje nemen?' vroeg ze.

Martha trok haar neus op. 'Mijn idee,' zei ze.

Ze vonden twee vrije plaatsen aan het eind van een tafel in de drukbezette eetzaal. Callie prikte een blaadje sla aan haar vork en dacht aan het etentje van aanstaande donderdag. Ze had Tod er vorige week over benaderd en hij had de uitnodiging meteen aangenomen. Ze had het niet beschreven als een koppelavond, maar als een informeel etentje. Ze had besloten om behalve Martha en Tod ook de Creightons uit te nodigen. Anna zat zo vaak bij hen thuis dat ze vond dat ze Mimi en Bernie iets verschuldigd was. Bovendien kon Anna dan mooi naar Henry en diens oppas.

Callie keek op haar horloge. 'Ik ga vanmiddag de boodschappen doen voor het etentje. Morgen en donderdag heb ik het veel te druk.'

'Weet je zeker dat ik niets hoef mee te brengen?'

'Heel zeker. Ik heb alles al gepland.'

'Wat trek je aan?' vroeg Martha.

'O, niets bijzonders. Misschien doe ik een rok aan, maar alleen omdat ik me daarin lekker voel.'

Callie keek naar Martha's lieve, verweerde gezicht, en vond dat ze haar moest waarschuwen. 'Hoor eens, ik weet niet hoe het precies zit met Tod. Volgens Rick is hij nog niet over zijn ex heen, dus is het mogelijk dat hij niet eens zin heeft in een relatie. Maar het is een leuke vent, dus vond ik het de moeite waard het te proberen.'

Martha duwde een lok haar naar achteren. Ze had *krulhaar*, geen *kroeshaar*, ongeacht wat Rick zei. 'Rustig maar. Ik verwacht geen wonderen,' zei Martha.

'Het zal best gezellig worden,' zei Callie. 'En wie weet?'

Martha glimlachte opeens om iets wat ze achter Callie zag. 'Niet kijken, maar vlak achter je zitten Kabuki Girl en Nathan samen te lunchen. Zo te zien kletst ze hem de oren van het hoofd. En hij schijnt dat helemaal niet erg te vinden.'

'Weet je, ik had al zo'n idee dat die twee misschien iets met elkaar zouden krijgen. Toen hij laatst langskwam, leek ze erg geïnteresseerd.'

Callie keek tersluiks achterom, maar was niet snel genoeg. Precies op het moment dat ze haar hoofd omdraaide, keek Nathan op. Zelfs van deze afstand zag ze hem blozen. Hij stond op, pakte zijn dienblad en kwam naar hun tafel.

Posy keek Nathan na en wierp een giftige blik op Callie.

'Verdorie,' mompelde Callie. 'Waarom moest ik ook zo nodig kijken?'

Nathan bleef bij hen staan. 'Mag ik erbij komen zitten?' Onder zijn blos was zijn huid droog en schilferig. Op zijn blad stond een bord met twee van de overdreven lange hotdogs.

Martha keek Callie hulpeloos aan.

Callie frommelde haar servet in elkaar en gooide het op haar blad. 'Eerlijk gezegd waren we net klaar en moeten we gaan.'

Als Nathan niet naar hen toe was gekomen, had Callie misschien nog koffie genomen. Nu vond ze dat ze inderdaad het beste meteen kon gaan. Morgen had ze een drukke dag. Ze moest zoveel doen. Rick had een of andere instructiedag in Springfield en zou daar overnachten. Hij zou er dus op hun vaste pizza-avond niet zijn om te helpen.

Ze besloot de inkopen voor het etentje bij Atkins Farm te doen. Dat was een goede supermarkt waar ze alles kon krijgen wat ze nodig had.

∞

Toen ze van Route 9 afsloeg naar Route 47 rezen aan weerskanten bergen op, alsof ze haar wiegden in de sereniteit van hun oude, stenen schoot. Dit landschap had altijd een kalmerende invloed op haar. Het was de reden waarom ze zich zo tot deze streek aangetrokken voelde. In de buitenwijk van Indianapolis, waar ze met Kevin had gewoond, had ze zich erg verloren gevoeld. Het was daar geweest, in de maanden nadat Anna was geboren, dat ze erover was gaan denken haar studie af te maken. Bij een plaatselijk inlichtingenbureau voor studenten had ze gezien dat je voor het Windham Abbott College een beurs kon krijgen. Dat was voor haar echter niet de hoofdzaak geweest, althans niet in eerste instantie. Wat haar had bekoord, was een foto van de campus. De brochure bevatte diverse foto's van de uit rode baksteen opgetrokken gebouwen van Windham, genesteld aan de voet van de bergen. Ze was er op slag verliefd op geworden en had gedacht: in zo'n omgeving zou ik me gelukkig kunnen voelen.

Het parkeerterrein van Atkins Farm, waar je in het weekend amper een plek kon vinden, was halfleeg. Callie zette haar auto neer en liep naar het lange, lage gebouw. Binnen keek ze met zinnelijk genot naar de hoog opgestapelde groenten. Rode tomaten. Paarse aubergines. Donkergroene bladgroenten. Ze pakte een wagentje en haalde haar boodschappenlijstje uit haar tas. Allereerst naar de vleesafdeling. Ze had besloten een varkensrollade te nemen; makkelijk en lekker. Een beetje winters misschien voor deze tijd van het jaar, maar het was 's avonds nog best koud. Ze zou de rollade opdienen met spinazie, gekruide uien en rode aardappelen.

Binnen een uur was ze klaar.

Ze zette de tassen achter in haar Subaru en reed terug naar Merritt, terwijl ze onderweg een appeldonut at en naar een plaatselijke zender luisterde. Het was wat drukker geworden op de weg, nu de mensen die de ochtenddienst erop hadden zitten, naar huis gingen. Tegen de tijd dat ze de oprit van haar huis opreed, was het bijna drie uur.

Op de veranda lag een doos, een platte, witte doos van een bloemist. Ze dacht meteen aan Rick en voelde een heerlijk gevoel door zich heen trekken. Hij wist dat ze de laatste tijd met wat stress te kampen had; hun relatie was daardoor wat gespannen geworden. Haar aarzeling over zijn aanzoek. Bezorgdheid om Anna. Zoals gewoonlijk had Rick het initiatief genomen om de moeilijkheden te overbruggen. Ze nam de boodschappentassen over in één hand en bukte zich om de doos op te pakken.

In de keuken scheen de zon naar binnen. Ze zette de tassen op het aanrecht en legde de doos op de tafel. Voorzichtig peuterde ze de goudkleurige plakkertjes los waarmee de deksel was vastgezet. Ze nam de deksel van de doos, zag de bloemen en voelde zich meteen als verdoofd.

Rozen. Rode rozen.

Ze voelde een stijgende paniek in zich opkomen.

De geur verspreidde zich als een verstikkende wolk door de hele keuken. Ze had het warm en koud tegelijk en werd helemaal duizelig. Haar hart ging tekeer. Als van een afstand zag ze zichzelf langzaam achteruitlopen. Toen ze de uiterste hoek van de keuken had bereikt, bleef ze staan, stil, machteloos. Zelfs hier rook ze de bloemen, het overheersende aroma. Ze wilde gillen, iets breken, maar leek zich niet te kunnen bewegen. Ze kon alleen maar met ontzetting naar de doos met de langstelige bloemen staren. Hij wist dat ze een hekel aan rozen had. Hoe had hij zoiets kunnen doen?

Hoe had hij zoiets kunnen doen?

En toen, terwijl ze over haar hele lichaam haar huid voelde prikken, drong het tot haar door.

De rozen waren niet van Rick.

Woensdag 26 april

HET WAS BIJNA ELF UUR EN IN DE KANTOREN VAN DE AD-
vocatenfirma was het stil. Dit was Melanies favoriete tijd van
de dag, de uren waarin ze het meeste werk verzette. Overdag
waren er telefoontjes, besprekingen, crises waarvoor een oplossing gezocht moest worden. 's Avonds laat kon ze zich eindelijk naar behoren concentreren en zonder onderbrekingen
werken.

Ze zat nu al twee uur aan haar computer dagvaardingen te
zoeken. Ze was bezig met een memorie van antwoord betreffende de zaak-Leverett en had besloten de jurisprudentie
door te nemen om zich ervan te verzekeren dat geen van de relevante zaken sinds de rechtszitting was vernietigd. Aanvankelijk was ze van plan geweest alleen de belangrijkste te bekijken,
waar de rest van afhing, maar van het een was het ander gekomen en nu zat ze hier nog steeds. Ze had natuurlijk een van de
stagiairs kunnen opdragen dit voor haar te doen, maar ook al
was het routinewerk, het was van bijzonder veel belang.

Ze voelde zich een beetje triest vanavond, al had ze aanvankelijk niet begrepen waarom. Tot ze die twee angstige gezichten
weer voor zich had gezien: die van Penny en Wilbur Murphy.
Het echtpaar dat al zijn spaargeld was kwijtgeraakt. Dat was
niet háár schuld. Echt niet. Maar ze voelde zich evengoed
schuldig. Ze was rechten gaan studeren omdat ze de wereld had
willen verbeteren. *Ik was vroeger een beter mens*, dacht ze, en
het trieste gevoel leek zich te verdiepen.

De telefoon op haar bureau begon te rinkelen met een schril,
indringend geluid. Ze nam snel op, blij met de afleiding.

'Melanie White,' zei ze.

'Melanie. Met Mike.'

Toen ze zijn stem hoorde, was het alsof er een elektrische stroom door haar lichaam ging.

'Kunnen we op deze lijn praten?' vroeg hij kortaf. 'Ik heb een en ander voor je.'

Voordat hij doorging, wist ze al waarom hij belde. 'Het horloge,' zei ze. 'Het was van Diane.'

'Ik heb er net een telefoontje over gekregen,' zei hij.

Melanie rolde haar stoel weg van het bureau en wendde zich af van haar computer. Ze staarde zonder iets te zien uit het raam, haar hand rond de hoorn geklemd. 'En wat nu? Wat gaat er nu gebeuren?'

'Ze willen het horloge. En ze willen praten met die vrouw.'

'Ik zal haar bellen.' Melanie dacht hardop. 'Haar de situatie uitleggen.'

'Je kunt tegen haar zeggen dat ze hun best zullen doen haar tegemoet te komen om haar privacy te beschermen.'

Melanies hart begon sneller te kloppen. *Mijn gelukwensen, Melanie.* De woorden flitsten door haar hoofd. Ze wilde niet denken aan wat ze betekenden, de briefjes die zij en Callie hadden ontvangen.

'Hoe staat het met het onderzoek?' vroeg ze. 'Hebben ze al iets belangrijks ontdekt?'

'Nog geen concrete aanwijzingen, geloof ik, maar ze vertellen mij natuurlijk niet alles. Ze zijn gaan praten met de voormalige vriend van Diane, maar die weet nergens van. Ze hebben ook gekeken naar een mogelijk verband met het boek dat ze aan het schrijven was. Ze was bezig de laatste hand te leggen aan een boek over Winnie Dandridge.'

'De zwarte weduwe uit Texas?' vroeg Melanie.

'Ja. Diane was bedreigd door een vriend van Dandridge, maar ook dat schijnt er niets mee te maken te hebben. Die man is voorlopig hun belangrijkste verdachte, maar hij heeft een goed alibi. Het was bij niemand opgekomen dat haar dood iets te maken zou kunnen hebben met Gage.'

'En Lester Crain? Heb je daar nog iets aan gedaan?'

'Ze zullen het horloge laten onderzoeken om te zien of ze vingerafdrukken kunnen vinden, maar Diane Massey is niet door Crain vermoord.'

'Hoe weet je dat zo zeker?'

'Vanwege de plaats delict. Het is niet het werk van Crain. De signatuur van een seksuele sadist verandert nooit. Hij kan variaties toepassen, maar de kern blijft altijd hetzelfde.'

'De signatuur?' Melanie herinnerde zich de term vaag, maar wist niet precies wat die betekende.

'Je zou het een visitekaartje kunnen noemen. Iets waaraan de moordenaar te herkennen is. Crain martelde zijn slachtoffers voordat hij ze vermoordde. Hij vond geen bevrediging in het doden, maar in het pijnigen. Omdat zijn martelmethoden nogal eens varieerden, bestond er veel verwarring. Het heeft enige tijd geduurd voor men in de afzonderlijke rechtsgebieden begreep dat de moorden met elkaar verband hielden. De politie concentreerde zich namelijk op de methoden in plaats van op het martelen op zich. De veranderingen in de marteltechnieken waren trouwens pogingen die aan te scherpen. Crain wijzigde zijn werkmethode – zijn specifieke techniek – steeds wanneer hij een effectievere manier had verzonnen.'

Melanie had een droge mond gekregen. 'Laten we even teruggaan naar Diane. Is zij dan niet gemarteld? En denk jij daarom dat Crain niet de moordenaar kan zijn?'

'Ja.'

'Toch snap ik het niet. Mensen kunnen toch veranderen?'

'Ik heb nog nooit meegemaakt dat een moordenaar zijn signatuur verandert, in ieder geval niet de essentie ervan.' Hij klonk zo zeker van zijn zaak dat Melanie ervan afzag uitdrukking te geven aan verdere twijfel, al leek het haar een beetje overdreven. *Nooit* was een groot woord. Maar Jamison was de deskundige.

Een andere gedachte kwam in haar op. 'En de signatuur van Gage? Zijn er... overeenkomsten?'

'Nee. Totaal verschillend. Gage was een necrofiel. Hij vermoordde vrouwen om de heerschappij te krijgen over hun lichaam. Hij vermoordde ze eerst en verkrachtte ze daarna pas.'

'Ja, dat is zo.' Melanie voelde zich licht onpasselijk worden. Ze had altijd getracht daar zo weinig mogelijk aan te denken: dat hij ze eerst vermoordde en *daarna* seks met hen had. De vrouwen waren voor hem alleen maar lichamen geweest. Hij had ze *subjecten* genoemd.

Jamison ging door. 'Volgens het rapport van de patholooganatoom zijn er geen tekenen dat Diane is verkracht. Ook het slachtoffertype klopt niet. Crain had het gemunt op weglopers en prostituees. Vrouwen die aan de rand van het leven stonden. Zwaar opgemaakt. Getoupeerd haar. Dat was het type waar hij op viel.'

'Blijft het slachtoffertype dan ook altijd hetzelfde?'

'Niet altijd,' gaf Jamison toe. 'Een moordenaar kan op een ander type overspringen, vooral als hij onder druk staat. Kijk maar naar Bundy. Die had ook een bepaalde voorkeur, namelijk voor mooie vrouwen met donker haar met een scheiding in het midden. Toen hij begon door te draaien, heeft hij in Florida dat kind vermoord. Dat was voor hem het begin van het einde. Een teken dat hij begon in te storten. Onder normale omstandigheden houden dergelijke mannen zich bij één type.'

'Steven hield bijvoorbeeld van slanke blondines.'

'Inderdaad.'

Vrouwen zoals ik, dacht ze, maar ze zei het niet en ging snel door.

'Hoe zit het met het forensische bewijsmateriaal – vezels, vingerafdrukken, dat soort dingen?'

'Dat weet ik niet,' zei Jamison. 'Het onderzoek is nog gaande, dus hebben ze me niet veel verteld. Maar ik wil je iets anders vragen. Over dat anonieme briefje. Wat stond daar ook alweer precies in?'

'Alleen maar "Mijn gelukwensen. Ik ben je niet vergeten." Met haar... met een bijnaam die ze had.' Op dit punt leek het eigenlijk absurd dat ze de identiteit nog steeds achterhield, maar ze voelde zich verplicht die zo lang mogelijk geheim te houden. Ze kon dat nog steeds aan Callie overlaten, haar dat nog gunnen.

'Wat voor soort papier was het?'

'Wit, een A-viertje. Gewoon lichtgewicht papier.'

'Waren de woorden met de hand geschreven?'

'Nee, getypt. Of misschien afgedrukt van een computer.' De vragen bezorgden haar een onheilspellend gevoel. 'Waar stuur je op aan?' vroeg ze.

'De rechercheur die de leiding heeft over het onderzoek, heeft Dianes correspondentie doorgenomen. Toen ik tegen hem over het briefje begon, had hij een heleboel vragen. Volgens mij zou het best eens kunnen zijn dat Diane net zo'n briefje heeft gekregen.'

❧

Toen ze die avond thuiskwam, besefte Melanie tot haar verbazing dat ze honger had. Wanneer was de laatste keer geweest dat ze trek had gehad? Ze kon het zich niet herinneren. Net als laatst had ze opeens weer reuze zin in barbecue. Ze kon de rokerige geur van het vlees bijna ruiken, stelde zich de smaak voor van augurken en zuur. Ze dacht aan Virgil's op Time's Square, en aan Brother's die iets verderop zat. Maar de kans dat die nog open waren, was bijzonder klein, en ze leverden ook vast niet aan huis.

In de Gouden Gids bladerend, kwam ze op een idee. In Chinese restaurants kon je broodjes varkensvlees krijgen. Dat was misschien wel wat. Niet precies dezelfde smaak als barbecue, maar het zou er aardig bij in de buurt komen. Het sponzige brood, het zachte vlees. Het was in ieder geval te proberen. Chinese restaurants had je overal, en ze waren dag en nacht open. Ze vond een advertentie van eentje bij haar in de buurt, belde en deed haar bestelling.

Ze hing op en begon bijna te lachen toen ze zich voorstelde hoe haar vader hierop zou reageren. Hij zou schik hebben in haar vindingrijkheid, maar ook vervuld zijn van afgrijzen. Wat barbecuen betrof, waren ze allebei perfectionisten die weigerden compromissen te sluiten. 'Pappa,' fluisterde ze. Tranen prikten in haar ogen. Ze verlangde naar de hechte band die ze met haar vader had gehad tot Steven Gage op het toneel was verschenen.

Toen ze was geboren had iedereen gedacht dat Melanie het kind van haar moeder zou worden. Na vier zonen was Patricia White dolblij geweest met een dochter. Ze had haar vernoemd naar Melanie Wilkes uit *Gejaagd door de Wind*, een toonbeeld van de traditionele rechtschapenheid van de vrouwen uit de zuidelijke staten. Toen Melanie nog klein was, had haar moeder haar altijd roze jurkjes met gesteven kanten kraagjes aangetrokken. Sokjes met roesjes. Glanzende lakschoenen. Ze sliep in een gigantisch hemelbed met stapels zijden kussens, ging tweemaal per week naar balletles en had tientallen poppen met vlasblond haar.

Maar naarmate ze ouder werd, was Melanie zich steeds meer gaan verzetten tegen de regels van haar moeder. Ze was goed in sport, deed aan atletiek en ontwikkelde een sterke backhand. Toen ze acht was, zei haar moeder tegen haar: 'Denk erom dat je met tennissen de jongens altijd laat winnen.' Ze was er toen al achter dat haar moeder haar tegenstander was. Ze had braaf naar het nieuwe gebod geluisterd, geknikt en 'Ja, mamma' gezegd, maar ze had bij zichzelf gedacht: *ik heb nog nooit van mijn leven zoiets stoms gehoord.*

Richard White was een uitmuntende advocaat, gespecialiseerd in arbeidsrecht, die in het hele land bekendheid genoot. Iedereen had gedacht dat minstens één van de jongens rechten zou gaan studeren. Misschien niet allevier, maar in ieder geval een of twee. Zijn zonen hadden echter elk een ander pad gekozen en toen Melanie had gezegd dat ze rechten wilde gaan studeren, was haar vader in de zevende hemel geweest. In navolging van haar vader had Melanie eerst aan Princeton gestudeerd en toen aan de Universiteit van Virginia. In haar achterhoofd had altijd de gedachte gespeeld dat ze ooit voor haar vaders firma zou gaan werken. Zelfs nadat ze met Frank was getrouwd, had ze die droom niet opgegeven. Frank zou veel eerder ophouden met werken dan zij. Tegen die tijd zouden ze kinderen hebben. Nashville was een ideale stad om kinderen groot te brengen. Ze zou daar met haar gezin gaan wonen.

Zou ze inderdaad naar huis zijn teruggekeerd, als Steven Gage haar pad niet had gekruist? Soms leek haar dat heel goed mogelijk. Soms wist ze het niet zeker. Het enige wat ze zeker wist, was dat door die rechtszaak alles was veranderd. 'Je kunt Steven Gage niet verdedigen.' Dat had haar vader gezegd. In eerste instantie had ze verbaasd gestaan over zijn reactie. Nu wist ze dat ze naïef was geweest. Het was niet zo dat zijn criteria niet belangrijk waren, alleen dat die niet zaligmakend waren. Haar ouders en die van Dahlia Schuyler bewogen zich in dezelfde kringen. Ze woonden slechts een paar straten bij elkaar vandaan in de welgestelde enclave Belle Meade. Dat haar vader de Schuylers nooit erg had gemogen, was niet van belang. Hun geschillen waren eerder te vergelijken met kibbelpartijtjes tussen familieleden dan met een strijd tussen concurrerende clans.

Melanie had uren met haar vader geredetwist, hem een hypocriet genoemd. Had hij haar niet geleerd dat iedereen er recht op had door een advocaat verdedigd te worden, wat men ook had gedaan? Maar dat argument had hem niet overtuigd. Woedend had hij haar voor de voeten geworpen: 'Ik zeg niet dat hij geen recht op hoger beroep heeft, alleen dat jij niet degene hoeft te zijn die hem daarbij verdedigt.' Voor het eerst in haar leven had ze zich openlijk tegen hem verzet. Een jaar lang hadden ze niet met elkaar gesproken. Hij had het haar nooit vergeven.

167

Wat zou hem meer hebben dwarsgezeten? Dat ze Gage had verdedigd of dat ze ongehoorzaam was geweest? Zelfs na al deze jaren wist ze het niet zeker.

Toen ze ophing, zag ze het lichtje van het antwoordapparaat knipperen. Ze luisterde naar het bandje en hoorde een bericht van Paul. Toen ze de stem van haar verloofde hoorde, voelde ze geen enkele emotie. Hij zei iets over hun plannen voor aanstaand weekeinde, een voorstelling waar ze kaartjes voor hadden. Ze hadden elkaar sinds zondagavond, sinds het rampzalige diner in Clarence, nauwelijks gesproken. Iets in zijn stem maakte haar duidelijk dat hij een verontschuldiging van haar verwachtte.

Snel wiste ze het bericht. Ze belde hem niet terug. In plaats daarvan keerden haar gedachten terug naar haar gesprek met Jamison. Ze dacht na over de implicaties, zowel voor haarzelf als voor Callie, maar ondanks dat ze besefte dat ze wel eens in gevaar kon verkeren, drong niets daarvan door tot haar gevoelens. Geen stoot adrenaline, geen bonkend hart – helemaal niets. Het was alsof ze uit twee verschillende personen bestond, waarvan er een de ander gadesloeg.

Ze herinnerde zichzelf eraan dat Jamisons theorie voorlopig alleen nog maar speculatie was. Hij wist niet zeker of Diane een briefje had ontvangen. Maar het horloge – het horloge was van Diane geweest. Callie had een briefje ontvangen. Alledrie hadden ze Gage gekend. Er moest een verband bestaan. Het verstandigste was het advies op te volgen dat ze Callie had gegeven en naar de politie gaan. Maar op dit specifieke moment had ze geen idee wat voor gevolgen het zou hebben als ze aan de vooravond van de vennootverkiezingen betrokken raakte bij een onderzoek naar een moord. Ze dacht aan de risico's van een schandaal, altijd de kus van de dood. Het was bijzonder unfair. Niets van dit alles was haar schuld. Maar ze had inmiddels één ding geleerd: of iets fair was of niet, maakte niets uit.

Als de informatie die ze bezat nou erg belangrijk was, was het nog wát. Maar stel dat Callie bereid was mee te werken. Hoeveel zou haar informatie dan eigenlijk nog aan de feiten toevoegen? Callies verhaal zou bevestigen dat er een verband bestond tussen de moord op Diane en Steven Gage. Dat zou voldoende zijn om het referentiekader te veranderen. Bovendien kon ze, zodra ze iets zei, niets meer terugnemen. Het was dus verstandig goed na te denken voordat ze haar mond opendeed.

Over haar persoonlijke veiligheid maakte ze zich geen zorgen. Misschien verdrong ze dat, al voelde het niet zo. Haar leven was zo begrensd, dat ze zich echt niet kon voorstellen hoe ze in gevaar zou kunnen komen. Ze woonde in een goed beveiligd gebouw, beschermd door een team van bewakers. De dienstdoende portier belde altijd voordat hij een bezoeker binnenliet. Achter de balie van Harwich & Young zaten ook bewakers. Bezoekers moesten beneden wachten tot een van de medewerkers van de firma hen kwam halen. Zonder speciaal pasje kon je het gebouw niet binnenkomen.

De intercom bij de deur zoemde. Ze hees zich van de bank.

'Er is hier een bezorger voor u,' zei de portier.

'Dank u. Laat hem maar bovenkomen.'

Toen ze ophing, voelde ze haar maag knorren bij het vooruitzicht van de maaltijd. Ze ging met haar portemonnee bij de deur staan en wachtte tot er werd geklopt.

Ze draaide de deur van het slot, deed hem open en bleef toen verward staan kijken. Het was geen Aziatische loopjongen, maar een blanke man met een baard die een lange, witte doos in zijn hand had. Hij had zijn honkbalpet diep over zijn ogen getrokken, zodat ze zijn gezicht niet kon zien. Bloemen, naar de doos te oordelen. Van Paul misschien? Maar ze wist eigenlijk meteen al van niet. Paul was momenteel niet in de stemming voor dergelijke verrassingen.

De man deed een stap naar voren. 'Wilt u even tekenen?' vroeg hij.

'Eh, ja, natuurlijk.' Maar hij hield haar geen pen of klembord voor. Wat moest ze tekenen?

Ze kreeg een vaag gevoel dat er iets mis was en opeens kwam de man op haar af. Zijn adem rook naar knoflook en koffie. Hij leek hitte uit te stralen.

Voordat ze bij hem kon wegkomen, gaf hij haar een harde duw. Ze viel achterover, in het niets. Kleuren explodeerden achter haar ogen. Ze hapte naar adem. Een steek van angst. *Wat gebeurde er?*

Ze hoorde de deur met een klikje dichtgaan.

Donderdag 27 april

EEN HEERLIJK AROMA VULDE HET HUIS, DE GEUR VAN GE-
braden vlees en kruiden. Callie was het grootste deel van de dag
bezig geweest met de voorbereidingen voor het etentje. Het was
nu twee dagen geleden dat de rozen waren bezorgd, maar het
voorval zat constant in haar achterhoofd, een zeurende angst
grenzend aan obsessie. Het leek surreëel dat haar leven opeens
op een soort parallel spoor zat: dat ze een etentje kon geven
voor vrienden terwijl ze voor haar leven vreesde.

Het was bijna zes uur. Zo dadelijk kwamen haar gasten. Ondanks haar vermoeidheid en het feit dat deze gedachten haar de
hele dag hadden gekweld, moest ze zich nu echt even concentreren. Ze had de tafel al gedekt. Ze had voor de gelegenheid
haar mooie servies en bestek uit de kast gehaald. Er stonden
schaaltjes met olijven en nootjes klaar, een plateau met diverse
kaassoorten en crackers. Ze had speciaal voor vanavond wodka, rum, whisky en wijn gekocht.

Toen ze een ovenschaal vol champignons in bladerdeeg uit
de oven haalde, werd er gebeld.

'Hoi.' Het was Martha. Ze bracht een vlaag koude avond-
lucht mee naar binnen en had frisse rode wangen. Als een knet-
terende donkere wolk omlijstten haar krullen haar gezicht.

Ze deed haar grijze wollen cape af en gaf hem aan Callie.

'Wat ruikt er zo lekker?' vroeg ze, met een blik in de richting
van de keuken.

'Gewone pot. Niets bijzonders. Gebraden varkensrollade,
aardappelen, spinazie en uien. Voor toe heb ik een perentaart
gemaakt.'

Callie hing Martha's cape op en liep samen met haar naar de
keuken.

'Glaasje wijn?' vroeg ze.

'Graag.'

'Rood of wit?'

'Rood.'

Op het aanrecht stond een open fles en een aantal grote wijnglazen. Callie schonk wat wijn in een van de glazen en gaf het aan Martha.

'Waar is Anna?' vroeg Martha nadat ze een slokje had genomen.

'Aan de overkant, bij haar vriendje Henry. Zijn ouders komen vanavond ook. Mimi en Bernie Creighton. Hij is een dure advocaat uit Boston en zij is Henry's yuppie-mam. Eerlijk gezegd ben ik niet zo dik met ze, maar Anna is daar zo vaak dat het de hoogste tijd is dat ik ze een keertje uitnodig. Bernie brengt trouwens iemand van zijn werk mee. Een vennoot in zijn firma. Dus als het tussen jou en Tod niet klikt, is die advocaat misschien wat voor je.'

Er werd weer gebeld.

Callie keek op van de champignons. 'Zou je dit even van me willen overnemen? Gewoon overhevelen naar deze schaal.'

Ze veegde snel haar handen af aan een handdoek en liep naar de voordeur.

Toen ze Rick door het spionnetje zag, voelde ze een brok in haar keel. Zoals meestal speelde er een lome glimlach om zijn lippen en hij had een bos tulpen in zijn hand. Eén ogenblik wenste ze hartgrondig dat ze vanavond samen alleen konden zijn.

Toen ze de deur opendeed, zag ze dat Rick niet alleen was. Tod stond naast hem met een fles wijn in zijn hand.

'Dag, schat.' Rick gaf haar de tulpen en boog zich naar haar toe om haar te kussen. Ze draalde een ogenblik in zijn armen en wendde zich toen tot Tod.

'Welkom,' zei ze. Ze stak haar hand uit. 'Ik ben zo blij dat je kon komen.'

Tod zag er gedegen en een tikje bedeesd uit. Hij droeg een kakikleurige broek en een grijsgroen colbert. Met een aarzelende glimlach gaf hij Callie de fles wijn.

Weer ging de bel. De Creightons met hun gast.

Een drukte van begroetingen, zoenen die in de lucht belandden, een sterke mengeling van geuren, de indringende bloesemgeur van Mimi's parfum, Bernies aftershave. Bernies collega was een donkere, wat gezette man met een naar binnen gerichte, sombere blik.

'Callie, dit is John Casey. Een collega van me, zoals ik je heb verteld. We werken momenteel samen aan een zaak.'

'Hartelijk dank dat ik mee mocht komen.'

Callie schrok toen ze een spoor van een zuidelijk accent in zijn stem hoorde. Haar mond werd droog en een ogenblik kon ze hem alleen maar aanstaren. De herinneringen lagen de laatste paar dagen zo dicht aan de oppervlakte dat ze door het minste of geringste werden aangeroerd. Een lichtinval. Een melodie. Een stem met een zuidelijke tongval.

Ze herstelde zich snel en slaagde erin te glimlachen.

'Geen dank,' zei ze. 'Hoe meer zielen, hoe meer vreugd.'

Nog meer begroetingen terwijl iedereen zijn jas uittrok. Martha kwam de keuken uit en Callie sloeg in een opwelling haar arm om haar middel, alsof ze haar in bescherming wilde nemen.

'Rick ken je al,' zei ze.

'Dag, Rick.' Martha glimlachte tegen hem.

Callie stelde de anderen voor, waarbij Tod als laatste aan de beurt kwam. Toen Callie hem aan Martha voorstelde, voelde ze aan dat Rick oplettend toekeek. Het was geen toeval, wist ze nu, dat Rick en Tod samen waren aangekomen. Rick wilde Tod net zo goed beschermen als zij Martha.

'Leuk je te ontmoeten, Martha,' zei Tod.

Ze gaven elkaar een hand.

'Ik ga de bloemen in het water zetten,' zei Callie. Ze stak de bos tulpen omhoog. 'Als jullie nu allemaal naar de zitkamer gaan, zal Rick iets voor iedereen inschenken.'

'Kan ik je nog ergens mee helpen?' vroeg Martha.

'Je mag de hors d'oeuvres naar binnen brengen. Zet ze maar op de salontafel.'

'Ik help ook wel even,' zei Tod meteen.

Dat gaat goed, dacht Callie.

In de keuken pakte Tod de schaal met de champignonsoesjes. Martha nam de kaas en crackers. 'Leuk koppie,' fluisterde ze tegen Callie toen ze langs haar heen naar de deur liep.

Callie koos een donkerblauwe glazen vaas voor de tulpen die Rick had meegebracht. Toen ze de feloranje en gele bloemen schikte, dacht ze weer aan de rozen. Het was geweest alsof de tijd tot stilstand was gekomen toen ze de bloedrode bloemen

172

had gezien. Zodra ze over de eerste schrik heen was geweest, had ze de bos in de vuilnisemmer onder de gootsteen geduwd. Maar dat was nog lang niet genoeg. Ze had de zak dichtgebonden en hem buiten in de vuilnisbak gegooid.

's Avonds had ze Rick over de rozen verteld, in de hoop dat ze zich tóch vergist had. Maar Rick had nergens van geweten en gezegd dat ze de bloemist maar moest bellen. 'Ze hebben zeker een fout gemaakt,' zei hij. 'Het verkeerde adres erop gezet.' Maar dat had ze al gedaan en het antwoord was duidelijk genoeg geweest. De bloemist had die dag geen enkele bestelling verzorgd voor een dozijn langstelige rozen. Iemand had de doos van zijn winkel blijkbaar bewaard.

Callie hoorde gedempte stemmen in de zitkamer en toen een klaterende lach. Gek toch, dat ze zich volkomen alleen voelde terwijl de aangrenzende kamer vol vrienden zat. Haar blik bleef rusten op een fles wijn, nu halfleeg. De rode vloeistof had dezelfde kleur als de rozen. De keuken leek erachter weg te zakken, waardoor de fles in scherp reliëf kwam te staan. Ze werd bevangen door een sterke aandrang hem aan haar mond te zetten.

Ze had sinds de avond na het vonnis geen druppel meer gedronken, maar zelfs na al deze jaren herinnerde ze zich alles nog. De manier waarop de wereld leek weg te smelten en een zacht waas kreeg, gevuld met geheime betekenissen. Bij de AA hadden ze gezegd dat alcoholisme een ongeneeslijke ziekte was. Ze had die diagnose nooit aangevochten, hoewel ze het er niet voor honderd procent mee eens was. In haar ogen had alcoholisme iets weg van een vernietigend talent. Mensen die genetisch minder goed bedeeld waren, namen hun toevlucht tot werken of winkelen. Voor haar was alcohol altijd een goed middel geweest om snel bij zichzelf vandaan te komen.

Ze staarde naar de fles en werd een beetje bang. Voor het eerst in al die jaren had ze zin om te drinken. Ze pakte de kurk van het aanrecht en duwde hem in de hals van de fles. Zodra de gasten straks weg waren, zou ze de restjes weggooien. *Ieder probleem wordt door de drank alleen maar nog groter.* Dat was een van de dingen die ze op de AA-bijeenkomsten had geleerd en waar ze nooit aan had getwijfeld.

'Callie?'

Ze draaide zich snel om, schuldbewust, alsof ze iets op haar geweten had. Rick stond in de deuropening met de fles wijn die Tod had meegebracht.

173

'Heb je een kurkentrekker?' Hij keek haar aan, kwam een paar stappen de keuken in. 'Hé, is alles in orde?'

'Ik... ja, hoor.' Maar zo klonk het niet.

Rick zette de fles neer. Ze liep naar hem toe en nestelde zich in zijn armen. Ze deed haar ogen dicht, ontspande zich, snoof de geur op van de zeep die hij gebruikte. Toen haar lichaam zich naar het zijne voegde, voelde ze een warmte door zich heen trekken. Ze had dat gevoel graag willen vasthouden, laten uitspreiden, laten groeien. Haar huid op de zijne. Duisternis. Seks, waardoor al het andere werd weggevaagd.

Rick legde zijn handen op haar schouders en duwde haar zachtjes van zich af. 'Je ziet er moe uit.'

'Ik heb slecht geslapen.'

'Dan maken we het vanavond niet te laat. Het is ook een doordeweekse avond.'

Callie deed een la open en zocht naar de kurkentrekker. 'Ga maar terug naar de anderen. Ik kom zo.'

Rick drukte zijn lippen op haar voorhoofd. Toen draaide hij zich om en was hij verdwenen.

Weer alleen keek Callie hoe het met de rollade stond, die mooi bruin en glanzend lag te sudderen. De schaal met de aardappelen en uien hield ze warm in de oven. De spinazie zou binnen een paar minuten klaar zijn. Ze besloot samen met haar gasten iets te drinken voordat ze aan de laatste toebereidingen begon. Niet dat ze in de stemming was voor een vrolijk avondje, maar ze was nu eenmaal de gastvrouw. Ze schonk voor zichzelf een glaasje sodawater met bessensap in en nam het mee naar de zitkamer.

Tot haar genoegen zag ze dat Martha en Tod naast elkaar waren gaan zitten. Tod luisterde aandachtig naar Martha, die er vanavond erg leuk uitzag. Levendig, bijna zorgeloos. Haar ogen leken nog blauwer door het kobaltblauw van haar laag uitgesneden bloes.

Aan de andere kant van de kamer waren Bernie en zijn collega druk met elkaar in gesprek. Callie kreeg sterk de indruk dat ze net zo lief niet waren gekomen. Mimi zat met Rick op de bank. Haar dure, blonde kapsel glansde en ze frunnikte aan de schouderriem van haar elegante avondtasje. Ze maakte een wat gespannen indruk vanavond, meer dan anders, en haar blik gleed steeds heen en weer tussen Rick en haar man.

Callie liep naar Martha en ging op de armleuning van haar stoel zitten.

'Hoe is het ermee?' vroeg ze.

Tod keek op naar Callie. 'Martha zat me te vertellen over dansavonden waar ze altijd naartoe gaat. Het klinkt erg leuk.'

Callie schoot in de lach. 'Contradansen. Ze probeert mij al jaren mee te krijgen.'

Tod keek weer naar Martha. 'Het is dus net zoiets als square dance?'

Martha maakte een nogal futiel gebaar om haar haren naar achteren te duwen. Haar hand verdween in de donkerbruine massa die om haar hoofd zweefde. 'Een paar van de passen zijn hetzelfde, maar je danst in lange rijen.'

'Moet je er les in nemen?' vroeg Tod.

'Nee, hoor,' zei Martha. 'Het is heel informeel. Heel gezellig. Soms demonstreren ze de passen, maar verder leert iedereen het gaandeweg.'

'En waar gebeurt dat allemaal?'

'Ieder weekend in Greenfield. De mensen komen van mijlenver, zelfs uit naburige staten.'

Tod grinnikte. 'Ik heb al jaren niet gedanst, maar ik zou dit best eens willen proberen.' Hij keek naar Callie. 'Misschien kunnen we een keer met ons vieren gaan. Jij en Rick, en Martha en ik.'

Callie had moeite niet te laten merken hoe verrukt ze was. 'Ja, leuk,' zei ze. 'Laten we dat doen.'

Opgelucht dat het goed leek te gaan met Martha, stond Callie op om zich aan haar andere gasten te wijden. Ze liep naar Bernie en zijn collega. Hoe heette hij ook alweer? John Casey. 'Alles in orde?' vroeg ze.

'Ja, dank je.' John Casey glimlachte vluchtig, liet zijn drankje in zijn glas ronddraaien en vroeg: 'Waar kom jij vandaan, Callie?'

'Je bedoelt, waar ik ben opgegroeid?'

'Je hebt een accent.' Zijn eigen accent was nu sterker. 'Ik heb al begrepen dat we allebei uit het Zuiden komen.'

Callie keek hem nerveus aan. 'Ik wist niet dat ik een accent had. Ik... ik heb een paar jaar in het Zuiden gewoond, maar ik ben daar niet opgegroeid.'

'Waar heb je gewoond?' vroeg Casey. 'Nee, wacht, laat me even raden. Alabama? Of misschien Tennessee?'

Callie voelde het bloed naar haar wangen stijgen terwijl ze Casey aanstaarde. Heel even was het net alsof ze zich niet kon bewegen, maar ze wist dat ze weg moest zien te komen. Ze keek op haar horloge, drukte haar hand tegen haar mond en keek op alsof ze was geschrokken. 'Ik had geen idee dat het al zo laat was. Ik moet nog iets aan het eten doen.'

Tegen de tijd dat haar gasten vertrokken, was het bijna tien uur. Anna, die aan de overkant was geweest, bij Henry, was een uur eerder al thuisgekomen. Toen Callie de deur dicht en op slot deed, werd ze overmand door vermoeidheid. Ze ontspande de spieren van haar gezicht, liet de gedwongen glimlach wegzakken. Zwijgend stak Rick zijn armen naar haar uit en trok haar tegen zich aan. Ze bleven een poosje zo staan en toen maakte ze zich van hem los om hem aan te kijken.

'Hoe vind je dat het is gegaan?' vroeg ze.

'Perfect.'

'Ik vond dat het iets onsamenhangends had. Bernie en die man hebben hoofdzakelijk met elkaar zitten praten.'

Rick glimlachte. 'Net als Tod en Martha.'

Callie glimlachte terug, al kostte haar dat enige moeite. Achter haar voorhoofd, binnen haar schedel, had ze een kloppend gevoel. Niet echt hoofdpijn, maar iets wat ertegenaan hing. 'Ik vroeg me al af of het jou ook was opgevallen. Valt het je mee?'

Rick haalde zijn schouders op. 'We weten nog niet of het iets zal worden.'

'Hij wil dat we met ons vieren naar een avondje contradansen gaan.'

Nu was Rick wél verbaasd.

'Dansen? Tod?' Rick begon te lachen.

'Echt waar. Hij zei het zelf.'

Rick schudde zijn hoofd. 'Dat geloof ik pas als ik het zie. Zal ik even helpen opruimen?'

De zitkamer lag vol verfrommelde servetten en overal stonden glazen met restjes nu onappetijtelijk uitziende drank. Ze zetten de kleverige glazen en borden op dienbladen en droegen ze naar de keuken. Toen Callie wijn uit een van de glazen in de gootsteen goot, steeg de scherpe geur naar haar op. Ze deed snel wat afwasmiddel op een sponsje en waste het glas met heet water.

Ze ruimden de tafel af en zetten alle vaat in de afwasmachine, waarbij Rick de glazen en borden afspoelde en Callie de afwasmachine inruimde. Er zat haar iets dwars, iets wat aan haar bleef knagen. Het was Bernies collega, John Casey, en de terloopse opmerking die hij had gemaakt.

'Vind jij dat ik een accent heb?' vroeg Callie.

'Wat?' Rick gaf haar een bord.

Callie zette het in de vaatwasser. 'Vind jij dat ik een zuidelijk accent heb? Is dat je ooit opgevallen?'

Rick schudde zijn hoofd. 'Nee. In ieder geval niet voorzover ik me kan herinneren.'

'Voorzover je je kunt herinneren? Wat wil dat zeggen?'

'Toen ik je pas leerde kennen, is het me vermoedelijk wel opgevallen dat je niet hier in het Noorden bent geboren en getogen, maar ik weet niet of dat door je stem kwam of gewoon door... hoe je bent.'

'O.' Het was niet een erg bevredigend antwoord, maar ze wist niet wat ze anders moest zeggen.

'Cal, waarom maak je je hier zo druk om? Wat kan jou het schelen dat hij denkt dat je uit Tennessee komt? Wat maakt het uit?'

'Ik maak me er niet druk om,' zei Callie. 'Ik snap alleen niet hoe hij het kon weten.'

'Waarschijnlijk omdat hijzelf ook daarvandaan komt. Misschien heeft hij er daardoor meer oor voor.'

'Ja, dat zal wel.' Callie deed de vaatwasser met een klap dicht en draaide aan de programmaknop. Daarstraks had ze niets liever gewild dan met Rick alleen zijn, maar nu wilde ze dat hij wegging.

De telefoon ging.

Blij met de onderbreking liep Callie de keuken door.

'Zou ik Callie Thayer even kunnen spreken?' Het was een mannenstem die Callie niet herkende.

'Daar spreekt u mee.'

'U spreekt met Mike Jamison.'

Mike Jamison. Callie had er maar twee seconden voor nodig om het verband te leggen. De man die Melanie zou bellen, de voormalige profielschetser van de FBI. Woede welde in haar op, een soort emotionele vloedgolf. Had Melanie haar niet even kunnen waarschuwen? Was dat echt zoveel gevraagd?

Callie wist dat Rick naar haar keek, dus probeerde ze haar stem vlak te houden. 'U belt me op een nogal ongelegen moment. Mag ik u morgen terugbellen?'

'Liever niet, mevrouw Thayer. Ik bel namelijk om u te vertellen dat Melanie White gisteravond in haar flat is aangevallen. Ze ligt in het ziekenhuis.'

De adem stroomde uit haar lichaam en heel even kon ze absoluut niet nadenken. Ze zag Melanies gezicht voor zich, de heldere ijsblauwe ogen. 'Maar ik heb haar pas nog gezien,' fluisterde ze.

'Afgelopen zondag,' zei hij.

'Ja. Dat klopt.'

'Bent u een... vriendin van haar?'

Een vluchtige aarzeling.

'Ja,' zei Callie toen.

Rick stond naast haar, legde bezorgd zijn hand op haar arm. Ze wist dat hij aan haar stem kon horen dat het telefoontje haar slecht nieuws bracht. Met moeite ordende ze haar gedachten, probeerde ze te besluiten wat ze moest doen.

'Ik moet hier een paar minuten over nadenken,' zei ze uiteindelijk. 'Ik bel u zo dadelijk terug.'

Ze schreef het nummer op. Toen ze had opgehangen, keek ze Rick aan. 'Ik heb er behoefte aan om alleen te zijn.'

Hij keek haar onderzoekend aan. 'Wie was dat?'

Callie sloeg haar ogen neer. Het zachte brommen van de vaatwasser leek de hele keuken te vullen. Ergens in de verte hoorde ze Rick een diepe zucht slaken.

'Callie, wat is er aan de hand? Je bent al weken... ik weet het niet. Er is iets vreemds aan de hand.'

'Je hebt gelijk,' zei ze, nog steeds naar de grond starend. 'Maar ik... het is ingewikkeld.'

'Heeft het iets met mij te maken?' vroeg hij. 'Met ons, bedoel ik?'

Callie stootte een korte lach uit en drukte een hand tegen haar wang. Haar huid voelde droog en erg warm aan, alsof ze koorts had. 'O god,' zei ze. 'Nee. Nee, dat is het helemaal niet.'

Hij deed een stap naar haar toe, maar aarzelde toen, alsof hij niet dichterbij durfde komen. 'Wat is er dan? Wat wil je me niet vertellen?'

Het was alsof ze in een glazen bol zat en hij erbuiten. Ze kon horen wat hij zei, maar hij was niet bij machte haar aan te raken. Ze hield het papiertje met Jamisons telefoonnummer in haar vuist geklemd.

'Het spijt me, maar je moet nu gaan.'

Rick staarde haar nog een paar ogenblikken aan en draaide zich toen zwijgend om.

Ze hoorde hem zijn jas uit de gangkast pakken, hoorde het ruisen van de stof toen hij hem aantrok. Zonder nog iets te zeggen trok hij de deur achter zich dicht.

Zijn voetstappen echoden op het pad.

Ze hoorde het portier van zijn auto dichtslaan.

Het grommen van de motor, het slippen van de banden toen hij fel optrok. *Hij is vast hartstikke kwaad*, dacht ze. Maar op dit moment maakte haar dat niets uit.

Terug in de keuken pakte ze de telefoon, aarzelde, hing weer op. Ze moest wat dingen op een rijtje zetten voordat ze Jamison terugbelde. *Het kan toeval zijn.* De gedachte schonk haar een vleugje hoop. Misschien was de aanval stom toeval. Of iets persoonlijks. Een gewelddadige minnaar. Een boze cliënt. Misschien had het niets met Steven te maken.

Hoeveel wist Jamison? Dat was een belangrijke vraag. Hoeveel wist hij over het horloge en het briefje? Wist hij wie ze in werkelijkheid was?

Het horloge. Het briefje.

Callie bleef als bevroren staan. Die had ze bij Melanie achtergelaten. Ze vroeg zich af waar ze nu waren. Had Melanies aanvaller ze gevonden?

Ze drukte Jamisons nummer in. Hij nam meteen op.

Ze zeiden elkaar kort, plichtmatig gedag en toen somde Jamison snel de feiten op. Dat de man die Melanie had aangevallen, zich had vermomd als de loopjongen van een bloemist. Dat de advocatenfirma iemand had gestuurd om te kijken wat er aan de hand was toen ze de telefoon niet had opgenomen.

'Het is vannacht om ongeveer één uur gebeurd, maar ze hebben haar pas om een uur of negen gevonden. Ze was niet komen opdagen voor een vergadering en ze nam haar telefoon niet op. Toen heeft haar firma een stagiair gestuurd om te kijken wat er was. In één opzicht heeft ze geluk gehad. Vlak nadat de aanvaller naar boven was gegaan, is er een loopjongen van een Chinees gekomen om haar een bestelling brengen. Toen die op de deur klopte, is de aanvaller vermoedelijk geschrokken. Het ziet ernaar uit dat hij gevlucht is toen de loopjongen van de Chinees weer naar beneden ging.'

'Hoe is het met haar?' vroeg Callie. 'Wat heeft hij haar aangedaan?'

'Ze heeft met een stomp voorwerp een klap tegen haar slaap gekregen. Toen ze haar vonden, was ze bewusteloos. Ze heeft een spoedoperatie moeten ondergaan. Ze had een subduraal hematoom – dat is een bloeduitstorting in de hersenen. Het bloed drukte op de hersenen, waardoor het hersenweefsel in elkaar werd gedrukt.'

'Een spoedoperatie,' herhaalde Callie zwakjes. 'Is ze… komt het wel in orde?'

'Op dit moment weet niemand iets. Ze ligt nog op de intensive care. Ze is na de operatie een paar uur wakker geweest. Toen heeft ze tegen mij gezegd dat ik u moest bellen. Daarna is ze helaas weer achteruitgegaan. Nu ligt ze in een coma.'

'O god,' zei Callie. 'Wat vreselijk.' Ze besefte dat ze huilde. Een traan rolde stilletjes over haar wang. Ze veegde hem met haar hand weg.

'De bloemen die de aanvaller haar kwam brengen, weet u soms wat voor soort bloemen dat waren?'

'Nee,' zei Jamison. 'Is er een bepaalde reden waarom u dat vraagt?'

'Nee, ik… ik weet het niet.' Callie merkte nu dat ze stond te beven. Gedachten wervelden door haar hoofd. 'Wat heeft Melanie u over mij verteld? Waarom heeft ze gezegd dat u mij moest bellen?'

'Ze bleef een aantal namen herhalen. Onder andere die van u. Uw telefoonnummer stond in haar klapper. De rest heb ik zelf geconcludeerd.'

'De rest?'

'Ze heeft me verteld over het horloge en de brief; ze zei dat een vrouw die ze kende die had ontvangen. Ze heeft me de naam van de vrouw niet gegeven, maar dat bent u, nietwaar?'

Callie slikte moeizaam. 'Waar zijn ze?' vroeg ze. 'Heeft hij ze gevonden? Het horloge en het briefje, bedoel ik.'

'Nee, gelukkig niet. De politie heeft ze nu. U zult ongetwijfeld bezoek krijgen van de State Police van Maine. Die wil u ook wat vragen stellen over de moord op Diane Massey.'

'Het horloge…'

'Was van Diane. Dat is al onderzocht. Melanie was van plan u dat te vertellen. Blijkbaar heeft ze daar de kans niet toe gekregen.'

Te laat bedacht Callie dat ze zich niet zo had moeten blootgeven, dat ze niet zo snel had moeten toegeven dat ze iets met het briefje en het horloge te maken had. Jamison had tot nu toe alleen maar verdenkingen gehad. Nu wist hij het zeker. Ze werd opeens overvallen door een gevoel van onmacht. Wat maakte het allemaal uit? Ook als ze haar mond stijf dicht had gehouden, was het slechts een kwestie van tijd geweest.

'Diane en Melanie hebben allebei iets te maken gehad met Steven Gage. Geldt dat ook voor u?'

Ze voelde aan dat hij op de tast te werk ging, als een blinde in een onbekende kamer. Zijn intuïtie was goed. Hij was gevoelig. Maar hij had de feiten niet.

'Ik hoop dat u het me niet kwalijk neemt,' zei ze, 'maar daarop wens ik geen antwoord te geven.'

'Prima,' zei hij. 'U hoeft het mij niet te vertellen. Maar de politie wel, mevrouw Thayer. Er loopt een moordenaar rond.'

'Maar hoe weet u dat ik kan helpen? Hoe weet u dat deze dingen iets met elkaar te maken hebben?'

Een korte stilte.

'Dat weet ik niet,' zei Jamison toen. 'Maar daar kom ik nog wel achter. En ik hoop dat u al het mogelijke zult doen om de politie bij haar onderzoek te helpen.'

'Ik... natuurlijk. Maar ik weet nog steeds niet...'

Voordat ze had besloten wat ze zou zeggen, viel hij haar in de rede.

'Melanie zei dat u een kind hebt, dat u zich zorgen maakt over uw privacy. Ik heb ook kinderen. Ik heb begrip voor uw bezorgdheid, maar ook als uzelf bereid bent uw leven op het spel te zetten, zijn hier nog altijd andere mensen bij betrokken. Als u meteen naar de politie was gegaan, zou dit misschien niet zijn gebeurd.'

'Dat weten we niet,' zei Callie. Maar zijn woorden hadden hun doel bereikt. Ze had Melanie eerst in gevaar gebracht en toen haar handen gebonden. Het was haar schuld. Net als toen.

Net als toen.

Ze werd bevangen door berouw.

'Ik zal contact opnemen met de politie,' zei Callie. 'Ik zal alles doen wat in mijn vermogen ligt. Denkt u... denkt u dat ze het geheim kunnen houden? Het feit dat ik erbij betrokken ben?'

'Ik weet zeker dat ze u zo veel mogelijk tegemoet zullen komen.'

'Hebt u een telefoonnummer?'

'In Maine moet u zijn bij Jack Pulaski van de State Police.'
Callie schreef de naam en het nummer op die Jamison haar dicteerde.

'Werken de politiekorpsen van New York en van Maine samen aan deze zaak?'

'Nog niet,' zei Jamison. 'Het duurt altijd even tot een onderzoek dat meerdere staten bestrijkt op gang komt. Er moeten contacten gelegd worden, en de aanval op Melanie is nog van zeer recente datum. Ik hoop echter dat ze snel gaan samenwerken. En daar kunt u iets aan doen. U bent de schakel tussen Diane en Melanie.'

Callie hoorde dat boven het toilet werd doorgetrokken. Anna was wakker geworden.

'Ik zal ze morgenochtend meteen bellen,' beloofde ze.

'Goed,' zei Jamison. 'Als u het niet erg vindt, geef ik onderhand alvast uw naam en telefoonnummer door.' Dat klonk in haar oren als een waarschuwing. Als ze het zelf niet deed, zouden ze haar komen halen.

Anna verscheen in de deuropening, haar gezicht roze en vol kreukeltjes, haar mondhoeken neerwaarts getrokken in een beschuldigende uitdrukking.

'Je hebt me wakker gemaakt,' zei ze.

Callie hief haar hand op om aan te duiden dat ze zo klaar was. 'Dan kunnen we het hierbij laten,' zei ze.

'Voor nu. Mevrouw Thayer – weest u alstublieft voorzichtig.'

Toen Callie had opgehangen, trok ze Anna tegen zich aan. Ze wreef haar neus in het zijdeachtige haar. 'Sorry, schattebout,' zei ze.

'Wat is er aan de hand? Is er iets?' Anna begon helemaal wakker te worden.

Callie dwong zichzelf te glimlachen. 'Nee hoor, helemaal niet. Kom, dan breng ik je weer naar bed.'

Ze liep met Anna naar boven en stopte haar in. Anna slaakte een vergenoegde zucht en draaide zich op haar zij. In de schemering van haar dochters kamer leek tijd iets ontzettend kostbaars. Ze was altijd van plan geweest Anna de waarheid te vertellen, op dat onduidelijke moment dat 'ooit' heette, maar nu kon ze zich geen uitstel meer veroorloven. Vanavond – op dit moment – kon ze haar geheim nog bewaren, maar daarin zou morgen wel eens verandering kunnen komen. Ze keek naar het gezicht van haar slapende dochter en vroeg zich af hoe ze het haar zou moeten vertellen.

Vrijdag 28 april

SCHADUWEN. VORMEN. STEMMEN.

Haar oogleden waren zo zwaar. Ze moest naar haar werk. Een bespreking over de zaak-Leverett. Maar iets hield haar vast, belette haar zich te bewegen. Wie was er bij haar in de kamer? Waar was ze eigenlijk?

Weer een stem. Van een man: 'Hoe is het met haar? Wordt ze al wakker?'

Op de achtergrond een gedempt antwoord, dat ze niet verstond.

Ze begreep dat ze het over haar hadden. 'Met mij is alles in orde! Ik hoor jullie!' wilde ze zeggen. 'Help me alleen even overeind.'

Toen bedacht ze, verward, dat ze waarschijnlijk niet in orde was. Als ze in orde was, had ze hun hulp niet nodig. Als ze in orde was, zou ze gewoon rechtop gaan zitten.

Wat was er gebeurd? Wat was er mis? Ingespannen zocht ze naar herinneringen.

Ze was uit eten met Paul. Hij was boos op haar.

Ze zat in haar eentje in haar kantoor bij Harwich & Young, staarde naar haar computer.

De beelden flakkerden in haar hoofd, als een 8-mm-film. Maar niets van wat ze zag, gaf een verklaring voor wat er met haar aan de hand was.

Ze voelde een schaduw over zich heen vallen, iemand boog zich naar haar toe. Paniek. Een steek van angst. Steven Gage had haar gevonden. Ergens, diep in haar hart, had ze altijd geweten dat het zou gebeuren. Het maakte niet uit dat ze had geprobeerd hem te helpen, dat ze had geprobeerd zijn leven te redden. Wanneer hij naar haar keek, had ze altijd

184

het gevoel gehad dat hij haar dood wilde hebben. Ze had ge-
probeerd zichzelf ervan te overtuigen dat het niet zo was,
maar ze kon zichzelf niets wijsmaken. Steven was een roof-
dier. Zo was hij geboren.

Nu leek de angst in stukken te breken en ruimte te maken
voor een vorm van berusting. Ze dreef op een wolkenlaag,
zag alles in perspectief. Misschien had ze dit verdiend. Mis-
schien moest het zo zijn. Ze had altijd geboft, maar wie zei
dat daarin geen verandering kon komen? Waarom zou zij in
leven moeten blijven om hem te beschermen terwijl er zoveel
vrouwen dood waren?

Langzaam gleed de schaduw weg. Wie het ook was ge-
weest, hij was nu weg. Het kon Steven trouwens niet ge-
weest zijn. Steven Gage was dood.

Steven Gage was dood. Dus waar was ze bang voor?
Toen herinnerde ze het zich weer: Mijn gelukwensen.

⚜

Mike Jamison keek naar de tengere gedaante onder het gesteven ziekenhuislaken. Hij wist nog steeds niet helemaal zeker
wat hij hier deed.

Hij had gisteren gehoord wat er was gebeurd, toen hij Melanies kantoor had gebeld. Ze was er niet en toen hij vroeg waar
hij haar kon bereiken, had haar secretaresse hem verteld wat er
aan de hand was. Nog voordat hij had opgehangen, wist hij
wat hij moest doen. Hij had zijn assistent opdracht gegeven al
zijn afspraken te verzetten en was naar huis gesjeesd om een tas
in te pakken. Drie uur later zat hij in een vliegtuig naar New
York.

Nu bekeek hij Melanie, het roerloze gezicht met de grote
blauwe plek. Ze lag sinds gisteravond in coma. Na de operatie
was ze even wakker geweest, maar toen was ze erg achteruitgegaan. Al zolang als hij aan haar bed zat, liep een stroom van
artsen, verpleegsters en ander verplegend personeel af en aan,
maar hun gezichten vervaagden tot een waas terwijl hij zich op
Melanie bleef concentreren. Het verband dat rond haar hoofd
was gewikkeld, leek op een witte tulband. Een infuus liep van
haar arm naar een metalen paal. Draadjes op haar borst waren
verbonden met de ECG-monitor, terwijl via een eigenaardig metalen apparaatje de hersendruk werd gemeten. De hightechap-

185

paratuur die hem had moeten geruststellen, werkte juist op zijn zenuwen.

Een verpleegster kwam binnen en verstelde Melanies bed. Ze had frisrode wangen, krullend haar en een kalme, efficiënte manier van doen. Ze trok Melanies oogleden op en scheen met een zaklantaarntje in haar ogen. Toen bekeek ze de hoeveelheid vloeistof in het infuuszakje. 'Is er al enige verandering?' vroeg Jamison onwillekeurig. 'Maakt u zich geen zorgen,' zei ze sussend. 'Het is nog vroeg dag.' Maar de ondertoon van medelijden in haar stem maakte een gevoel van hopeloosheid in hem los.

Toen de verpleegster weg was, trok hij zijn stoel dichter bij het bed. Eigenlijk mocht een patiënt op de intensive care alleen bezoek hebben van de naaste familie, maar met de hulp van een kennis bij de politie, de NYPD, was hij erin geslaagd binnen te komen. Daarmee had hij echter nog geen antwoord op zijn eigen vraag wat hij hier eigenlijk te zoeken had. Zijn contract met Leeds Associates gaf hem de vrijheid buiten de firma om mensen van advies te dienen. Dat was een van de voorwaarden die hij had bedongen toen hij voor de firma was gaan werken. Tot nu toe had hij dergelijke consultaties aangepast aan de tijd die hij nodig had voor zijn betalende cliënten. Nu had hij alles laten vallen en was hij halsoverkop vertrokken.

Bij de FBI had hij als profielschetser twintig jaar lang psychopaten bestudeerd, de donkerste hoeken van hun gestoorde geest uitgediept. Melanie had hij vlak voor de executie van Gage ontmoet, toen hij zich nog dagelijks bezighield met het ondervragen van ter dood veroordeelde gevangenen, het werk waardoor hij bekendheid had gekregen. Ze hadden elkaar slechts kort gekend, en toch was hij haar nooit vergeten. Ze kwamen uit twee totaal verschillende werelden, maar ze had een verwante geest geleken.

Zou hij er net zo over hebben gedacht als ze elkaar in andere omstandigheden hadden ontmoet? Het was onmogelijk daarop antwoord te geven. Aan de feiten viel niets te veranderen. Hij dacht terug aan hun eerste gesprek in Tennessee. Ze hadden beiden op adrenaline en koffie gedraaid terwijl de uren langzaam wegtikten. Ze hadden dezelfde obsessie gedeeld en dat had een band geschapen. Melanie had niet veel gezegd – dat kon ze ook niet, als Gages advocaat – maar het was hem duidelijk dat ze ieder woord van hem opzoog. En daar kwam nog bij dat ze zo verrekte mooi was. Lang en blond met die diepe blik in haar blauwe ogen, sceptisch en ernstig tegelijk.

Hij had over al deze dingen natuurlijk geen woord gezegd. Dat was toen uitgesloten. Hij werkte voor de FBI. Zij was de raadsvrouw van Gage. Belangrijker nog was dat ze allebei getrouwd waren. Nadat Gage was geëxecuteerd, had hij de hele nacht bij haar gezeten. Later had hij zich afgevraagd wat er zou zijn gebeurd als ze allebei vrijgezel waren geweest. Na zijn scheiding had hij vluchtig overwogen weer contact met haar te zoeken, maar hij had gedacht dat ze nog steeds getrouwd was. Wat zou het voor zin hebben?

Hij keek op zijn horloge. Er was weer een kwartier verstreken. Hij vroeg zich af waar haar familie was en hoopte dat er gauw iemand zou komen.

Hij leunde nog iets verder naar voren, met zijn handen op zijn knieën.

'Melanie. Kun je me horen?'

Geen reactie. Helemaal niets.

De korte periode van bewustzijn leek nu een illusie. Gisteren had ze nog met hem gesproken, hem gesmeekt Callie Thayer te bellen. Ze was doezelig geweest, had met een zwakke stem gesproken, maar was er niettemin in geslaagd hem duidelijk te maken wat ze wilde.

De NYPD had gisteren tegen het eind van de middag Melanies flat vrijgegeven. Onder het mom dat hij wat spulletjes voor haar kwam halen, had Jamison er binnen weten te komen. Hij had geweten wat hij kon verwachten, maar de schok was evengoed verschrikkelijk geweest. Al die witte meubels. Al dat opgedroogde rode bloed. Op een armleuning van de bank langgerekte, uitgesmeerde handafdrukken, alsof ze had geprobeerd zich eraan overeind te hijsen. Dat beeld was in zijn geheugen gegrift. Hij wou dat hij het niet had gezien.

De dikbuikige agent had hem scherp in de gaten gehouden toen hij kasten en laden had geopend. Hij had een nachtpon gepakt, pantoffels, een roze, gewatteerde ochtendjas. Hij had geen flauw idee gehad waar hij moest kijken, maar gedaan alsof hij er thuis was. Tot zijn opluchting had hij het horloge en het briefje in een la gevonden.

Een lichte rimpeling, een beweging onder het gesteven witte laken. Eerst dacht hij dat hij het zich had verbeeld, toen hoorde hij een geluid.

'*Neeeeee…*' Het was als een fluistering, een amper hoorbare kreun.

Jamison vloog overeind en holde de gang op.

'Ze zei iets,' riep hij tegen een verpleegster. 'Ik geloof dat ze bijkomt.'

Hij liep terug naar Melanies bed en pakte haar hand. De verpleegster kwam kordaat binnen, samen met de neurochirurg in opleiding. De jonge arts met het intense gezicht en de donkere ogen, ging aan de andere kant van het bed staan.

'Mevrouw White, kunt u me horen?' vroeg hij. 'Kunt u uw ogen opendoen?'

Jamison hield zijn ogen gericht op Melanies lippen, hopend dat ze iets zou zeggen. Een paar minuten gebeurde er niets, toen kwam het weer.

'*Nee-nee-nee,*' mompelde ze. Haar stem klonk nu iets luider. Ze leek bijna nerveus, alsof ze bang was.

'Alles is in orde,' zei Jamison tegen haar. 'Je bent hier veilig. Niemand kan je iets doen. De man die je pijn heeft gedaan, is weg. Alles is in orde.'

'*Neeeeee,*' zei Melanie weer. Haar oogleden trilden en toen gingen haar ogen open. Een moment leek ze hem aan te kijken, toen gleden haar oogleden met kleine schokjes weer dicht. Maar even later bewogen haar lippen weer.

'*Buf,*' zei ze.

Buf? dacht Jamison verbaasd. Toen verstijfde hij. Buf, buf. Brief? Hij leunde zo ver naar voren dat zijn wang bijna de hare raakte.

'*Brief?* Bedoel je dat? Heb je net zo'n briefje ontvangen als Callie?'

Even gebeurde er niets.

Toen kneep ze in zijn hand.

Maandag 1 mei

CALLIE SLOEG VAN DE I-91 OOSTWAARTS AF NAAR ROUTE 2A, richting Boston. Bijna drie uur later overschreed ze de staatsgrens met Maine. Ze reed door Bath, het stadje dat bekendheid genoot om de scheepsbouw, en door het pittoreske Wiscasset. Kort na het middaguur stopte ze bij een restaurant genaamd Moody's Diner om iets te eten.

Ze nam plaats op de met groen skai beklede bank en wachtte tot ze een menukaart zou krijgen. Het zomerseizoen begon pas over een maand of twee, maar het was ook nu druk. Aan de gele tapkast zaten mannen in hun eentje te eten. Aan een naburig tafeltje hadden twee bejaarde vrouwen ieder een punt gebak voor zich. 'Soep?' hoorde Callie een serveerster vragen aan een stelletje aan een andere tafel.

Het brood van haar broodje kreeft bleek geroosterd te zijn, en ze kreeg er koolsla en dunne frietjes bij. Ze at snel, want ze wilde zo vlug mogelijk doorrijden. Toen ze de State Police van Maine had gebeld, was ze bang geweest dat ze iemand naar Merritt zouden sturen. Het was een hele opluchting geweest toen bleek dat ze net zo lief hadden dat zij naar Maine kwam. Merritt was net een dorp. Daar had iedereen alles in de gaten. Ze had ook al een smoesje moeten verzinnen waarom ze er zo onverwachts opuit ging. Ze had tegen Rick gezegd dat ze een avond voor zichzelf wilde, om uit te rusten en na te denken. Martha en zij hadden eindelijk het rapport voor de Vijfde Reünie afgerond, dus was haar smoes vrij aannemelijk. Anna mocht bij de Creightons logeren. Callie had Mimi daar uitgebreid voor bedankt.

Ze reed het politiebureau bijna voorbij. Het zag eruit als een klein, wit huis. Ze reed de ronde oprit op en stopte pal voor de ingang. Ze gaf de agent achter de balie haar naam en liep naar een turkooizen bank. Voordat ze echter goed en wel was gaan zitten, kwam er een man naar haar toe.

'Jack Pulaski.' Hij gaf haar een stevige, warme hand. Hij was van middelmatige lengte, maakte een bedaarde indruk en was gekleed in een lichtgrijs pak. Bruin haar, bruine ogen, een alledaags gezicht zonder opvallende kenmerken, maar toen Callie naar hem keek, voelde ze zich om de een of andere reden opeens iets geruster.

Pulaski's kantoor was klein, netjes en had uitzicht op een stukje gazon. Standaard meubilair: bureau, stoelen voor bezoek, dossierkast. Op het bureau stonden twee fotolijstjes, maar ze kon de foto's niet zien. Een vrouw, nam ze aan. Een paar kinderen. Dat zou ze van hem verwachten. Op de rand van het bureau stond een koperen naambordje: Jackson D. Pulaski, rechercheur.

Hij vroeg of ze iets wilde drinken.

'Water graag.'

Toen hij terugkwam met een glas in zijn hand, had hij een andere man bij zich.

'Dit is Stu Farkess,' zei Pulaski. 'Hij komt erbij zitten.' Farkess was langer dan Pulaski, mager, met rood haar en een sproetig gezicht.

Een paar minuten praatten ze over koetjes en kalfjes. Het weer – warm voor de tijd van het jaar. Haar rit naar Boston – de routebeschrijving was heel accuraat geweest. Callie wist dat ze probeerden haar op haar gemak te stellen en tot op zekere hoogte lukte dat. Ze voelde haar rugspieren ontspannen, kneep niet meer zo hard in de zitting van haar stoel. Tegen de tijd dat ze over het doel van haar bezoek begonnen, lagen Callies handen in haar schoot.

'Goed, Callie,' zei Pulaski – ze waren snel overeengekomen elkaar te tutoyeren – 'tijdens ons telefoongesprek heb je gezegd dat je graag wilt dat dit als vertrouwelijk zal worden behandeld. Daarin willen we je graag tegemoetkomen. Zoals ik al heb gezegd, zullen we al het mogelijke daartoe in het werk stellen. Als het tot een rechtszaak mocht komen, zul je natuurlijk als getuige moeten optreden. Daar is niets aan te doen. Maar wat het onderzoek zelf betreft, is er geen reden waarom wat je ons vandaag gaat vertellen, niet tussen ons en de andere rechercheurs die aan de zaak zullen gaan werken, kan blijven.'

'En de media?' vroeg Callie. 'Verslaggevers?'

'Daarover hoef je je geen zorgen te maken. Over lopende zaken krijgen ze van ons bijzonder weinig te horen. Ze zullen niet eens van je bestaan af weten.'

'Dank je.' Hij maakte zo'n serieuze en oprechte indruk, dat Callie hem steeds aardiger begon te vinden. Ze wist wel dat het een tactiek was, dat ze het slachtoffer was van zijn vaardigheden, maar dat kon haar niet schelen. Ze vond hem evengoed aardig.

'Laten we beginnen bij het horloge dat je hebt gevonden,' zei Pulaski. 'Vertel ons alsjeblieft hoe je het in je bezit hebt gekregen.'

Ze had dat al voor zichzelf gerepeteerd en nu deed ze haar verhaal. Dat ze het mandje met eitjes in de regenpijp had verstopt; dat Anna het de volgende ochtend had gevonden en dat toen was gebleken dat er met de inhoud was geknoeid.

De twee mannen luisterden zwijgend, maar Callie voelde hoe oplettend ze waren. Van hun gezichten viel niets af te lezen, maar ze had allang door dat hun niets ontging.

'Dat paaseieren zoeken,' zei Pulaski, 'daar doet dus de hele buurt aan mee?'

'Ja,' zei Callie.

'De kinderen zoeken dus overal naar eieren en mandjes? Niet alleen in hun eigen tuin?'

'Ja.'

'Het was dus helemaal niet zeker dat jouw dochter dat specifieke mandje zou vinden?'

'Nee,' zei Callie schoorvoetend. *Tenzij, tenzij...* Een gedachte kwam op, maar verdween voordat ze vorm kreeg.

'Maar je hebt redenen om aan te nemen dat het mandje bestemd was voor je dochter. Je denkt dat degene die het horloge erin verstopt heeft, wilde dat zij het zou vinden.'

'Ja.'

'Kun je ons vertellen waarom je dat denkt?'

Ze zag het als het ware op zich afvliegen, het moment waarop terugkeer onmogelijk zou zijn. Na bijna tien jaar ging ze haar geheim bekendmaken aan volslagen vreemden. De angst die ze had verwacht, bleef vreemd genoeg uit. In plaats daarvan voelde ze een bijna roekeloze opluchting.

Ze haalde diep adem.

'Ik neem aan dat de naam Steven Gage jullie bekend is?'

'Jazeker,' zei Pulaski. 'Hij was een seriemoordenaar. Diane Massey heeft een boek over hem geschreven.'

Callie knikte. 'Ik... ik was een van de belangrijkste bronnen voor dat boek. Ik ben een paar jaar de vriendin van Steven Gage geweest. Mijn naam was toen Laura Seton.'

Het werd volkomen stil in de kamer. De lucht leek statisch.

'Er is nog meer,' zei Callie. 'Op 5 april – ongeveer twee weken voordat mijn dochter het horloge vond – heb ik een briefje gekregen. Zonder poststempel. De envelop was onder mijn voordeur geschoven. Er zat één velletje wit papier in, getypt, niet ondertekend. Er stond op: "Mijn gelukwensen. Ik ben je niet vergeten."'

De rechercheurs wisselden een snelle blik.

'Wat is er?' vroeg Callie.

'We hebben dat briefje,' zei Farkess. 'Jamison heeft ons er een kopie van gestuurd, samen met Dianes horloge. Hij dacht dat wij het wel zouden willen zien.'

Er ging haar een licht op. 'Diane. Heeft zij ook zo'n briefje gekregen?'

De rechercheurs gaven geen van beiden antwoord. Callie wist meteen dat ze het bij het rechte eind had.

'Dat mogen we niet met je bespreken,' zei Pulaski uiteindelijk. 'Het is net als met wat jij ons vertelt. De details van het onderzoek moeten geheim blijven.'

'Dat begrijp ik,' zei Callie. Het leek niet helemaal fair, maar ze had er weinig tegenin te brengen. 'Melanie White – de vrouw die in New York is aangevallen – was een van Stevens advocaten. Ze is voor hem opgetreden toen de zaak in hoger beroep kwam. Ze heeft hem tot het einde toe geholpen.'

Weer knikten de twee rechercheurs. Ze leken allerminst verrast.

'We zijn dus met ons drieën,' zei Callie. Ze dacht nu hardop. 'Drie vrouwen die iets met Steven Gage te maken hadden. Iemand heeft Diane vermoord. Iemand heeft geprobeerd Melanie te vermoorden.'

Pulaski keek haar recht in de ogen. 'We hoeven je waarschijnlijk niet te vertellen dat je voorzorgsmaatregelen moet nemen.'

Callie beet op haar lip en knikte.

'Laten we even nadenken over motieven,' zei Pulaski. 'Heb je enig idee waarom dit gebeurt? Enig idee wie de dader zou kunnen zijn?'

'Nou, het lijkt me nogal duidelijk dat het iets met Steven te maken heeft. We zijn alledrie vrouwen. We hebben hem alledrie gekend. Wat we verder gemeen hebben, is dat we hem alledrie hebben bedrogen. Althans, zo heeft hij het vermoedelijk opgevat. Dat is eigenlijk wel zeker. Ik heb tijdens de rechtszaak getuigenis tegen hem afgelegd, als hoofdgetuige van het OM. Melanie probeerde hem weliswaar te helpen, maar is er niet in geslaagd hem te redden. En Dianes boek... dat hebben jullie zeker wel gelezen? Daarin komt Steven niet erg goed uit de verf. Hij wilde gezien worden als een geniaal iemand. Diane is daar niet ingetrapt. Ze was de eerste – en de enige – auteur die het imago van het genie in twijfel trok. Ze heeft Stevens schoolrapporten en de resultaten van toetsen opgeduikeld en aangetoond dat die allemaal slechts middelmatig waren. Ik weet zeker dat hij daar woest om was. Hij verachtte middelmatigheid.'

Pulaski streek met zijn hand over zijn kin terwijl hij nadacht. Callie zag dat hij aan de ringvinger van zijn linkerhand een brede gouden ring droeg. 'Dus jij denkt dat het een wraakactie is?'

'Ja,' zei Callie.

'Enig idee wie de dader kan zijn?'

'Nou... ik moest meteen denken aan Lester Crain. Weten jullie wie dat is?'

Pulaski en Farkess knikten. Weer zag Callie dat haar speculaties voor hen niet als een verrassing kwamen. Melanie zou het wel aan Jamison hebben verteld, en Jamison aan hen.

'Verder nog iemand?' vroeg Pulaski. 'Afgezien van Crain, bedoel ik?'

Callie bekeek Pulaski aandachtig. 'Volgens jullie is hij het niet,' zei ze.

'Zonder al te veel op de details in te gaan, moet ik zeggen dat het vrij onwaarschijnlijk is. Seksuele psychopaten volgen bepaalde patronen. De moord op Diane Massey en de aanval op Melanie White komen niet overeen met Crains methoden.'

Toen Pulaski het zei, besefte Callie dat dit iets was wat ze nu juist niet had willen horen. Als het Crain was, had ze in ieder geval iets concreets, een anker voor haar angst. Nu, los van de aannemelijke dader, was de angst overal. *Als het Crain niet is, wie is het dan wel?*

'Hoe zit het met Stevens familie?' vroeg ze op trage toon. 'Ze hebben tot het einde toe achter hem gestaan. Hij had twee jongere broers. Drake en Lou. Voorzover ik weet wonen ze nog in

Nashville. Drake zat destijds in de bouw. Lou deed iets met computers.'

'Was hun achternaam ook Gage?' vroeg Farkess, die nu voor het eerst sprak. Tot nu toe had hij er zwijgend bij gezeten en aantekeningen gemaakt.

'Ze waren halfbroers,' zei Callie. 'Hun achternaam was Hollworthy. Stevens vader had de benen genomen toen Steven nog klein was, en zijn moeder is toen hertrouwd.'

'Verder nog iemand?' vroeg Pulaski.

'Tja, zijn moeder natuurlijk. Brenda. Een erg nerveus type. Onstabiel. Volslagen afhankelijk van haar echtgenoten en zonen. Ze kon in haar eentje amper iets. Toen Steven nog klein was, heeft ze geprobeerd zelfmoord te plegen. Ik geloof dat hij haar dat nooit heeft vergeven. Hij heeft haar in de badkamer gevonden, in een grote plas bloed. Ze leefde nog maar nét. Ik kan me echter niet voorstellen dat zij dit allemaal heeft uitgedacht, laat staan dat ze de dader is. Hoewel mensen natuurlijk kunnen veranderen. En hij wás haar zoon.'

'Woont zij ook in Nashville?'

'Toen wel. Maar dat was jaren geleden.' Callie lachte schamper. 'Ik heb geen contact met ze gehouden.'

Een ritselend geluid toen Farkess een pagina van zijn notitieboekje omsloeg.

Callie merkte dat ze een droge mond had. Ze nam een slokje water.

'Wie nog meer?' vroeg Pulaski. 'Schiet je verder nog iemand te binnen?'

'Ik weet het niet. De groupies – dat waren er heel veel. Ze schreven hem brieven, kwamen naar de rechtszaal. Ik zou niet weten hoe jullie aan hun namen zouden moeten komen. Misschien heeft iemand al die post bewaard. Het was heel gek, maar tijdens de rechtszaak drongen die vrouwen zich gewoon aan hem op. Ze deden hem aanzoeken, stuurden hem cadeautjes. Een vrouw, van wie ik de naam vergeten ben, heeft een trui voor hem gebreid. Ik heb me altijd afgevraagd of ze dachten dat hij niet schuldig was, of dat het hun niets kon schelen.'

'Vrienden?' vroeg Pulaski.

Callie vertrok haar gezicht tot een grimas. 'Steven had eigenlijk geen vrienden. Afgezien van mij. Hij zei dat hij het daarvoor te druk had. Wat waarschijnlijk waar was, gezien wat we nu weten. Het is gek, maar ik heb het altijd vreemd gevonden dat hij op zijn werk niet meer succes had. Ik bedoel, hij was intelligent en erg intens, maar toch wist hij nooit iets voor elkaar te boksen. Hij werkte als assistent van een advocaat, maar hij had altijd een achterstand in zijn werk. Ik zei altijd dat hij niet zo perfectionistisch moest zijn. Ik dacht dat het 'm daarin zat. Maar dat was het helemaal niet. Al die tijd was hij bezig met iets anders, iets wat hij veel belangrijker vond. Hij moet een enorm sterk concentratievermogen gehad hebben om zoveel vrouwen te kunnen vermoorden. Niet alleen om ze te vermoorden, maar om dat jarenlang te doen zonder gepakt te worden.'

Om halfvier zat Callie weer in de auto, op de terugweg naar Merritt. Ze voelde zich volkomen op, uitgeput, nauwelijks in staat om te rijden. Ze overwoog een motel te zoeken en regelrecht naar bed te gaan, maar ze had nog een paar uur daglicht. Ze zette de cruise control aan.

Na ongeveer een halfuur realiseerde ze zich dat de omgeving haar niet bekend voorkwam. Ze zag een winkelcentrum. Een ziekenhuis. Was ze die op de heenweg ook gepasseerd? Het was natuurlijk mogelijk. Ze was zo in gedachten verzonken geweest. Maar het was net zo goed mogelijk dat ze een verkeerde weg was ingeslagen toen ze bij het politiebureau was weggereden. Ze keek naar de namen van de steden op de verkeersborden, maar die zeiden haar niets. Augusta. Bangor. Lewiston. Ze had geen idee waar ze die op de kaart zou moeten plaatsen. Ze keek uit naar een afrit en opeens begon haar huid te prikken. BLUE PEEK ISLAND / CARTWRIGHT ISLAND FERRY. De pijl wees recht vooruit.

Callies hart bonkte. Haar voet ging naar het rempedaal. Tot nu toe was Blue Peek Island voor haar niet iets wezenlijks geweest, eerder iets uit een verhaal dan een echt eiland. Nu was ze er opeens vlakbij. In het begin leek het feit dat ze juist dit verkeersbord was tegengekomen, een verbazingwekkend toeval. Een van die onwaarschijnlijke gebeurtenissen die welhaast iets móeten betekenen. Maar even later bedacht ze dat het eigenlijk niet zo vreemd was. Het was logisch dat de rechercheurs die aan de zaak werkten, bij een bureau hoorden dat in de buurt van het eiland was.

Ze reed nu dicht bij het water, door een wat industrieel uitziend landschap. Ze zag in de verte een fabrieksschoorsteen, en langs de weg gebouwen van golfplaat. De hemel was grijs en somber. Zeemeeuwen maakten duikvluchten. Toen zag ze opeens de veerboothaven, aan de rechterkant van de weg. Een laag, wit gebouw pal aan het water, een lange aanlegsteiger.

Het was bijna alsof ze geen keus had. Ze reed het parkeerterrein op.

Hier, dicht bij het water, sloeg de wind haar in het gezicht. Ze hoorde klapperend boottuig, een droevig galmen ergens in de verte, de schorre kreten van de zeemeeuwen die boven haar cirkelden. Het water strekte zich voor haar uit, niet blauw maar groenig zwart. Op de buitenmuur van het havengebouw gaf een elektronisch bord de aankomst- en vertrektijden van de veerboot aan.

CARTWRIGHT ISLAND 08:15... 11:15... 14:15... 17:15
BLUE PEEK ISLAND 08:00... 10:00... 14:00... 16:00

Callie keek op haar horloge. Het was tien voor halfvijf. Ook als ze had willen gaan, had ze de laatste boot gemist. Niet dat ze zou zijn gegaan, zei ze snel tegen zichzelf. Ze had haar taak volbracht, ze had gedaan waarvoor ze naar Maine was gekomen. Nu moest ze nodig naar huis.

Ze bleef nog een paar doelloze ogenblikken staan, liep toen terug naar haar auto, stapte in en pakte de wegenkaart om te kijken waar ze was. Ze zag meteen dat ze dezelfde weg terug moest rijden. Ze draaide het sleuteltje in het contact om en reed terug naar de ingang van het parkeerterrein. Voordat ze de weg opreed, keek ze naar links en rechts. En toen zag ze de *Old Granite Inn*, aan de overkant van de weg. Eerst dacht ze nog dat het gewoon een groot huis was, maar toen zag ze het uithangbord.

Er viel een gat in de verkeersstroom, maar Callie trok niet op. Ze bleef op het parkeerterrein staan, er niet zeker van wat ze het beste kon doen.

Misschien hebben ze geen kamer vrij.

Je kunt allicht gaan vragen.

Je moet érgens overnachten.

Ga gewoon even informeren.

Een lange man met een bril deed de deur open, een zwarte kat in zijn armen. Een andere kat draaide spinnend om zijn benen.

'Hebt u voor vanavond een kamer vrij?' vroeg Callie.

'Jazeker.'

196

Dinsdag 2 mei

ACHT UUR 'S OCHTENDS. EEN KOLKEND GERUIS TOEN DE veerboot uitvoer. Callie leunde op de reling van het bovenste dek. De wind speelde met haar haar. Voor het eerst sinds ze in Maine was aangekomen, rook ze de zilte geur van de zee.

Ze voeren langs een lange, granieten golfbreker met aan het einde een vuurtoren. Callie dacht aan Diane. Ze probeerde zich haar hier voor te stellen. De Diane die ze in gedachten zag, was de jonge vrouw die ze had gekend. Ze probeerde zich in te beelden welke sporen de jaren hadden achtergelaten op dat intelligente gezicht. Diane zou als oude dame mooi zijn geweest, daar twijfelde ze geen moment aan. De hoge jukbeenderen, de mooie rechte neus – die zouden hetzelfde zijn gebleven.

Ze kon niet goed beschrijven wat ze nu voelde wanneer ze aan Diane dacht. Afgezien van het afgrijzen over wat er was gebeurd, waren haar gevoelens erg complex. Droefenis, medelijden, weerzin. Woede en dankbaarheid. Ze herinnerde zich niet veel van de eerste keer dat ze haar had ontmoet, na die AA-bijeenkomst in Nashville. Ze was zo in de war geweest – en had zo'n kater gehad – dat alles wazig was. Diane was achter haar aan gekomen en had haar een telefoonnummer in de hand gedrukt.

Ze had er behoefte aan gehad met iemand te praten. Daar was het gedeeltelijk door gekomen. Diane kon goed luisteren, was geduldig en meelevend. Ze had geweten wanneer ze iets moest zeggen, wanneer ze beter kon zwijgen en wanneer ze met advies moest komen. Ze had meteen eerlijk gezegd dat ze voor een krant werkte, maar had beloofd hun vriendschap geheim te houden en er zelfs tegen haar baas niets over te zeggen. Nu Callie er helder over kon nadenken, begreep ze wat daarachter had

197

gezeten. Eigenbelang, niet trouw, was de reden geweest waarom ze hun gesprekken geheim had gehouden. Ze had de krant waarvoor ze werkte geen letter van het verhaal gegund.

Diane had zich echter wel aan haar woord gehouden. Ze had Callie – Laura – om toestemming gevraagd voordat ze met het voorstel voor haar boek naar een uitgeverij was gestapt. Aanvankelijk had Callie zich tegen Dianes gekonkel verzet, maar later was ze van gedachten veranderd. Uiteindelijk had geld de doorslag gegeven. Ze waren tot een overeenkomst gekomen: vijftigduizend dollar in één keer en tien procent van de royalty's. Callie had toen geen idee gehad hoeveel dat zou zijn. Inmiddels had ze al een paar honderdduizend dollar ontvangen en kwamen er nog steeds cheques binnen. Met het geld van *De verdwijnende man* had ze het huis in Merritt gekocht. Ze had er haar studie aan Windham van betaald en een trust voor Anna opgezet.

Ze twijfelde er geen moment aan dat ze, als ze weer voor de keuze gesteld zou worden, opnieuw ja zou zeggen. Toch was ze Dianes boek nooit helemaal te boven gekomen. Haar eerste reactie was een verzengende woede geweest en een verterend gevoel dat ze was verraden. Ze had Diane volkomen vertrouwd. Was dit wat ze daarvoor terugkreeg? Ze had erover gedacht haar aan te klagen, had al klaar gezeten met pen en papier. Maar toen ze het boek nogmaals had gelezen, waren haar gevoelens gaan veranderen. Hoe ze ook zocht, ze kon geen enkele onjuistheid vinden. Ieder woord dat Diane aan haar had toegeschreven, had ze ook inderdaad gezegd. Het enige verschil tussen het boek en de werkelijkheid waren de dingen die Diane had weggelaten. De dagen waarop er niets naars was gebeurd. De dagen waarop Steven lief was geweest.

Maar evengoed: wanneer je die stukken wegliet, hield je een eindeloze reeks waarschuwingssignalen over die ze willens en wetens had genegeerd. Het met bloed doorweekte overhemd. De skimuts en de handschoenen. Al die keren dat hij geen verklaring had gegeven voor zijn afwezigheid. De blauwe Honda Civic die iemand had gezien vlak voordat Lisa Blake was vermoord. De vrouw in Atlanta die een huiveringwekkende ontmoeting had gehad met een man die Steven heette. Ze had hem ontmoet in een bar en hij had haar iets aangeboden. Het drankje had een vreemde smaak gehad, zei ze. Hij had gezegd dat hij een nieuw drankje voor haar zou bestellen, maar terwijl ze daarop wachtte, was hij verdwenen. Ze was studente biologie geweest en had het drankje meegenomen om te laten onderzoeken. Toen was gebleken dat er GHB in zat, de bekende 'date-rape drug'.

Maar toentertijd was alles zo onduidelijk geweest, een in alcohol gedrenkte verwarring. Ze herinnerde zich nachten dat ze klaarwakker op de bank had gelegen, halverwege haar tweede fles wijn. Ze had de dagen dat hij weg was geweest, vergeleken met de datums waarop de vrouwen waren verdwenen en zich gevaarlijk dicht naar de rand van de afgrond voelen glijden. Ze had zichzelf streng tot de orde geroepen. Zou hij zijn eigen naam gebruiken als hij een moordenaar was? Zijn auto open en bloot ergens parkeren? Bewijsmateriaal achterlaten waar zij het zou vinden? Het overhemd, de messen, de botjes? Later had ze gedacht dat hij gepakt had willen worden, maar de experts hadden zijn ogenschijnlijke nonchalance opgevat als zelfoverschatting.

Ze herinnerde zich nog steeds de eerste keer dat ze twijfel had voelen opkomen. Een vrijdagavond. Ze had televisie zitten kijken nadat Steven had afgebeld. Ze had medelijden met zichzelf gehad en in haar eentje wijn zitten drinken, toen er een nieuwsflits was vertoond over een recente moord die werd toegeschreven aan de beruchte 'verdwijnende man'. De naam van het slachtoffer was Lisa Blake, een studente uit Memphis. Ze hadden haar foto laten zien: een stralende glimlach, sluik blond haar.

Alsof ze aan een caleidoscoop had gedraaid, waren alle stukjes op de juiste plek komen te liggen. Ze had zich overeind gehesen om haar agenda te pakken. Om uit te zoeken waar hij was geweest. Lisa Blake was twee weken eerder verdwenen, op een zaterdagavond. Steven had ook díé avond een afspraak met haar afgezegd. Hij had gezegd dat hij moest werken. In de weken die daarop waren gevolgd, had ze de datums van een zestal moorden vergeleken. Volgens haar agenda was Steven op elk van die dagen niet bij haar geweest. Ze schreef niet al hun afspraakjes op, niet de dagelijkse dingen: een cheeseburger in Rotier's, een borrel in 12th & Porter. Maar achterdocht had de kop opgestoken en nu raakte ze die niet meer kwijt.

Op sommige dagen was ze vervuld geweest van twijfel, wroeging en schuldgevoelens. Hoe kon ze de man van wie ze zoveel hield, verdenken van zulke afgrijselijke dingen? Geen wonder dat Steven zich de laatste tijd een beetje afstandelijk gedroeg. Hij was er zeker achter gekomen wat ze in werkelijkheid voor iemand was. Een vertwijfeld, jaloers, boos meisje dat haar vriend een hak wilde zetten. *Geen wonder dat hij zich amper laat zien,* had ze gedacht. *Je bent bezig hem de vernieling in te helpen.*

Toen ze hadden besloten naar Nashville te verhuizen, waar Steven was opgegroeid, was het de bedoeling geweest dat ze zouden gaan samenwonen. Steven was er eerst zelf naartoe gegaan om naar woningen te kijken, terwijl zij in Cambridge was gebleven. Maar toen Steven een flat had gevonden, besloot hij uiteindelijk daar in zijn eentje te gaan wonen. Als reden daarvoor voerde hij zijn plannen aan om rechten te gaan studeren. Hij moest studeren voor het toelatingsexamen. Hij kon niemand om zich heen hebben.

Toen was ze eindelijk tegen hem uitgevallen en had ze een verklaring geëist. Waarom zou ze naar Nashville verhuizen als hij niet eens met haar wilde samenwonen? Tot haar verbazing was hij gaan huilen en had hij haar gesmeekt hem niet te verlaten. 'Ik heb je nodig,' had hij gezegd – voor het eerst en voor het laatst. 'Laat me alsjeblieft niet in de steek.' De tranen hadden haar meer gerustgesteld dan zijn woorden. Eindelijk, na al die tijd, begon ze te geloven dat hij van haar hield.

Eenmaal in Nashville was alles echter alleen maar bergafwaarts gegaan. En hoe minder ze van Steven begreep, hoe meer haar angst groeide. Ze verslond zelfhulpboeken, probeerde zichzelf te verbeteren. Het probleem was echter dat die boekjes allemaal tegenstrijdige adviezen en informatie boden. In het ene werd erop aangedrongen begrip te tonen, oor te hebben voor de problemen van je partner. In een ander werd haar verteld dat ze zich veel te snel gewonnen gaf. Ze probeerde hem niet op te bellen en ook niet terug te bellen wanneer hij een bericht voor haar achterliet. Soms zei hij daar iets over, maar meestal had hij er niet eens erg in.

Maar hoe wazig alles in die tijd ook was, het was nog altijd duidelijker dan wat later kwam. Nadat hij was gearresteerd, raakte ze verdwaald in een eindeloze, dikke mist. Al die dagen in de benauwde rechtszaal voelde ze zich als een slaapwandelaar. Maar toen ze op een avond naar het journaal zat te kijken, schrok ze opeens wakker. Nóg voelde ze de kilte die haar had bevangen toen ze had gekeken naar een interview met Dahlia's broer. 'Hij heeft mijn leven verwoest. En dat van mijn hele familie,' zei Tucker Schuyler. 'De dood is nog te goed voor hem. Iemand die zoveel leed veroorzaakt, zou gedwongen moeten worden zijn hele leven pijn te lijden.'

De woorden waren als messteken. Ze had de snijdende waarheid ervan gevoeld. Met een ijskoude vooruitziende blik had ze geweten dat deze jongen hier nooit overheen zou komen. Hij had met zijn zuster afgesproken, maar zich niet aan de afspraak gehouden. Tegen de tijd dat hij eindelijk was komen opdagen, was ze al verdwenen. Daar zou hij de rest van zijn leven onder gebukt gaan, onder de last van zijn schuldgevoelens. Tot dan had de dood van Dahlia Schuyler iets abstracts gehad. Op dat moment begreep ze echter glashelder wat Steven had gedaan. Hij had dat hele gezin vermoord. En daarin had zij een rol gespeeld. Eindelijk drong tot haar door hoe medeplichtig ze was geweest.

De veerboot helde zijwaarts toen de wind er dwars op kwam te staan. Ze voeren nu langs een rotsachtig eiland, begroeid met spitse bomen. In de verte doemden blauwgrijze heuvels op onder de grijze lucht. Het was alsof ze naar een gelaagd landschap keek in vele tinten blauw.

Het werd kouder. Callie ging naar beneden.

In de bijna lege kajuit ging ze op een vrije bank zitten. De zware, vochtige lucht rook naar zout en sinaasappels. Achter haar at een zwaarlijvige bejaarde vrouw een boterham. Door het half beslagen raampje keek Callie naar het land. Eerst was er alleen de rotsige kust, toen hier en daar een huis. Een oude vrouw achter haar pakte haar spullen bij elkaar. Een slapende man werd wakker. Ze waren er blijkbaar bijna. Callie kreeg vlinders in haar buik.

Tien minuten later zwenkte de boot naar links en kwam een dorp in zicht. Dicht opeen staande lage huizen, een lange, houten pier. Ze voeren nu over volkomen glad water tussen twee eilanden. Het dorp werd groter en duidelijker zichtbaar naarmate de veerboot er dichterbij kwam. Ze kon de woorden op een paar van de gebouwen lezen. *Gray's Yacht and Boatbuilder.* *Lobster Pound Restaurant.* Toen voelde ze de bons waarmee de veerboot zijn bestemming bereikte.

Ze wachtte in haar auto tot een van de bemanningsleden haar een teken gaf dat ze kon optrekken. Achter een vrachtwagen met hoog opgestapeld hout reed ze over de metalen afrijplaat. Ze kon amper geloven dat ze hier was. *Ze kon amper geloven dat ze hier was.* Het leek wel alsof iets van buitenaf haar lichaam in zijn macht had.

Ze reed het parkeerterrein af en sloeg linksaf. Ze kon niet anders, want het was een straat met eenrichtingsverkeer. Langzaam reed ze door de bochtige straat, langs een bibliotheek en een postkantoor. Ze zag een kunstgalerie die nu dicht was, een kantoor van de American Legion. Nog een bocht in de hellende weg en toen was ze er: daar had je het zomerhuis waar Diane Massey de laatste dagen van haar leven had doorgebracht.

Ze herkende het huis van de foto in de krant. Ze keek in het achteruitkijkspiegeltje. Er waren auto's noch mensen in zicht. Ze draaide de met grind bedekte oprit in en volgde die de heuvel op. De oprit liep naar de achterkant van het huis, zodat haar auto vanaf de weg niet meer te zien was.

Haar wandelschoenen knerpten op het grind toen ze naar de veranda liep. Met haar handen langs haar gezicht om het licht te weren, tuurde ze door een raam. Ze zag een rustieke, ouderwetse keuken. Niets bijzonders. Gasfornuis. Koelkast. Tafel en stoelen. Precies wat je zou verwachten. De veranda liep om het hele huis. Callie ging verder op onderzoek uit. Er waren drie ramen aan deze kant van het huis, waarvan er twee van de keuken waren. Door het laatste raam zag ze een zitkamer. Alweer niets bijzonders. Geen enkel spoor van wat er was gebeurd.

Het was een beetje griezelig dat alles er zo gewoon uitzag. Callie besefte dat ze onbewust had verwacht een plaats delict aan te treffen. Dat er geel lint voor de deuren gespannen zou zitten en het hele terrein afgezet zou zijn. Maar Diane was niet thuis vermoord. Ze was in het bos aangevallen. Bovendien was het al dagen – weken – geleden dat haar lijk was gevonden.

Bij de voordeur bleef Callie staan, er niet zeker van of ze wel door wilde gaan. Er stond weliswaar een haag van bomen langs de veranda, maar iemand zou haar evengoed kunnen zien. Ze stak haar hand uit naar de deurknop en duwde die naar beneden. Ze was er zeker van dat de deur op slot zou zitten. Maar tot haar verbazing gaf de deur mee en ging hij op een kiertje open.

Ze keek de schemerige hal in, waarvan het bovenste deel in duisternis gehuld bleef. Ze zette zich schrap, al wist ze niet waarvoor. Ze had hier niets te maken, maar iets dreef haar voort. Er zat geen enkele logica in haar gedrag, maar ze kon niet stoppen.

Vijf minuten, dacht ze, *dan ga ik*.

Ze liep door de gang naar een gesloten deur die volgens haar van de keuken moest zijn. Net toen ze hem open wilde duwen, hoorde ze een harde knal. Meteen werd het donker in de gang. Ze zag niets meer. Alles leek om haar heen te draaien. Een dierlijk instinct ontwaakte in haar: ze dook ineen.

De tijd verstreek, seconden, toen minuten. Ze wist niet hoe lang ze daar gehurkt bleef zitten. In de zwarte stilte van het dreigende huis kon ze haar hart bijna horen. Na een poosje raakten haar ogen gewend aan de duisternis en keek ze om zich heen. Er was niemand te zien. In de gang bewoog zich niets. Ze bleef nog heel even zitten, stond toen op en liep terug naar de voordeur. Ze deed hem open en keek naar buiten. Ze zag alleen de lucht en de bomen.

Nu begreep ze wat er was gebeurd. Een windvlaag. De deur was dichtgeslagen.

Nog een beetje bibberig liep ze de veranda weer op en trok de deur achter zich dicht.

Het bekende geluid van de motor van haar betrouwbare Subaru had een geruststellende uitwerking op haar. Langzaam reed ze de oprit af naar de weg. Een poosje reed ze doelloos rond zonder ergens op te letten, om zichzelf de tijd te geven over de schrik heen te komen. Ze passeerde een Chevy Blazer en een Ford Escort, sloeg rechtsaf een naamloze weg in, kwam langs een opslagterrein van boten, een begraafplaats, een boerderij.

Na een poosje zag ze het water weer, glimpen tussen de bomen. De ongeplaveide wegen die het bos in liepen, hadden geen naambordjes. Eerst vond ze dat gek, maar toen besefte ze dat die niet nodig waren. Wie hier kwam, wist de weg. Maar net toen ze dat dacht, zag ze *wel* een naambordje. Zwarte blokletters op kaal hout. CARSON'S COVE.

Callie trapte op de rem.

Daar was het gebeurd.

Ze stuurde haar auto naar de kant van de weg en keek of er iemand aankwam. Geen auto's, geen mensen, niets, alleen maar de vlakke weg. Ze reed achterwaarts terug naar het begin van de zijweg en sloeg die in.

De weg zat vol diepe geulen en ze was blij met haar vierwielaandrijving toen ze erover voorthobbelde. Ze plonsde door een modderpoel, losliggende takken knapten onder haar banden.

Aan weerskanten was de weg zover als ze kon kijken omzoomd door hoge bomen, waarbij het romige wit van berken contrasteerde met het groen van naaldbomen.

Na ruim een kilometer eindigde de weg bij een open plek. Verder kon ze niet met de auto. Ze zou te voet verder moeten. Een smalle uitsparing in de muur van bomen duidde het begin aan van een smal voetpad. Callie parkeerde, stapte uit en liep naar de opening.

Onder het donkergroene baldakijn ging ze behoedzaam op pad. Ze wist niet waar ze naar zocht, maar had het gevoel dat ze ergens naar op zoek was. Het pad was bezaaid met kleine dennenappels, twijgen, stenen en bladeren. Ze had de indruk dat het kouder was dan voorheen en de hemel leek een donkerder tint grijs te zijn geworden. Ze kwam langs een vervallen schuur. Ergens tjirpten vogels. Ze hoorde het kloppen van een specht, ongelooflijk snel en scherp. Maar de wind in de boomtoppen maakte verreweg het meeste lawaai.

Steeds weer dacht ze bij zichzelf: *wat doe je hier?* De woorden werden een soort refrein terwijl ze het pad volgde. De impuls die haar hierheen had gevoerd, was geen eenvoudige zaak. En het ging ook niet alleen om Diane, hoewel die er wel een rol in speelde. Ze bedacht dat deze tocht misschien een soort bedevaart was. Gedeeltelijk was ze hierheen gekomen om boete te doen, om een getuigenis af te leggen tegenover het verleden. Om op een diepgevoelde manier respect te betonen aan alle vrouwen die waren gestorven. Ze had zo lang geprobeerd niet aan hen te denken, niet als individuen. Zelfs tijdens Dahlia Schuylers rechtszaak had ze geprobeerd alles wat er gebeurde buiten haar bewustzijn te houden.

Zonder het te beseffen was ze steeds langzamer gaan lopen en nu stond ze stil. Ze was zo opgegaan in haar gedachten dat ze hevig schrok toen ze achter zich voetstappen hoorde. Het was een zacht geluid, maar het werd sterker. De voetstappen verwijderden zich niet, maar kwamen juist haar richting uit. Voor de tweede keer binnen een uur joeg de adrenaline door haar lichaam. Stokstijf bleef ze nog een moment staan luisteren. Toen begon ze weer te lopen, sneller nu. Een eindje verderop zag ze een open plek. Ze liep steeds sneller, op het licht af.

Weer hoorde ze het geluid. Iemand of iets kwam achter haar aan. Onder het rennen stak ze haar hand in haar tas om haar mobieltje te pakken. De voetstappen achter haar wonnen aan snelheid, hielden gelijke tred met haar. In een explosie van energie stormde ze tussen de laatste bomen door en kwam uit op een winderig strand. Zwart water rolde over de kust, die bestond uit stenen en zeewier. Ze had gehoopt huizen of zelfs mensen te zien, maar het strand was verlaten. Links van haar maakte de kustlijn een bocht naar binnen. Ze kon niet zien wat er om de bocht lag, maar omdat ze niets beters wist te verzinnen, draafde ze die richting uit.

Ze moest oppassen niet te struikelen toen ze onder het rennen de toetsen van haar mobieltje indrukte. Het piepje waarmee de telefoon tot leven kwam, vervulde haar met vreugde. Ze keek over haar schouder en zag een man uit het bos komen. Hij had donkere kleren aan en een honkbalpetje op en speurde ongeduldig de kustlijn af. Ze verhoogde haar tempo, maar zag tot haar ontsteltenis dat ze in de val zat. De enige plek waar ze zich misschien zou kunnen verstoppen, was een berg rotsblokken verderop op het strand. Maar hij kon haar makkelijk inhalen voordat ze daar was.

'Hé!' riep hij. 'Wacht even. Ik wil met u praten.'

Ze had het alarmnummer al ingetikt en wachtte op de verbinding. Met de telefoon tegen haar oor gedrukt, hield ze de man in de gaten. Het glazige water rolde naar de kust en spatte in schuim uiteen.

De telefoon ging nog steeds niet over.

Ze keek naar het schermpje: GEEN BEREIK.

Ze staarde ongelovig naar de woorden. Dit was nog nooit eerder gebeurd. Gisteravond had ze vanuit haar kamer in de Old Granite Inn Anna nog gebeld. Ze werd bevangen door angst. Wat moest ze nu?

Ze voelde zich stuntelig en log in haar parka en haar zware wandelschoenen. Toen ze weer omkeek, zag ze dat de man snel dichterbij kwam. Ze bukte zich, pakte een steen en holde weer door. Haar hakken zakten steeds weg tussen de stenen, waardoor ze maar moeilijk vooruitkwam. Haar tas, die ze schuin over haar borst had gehangen, bonsde tegen haar heup.

'Hé! Hé!' hoorde ze hem achter zich roepen.

Eindelijk was ze bij de rotsblokken. Ze klom er snel op. Boven sprong ze van de ene rots op de andere, met moeite haar evenwicht bewarend.

Ze was bijna aan de andere kant, toen ze uitgleed. Met een misselijkmakend gevoel zwikte haar enkel en gleed haar voet onder haar vandaan. Ze maaide met haar armen, viel en kwam keihard op haar heup neer. Ze greep zich vast aan de met mos bedekte stenen om zich overeind te hijsen, maar toen ze eenmaal stond, schoot een helse pijn door haar enkel.

Met heel veel moeite wist ze het volgende rotsblok te bereiken, haar gewonde been meeslepend. Achter haar hoorde ze het dreunende geluid van de naderende voetstappen steeds luider worden. Toen ze was gevallen, was ze de steen kwijtgeraakt. Ze had niets om zich mee te verweren. Opeens bedacht ze dat hij niet wist dat haar mobieltje geen bereik had.

Ze draaide zich met een ruk naar hem om. Hij was dichterbij dan ze had gedacht. Hij had het begin van de rotsblokken bereikt en keek naar haar op. Van dichtbij zag ze dat hij niet groot was, niet langer dan zijzelf. Hij had een gezicht met scherpe gelaatstrekken, een pokdalige huid en smalle, aflopende schouders. Een ogenblik vroeg ze zich af of ze hem niet aan zou kunnen, maar dat idee zette ze meteen van zich af. Nog afgezien van haar verstuikte enkel was er iets anders dat haar ervan deed afzien. Ze vermoedde dat hij ondanks zijn tengere gestalte een pezige kracht bezat.

Hij keek met een glimlach naar haar op. Hij had kleine, gele tanden en deed haar denken aan de boosaardige vossen in de sprookjes die ze vroeger aan Anna had voorgelezen.

'Je moet hier oppassen,' zei hij. 'De rotsen zijn altijd glad.'

Callie keek hem in de ogen. 'Kom niet dichterbij,' zei ze. 'Ik heb al om hulp gebeld.'

De glimlach zakte weg. 'Waar hebt u het over?'

'Ik heb een mobiele telefoon bij me,' zei Callie. 'Ik heb de politie gebeld. Ze weten dat ik hier ben en dat je me achtervolgt. Ze komen zo.'

Hij schudde zijn hoofd, hief zijn handen op en liep langzaam achteruit. 'U begrijpt het verkeerd,' zei hij. 'Ik wil u helemaal geen kwaad doen. Ik wou u alleen maar waarschuwen dat u hier niet in uw eentje moet rondzwerven. Nog niet zo lang geleden is hier een vrouw vermoord.'

Callies enkel begon te kloppen. Ze keek hem onzeker aan. Sprak hij de waarheid? Ze had geen idee.

'Ja, oké,' zei ze. 'Ik ben gewoon een beetje zenuwachtig. Het was niet mijn bedoeling je af te katten, maar toen ik hoorde dat er iemand achter me aan kwam, raakte ik een beetje in paniek.'

'Weet u dan van de moord?' vroeg hij.

'Ja,' zei Callie. 'Daar weet ik van.'

Hij bekeek haar aandachtig, een beetje achterdochtig. 'Wie bent u eigenlijk? Een verslaggever? Werkt u voor een krant?'

'Nee. Ik ben... ik heb de vermoorde vrouw gekend. Ik was een goede kennis van haar.'

'O.' Hij knikte een paar keer langzaam en keek toen weer naar haar op. 'Kan ik u soms helpen naar beneden te komen? Hebt u zich bezeerd toen u bent gevallen?'

'Nee,' zei Callie. 'Helemaal niet.'

'Oké.' Hij hield zijn hoofd schuin. 'Dan ga ik maar. Zult u voorzichtig zijn?'

Hij slenterde weg over het strand. Callie keek hem na en zag hem steeds kleiner worden. Pas toen hij tussen de bomen was verdwenen, klauterde ze van de rotsen af.

Nu het niet meer nodig was haast te maken, kroop ze op handen en knieën naar beneden. Moeizaam werkte ze zich van de rotsen af en probeerde toen te gaan staan. Haar gewonde enkel klopte en de pijn werd steeds erger. Stap voor stap hinkte ze over het strand terug naar het pad dat naar haar auto voerde.

Toen ze de bomen had bereikt, probeerde ze haar mobieltje nog een keer, maar dat deed het nog steeds niet. Ondanks alle protserige reclame van het netwerk, strekte het bereik zich blijkbaar niet tot hier uit.

Het was bijna één uur. Om drie uur ging er een veerboot terug. Ze moest zien dat ze het bos uit kwam en dan moest ze de weg naar de boot nog zoeken.

Bij haar eerste stap op het schemerige bospad kneep haar keel zich dicht. Weer werd ze bevangen door angst. Stel dat hij had gelogen? Ze bleef zichzelf inprenten dat hij zijn kans had gehad. Als hij haar had willen aanvallen, zou hij dat op het strand gedaan hebben. Je had alle kans dat hij de waarheid had gesproken en alleen maar bezorgd was geweest. Bovendien kon ze hier niet de hele dag blijven staan. Ze moest terug naar haar auto.

Bleek zonlicht maakte vlekjes op de grond toen Callie moeizaam voortstrompelde. Ze had haar linkerenkel verstuikt, dus hinkte ze zo veel mogelijk op haar rechtervoet, maar iedere keer dat ze haar linkervoet moest neerzetten, schoot de pijn door haar been. Toen ze eindelijk haar auto zag, begon ze bijna te huilen. Ze besefte nu dat ze onbewust bang was geweest dat de auto er niet meer zou zijn. Gelukkig was ze er al die tijd in geslaagd haar tas bij zich te houden. Ze deed hem open om haar sleuteltjes te pakken.

In de auto rook ze de bekende geur van nieuwe skai en koffie. Op de passagiersstoel lag de wegenkaart, nog opengeslagen bij Maine. Op de achterbank zag ze haar weekendtas, precies zoals ze hem had achtergelaten. De eenvoudige voorwerpen leken bijna een wonder; ze móést ze even aanraken. Toen ze de sleutel in het contact omdraaide, voelde ze zich enorm dankbaar. Wat had ze een geluk gehad! Wat bofte ze dat ze nog leefde! Ze reed een stukje achteruit, keerde en reed terug naar het stadje. Naar de veerboot die haar naar huis zou brengen, naar de plaats en de mensen van wie ze hield.

❦

In de bouwvallige schuur keek Lester Crain haar na.

Ze hinkte – hij had al gedacht dat ze zich bezeerd had – toen ze naar haar auto strompelde. De betrouwbare motor van de Subaru kwam snel tot leven. Stram bleef hij staan kijken toen de blauwe auto wegreed. Het geraas van de motor mengde zich met het tromgeroffel in zijn hersenen. Hij wist wat dat betekende, probeerde het tot zwijgen te brengen, het te beredeneren. Maar het geroffel werd alleen maar erger. Hij kon er niets tegen doen.

Een stemmetje in zijn achterhoofd vertelde hem dat hij de mist in was gegaan. Hij had niet naar het eiland moeten komen. Hij had niet zo lang moeten blijven. Het kostte hem steeds meer moeite zijn zelfbeheersing te bewaren. 's Nachts, wanneer hij sliep, kon hij het gillen horen, het bloed bijna ruiken. Hij zag hun gezichten, rode lippen en opengesperde, radeloze ogen.

Het was allemaal zo'n warboel, het verleden liep door het heden heen. Soms vergat hij waarom hij hier was, vergat hij dat Steven Gage dood was. Toen hij *haar* over het pad had zien aankomen, had hij zich afgevraagd of hij krankzinnig aan het worden was. Maar hij had geen spoken gezien. Ze was het echt. Hier.

Hij vroeg zich af of ze er enig idee van had hoe dicht ze bij de dood had gestaan. Het had hem ongelooflijk veel moeite gekost zijn handen van haar af te houden. Ondanks dat ze niet zijn type was, had hij zich bijna laten gaan. Maar toen ze over het mobieltje was begonnen, was het hem gelukt zich in te houden.

De teef had waarschijnlijk staan liegen, maar dat kon hij niet zeker weten. En hij was nog niet zover heen dat hij een dergelijk risico zou nemen.

Toch kon hij haar niet uit zijn gedachten krijgen, hoe hij ook zijn best deed. Hij keek naar een balk hoog boven zijn hoofd en stelde zich voor dat ze daaraan hing te bengelen. Open mond, uitpuilende ogen, doodsbang voor wat er verder nog zou gebeuren. Het tromgeroffel in zijn hoofd kreeg een sneller ritme, pulseerde door zijn hele lichaam. Hij ritste snel zijn broek open en stak zijn hand erin.

Toen hij klaar was, leunde hij tegen de wand en wachtte hij tot zijn hoofd weer helder zou zijn geworden. Dit was slechts een tijdelijke verlichting en hij wist dat hij behoefte had aan meer. Hij slaagde er niet in het gevoel van zich af te zetten dat hij een kans had laten lopen. Maar dat was juist wat hij had geleerd. Van Gage. Strategie. Discipline. Zelfbeheersing. Hij had die lessen heel goed geleerd. Hij had geleerd kansen te beoordelen. Hij had geleerd de lijken te verstoppen.

Maar het bonken in zijn hoofd hield niet op. De regels begonnen te vervagen. Sinds de dood van Diane Massey was niets meer hetzelfde geweest.

Toen de auto over de bosweg wegreed, begon een plan vorm te krijgen. Hij herhaalde de letters en cijfers tot hij ze uit zijn hoofd kende.

23LG00.

Het kenteken van haar auto, een nummerplaat van de staat Massachusetts.

Donderdag 4 mei

HET RESTAURANT BAADDE IN EEN ZACHTROZE GLOED. CALLIE voelde zich nogal opgelaten toen ze op haar krukken achter de gastvrouw aan liep. Toen de gastvrouw bij een tafeltje voor twee personen bleef staan, aarzelde Callie. Hier zou ze met haar rug naar de deur zitten en dat maakte haar nerveus.

'Ik... mogen we soms in zo'n nis zitten? Die daar, bijvoorbeeld?'

De hostess glimlachte inschikkelijk. Het maakte haar blijkbaar niets uit. Ze had haar dikke haar hoog opgestoken, waardoor haar hoofd eruitzag als een topzware bloem.

Rick hield de krukken vast toen Callie over de bank schoof. Ze had tegen Rick gezegd dat ze haar voet had verdraaid toen ze uit de auto was gestapt. De gastvrouw bood aan de krukken mee te nemen. Callie sloeg dat af.

'Ik zet ze wel tegen de muur. Niemand zal er last van hebben.'

De gastvrouw keek nu een tikje geërgerd, maar zei er niets van. Toen ook Rick was gaan zitten zei ze alleen: 'Ik hoop dat het u zal smaken.'

Toen Callie de menukaart opende, keek ze naar de ingang van het restaurant. Ze had helemaal niet uit eten willen gaan, maar Rick had erop gestaan. Ze moesten praten, had hij tegen haar gezegd. Het had onheilspellend geklonken. Het was alweer een week geleden dat ze thuis het dineetje had gegeven en ze hadden sindsdien amper met elkaar gepraat. Gisteren was Rick zelfs niet gekomen voor hun pizza-avond.

'Wat neem je?' Rick sprak op een beleefde, maar koele en onpersoonlijke toon. Ze hadden net zo goed een stelletje kunnen zijn dat voor het eerst met elkaar uit was en nu al wist dat het niks zou worden.

'Doe maar eend,' zei Callie.

Rick zat in zijn donkerblauwe colbert als een knappe vreemdeling tegenover haar aan het tafeltje. Hij kwam haar even onbekend voor als een fotomodel in een modeblad. Callie had zelf niet eens de moeite genomen zich op te tutten. Ze had er doodgewoon de energie niet voor kunnen opbrengen. Op het laatste moment had ze alleen haar lange lazuurstenen oorhangers ingedaan.

Een serveerster kwam hun bestelling opnemen en toen waren ze weer alleen.

'Dus ik...'

'Ik was...'

Ze begonnen gelijktijdig en stopten meteen, overdreven beleefd. Vanuit haar ooghoek zag Callie een jong stel het restaurant binnenkomen. Toen de man de jas van de vrouw aanpakte, zei hij iets waar ze om moest lachen.

Rick begon opnieuw. 'Callie, we moeten praten.'

'Ja,' zei ze. 'Ik weet het.'

Dit was het moment dat ze had gevreesd, en toch voelde ze zich er los van staan. Alsof het niet háár overkwam. Alsof ze iemand anders was. Die gemoedstoestand had iets rustgevends, bijna geruststellends. Ze hoefde niet meer te knokken. Ze kon alles op z'n beloop laten. Ze was zo moe van de voortdurende pogingen haar leven in het juiste spoor te houden, ieder facet ervan te beheersen. Het deed haar denken aan een van de slagzinnen van de AA, dat je het kon *loslaten*.

Kalmpjes pakte ze een sneetje brood uit het mandje en begon er boter op te smeren. Toen ze ermee klaar was, nam ze een hap. Het was zuurdeeg, erg lekker.

Ze wist dat Rick naar haar zat te kijken, voelde aan dat zijn ergernis toenam. Maar ook dat had niets met haar te maken. Het enige wat ze kon doen, was afwachten.

Rick leunde naar voren, zijn handen gevouwen, zijn ellebogen op de tafel. 'Ik had graag dat je me vertelde wat er aan de hand is. Er is iets met je en ik wil graag weten wat dat is. Zoals de zaken tussen ons nu staan, kunnen we niet doorgaan. Ik heb het gevoel dat je me niet vertrouwt. Ik heb je geen vragen gesteld. Ik wilde geen druk op je uitoefenen. Ik bleef hopen dat je – dat we – het punt zouden bereiken waarop je me in vertrouwen zou nemen. Dat je me al je geheimen zou vertellen. Dat je me zou vertellen wat *dit* te betekenen heeft.'

Voordat ze wist wat er gebeurde, had hij razendsnel zijn hand uitgestoken en haar arm gepakt. Hij draaide hem om, duwde de mouw omhoog en raakte de dunne littekens aan.

En toen was het alsof ze er niet was. Haar geest dreef weg. In plaats van naar Rick te luisteren, dacht ze aan Melanie. Ze moest het ziekenhuis bellen, vragen hoe het met haar was. Ze vroeg zich af of ze haar zouden vertellen hoe Melanie het maakte, als ze gewoon opbelde en ernaar vroeg. Ze had Melanie moeten beschermen. Ze had de anderen moeten beschermen. Het probleem was dat ze aan zichzelf had getwijfeld. Ze had haar intuïtie niet vertrouwd.

'Callie? Luister je naar me?' Ricks stem bracht haar abrupt terug naar het heden.

'Het spijt me,' zei ze. 'Ik was een beetje afgedwaald.'

'Heb je gehoord wat ik allemaal heb gezegd?'

'Ik... ik heb het eerste deel gehoord.'

Hij keek haar aan, zijn kaken op elkaar geklemd.

De serveerster kwam met hun gerechten.

De knapperig gebakken eend rook heerlijk, maar Callie had geen trek. Om Rick niet te hoeven aankijken, pakte ze haar mes en vork. Ze sneed een flintertje eend af en schoof het heen en weer over haar bord. En toen zag ze de roos in het vaasje op hun tafel. Die viel haar nu pas op. De roos was lichtgeel, niet rood. Maar toch verstijfde ze.

'Ik wil een pistool,' zei ze abrupt.

Rick keek haar verbluft aan. 'Heb je daar een specifieke reden voor?' vroeg hij.

Zijn toon stond haar niet aan.

'Als Amerikaans staatsburger,' antwoordde ze, 'heb ik er recht op mezelf te beschermen.'

'Callie, je woont in Merritt. Waartegen zou je je moeten beschermen?'

Opeens werd ze kwaad. Ze was niet verplicht hem iets uit te leggen. Dat ze een pistool wilde, was háár zaak. Het had niets met Rick te maken.

'Weet je,' zei ze, hem recht in de ogen kijkend, 'er zijn in mijn leven dingen gebeurd waar jij helemaal niets van weet. Sommige van die dingen zijn... belangrijk.'

Hij leunde verder naar voren. 'Wat is er in godsnaam met je aan de hand?'

Ze kreeg het gevoel dat hij haar, als hij dat had kunnen doen, over de tafel heen zou hebben beetgepakt en door elkaar geschud. Toen was het alsof er in hem iets knapte. Hij liet zich weer tegen de rugleuning van zijn bank zakken. Toen hij opkeek, maakte hij een verslagen indruk. Ze werd overmand door schuldgevoel. Plotseling moest ze aan Ricks vader denken, zijn hartziekte. Hoe lang geleden was het dat ze Rick had gevraagd hoe het met hem was?

'Het spijt me,' zei ze zachtjes. 'Alles.'

Rick keek haar alleen maar aan en schudde toen zijn hoofd. Zijn gezicht was uitdrukkingloos.

'Er moet iets veranderen,' zei hij. 'We kunnen zo niet doorgaan.'

Zaterdag 6 mei

HIJ HAD HIER NIET MOETEN KOMEN. HIJ HAD HET NIET MOE-
ten doen.

Maar hij was er.

Lester Crain reed langzaam langs het huis in Abingdon Circle. Hij had het huis snel gevonden. Haar auto stond voor de
deur. De blauwe Subaru met het kenteken 23LG00. De voordeur ging open. Hij stopte langs de stoeprand. Hij zag haar het
trapje van de veranda afdalen met twee mannen en een andere
vrouw.

Ze liepen met hun vieren naar de straat waar een aftandse
Jetta geparkeerd stond. Ze openden de portieren, stapten in en
reden weg.

Zonder erover na te denken reed hij achter hen aan.

Het tromgeroffel werd sterker.

Hij wist wat hij moest doen.

❧

'Wat is een grange eigenlijk?' vroeg Callie.

Ze voegden in op de I-91, in Martha's Volkswagen Jetta, Tod
en Martha voorin, Callie en Rick op de achterbank, op weg
naar de wekelijkse contradansavond in the Guiding Star Grange in Greenfield.

'De Grange is een organisatie die na de Burgeroorlog is opgericht door boeren,' vertelde Martha, 'om het leven van de
boerengezinnen te verbeteren. Ze vochten tegen de monopolies
van de spoorwegmaatschappij, maar deden ook veel aan socia-
le evenementen. Squaredansen, zangavonden, picknicks, dat
soort dingen.'

214

Callie was blij dat ze vanavond met hun vieren waren. Het viel niet te ontkennen dat haar relatie met Rick erg gespannen was geworden. Ze hadden elkaar sinds donderdagavond, toen hij haar zwijgend voor haar deur had afgezet, niet meer gesproken. Ze had zelfs gedacht dat hij vanavond misschien zou afzeggen, dat hij haar niet eens wilde zien, maar hij was wel gekomen, misschien vanwege zijn vriendschap met Tod.

'De grange waar we vanavond naartoe gaan,' vertelde Martha, 'is in het begin van de jaren negentig bedreigd met sluiting. Er was een rechtszaak aanhangig gemaakt omdat er geen geschikte ingang was voor invaliden, en de Grange had niet genoeg leden meer om de renovatie te kunnen bekostigen. Wij huurden de zaal altijd – ik bedoel de dansliefhebbers – en toen we hoorden wat er aan de hand was, hebben we de boeren gevraagd of we soms konden helpen. Uiteindelijk zijn we overeengekomen dat de dansers lid zouden worden van de Grange.'

'Interessant,' zei Tod.

'Inderdaad,' viel Callie hem bij.

Ricks gezicht zat in de schaduw. Het was alsof hij hen niet hoorde. Callie vroeg zich af wat hij zou zeggen als hij wist waar ze vandaag was geweest: in Springfield, op de Smith & Wesson Academy, voor schietlessen. Ze had vandaag op een schietbaan gestaan en op papieren doelen geschoten. Ze had geleerd de trekker langzaam over te halen tot ze de terugslag voelde. Het pistool was zwaarder dan ze had verwacht. Ze voelde zich op een subtiele wijze veranderd. Ze had nu een diploma en kon een vergunning aanvragen.

Martha nam de afslag naar de 2A en reed Greenfield in. Callie had even een gevoel van déjà-vu: deze weg had ze genomen toen ze naar Maine was gegaan. Ze reden de stad door en sloegen op een gegeven moment linksaf een zijstraat in met aan weerskanten eengezinswoningen.

De Guiding Star Grange was een groot, wit gebouw dat veel weg had van een boerenkerk. Het was pas halfacht, maar auto's stroomden toe en het duurde even voor ze een parkeerplaats hadden gevonden. Binnen was een gigantische zaal met een blankhouten vloer en hoge ramen. Bij de deur stond een open vioolkist vol dollarbiljetten. Er hing een briefje bij dat de entree zeven dollar was. 'Ik betaal wel voor jou,' zei Callie tegen Rick. Ze telde veertien dollar uit. 'Dank je,' antwoordde Rick. Hij keek amper naar haar.

Callie fleurde iets op toen ze de zaal in liepen en ze de vrolijke muziek hoorde, een meeslepende, opzwepende mengeling van Keltisch en Amerikaans. Op het podium bespeelde iemand een accordeon, anderen viool. Voor in de zaal waren al een paar enthousiastelingen aan het dansen. Ze maakten allemaal dezelfde passen, draaiden in het rond, stopten soms abrupt om een soort huppelpas te maken.

De groeiende menigte was een heterogene mengelmoes, variërend van bejaarde hippies tot getatoeëerde jongeren. Er waren zelfs een paar slanke, in het zwart geklede stelletjes die eruitzagen alsof ze helemaal uit Manhattan waren gekomen. Callie bekeek de mengelmoes glimlachend tot ze opeens Nathan en Posy zag.

Ze dook weg achter Martha. 'Weet je wie er is? Kabuki Girl. Met Nathan.'

Martha keek haar verschrikt aan. 'O, ja, ik zie Posy hier wel vaker. Ik had het je moeten vertellen, maar het is me helemaal ontschoten.'

'Geeft niks,' zei Callie, maar ze wou toch dat ze het had geweten. Het idee dat ze vanavond ook nog aardig zou moeten doen tegen Nathan, was haar echt te veel. Maar de mensen stroomden de zaal in en het raakte al aardig vol. Misschien zou het zo druk worden dat hij haar niet zou zien.

Op het podium begon iemand te praten.

'Dat is de leider. We gaan beginnen.' Martha keek naar Callie en Rick. 'Misschien kunnen jullie de eerste paar dansen beter niet samen doen. Je kunt dit het beste leren van iemand die de stappen al kent.'

'Mij best,' zei Rick met een bereidwilligheid die Callie verontrustend vond. Hij liet Callie achter bij Martha en Tod en verdween in de menigte.

'Ik wil mijn enkel niet te veel belasten,' zei Callie. 'Ik ben nog maar net van die krukken af.'

'Kijk gewoon hoe het gaat,' zei Martha. 'Als je last krijgt, kun je altijd gaan zitten.'

Martha keek over Callies schouder. 'Al!' riep ze. 'Kom even met mijn vriendin dansen. Ze is hier voor het eerst.'

Callies partner was een kalende man met een buikje en een schalkse glimlach. Hij droeg een kakikleurige korte broek, kniekousen en gympen. Hij had erg witte benen.

De menigte had zich opgesteld in drie lange rijen van paren.

Op het podium riep de leider aanwijzingen. Callie deed haar best ze op te volgen.

Do-si-do. Ster naar links. Keer je partner. Draai naar rechts.

Sommige passen kende ze van het squaredansen uit haar jeugd; andere waren nieuw voor haar. Bij de ingewikkeldste manoeuvre, die een 'hey' heette, moesten vier dansers door elkaar lopen. Callie kreeg het maar niet onder de knie. Ze botste steeds tegen iemand aan.

'Maakt niet uit,' stelde Al haar gerust. 'Als je maar schik hebt.'

Het bandje zette een nieuw nummer in, opwekkend en aanstekelijk.

Voordat ze wist wat er gebeurde, was Callie weer aan het dansen. Iemand greep haar hand. Ze draaide zich om. Toen pakte Al haar van achteren beet. Hij liet haar in de rondte draaien, eerst langzaam, toen steeds sneller.

'Kijk steeds naar mijn ogen,' hoorde ze hem zeggen toen de zaal een waas werd. 'Dan word je niet duizelig.'

Ze hief haar hoofd op, duizelig, glimlachend. Toen greep iemand anders haar hand.

De dans had een zich herhalend patroon, merkte Callie, hoewel het even duurde voordat ze het helemaal kon volgen. Zij en Al waren aan het begin van een rij begonnen en werkten die langzaam af, steeds dansend met het paar naast hen, dan met het volgende, waarbij ze met ieder paar dezelfde passen uitvoerden.

Toen Callie het eenmaal doorhad, kreeg ze ook het ritme te pakken. Algauw stak ze zelf haar hand uit in plaats van te wachten tot iemand die greep. Wanneer Al haar nu ronddraaide, leunde ze iets achterover om met haar lichaamsgewicht de draai vaart te geven. Het leek wel een beetje op het kinderspelletje waarbij je in de rondte draaide tot je zo duizelig werd dat je omviel.

Callie wierp een blik om zich heen en vond dat het er allemaal erg *gezond* uitzag. Alsof ze door de tijd waren gereisd naar een tijdperk waarin alles nog eenvoudig en goed was geweest. Een ouderwetse boerenschuur, gemeenschappelijke picknicks. Ze vond het enig, zo feestelijk en stimulerend. Heel iets anders dan de dansavondjes uit haar tienertijd. De donkere zaaltjes, het bier en het zweet, de harde muziek. *I'm in the mood, I'm in the mood, I'm in the...*

Met een schok dwong ze haar gedachten terug te keren naar het veilige, goed verlichte heden.

Toen de muziek ophield, applaudisseerde iedereen. Al bedankte haar en ging een andere partner zoeken. Voordat ze om zich heen kon kijken waar Rick was, had iemand haar al ten dans gevraagd. Ze danste met hem en toen met een andere man, een professor van de Universiteit van Massachusetts. Tegen het eind van de derde dans begon haar enkel pijn te doen. Ze moest even gaan zitten.

Langs de muren stonden stoelen. Ze liep naar eentje die onbezet was en wilde net gaan zitten toen iemand haar aansprak.

'Dag, Callie. Wil je met me dansen?' Nathans gezicht was roze en bezweet. Zijn witte T-shirt kleefde vochtig aan zijn smalle ribbenkast.

Callie schudde haar hoofd. 'Sorry, Nathan, maar ik ben doodop. Ik moet even zitten.'

'Dan kom ik erbij zitten. Ik ben zelf ook bekaf.'

De muziek begon weer, maar het bandje speelde nu een wals in plaats van de opzwepende contradansmuziek. Paren wervelden langzaam rond, *een*-twee-drie, *een*-twee-drie. Aan de overkant van de zaal zag Callie dat Martha met Al danste. Ze vroeg zich af waarom Al in hemelsnaam die malle witte kniekousen droeg.

'Waar is Posy?' vroeg Callie aan Nathan.

Hij haalde zijn schouders op. 'Weet ik niet,' zei hij.

Toen zag Callie tot haar opluchting Tod door de menigte heen naar haar toe komen. 'Hoi,' zei hij. 'Ik was naar je op zoek. Zullen we?'

'Graag!' zei Callie. Ze keek naar Nathan. 'Sorry, ik had hem al een dans beloofd.' Ze zag de teleurgestelde blik op Nathans gezicht toen Tod haar hand pakte. Hij bleef met een verongelijkt gezicht staan kijken toen ze met Tod de dansvloer op liep.

'Wat is er aan de hand?' vroeg Tod, toen hij Callie in zijn armen nam. Hij voelde anders aan dan Rick, kleiner en compacter. Solide, vond ze. Hij rook naar wol en citroen.

'Niets bijzonders,' zei Callie. 'Iemand die ik ken van mijn studie.'

Ze dansten een poosje in stilte, Tods arm stevig rond haar middel. Callie had sinds haar danslessen niet meer gewalst, maar ze kon Tods passen makkelijk volgen.

'Je danst goed.' Ze keek hem lachend aan.

'Je klinkt verbaasd,' zei hij.

'Nee. Of misschien een beetje. Ik ben het gewoon niet gewend dat er nog mensen zijn die goed kunnen walsen. Het lijkt zo ouderwets. Meer iets voor onze ouders.'

'Mijn vrouw – mijn ex – hield van dansen,' zei Tod. 'Ze heeft me gedwongen het te leren.'

Er lag een neutrale klank in zijn stem. Callie kon zijn gezicht niet zien. Ze wist niet goed of ze erop moest inhaken of beter kon zwijgen.

'Mis je haar nog steeds?' vroeg ze uiteindelijk.

Tod draaide met haar rechtsom.

'Eerlijk gezegd weet ik het niet zeker. De laatste tijd denk ik wel eens dat het alleen maar een gewoonte geworden is. Iets wat ik automatisch zeg, zonder er echt bij na te denken. We hebben eigenlijk nooit goed overweg gekund, weet je. We zijn totaal verschillend. Maar om de een of andere reden dachten we allebei dat we de ander zouden kunnen veranderen. Stom hè? Ik bedoel, iedereen weet dat je een ander niet kunt veranderen. Waarom blijven we dan denken dat we dat wél kunnen?'

'Dat is een goede vraag,' zei Callie.

'Martha is een lieve vrouw,' zei hij na een korte stilte. 'Bedankt dat je ons aan elkaar hebt voorgesteld.'

Zijn woorden deden Callie enorm goed. 'Geen dank,' zei ze. 'Graag gedaan.'

Toen de muziek ophield, klapte iedereen. Callie zag dat Tod naar haar keek.

'Alles in orde?' vroeg hij toen het applaus wegstierf. 'Je ziet er een beetje moe uit. Zullen we iets gaan drinken? Ze hebben beneden van alles.'

Ze liepen samen met een hele groep naar de deur. In de kelder verdrongen de mensen zich rond een grote tafel met limonade en koekjes. Callie en Tod kochten elk een glas limonade en gingen op een van de tafels zitten die tegen de muur van de drukbezette ruimte waren geschoven. Callie nam een slokje, zag Martha en riep haar.

'Hoi,' zei Martha. Ze zag er verhit uit. Ze streek een krul uit haar gezicht en wuifde haar hals wat koelte toe.

Tod schoof op zodat Martha erbij kon komen zitten. Ze legde haar hand op zijn schouder. 'Dank je, maar ik ga eerst even een glas limonade halen.'

Boven begon de muziek weer.

'Heb je Rick ergens gezien?' vroeg Callie aan haar.

Martha liet haar ogen door de kelder glijden. 'Ik heb daarstraks met hem gedanst, maar daarna heb ik hem niet meer gezien.'

Toen Martha in de drukte rond de drankentafel verdween, keek Tod Callie aan. 'Hoe is het met Rick?' vroeg hij. 'Hij is nogal stil vanavond.'

Callie wist niet goed wat ze daarop moest antwoorden. 'Ja,' zei ze uiteindelijk. 'Ik weet het.'

'Hoe is het met zijn vader?' vroeg Tod.

'Beter, geloof ik,' zei ze. 'Dat zei hij tenminste de laatste keer dat we het erover hadden. Maar hij praat er niet graag over.'

'Ik weet wat je bedoelt,' zei Tod.

Die laatste woorden beurden Callie iets op. Het lag dus niet alleen aan haar. Maar de opluchting duurde niet lang. Ricks vader was niet het probleem.

Martha kwam weer bij hen, een glas in haar hand, en wipte op de tafel. Callie zag Nathan door de menigte op hen af komen.

'Ik ben op zoek naar Posy,' zei hij tegen Callie toen hij bij hun tafel was.

Opgelucht dat hij niet kwam vragen of ze met hem wilde dansen, slaagde Callie erin tegen hem te glimlachen. 'Ik heb haar niet gezien,' zei ze. 'Maar er zijn ook zoveel mensen.'

Nathan keek haar achterdochtig aan, alsof hij haar niet geloofde.

'Als je haar ziet, zou je dan tegen haar willen zeggen dat ik naar haar gezocht heb? Ik ben moe. Ik ga naar huis.'

Toen Nathan wegliep, vroeg Martha aan Tod: 'Zullen we nog een keer?'

'Graag,' zei hij, en tegen Callie: 'Ga je mee naar boven, Callie?'

Callie keek nog een keer de kelder rond, liet haar ogen over de snel uitdunnende menigte glijden. De meeste mensen gingen terug naar de danszaal. Rick was nergens te bekennen.

'Ik heb een beetje last van mijn enkel. Ik kan beter wat rusten. Ik ga wel met jullie mee naar boven, maar alleen om te kijken.'

Tijdens hun afwezigheid leek de temperatuur in de zaal met sprongen te zijn gestegen. Er waren in de loop van de avond steeds meer mensen gekomen en nu was het echt stampvol in de zaal.

Toen er een nieuw nummer werd ingezet liepen Martha en Tod de dansvloer op en voegden zich bij een van de lange rijen. Callie liep langzaam de zaal rond, voor de rij stoelen langs. Toen ze door een van de ramen een frisse wind naar binnen voelde komen, bleef ze dankbaar eventjes staan. Een jongen met een piercing in zijn wenkbrauw vroeg of ze met hem wilde dansen. Callie wees hem beleefd af. Ze vervolgde haar weg terwijl ze naar de dansende stelletjes keek. Haar ogen gleden heen en weer over de rijen, maar ze zag Rick nergens.

❧

Verdomme.

Ze ging *niet* huilen. Mooi niet.

Huilen was voor watjes. Bovendien zou haar hele make-up eraan gaan.

Posy Kisch drukte twee vingers tegen de huid onder haar ogen om de tranen tegen te houden die dreigden te ontsnappen. De onderste wimpers lieten zwarte sporen achter op de topjes van haar met zwarte nagellak getooide vingers. Ze veegde ze af aan het zwarte minirokje dat ze speciaal voor deze avond had gekocht. Ze wou dat ze een spiegel had om de rest van haar gezicht te bekijken. De donkerrode lippenstift. De witte foundation. De blosjes op haar wangen.

Waarom maakte ze zich eigenlijk zo druk?

Wat maakte het uit?

Wat een stommeling was ze. *Wat een stommeling.*

Toen Nathan had gezegd dat hij vanavond wel met haar mee wilde, had ze gedacht dat het iets betekende. Ze had gedacht dat het net zoiets was als een afspraakje. Zij samen. Het was altijd druk op de contradansavonden, maar Nathan kende er niemand. En omdat hij zo ontzettend verlegen was, had ze gedacht dat hij de hele avond bij haar zou blijven.

Ze had haar ogen nauwelijks kunnen geloven toen ze dat kreng van een Callie Thayer had zien binnenkomen. Dat Martha er iedere week kwam, wist ze, maar die had Callie nog nooit meegebracht. Het had nog geen vijf minuten geduurd of Nathan had haar gezien. Jezus, ze kon zijn móéder wel zijn. God, wat klote. En Callie had nog wel een vriend. Het was *niet* eerlijk.

Ze stond buiten, op het parkeerterrein dat vol stond met

donkere auto's. Ze hoorde de muziek in de zaal, het geluid van de dansende mensen. Ze keek op naar de zilveren sterren en vroeg zich af wat het allemaal voor zin had. Ze had een hekel gehad aan de middelbare school. Ze haatte de universiteit. Misschien haatte ze het leven. Ze voelde zich nooit ergens op haar gemak. Misschien zou dat altijd zo blijven.

Weer voelde ze de tranen opwellen, maar weer wist ze ze binnen te houden.

Niet huilen. Niet huilen.

Wees niet zo'n dom wicht.

Ze dacht dat ze helemaal alleen was hier buiten, maar nu hoorde ze iemand. 'Hé, kom eens hier!' De stem klonk indringend.

Verward draaide ze zich om naar het geluid. Het leek van dichtbij te komen, maar ze zag niemand. Misschien om de hoek van het gebouw? Ze kon daar niets zien. Het parkeerterrein was goed verlicht, maar daarginds was het donker.

'Nathan?' zei ze aarzelend.

'Ja. Ik ben hier.'

'Waarom praat je zo raar?' vroeg ze. 'Waar ben je?'

Opeens scheen er een licht in haar gezicht en werd ze verblind. 'Nath...' zei ze. Maar voor ze verder kon gaan, sloten twee handen zich om haar hals.

Maandag 8 mei

IN DE STILLE KELDER VAN DE UNIVERSITEITSBIBLIOTHEEK liep Callie naar haar nis, de plek waar ze altijd haar toevlucht zocht wanneer ze serieus wilde studeren. De nis was officieel niet van haar, maar van een laatstejaarsstudent, maar de enige sporen van de rechthebbende gebruiker waren wat boeken over het Frankrijk van voor de Revolutie.

Toen ze haar rugtas begon uit te pakken, hield ze voor zichzelf een peppraatje. Het was begrijpelijk, vond ze, dat ze achterop was geraakt met haar studie. De moord op Diane. De aanval op Melanie. Haar tocht naar Maine. Het was nauwelijks te geloven hoeveel er binnen een paar weken was gebeurd. Gelukkig maakte Melanie het beter; dat was een hele opluchting. Toen ze een paar dagen geleden het ziekenhuis had gebeld, had ze te horen gekregen dat Melanie naar huis was. Ze had haar een kaart gestuurd en een boeketje lentebloemen, maar haar nog niet gebeld. Ze wist niet zeker of Melanie wel met haar wilde praten, gezien de omstandigheden.

Maar nu moest ze deze gedachten een paar uur van zich afzetten. Ze was hierheen gekomen om zich te concentreren op de scriptie die ze over twee weken moest inleveren. Ze had besloten vandaag de onderwerpenlijst door te nemen en een keus te maken. Ze had al besloten over het geheugen te schrijven, maar moest een specifiek onderwerp hebben. Uit een losbladig cahier haalde ze een uittreksel van een boek dat was geschreven door een psycholoog van Harvard. Het ging over de 'zonden' van het geheugen, zoals de auteur die noemde. Dat waren er zeven.

Het interessantst vond ze de zogenaamde 'zonden door verzuim' – gevallen waarbij een herinnering onjuist of ongewenst was gebleken. Van de vier 'zonden' in deze categorie was de eerste 'foutieve toekenning': bijvoorbeeld wanneer je dacht dat een kennis je iets had verteld, terwijl je het in werkelijkheid in de krant had gelezen. Het concept kwam haar bekend voor en ze vroeg zich af waarom. Toen besefte ze dat het haar herinnerde aan wat ze had gelezen over onbewuste overbrenging.

Verder lezend zag ze dat de concepten inderdaad met elkaar verband hielden. Ook dit uittreksel ging over de onschuldige matroos die was beticht van diefstal omdat hij in het verleden kaartjes had gekocht bij het slachtoffer van de misdaad. Ze kwam ook het verhaal weer tegen over de psycholoog die ten onrechte was beschuldigd van verkrachting omdat het slachtoffer hem tijdens de verkrachting op tv had gezien.

Zulke vergissingen, schreef de auteur, kunnen worden teruggebracht op "foutieve binding", het verbinden van een herinnering met de verkeerde tijd en plaats. Het was een goed onderwerp om over te schrijven, eentje waar ze belangstelling voor had. Dat iemand er zeker van kon zijn iets te weten terwijl hij het toch mis had.

Ze wilde net het bewuste boek gaan halen, toen er een huivering door haar heen trok. Opeens besefte ze dat ze helemaal alleen hier in de kelder zat. Ze had de lamp in haar nis aangedaan, maar de stellingen met boeken waren in duisternis gehuld. En achter haar verdween een rij lege nissen in de schaduwen. Ze keek met een ruk op, alsof ze verwachtte iets te zien, een lichtje, een beweging van iemand die zich schuilhield. De stilte had iets verdachts. Het was alsof iemand iets met haar uithaalde. Weer keek ze om zich heen, rekte ze haar nek naar alle kanten. Ze voelde een impuls om hardop iets te zeggen, de kracht van haar stem te testen. Zou iemand haar horen als ze iets riep? Zou iemand haar geschaduwd hebben?

Ze wilde het liefst haar spullen bij elkaar pakken en naar de lift lopen, terugkeren naar de gonzende stilte van de leeszaal, de drukte rond de balie. Maar een ander deel van haar beval haar te blijven zitten. De moordenaar had haar veel afgenomen, maar dit zou ze hem niet geven. Ze was hierheen gekomen om te werken en ze zou blijven tot ze klaar was.

Ze bleef nog een paar seconden zitten, met bonzend hart. Toen knorde haar maag, een doodnormaal geluid, en bedacht ze een compromis. Aan de andere kant van de kelder was een studentenlounge met trekautomaten. Ze kon even pauze houden, iets eten en dan doorgaan.

Haar voetstappen klonken onnatuurlijk luid op het grijze beton. Hoge rekken vol stoffige boeken rezen op in de halfdonkere, holle ruimte. In een film zou dit de plek zijn waar de heldin wordt aangevallen. Ze kreeg een akelig voorgevoel en liep wat sneller.

Ze betrad het kale, raamloze vertrek alsof het een bad was. Zelfs het schelle licht van de neonlampen was in haar ogen prettig en uitnodigend. Aan een van de tafels zaten twee jonge vrouwen, hun hoofden gebogen over boeken. Een van hen tikte ritmisch met haar voet tegen een poot van haar stoel. In andere omstandigheden zou Callie het geluid irritant hebben gevonden, maar nu werkte het juist kalmerend.

Ze trok een doosje rozijntjes en een pakje kaascrackers uit de automaat. Ze at ze staande en bekeek onderhand het prikbord. Een cursus yoga. Een bureau te koop. Iemand zocht een kamergenoot. Toen ze de rozijnen op had, besloot ze een kop koffie te nemen. Ze stopte vijfendertig cent in de machine, die daarop een bekertje vulde.

Ze ging aan een van de formicatafels zitten en nam een slokje van het lauwe brouwsel. Het onrustige gevoel van daarnet was helemaal verdwenen. Haar hartslag was weer normaal; ze kon het kloppen nu amper voelen. Ze kon weer helder denken. Ze kon weer aan haar scriptie denken.

Foutieve toekenning.

Onbewuste overbrenging.

Ze vroeg zich af waarom deze theorieën haar zo in hun greep hielden. Vergissingen – zonden – van het geheugen. Was dat waar ze ooit op had gehoopt? Dat de vrouwen die dachten hem gezien te hebben, zich vergist hadden? Eén ogenblik flitste de idiote gedachte door haar hoofd dat ze zich inderdaad vergist hadden. Dat de man die Diane in Maine had vermoord, ook alle anderen had vermoord. Als dat waar was, *als dat waar was*, was Steven onschuldig geweest. Maar dat was natuurlijk allemaal maar verbeelding, vergezochte verbeelding. Ze twijfelde er niet aan dat Steven schuldig was geweest. Ze twijfelde ook niet aan haar eigen schuld.

Maar door wie was Diane dan vermoord? En wie had haar het horloge en de brief gebracht? Uit gewoonte, een onaangename gewoonte, dacht ze weer aan Lester Crain.

Ze had de indruk dat de State Police van Maine hem had afgeschreven als verdachte. Maar ook al mocht de politie daar ze-

225

ker van zijn, zij was dat allerminst. Het was immers zo logisch dat Crain de dader was. Hij had veel bewondering voor Steven gehad en had zijn leven aan hem te danken. Niemand wist waar Crain was. De theorie dat de signatuur nooit veranderde, leek twijfelachtig. Psychologische theorieën waren per definitie aan verandering onderhevig. Theorieën werden als juist beschouwd tot het tegendeel werd aangetoond. Zo werkte dat. Het punt was dat iedere keer dat ze zich Dianes moordenaar inbeeldde, ze Lester Crain zag. Niet letterlijk, want ze wist niet meer hoe hij eruitzag. Ze had waarschijnlijk wel foto's van hem gezien toen hij was ontsnapt, maar kon zich er niets van herinneren.

'Dag, Callie. Hoe is het ermee?'

Ze hief met een ruk haar hoofd op en zag Nathan naast zich staan.

Ze kwam meteen overeind.

'Ik wilde net weer verdergaan,' zei ze. 'Hoe is het met jou, Nathan?'

'Waarom doen we nooit meer iets samen?' Zijn stem had een klagende intonatie.

Ze draaide zich naar hem toe en keek hem recht in de ogen. Oké, het ogenblik van de waarheid.

'Nathan, je moet vrienden van je eigen leeftijd zoeken. Het spijt me, maar ik heb het doodgewoon te druk. Ik heb een baan. Ik heb een kind. Ik heb andere vrienden.'

Zo. Het was eruit. Maar ze voelde zich helemaal niet opgelucht; ze voelde zich naar. Nathans gezicht vertrok en even was ze bang dat hij zou gaan huilen.

'Kop op, joh,' zei ze met een lach, om de stemming wat te verlichten. 'Jij hebt toch ook andere vrienden? Ik geloof dat Posy je leuk vindt.'

Nathan schudde zijn hoofd. 'Nee. Na die stomme dansavond in Greenfield heeft ze me gedumpt.'

'Gedumpt? Bedoel je dat het uit is tussen jullie?'

'Nee. Ik bedoel dat ze me heeft laten staan. Ik heb haar zien praten met een andere man. Volgens mij is ze samen met hem vertrokken. Ik heb haar een paar keer gebeld, maar ze neemt niet op. Misschien heeft ze nummerweergave en wil ze niet met me praten.'

Callie wist niet wat ze moest zeggen. 'Misschien komt het nog in orde,' zei ze, al dacht ze dat eerlijk gezegd niet. Als Posy hem inderdaad op de dansavond in de steek had gelaten, beloofde dat niet veel goeds. Maar dat was haar probleem niet. *Dat was echt haar probleem niet.*

Een groep studenten kwam de lounge binnen, gierend van de lach. Een van de meisjes had een glanzende vlecht tot op haar middel. Callie verfrommelde de wikkel van de crackers en gooide hem in de prullenbak.

'Bel haar nog maar een keer,' zei ze. 'Misschien is er gewoon sprake van een misverstand.'

Toen ze zich omdraaide en wegliep, vermeed ze het naar zijn gekwetste gezicht te kijken.

Zaterdag 13 mei

VOOR WAPENVERGUNNINGEN: DRUK OP DE BEL
VOOR ANDERE ZAKEN: MELDT U ZICH BIJ HET LOKET ACHTER U

De bel zat onder het bordje op de balie. Callie drukte erop met haar handpalm. De bel rinkelde kort en meteen riep een vrouwenstem: 'Momentje. Ik kom al.'

Nerveus keek Callie nogmaals om zich heen in de kleine hal van het politiebureau. Ondanks dat ze wist dat Rick weer naar zijn ouders was, verwachtte ze half en half dat hij opeens zou opduiken.

'Waar kan ik u mee van dienst zijn?' De vrouw achter het raampje had kort bruin haar en de smetteloze huid van een fotomodel voor zeepreclames. Tot Callies opluchting kwam ze haar niet bekend voor.

'Ik kom voor een wapenvergunning,' zei Callie.

'Hebt u het formulier ingevuld?'

'Ja.' Callie haalde het formulier uit haar tas en gaf het aan de vrouw, samen met het diploma van de Smith & Wesson schietcursus.

De vrouw deed een deur open en wenkte Callie naar binnen. 'Dat is vijfendertig dollar, alstublieft.'

Nadat ze Callies geld had aangepakt, las ze het formulier door. Callie bekeek haar tersluiks en probeerde van haar gezicht af te lezen wat ze dacht. Bij een aantal vragen van het uit vier pagina's bestaande formulier had ze niet goed geweten wat ze moest invullen.

Bent u ooit in behandeling geweest voor of opgepakt wegens drugsverslaving of dronkenschap?

Ze had nooit een rehabilitatieprogramma gevolgd – al had

228

ze dat misschien wel moeten doen – dus had ze daar Nee ingevuld. AA was geen behandelingsprogramma, meer een vorm
van zelfhulp.

*Hebt u ooit een andere naam gehad of bekendgestaan onder
een andere naam?*

Zo ja, vul die in.

Haar eerste reactie was geweest het op te geven en dan maar
geen vergunning aan te vragen. In grote zwarte letters stond bovenaan het formulier een waarschuwing tegen het verstrekken
van valse informatie, waarvoor de straf varieerde van een boete van vijfhonderd dollar tot een gevangenisstraf van twee jaar.
Misschien was de waarschuwing wat overdreven, maar ze had
geen zin risico's te nemen. De enige keus die ze had, was haar
meisjesnaam invullen.

Laura Seton.

Laura Caroline Seton.

Laura C. Seton.

Ze had de verschillende versies in het klad opgeschreven en
geprobeerd er onbevangen naar te kijken. Ze vroeg zich af of de
naam, áls hij al iemand bekend voorkwam, meer dan een vluchtige gedachte zou losmaken. Er waren miljarden mensen op de
wereld en velen hadden dezelfde naam. Uiteindelijk had ze voor
de volle naam gekozen: Laura Caroline Seton. Die was het
meest accuraat en, vond ze zelf, liep de minste kans herkend te
worden.

Het meisje keek op.

'Bij de vraag over de reden voor het verzoek hebt u ingevuld:
persoonlijke bescherming.'

'Dat klopt.'

'Dan zult u even met inspecteur Lambert moeten gaan praten.'

'Is... is dat gebruikelijk? Dat men met hem moet praten?'

'Alleen wie een pistool wil voor persoonlijke bescherming.
Voor de schietbaan hoeft het niet.'

Verdomme.

Vluchtig overwoog Callie de reden die ze had opgegeven, te
veranderen, maar dat zou een transparante list zijn. Ze kon beter laten staan wat ze had ingevuld, alsof ze niets te verbergen
had. In ieder geval kende ze die Lambert niet. Rick had het
nooit over hem gehad.

Haar foto en vingerafdrukken werden genomen. Callie keek

naar de zwarte afdrukken met de patroontjes die te voorschijn kwamen; dit was de tweede keer binnen veertien dagen dat ze dit onderging. In Maine hadden ze haar vingerafdrukken nodig gehad voor het eliminatieproces, om te vergelijken met mogelijke afdrukken op het briefje en het horloge.

Ze deden eerst haar rechterhand, toen de linker en daarna maakten ze nog een tweede setje. Tot slot maakte het meisje een aparte afdruk van Callies rechterwijsvinger.

'Die is voor uw vergunning,' zei ze.

'Waarom? Waarom alleen die?'

'Bij de meeste mensen is dat de vinger waarmee ze de trekker overhalen.'

'O,' zei Callie.

Binnen twintig minuten was het voorbij.

Callie liep al naar de deur, toen haar iets te binnen schoot. 'Op het formulier staat dat het meer dan een maand kan duren – tot je je vergunning krijgt, bedoel ik. Zou dat soms sneller kunnen? Kan de procedure sneller worden afgewerkt?'

'Daarvoor moet u bij inspecteur Lambert zijn. Ik heb geen idee.'

Lambert. Callie was vergeten dat ze nog met hem moest gaan praten.

'Ik geloof dat hij momenteel aanwezig is. Zal ik vragen of hij u meteen kan ontvangen?'

De jonge vrouw pakte de telefoon en voerde een kort gesprek. Toen ze had opgehangen, zei ze tegen Callie: 'Hij is vrij. Loopt u maar even met me mee.'

'Inspecteur Mark Lambert. Aangenaam, mevrouw Thayer.' Hij was Aziatisch, en dat had ze niet verwacht, gezien zijn naam. Lang en slank met hoge jukbeenderen en kort, pikzwart haar. Hij droeg geen uniform maar een coltrui en een kakikleurige broek met een scherpe vouw.

In de kleine witte kamer stond een tafel met twee stoelen. Hij maakte een uitnodigend gebaar, ging tegenover haar zitten en bekeek haar gezicht kort maar aandachtig.

'Zo, mevrouw Thayer, u wilt dus een vuurwapen voor persoonlijke bescherming. Zou u me daar iets meer over willen vertellen?'

Zijn ogen, bijna zwart, waren strak op haar gezicht gericht. Ze had het onaangename gevoel dat hij haar gedachten kon lezen.

'Er valt niet veel te vertellen.' Callie lachte bedeesd. 'Ik ben een alleenstaande moeder met een tienjarige dochter. Het leek me een goed idee. Mijn vader had ook een pistool toen ik klein was en dat gaf me altijd een veilig gevoel.' Dat laatste zoog ze uit haar duim, maar het zou vast niet worden nagetrokken.

'Aha,' zei Lambert. Zijn intonatie veranderde niet. 'Maakt u zich zorgen over iets in het bijzonder?'

'Nee,' zei Callie, misschien wat te snel. 'Nee, daar gaat het niet om.'

'Waar woont u, mevrouw Thayer?'

'Op Abingdon Circle,' zei Callie. 'Een paar straten bij Windham vandaan.'

'Vlak bij de universiteit dus?'

'Ja.'

'Bijna geen misdaden in die buurt. Alleen af en toe een inbraak wanneer mensen op vakantie gaan en vergeten hun krantenabonnement tijdelijk stop te zetten. De laatste keer is alweer een paar jaar geleden.'

'Bij de familie Reilly,' zei Callie. 'Twee jaar geleden met de kerst.'

'Dat kan kloppen.'

Callie begon het een beetje benauwd te krijgen. Ze had niet verwacht dat ze verhoord zou worden.

'Het is niet zo dat ik van plan ben het pistool actief te gebruiken. Ik wil het alleen maar hebben.'

'U weet vast wel hoe gevaarlijk het is om een vuurwapen in huis te hebben. Ongeacht hoe voorzichtig u bent, de kans bestaat altijd dat uw dochter of een kennis het te pakken krijgt.'

'Ik... ik begrijp het niet,' zei Callie. 'Moet ik u ergens van overtuigen of zo? Ik heb de vereiste cursus doorlopen. Ik ben nooit veroordeeld wegens een misdrijf. Ik heb geen van de dingen gedaan die op uw formulier voorkomen, waarvoor u me een vergunning zou kunnen weigeren.'

Lambert keek haar lange tijd aan. 'Ik heb bepaalde bevoegdheden,' zei hij.

Iets in zijn blik maakte Callie erg zenuwachtig. Het was alsof hij haar van bedrog verdacht. Of meer wist dan hij losliet.

Hij leunde achterover zonder dat zijn ogen haar loslieten.

'Agent Evans is bij me geweest. Hij maakt zich zorgen over u.'

Callie keek hem verbluft aan. 'Wat heeft hij gezegd?' vroeg ze.

'Hij vindt het geen prettig idee dat u een pistool in huis zou hebben. Hij vindt dat u de laatste tijd nogal... gespannen bent, dat u bepaalde zaken misschien niet juist beoordeelt.'

Gespannen. Hij had het woord zorgvuldig gekozen. Hij bedoelde eigenlijk *onstabiel.* Wat had Rick zich hiermee te bemoeien! Dit was zijn zaak niet. Voordat ze zich kon bedenken, vlogen de woorden uit haar mond.

'Dat is absurd. Als *agent Evans*' – ze zei het giftig – 'er iets van wil zeggen, moet hij dat tegen mij doen.'

Lambert bekeek haar bedachtzaam. 'Ik had de indruk dat hij dat had gedaan.'

'Ik weet dat hij vindt dat ik geen vuurwapen nodig heb. Maar ik ben geen kind. Hij is mijn vader niet. Dit is iets waar ik zelf over kan beslissen. Ik ben een ingezetene van deze stad, net als ieder ander. Het is niet de taak van de man met wie ik toevallig een relatie heb, zulke beslissingen voor me te nemen.'

'Ho,' zei Lambert. Hij hief zijn handen op. 'Ik geloof dat we nu een beetje doordraaien, mevrouw Thayer. Agent Evans maakt zich alleen maar zorgen om uw veiligheid. Het is geen kwestie van domineren of u vertellen wat u moet doen.'

'Dat kan ik zelf het beste beoordelen,' beet Callie hem toe. 'En op dit moment voelt het juist precies zo aan.'

Een lange stilte. Callie zat erbij met een verhit gezicht en bonkend hart. Een stemmetje in haar hoofd zei: *hier schiet je niets mee op.*

Ze klemde haar kaken op elkaar en liet langzaam haar adem ontsnappen.

'Het spijt me dat ik zo uitviel,' zei ze toen, 'maar Rick heeft hier echt niets mee te maken. Tenzij hij u iets concreets heeft verteld wat u reden geeft te denken dat ik een gevaar voor mijn omgeving zou worden. Als dat zo is, zou ik graag de gelegenheid willen krijgen dat te rectificeren. Ik vind dat ik daar het volste recht toe heb.'

Lambert bekeek haar nog een paar ogenblikken. Toen zei hij: 'Ik zal de aanvraag goedkeuren, maar ik adviseer u hier nog even over na te denken wanneer u zich wat rustiger voelt. Denkt u er alstublieft goed over na of het echt zo'n goed idee is een vuurwapen in huis te hebben.'

Ze wist niet hoe snel ze weg moest komen, weg van Lamberts vragen.

Eenmaal op straat haalde ze een paar keer diep adem. Ze

kneep haar ogen halfdicht tot ze gewend waren aan het felle zonlicht.

Het was een van de eerste warme lentedagen, zacht en tegelijkertijd verkwikkend. De hemel was net zo prachtig blauw als op de dag van het paaseieren zoeken. Het politiebureau stond in een straat met pittoreske winkeltjes. Mensen slenterden langs, maar Callie had er amper erg in.

Ze bleef nog even in de schaduw van het politiebureau staan en haalde haar mobieltje uit haar tas. Ze had het telefoonnummer van zijn ouders niet eens. Ze zou een bericht moeten achterlaten. Rick had een mobieltje, maar gebruikte het zelden en ze had ook dát nummer niet.

Toen ze haar mobieltje aanzette, gaf dat met een piepje aan dat er iets was binnengekomen op haar voicemail. Dat kon wachten tot nadat ze met Rick had gesproken. Ze belde zijn nummer thuis en liet een bericht achter of hij contact met haar wilde opnemen. Tijdens de korte wandeling naar huis liet ze, tegen haar gewoonte in, haar mobieltje aanstaan.

Ze liep door Main Street, langs de boetiekjes en cafés. Heel Merritt was vandaag de straat op gegaan. Moeders met baby's, skateboarders, muzikanten en studenten. Een kleine vrouw in een oranje kaftan voerde haar teckel een ijsje.

Eenmaal thuis liep Callie met bonkende stappen de trap naar de veranda op en stak de sleutel in het slot van de deur. Ze was blij dat Anna met Mimi en Henry naar het amusementspark Six Flags was. Ze liep regelrecht naar de telefoon in de keuken. Er stond één bericht op het antwoordapparaat.

Eerst dacht ze dat iemand een verkeerd nummer had gedraaid, misschien in een dronken bui. De vrouwenstem klonk zacht en lispelend, bijna onverstaanbaar. Maar ze hoorde haar eigen naam en toen een andere. *Melanie.*

Melanie had haar gebeld.

Callies adem stokte.

Ze hield haar oor dicht bij het apparaat en drukte op replay. De woorden waren onduidelijk en onsamenhangend, moeilijk te begrijpen. Gemompelde verontschuldigingen en toen een telefoonnummer. Callie moest het bericht nog tweemaal beluisteren voor ze het nummer had verstaan, en toen was er nog steeds één cijfer dat haar niet duidelijk was. Een drie of een vier.

Ze probeerde eerst de drie en liet de telefoon zes keer overgaan. Ze wilde net ophangen toen een lodderige stem antwoordde.

'H'llo?'

'Melanie?'

'Ja-a?'

'Je spreekt met Callie. Je had gebeld.'

'O... hallo, Callie.' Ze klonk versuft. 'Ik heb je gebeld.'

Was dat een vaststelling of een vraag? Callie kon het niet met zekerheid zeggen.

'Ja,' antwoordde ze vriendelijk. 'Je had een bericht achtergelaten op mijn antwoordapparaat. Ik had je juist willen bellen, om te vragen hoe het met je is.'

'Ik... er is me iets overkomen. Ik heb in het ziekenhuis gelegen.'

'Ja... dat weet ik,' zei Callie. 'Het spijt me erg voor je.'

'Het spijt mij ook,' zei Melanie. Ze maakte nog steeds een verwarde indruk, maar haar stem klonk iets sterker, alsof haar geest zich vastklampte aan iets wat ze heel graag wilde zeggen. 'Ik wist gewoon niet beter. Ik was jong, maar dat is natuurlijk geen excuus. Ik was gewoon... in de war en ik begreep het niet, maar, maar... het spijt me.'

Waar had ze het over? 'Je hoeft je nergens voor te verontschuldigen,' zei Callie. 'Je hebt niets verkeerds gedaan.'

'Jawel. Dat heb ik wél. Maar ik had het niet zo bedoeld... echt niet...'

'Rustig maar,' zei Callie. Melanies geagiteerde wartaal baarde haar grote zorgen.

Maar Melanie luisterde niet. Ze begon weer te praten, en haar woorden, normaal gesproken zo nauwkeurig, klonken aarzelend en warrig.

'Ik dacht dat ik beter was dan jij. Dat ik nooit zo zou worden als jij. Ik dacht dat het je eigen schuld was, van Steven, dat je had moeten *zien* wat...' Haar stem zakte weg.

Callie voelde zich uit haar evenwicht gebracht, alsof ze geen adem kon krijgen. Maar had ze op een bepaald niveau niet altijd geweten hoe Melanie zich voelde? Ze had altijd een radar gehad voor dergelijke reacties. Omdat die de hare weerspiegelden.

'Je hebt gelijk. Ik had het moeten zien. Daar had je gelijk in.'

'Maar soms... zie je het gewoon niet. Toen ik verliefd werd op Frank, dacht ik dat het perfect was. Ik dacht dat hij echt van me hield. En hij was zo... zo *zelfverzekerd*. Hij wist altijd wat hij moest doen. Maar het punt is dat hij er nooit echt was.'

Callies hart kromp ineen. Ze herinnerde zich dat gevoel.

De verdwijnende man. Het trof haar nog steeds, de ironie van die bijnaam. Een of ander pulpblad was ermee gekomen – ze kon zich niet herinneren welk – en hij was meteen overgenomen door de media – tv, radio, kranten. De getuigen die als laatsten zijn slachtoffers hadden gezien, herinneren zich wel een man, maar afgezien van het feit dat hij knap om te zien was, konden ze hem niet duidelijk beschrijven. Of liever gezegd, de beschrijvingen die ze gaven, kwamen nooit met elkaar overeen. Sommigen zeiden dat hij blond was; anderen verklaarden dat hij bruin haar had. Hij was één meter zeventig, minstens één meter tachtig, bijna één meter negentig. Ze hadden alleen maar een glimp van hem opgevangen. Het ene moment was hij er, het volgende was hij verdwenen.

Daarnaast was er het andere aspect, dat veel persoonlijker was. Al die nachten dat ze op hem had zitten wachten en bang was geweest hem te verliezen. Bang dat hij op een dag zou verdwijnen, dat hij zou vertrekken en nooit meer terugkomen. Ze had gedacht dat hij een ander had, ze had hem er zelfs naar gevraagd. Maar hij was niet met andere vrouwen in bed gedoken. Hij had ze alleen maar vermoord.

En toch was ze van hem blijven houden. Ze had hem niet los kunnen laten.

Op de dag dat hij in Tennessee ter dood was veroordeeld, had ze hem dat willen vertellen. Ze had in de zaal gezeten en vurig gehoopt dat hij zich zou omdraaien en haar aankijken. Ze had hem willen laten weten dat hij niet alleen was, dat ze ondanks alles nog steeds van hem hield.

'De effectenwet. Zegt dat je iets?' Melanies stem klonk nu dromerig, alsof ze haar gedachten de vrije loop gaf.

'Nee, ik geloof van niet.'

'Nou, er is een… een… *dinges*,' – Melanie leek de woorden niet te kunnen vinden. 'Het is… een wet, die zo in elkaar zit dat je verplicht bent informatie te verstrekken als die concreet is. Zo heet dat. *Concreet*.' Callie hoorde de tevreden klank in haar stem toen ze het woord had gevonden. 'Alleen maar niet liegen is niet genoeg. Je moet uit jezelf informatie bekendmaken om zaken op te helderen. Zodat je er zeker van kunt zijn dat andere dingen die je hebt gezegd niet… misleidend zijn.'

'O,' zei Callie.

'Ik vind dat het ook zo zou moeten zijn wanneer mensen zeggen dat ze verliefd zijn.'

'Hoe bedoel je?' vroeg Callie.

'Dat het niet genoeg is dat je alleen maar niet liegt. Dat wil nog niet zeggen dat je de hele waarheid vertelt. Toen ik Frank betrapte met Mary Beth zei hij dat ik het gewoon had moeten vragen. Hij zei dat hij nooit tegen me had gelogen. Alsof dat iets uitmaakte.'

'Steven heeft tegen mij gelogen,' zei Callie. Ze kon zich niet inhouden.

'Dat bedoel ik nu!' zei Melanie. Ze raakte weer opgewonden. 'Het is precies hetzelfde. *Het is allemaal precies hetzelfde!* Of ze nou iets zeggen. Of dat ze niets zeggen. Het is allemaal hetzelfde.'

Melanie wond zich erg op. Dit kon niet goed voor haar zijn.

'Lieverd,' zei Callie, zelf verbaasd dat ze zoiets tegen Melanie zei, 'ik geloof dat we beter kunnen ophangen. Je hebt je rust nodig.'

Melanie leek haar niet te horen. 'Ze zeiden dat ik te mager was, maar dat was niet zo. Je hoeft niet zo veel te eten. Ik heb er een hoop over gelezen. Boeken. Van alles. Ik ben niet… anorectisch.'

Een klik en de stukjes vielen op hun plek, de reden waarom Melanie er zo hologig had uitgezien.

Een piepje op de lijn. Een ander binnenkomend telefoontje. Misschien was het Rick.

'Melanie,' zei Callie zachtjes. 'Is het goed als ik je straks terugbel?'

'Ja, hoor,' zei Melanie. Ze klonk slaperig, alsof ze begon in te dommelen. De opwinding van de afgelopen minuten leek haar te hebben uitgeput.

Maar voordat ze ophing, was er nog één vraag die Callie haar moest stellen. 'De man die je heeft aangevallen. Had die bloemen voor je bij zich toen hij op de deur klopte?'

'Ja, rozen,' zei Melanie. 'Dat is het enige wat ik me herinner.'

Nadat Callie had opgehangen, keek ze wie er had gebeld. Het netnummer was 413. Ricks mobieltje? Voordat ze naar de voicemail luisterde, liep ze naar de gootsteen en vulde ze een glas met water. Ze keek uit het raam terwijl ze het glas snel leegdronk.

De wetenschap dat de bloemen rozen waren geweest, maakte alles een stuk eenvoudiger. Zoals ze al had vermoed, bestond er dus een connectie. De aanval op Melanie had iets te maken met de dingen die haarzelf waren overkomen. Nu ze dat zeker wist, besloot ze Mike Jamison te bellen en hem over de rozen te vertellen; over die van haar en die van Melanie. Ergens was het een opluchting dat de twijfel nu was weggenomen.

Zoals ze al had gedacht, was het Rick die haar had gebeld. Ze belde hem meteen terug. Zodra ze hem 'hallo' hoorde zeggen, laaide de woede weer op.

'Hoe haal je het in je hoofd om met Lambert over mij te praten?'

Hij gaf niet meteen antwoord, maar toen hij sprak, hoorde ze dat ook hij kwaad was.

'Weet je wat? Het kan me niet schelen dat je kwaad bent. Jij moet geen pistool kopen, Callie. Je weet helemaal niet hoe je ermee moet omgaan.'

Had ze verwacht dat hij zijn verontschuldigingen zou aanbieden? Ze wist het niet zeker. Ze had in ieder geval niet verwacht dat hij net zo kwaad zou zijn als zij. Ze had deze kant van hem nog nooit meegemaakt. Hij was altijd zo geduldig.

'Ik heb les genomen,' zei Callie. Ze voelde de spanning in haar kaak.

'O ja? Dan heb je dus drie of vier keer mogen schieten op de schietbaan. Fijn voor je.'

Zijn sarcasme was de laatste druppel. De woorden stroomden naar buiten. 'Waarom laat je me niet gewoon met rust? Laat me met rust! Dit heeft niets met jou te maken.'

Daarop volgde een lange stilte.

'Goed dan,' zei Rick. En toen, afgemeten: 'Leuk je gekend te hebben.'

Met een klikje werd de verbinding verbroken.

Een tijdlang bleef ze zitten met de telefoon in haar hand. Ze had aan zijn stem gehoord dat dit definitief was, dat het voorbij was. Rick had deel uitgemaakt van haar leven. Nu was hij weg. Rondom haar zag alles er nog hetzelfde uit. Licht stroomde de keuken binnen. Ze verwachtte ieder moment het hartzeer te voelen opkomen, maar in plaats daarvan voelde ze zich verdoofd. Ze was niet kwaad. Ze was niet van streek. Ze voelde helemaal niets.

Wat zou er nog meer gebeuren? vroeg ze zich af.

Ze moest Jamison bellen en hem over de rozen vertellen, maar opeens was ze zo verschrikkelijk moe dat ze zich amper kon verroeren. Godzijdank zou het nog een paar uur duren voordat Anna thuiskwam. Boven liet ze zich op haar onopgemaakte bed vallen en schopte haar schoenen uit. Ze dacht erover haar trui en spijkerbroek uit te trekken, maar het was haar te veel moeite. Bovendien wilde ze alleen maar even uitrusten. Niet slapen.

Ze werd wakker van een dof rinkelend geluid. Het hield maar aan. Verward ging ze rechtop zitten en stak haar hand uit naar haar wekker. Maar het geluid was niet afkomstig van het nachtkastje. Het kwam van beneden. *De deurbel. Het was de deurbel*, dacht ze.

Callie kwam moeizaam overeind.

Het was donker op de gang. Ze deed het licht aan en holde de trap af. Gedurende de tijd dat ze in bed had gelegen, was de hemel van blauw in bijna zwart veranderd. Ze moest úren hebben geslapen.

Ze deed het buitenlicht aan en keek door het spionnetje. Anna, Mimi en Henry stonden op de veranda. Mimi had een mobiele telefoon in haar hand en drukte een nummer in.

Callie deed de deur van het slot.

'Sorry,' zei ze. 'Ik had jullie niet gehoord. Ik was in slaap gevallen.'

Ze keek naar Anna. 'Dag lieverd. Heb je een leuke dag gehad?'

Anna had een groene pluchen beer onder haar arm en een suikerspin in haar hand. Het plezier stráálde van haar af. Ze had rode blosjes op haar wangen en haar haar zat helemaal in de war.

'Het was zó cool!' zei ze.

'Vet cool,' viel Henry haar bij.

'Willen jullie binnenkomen?' vroeg Callie aan Mimi.

'Nou, heel even dan.'

De kinderen stoven langs hun moeders heen naar de achterkamer.

'Kopje thee?' zei Callie. Ze ging Mimi voor naar de keuken.

Callie voelde zich nog half verdoofd en een beetje slonzig in haar verkreukelde trui en spijkerbroek. Zoals gewoonlijk zag Mimi er perfect uit in een donkerblauw twinset en lange broek. Gouden oorbellen. Gucci-instapschoenen. Een leren schoudertasje. Callie zag zichzelf niet in dergelijke kleren naar een pretpark gaan. Eerlijk gezegd zag ze zichzelf helemáál niet in dergelijke kleren.

Mimi ging aan de keukentafel zitten en bekeek een van haar nagels. 'Heb je kruidenthee?'

'Ik heb kamille.'

'Ja, da's goed.'

Callie leunde tegen het aanrecht terwijl ze wachtte tot het water zou koken. 'En? Heb je de dag nogal redelijk doorstaan?' vroeg ze.

'Ja, hoor. Ze zijn braaf geweest.' Ze bleef haar nagels bekijken, met een verstrooid gezicht.

'Nogmaals bedankt dat je met ze bent gegaan.'

'O, geen dank, hoor.'

Het gesprek stokte weer, maar ditmaal deed Callie geen moeite het opnieuw op gang te brengen.

Uit de achterkamer kwamen geluiden van een verhitte Nintendo-strijd. Callie deed in één mok een zakje kamillethee, in een andere China Black. De ketel begon te fluiten. Callie draaide het gas uit. Ze goot het water op en liep met de mokken naar de tafel.

De stilte was nu loodzwaar. Callie roerde in haar thee en zocht verwoed naar iets om over te praten. Opeens bedacht ze dat dit onverwachte bezoek een mooie gelegenheid was om Mimi te vragen of ze soms vreemde dingen in hun buurt had gezien. Mimi was overdag meestal thuis en woonde pal tegenover haar.

Ze probeerde een luchtige toon aan te slaan, alsof ze het over een onbelangrijk incident had.

'Zeg, heb jij de laatste tijd ook problemen gehad met leveringen?' Lekker neutraal.

'Leveringen?' Mimi keek haar aan alsof ze nog nooit van dat woord had gehoord.

'Ik had wat boeken besteld, en die zijn nooit aangekomen. Dat wil zeggen, ze zijn volgens de winkel wel gestuurd, maar ik heb ze nooit gekregen. En een paar dagen geleden kreeg ik opeens een bos bloemen die ik niet had besteld.'

Mimi glimlachte flauwtjes. 'Misschien heb je een stille aanbidder.'

Callie probeerde terug te glimlachen. 'Nee, volgens mij was het een vergissing.'

'Nou, wat kan jou het schelen?' zei Mimi. 'Ik hoop dat je ervan hebt genoten. Ik kan me niet eens herinneren wanneer Bernie me voor het laatst bloemen heeft gestuurd.'

'Jullie hebben dus niet van dat soort problemen gehad? Ook

geen vreemde dingen gezien? Mensen die hier niet thuishoren of hier rondhangen?'

Mimi haalde haar schouders op en nam een slokje thee. Toen ze haar mok neerzette, morste ze wat. Ze wreef de tafel droog met een servet. Toen ze weer opkeek, blonken er tranen in haar ogen. 'Bernie heeft een verhouding.'

Callie verslikte zich bijna in haar thee. 'Weet je dat zeker?' zei ze. 'Jullie zien er altijd zo gelukkig uit samen.'

Mimi glimlachte strak. 'Schone schijn,' zei ze. 'In werkelijkheid geeft mijn echtgenoot om niemand anders dan zichzelf. Maar als hij denkt dat ik dit over mijn kant zal laten gaan, zal hij nog raar opkijken.'

Callie wou dat Mimi erover ophield. Het was vreselijk gênant. Ze was er zeker van dat ze er straks spijt van zou hebben. Tegelijkertijd voelde ze iets van medeleven in zich opwellen. Een dergelijke bekentenis was niets voor Mimi. Ze moest wel erg ongelukkig zijn. Ze zocht naar een antwoord, naar troostende woorden, maar voordat ze die had gevonden, stond Mimi op.

'We gaan maar eens naar huis,' zei ze monter. 'Bedankt voor de thee.'

Opeens was het alsof het gesprek helemaal niet had plaatsgevonden. Mimi streek haar haar glad, pakte haar tas.

Callie voelde zich een beetje duizelig toen ook zij overeind kwam.

'Ik ben blij dat je even binnen bent gekomen,' zei ze tegen Mimi. 'En nogmaals bedankt voor vandaag.'

Onder het eten praatte Anna honderduit over de nieuwe achtbaan. 'Hij heet Batman, De Zwarte Ridder, en hij heeft niet eens een *bodem*. Het is net alsof je vliegt. Er zijn allemaal scherpe bochten en je gaat wel *vijf keer* over de kop!'

Het idee dat Anna door de lucht had gevlogen, gaf Callie een wee gevoel. Was er al niet genoeg gevaar in de wereld zonder dat je op zoek moest gaan naar nog meer?

'Je moet ook een keertje gaan, mam.' Anna's ogen schitterden.

Callie glimlachte zwakjes. 'In de achtbaan? Mij niet gezien.'

Anna prikte in haar worteltjes zonder er een hap van te nemen. Ze keek Callie onderzoekend aan. 'Waar is Rick eigenlijk?' vroeg ze. 'Het is zaterdag. Gaan jullie niet uit?'

'Rick heeft vanavond iets anders te doen,' zei Callie en ze was blij dat Anna er niet over doorging. Ze zou later nog wel uitleggen dat Rick voorgoed verdwenen was.

Na het eten, toen ze de vaat in de afwasmachine zette, herinnerde Callie zich het bericht op haar mobieltje. Ze was zo kwaad geweest op Rick dat ze er helemaal niet meer aan had gedacht. Ze moest toch echt even kijken wie er had gebeld. Maar ze bleef aan Rick denken en aan de dingen die ze vandaag hadden gezegd. Ze vond nog steeds dat ze gelijk had – hij had niet achter haar rug om met Lambert moeten gaan praten, maar diep in haar hart wist ze wel dat het niet zijn bedoeling was geweest haar te kwetsen.

Toen de keuken aan kant was, ging ze naar boven om te studeren. Maar in plaats van aan haar bureau te gaan zitten, liet ze zich weer op haar bed vallen. Vijf minuten uitrusten, dacht ze, dan zou ze aan het werk gaan. Maar twintig minuten later lag ze er nog net zo. Ze overwoog Anna te gaan vragen of ze zin had in een potje monopolie. Toen herinnerde ze zich het bericht op haar mobieltje weer en stond ze op om haar tas te pakken.

'Er is één nieuw bericht voor u,' zei de blikkerige stem.

Daarop volgde een andere stem. Haar ex had teruggebeld.

'Ik heb het met mijn vrouw besproken en zij – wij – vinden dat het allemaal erg... gecompliceerd zou worden als we Anna kennis lieten maken met onze kinderen. Je hebt het zelf zo gewild en het is niet eerlijk om nu opeens de spelregels te willen veranderen.'

Hij ging nog even zo door, kil en een beetje beschuldigend. Ze luisterde tot het einde naar het bericht en wiste het toen.

Het idee dat Kevin Anna niet eens wilde zien, was zo kwetsend dat ze er niet over wilde nadenken. Voor het eerst was Callie dankbaar dat Anna niet zoveel op had gehad met Rick. Het laatste wat haar dochter nodig had, was nóg een vaderfiguur te moeten verliezen.

Maar er was nog een andere reden, een dringender reden, waarom het bericht een onaangename nasmaak achterliet. Ze besefte dat ze in zekere zin op Kevin had gerekend als laatste toevlucht. Ze had gedacht dat ze iemand had die Anna in huis zou kunnen nemen als er iets mocht gebeuren. Het was niet realistisch te blijven doen alsof ze niet in levensgevaar verkeerde. Wat ze allemaal te weten was gekomen in de twee weken sinds Melanie was aangevallen, had alle twijfel daarover weggenomen. Was het niet onverstandig om Anna in deze omstandigheden thuis te houden? Zou het niet veel beter zijn om haar ergens anders onder te brengen, haar uit de vuurlinie te halen? Over een paar weken begon de grote vakantie. De timing was in ieder geval gunstig.

Callie stond op, liep naar Anna's kamer en klopte zachtjes aan.

Anna lag al in bed met een Harry Potter-boek.

Callie ging op de rand van het bed zitten.

'Wat is er?' vroeg Anna. Ze keek Callie argwanend aan, alsof ze iets vermoedde.

Callie sloeg een opgewekte toon aan. 'Over een paar weken begint de grote vakantie en ik vind dat je wel eens naar opa en oma kon gaan. Het is al bijna een jaar geleden dat die je hebben gezien.'

Anna staarde haar aan.

'Bedoel je dat ik naar Indianapolis zou moeten?' Ze zei het op een toon alsof Callie had gezegd dat ze de hele vakantie in de woestijn zou moeten bivakkeren. 'Voor hoe lang?'

'Een week. Misschien twee.'

'Wat zou ik daar in hemelsnaam moeten *doen*?' Anna klonk doodongelukkig. 'Ik ken er niemand.'

'Misschien krijg je daar wel nieuwe vrienden of vriendinnen. Oma kent vast wel mensen met kinderen van jouw leeftijd.'

Anna schudde haar hoofd. 'Nee,' zei ze gedecideerd. 'Ik wil niet.'

Callie zuchtte. 'Het zijn je grootouders. Je moet er af en toe heen. Ik weet zeker dat je het leuk zult krijgen wanneer je er eenmaal bent.'

'Nee,' zei Anna. 'Ik wil niet. En je kunt me niet dwingen.' Ze was kwaad en stak opstandig haar kin naar voren. Callie stond op het punt ertegenin te gaan, maar slaagde erin zich in te houden.

Ze stond op.

'Het heeft geen zin hierover te praten wanneer je in zo'n dwarse bui bent. We hebben het er nog wel over wanneer je wat bent gekalmeerd.'

'Ik ga toch niet,' zei Anna weer.

'Jawel,' zei Callie. 'Je gaat wel.'

✣

'Ik ga níét.' Nogmaals fluisterde Anna de woorden voor zich heen.

Ze hoorde de deur van haar slaapkamer dichtgaan en luisterde naar de voetstappen van haar moeder. Toen stapte ze uit bed en liep haar kamer door naar haar computer. Haar moeder vond dat ze geen keus had. Nou, daar zou ze nog raar van opkijken.

Anna zette haar computer aan. Toen het beginscherm verscheen, logde ze in bij AOL en bekeek haar vriendenlijst. TheMagician93 was al on line. Precies zoals ze had verwacht. Ze klikte op het pictogram van nieuw bericht en dacht na over wat ze zou schrijven. Wilde ze dit echt? De laatste tijd twijfelde ze erg. Rick kwam niet zo vaak meer en ze had gedacht dat ze de goede kant op gingen. Maar het was niet zoals voorheen, toen mamma en zij samen alleen waren geweest. Het was net alsof haar moeder anders was dan vroeger.

Ja, besloot ze, ze was er klaar voor.

Bovendien kon ze altijd terugkomen.

Bttrfly146   Ik ben gereed om te gaan.

Slechts een paar seconden nadat ze haar bericht had verstuurd, schreef hij haar terug.

TheMagician93   Wil je vanavond gaan?
Bttrfly146   Ja. Om middernacht. Zoals we hebben afgesproken.

◦◦◦

Laura Seton leerde Steven Gage kennen toen ze net twintig was geworden. Ze had een paar moeilijke jaren achter de rug en hoopte op betere tijden.

In tegenstelling tot haar oudere zuster Sarah, die de middelbare school op haar sloffen had gehaald en met al evenveel gemak haar artsenstudie had voltooid, had Laura moeite haar weg te vinden in het leven. Ze was gaan studeren aan de Universiteit van Indiana, de grote openbare universiteit waar ook Sarah had gestudeerd, maar in tegenstelling tot Sarah, die zich er als een vis in het water had gevoeld, verpieterde Laura er en voelde ze zich doodongelukkig. Ze had aanvan-

kelijk Engels als hoofdvak gekozen, maar was overgestapt op psychologie. Daarna overwoog ze nogmaals een ander vak te kiezen, maar uiteindelijk besloot ze haar studie een jaar op te schorten. Een vriendin die ze van de middelbare school kende, Sally Snyder, had een zus die in het bruisende, kleurrijke Cambridge, Massachusetts woonde, de stad van Harvard. Sally, die zelf niet was gaan studeren, stelde haar voor daar een jaar te gaan wonen. Het was de uitweg waar Laura naar had gezocht. Ze stemde er meteen mee in.

Sally en Laura vonden een flat in het naburige Somerville, slechts één metrohalte op de Rode Lijn verwijderd van de baantjes die ze vonden op Harvard Square – Sally als verkoopster in een kledingzaak en Laura als serveerster. Laura werkte iedere dag van drie tot tien in een restaurant genaamd de Swiss Alps, waar ze avond aan avond grote porties zwaar, rijkelijk met gesmolten kaas overgoten voedsel opdiende. Voor de meeste mensen die ze bediende, had ze geen interesse, maar er was er één die meteen indruk op haar maakte. Niet alleen omdat hij knap was om te zien: wat haar opviel, was dat hij erg beleefd was. En dat hij op kleinigheden lette.

De eerste avond dat hij in het restaurant kwam, had ze een tafel met drie lastige vrouwen. Het eten was niet goed, ze moesten er te lang op wachten. Ze hadden niets dan klachten. Toen ze eindelijk toekwam aan de tafel met de nieuwkomer, was ze buiten adem. Ze verontschuldigde zich dat ze hem zo lang had laten wachten, maar hij zei dat het niets gaf. 'Ik heb gezien hoe dat stel zich gedraagt,' zei hij, met een knikje naar de vrouwen. Nadat hij die avond was vertrokken, bleef ze aan hem denken en toen hij de hele week niet terugkwam, was ze teleurgesteld. Maar opeens was hij er weer, aan hetzelfde tafeltje. Zijn gezicht lichtte op toen hij haar zag. 'Leuk je weer te zien,' zei hij. Toen ze hem aan het eind van de maaltijd de rekening bracht, vroeg hij of ze zin had iets met hem te gaan drinken.

In het verderop gelegen Wursthaus bestelden ze allebei een biertje en stelde hij zich aan haar voor. Zijn naam was Steven Gage. Hij was opgegroeid in Nashville en had gestudeerd aan de Universiteit van Tennessee. Hij wilde nu graag rechten gaan studeren en hoopte dat op Harvard te kunnen doen.

Een schrapend geluid. Hij legde het boek neer en knipte de kleine zaklantaarn uit. Hij tuurde door de kieren van de boomhut naar de overkant van de straat. Afgezien van de lamp op de veranda was haar huis in duisternis gehuld. Was het geluid ergens anders vandaan gekomen? Of had hij het zich verbeeld? Hij was deze week iedere avond hierheen gekomen, in de hoop haar te zien. Misschien begon de frustratie van die eindeloze uren invloed uit te oefenen op zijn waarnemingen.

Hij keek naar de verlichte cijfertjes van zijn horloge: zeven voor twaalf. Toen dacht hij aan een ander horloge, dat om een slanke pols had gezeten. Dat beeld kalmeerde hem iets. Hij voelde zich iets beter.

De tijd is fair, zei hij in zichzelf. *Uiteindelijk is de tijd fair.*

Toen hoorde hij het weer. Ditmaal vergiste hij zich niet. Het was niet van haar raam afkomstig, maar meer naar rechts. Een hoofd werd uit dat andere raam naar buiten gestoken en keek naar links en rechts. Anna. Het was Anna. Wat voerde die in haar schild?

Gefascineerd bleef hij naar haar kijken, afwachtend wat er zou gebeuren. Maar na een paar seconden verdween ze weer naar binnen en werd alles weer stil. Was het voorbij? Was dat alles? Hij hield zijn ogen op het huis gericht.

Toen ging de voordeur open. Een kleine gedaante kwam naar buiten. Anna trippelde de veranda af en holde de straat over. Zijn hart bonkte in zijn keel. Ze kwam regelrecht op hem af! Ze stopte onder de boomhut en bleef roerloos staan. Alsof ze ergens op wachtte. Alsof ze op *iemand* wachtte. Ze stond precies onder hem. Hij durfde amper adem te halen.

Een andere deur ging open, maar nu was het geluid afkomstig van het huis onder hem. Een ander kind kwam naar buiten. Kijk eens aan, de kleine Henry Creighton. De jongen liep recht op Anna af. Vanaf zijn uitkijkpost in de boomhut hoorde hij hen fluisteren, maar hij kon niet verstaan wat ze zeiden. Even later liepen ze samen de straat uit. Wat hem daarnet niet was opgevallen, was dat Anna een rugzak droeg. *Ze liepen weg van huis!* dacht hij. Dat was het. En op hetzelfde moment explodeerde er een gedachte in zijn hoofd. Hij was van plan geweest Laura Seton te vermoorden, maar waarom zou hij niet haar kind vermoorden?

Zondag 14 mei en maandag 15 mei

DE BUREAULAMP WIERP EEN GELE LICHTCIRKEL OP DE zwartbedrukte pagina's van haar boek. Callie was bezig aantekeningen te maken. Ze had haar walkman opgezet en vond rust bij een vioolconcert van Vivaldi. Een tijdlang was ze bevrijd van haar nijpende zorgen en ging ze helemaal op in de wereld van gedachten.

Haar pen gleed over het papier, eerst langzaam, allengs sneller. Ze was begonnen haar scriptie over onbewuste overbrenging in grote lijnen op te zetten. Ze had uiteindelijk besloten 'ooggetuigenverklaringen' als hoofdonderwerp te nemen. Ze was op het idee gekomen door de twee praktijkgevallen die steeds weer opdoken: de psycholoog die valselijk was beschuldigd van een verkrachting en de onfortuinlijke kaartjeskoper. Beiden waren het slachtoffer geworden van foutieve identificatie door een ooggetuige. Ze had besloten meer voorbeelden te zoeken en te proberen ze te catalogiseren. Haar scriptie zou eerst de klassieke gevallen bespreken en daarna die uit haar eigen research.

De cassetterecorder sloeg af aan het eind van het bandje. Callie keek op haar horloge en zag tot haar verbazing dat het bijna één uur was. Ze nam haar koptelefoon af. Stilte. Anna sliep natuurlijk allang. Toen ze de vellen papier op haar bureau bijeenpakte, bekeek ze nog even wat ze had geschreven. Ze had vanavond heel wat werk verzet en dat deed haar goed. Ondanks alle problemen had ze een klein deel van haar leven weer voor zichzelf opgeëist.

In de badkamer waste ze haar gezicht en bette het droog, kneep wat tandpasta uit de tube en begon haar tanden te poetsen. De flauwe smaak van oude koffie werd weggespoeld door die van pepermunt. Na het tandenpoetsen floste ze en daarna smeerde ze haar gezicht in met nachtcrème. Terwijl haar vingers de huid van haar wangen masseerden, bekeek ze haar gezicht aandachtig. Het was een tijd geleden dat ze zichzelf goed had bekeken en wat ze zag, was zorgwekkend. De spieren van haar gezicht leken vrij gespannen, er zat een diepe rimpel tussen haar ogen en een strakke trek rond haar mond. Dit waren geen normale sporen van ouder worden, maar tekenen dat er iets mis was. Het goede gevoel van daarnet haperde en verdween toen. Ze had gedacht dat ze haar angst de baas was, maar haar gezicht vertelde haar dat het tegendeel waar was. En de angst was haar niet alleen aan te zien, maar manifesteerde zich ook in haar gedrag. Ze dacht terug aan hoe ze Anna daarstraks had afgesnauwd.

Ze deed het badkamerlicht uit en liep door haar kamer naar die van Anna. Ze zou haar niet wakker maken, alleen even naar haar kijken. Ze deed het licht op de gang niet aan, zodat het donker zou blijven in Anna's kamer. Zachtjes duwde ze de deurknop naar beneden en deed de deur op een kiertje open. De scharnieren piepten een beetje, maar onder de dekens verroerde zich niets.

Callie bleef een ogenblik op de drempel staan wachten of Anna zich zou bewegen, maar haar dochter leek diep in slaap te zijn. Op haar tenen liep Callie naar het bed. Ze zag een berg dekens en lakens, een paar pluchen beesten. Ze bukte zich, zoekend naar Anna's hoofd. Ze stak haar hand uit en voelde een bobbel van dekens, die meegaf onder haar hand. Ze betastte een ander deel van het bed. Ook daar gaf de deken mee. Ze greep de dekens en sloeg ze in één ruk op. Niets. Anna lag niet in haar bed.

Ze richtte zich op, liep snel terug naar de gang en keek in de badkamer. De deur stond open en het licht was uit.

Anna was er niet.

'Anna?' riep Callie zachtjes. En toen iets harder: 'Anna?'

Misschien was ze beneden. Misschien was ze hongerig wakker geworden en iets gaan eten.

Callie holde met twee treden tegelijk de trap af.

'Anna?' riep ze weer toen ze het licht in de keuken aandeed. Het bekende vertrek werd fel verlicht, maar Anna was er niet.

Callie holde het hele huis door terwijl ze Anna's naam bleef roepen. Een hol gevoel groeide in haar borst, diep, zwart en breed. *Dit kan niet waar zijn*, bleef ze denken. *Het moet een vergissing zijn.* Ze holde weer naar boven, naar Anna's kamer, veegde met haar armen over het lege bed, rukte de deuren van de kast open en duwde de kleren opzij. Ze liet zich op haar knieën vallen en keek onder het bed: wat boeken, een legpuzzel. Ze stond weer op en drukte haar handen tegen haar mond.

Denk na, Callie, denk na.

Ze holde de trap af naar de kelder en doorzocht die ruwe betonnen ruimte tot in de uiterste hoeken. Godzijdank was er niets bijzonders te zien, geen teken dat er iets mis was. Planken met potten verf en dozen. Een met lakens gevulde wasmand. Ze liep naar de deur van de stookkamer en gooide die open. Ook daar geen spoor van Anna te bekennen. Ze holde terug naar boven.

Ze wist niet wat het nummer van het politiebureau was en moest het opzoeken. Haar vingers voelden dik en stijf aan, alsof ze geen deel van haar uitmaakten. Tweemaal drukte ze een verkeerde toets in en moest ze opnieuw beginnen.

Toen ze uiteindelijk het goede nummer had gedraaid, ging de telefoon tweemaal over.

Een mannenstem nam op met: 'Politie.'

In haar binnenste bewoog zich iets.

Anna was echt verdwenen.

Ze begon onbeheerst te beven. 'Mijn dochter is... mijn dochter wordt vermist.'

࿇

Om vier uur 's ochtends ging er een bus naar Boston. Die zouden ze nemen. Tegen de tijd dat hun ouders naar hen gingen zoeken, zouden ze ver weg zijn. 'Maar als ze nou het busstation bellen?' had Anna aan Henry gevraagd. Henry had gezegd dat het niet uitmaakte. Er was toch niemand wakker.

Maar eerst moesten ze bij de bus zien te komen. Dat was de eerste stap. Tot nu toe hadden ze een halfuur gelopen. Anna kreeg al pijn in haar voeten.

'Hoe ver is het nog?' vroeg ze aan Henry.

Henry schokschouderde. 'Een paar kilometer.'

Anna zei niets. Het klonk erg ver.

Het was vreemd om zo laat op straat te zijn in de stille stad. Ze liepen dwars door het centrum van Merritt, maar hadden nog geen enkele auto gezien. De winkels waren dicht en donker. Aan de hemel flonkerden miljoenen sterren. De gele kat die in de boekwinkel woonde, lag in de vensterbank te slapen. Hij heette Sebastian en toen Anna hem zag, voelde ze zich een beetje verdrietig. 'Dag, Sebastian,' fluisterde ze, maar heel zachtjes, zodat Henry het niet zou horen.

Ze vervolgden hun weg door de Old Kipps Road, de straat waar allemaal filialen van grote winkelketens waren. Ze kwamen langs Staples en Walmart en zagen in de verte Stop 'N Shop. In haar rugzak had Anna twee dubbele boterhammen met pindakaas, twee appels, drie sinaasappels en wat koekjes. Verder extra kleren en zevenenvijftig dollar. Henry had vierennegentig dollar. Geld zat om in de grote stad te komen, iets te eten te kopen, misschien naar de bioscoop te gaan. Henry zei dat er huizen waren waar weggelopen kinderen konden slapen. Anna dacht dat ze dan je ouders belden, maar Henry zei van niet.

Ze zou Henry er wel meer over hebben gevraagd, als het haar had geïnteresseerd. Maar eigenlijk wilde ze helemaal niet van huis weglopen; ze wilde haar moeder alleen maar een beetje bang maken. Zodat die eindelijk zou begrijpen dat ze echt heel kwaad was. Voor Henry was het iets anders. Die wilde voorgoed weg. Dat kwam omdat zijn ouders nooit naar hem luisterden. Het enige wat hun interesseerde, waren zijn cijfers en hoe intelligent hij was. Voor haar was het ingewikkelder, omdat haar moeder wél altijd om haar had gegeven. Vroeger, toen ze met hun tweetjes waren, voordat ze Rick had leren kennen.

Toen Anna aan Rick Evans dacht, kreeg ze meteen een onpasselijk gevoel. Hoewel het tot een poosje geleden eigenlijk niet zo heel erg was geweest. Ze had er enorm van gebaald dat Rick zo vaak bij hen thuis zat, maar haar moeder was tenminste gelukkig geweest. Sinds Pasen echter was alles veranderd. Mamma deed opeens zo vreemd. Neem nou vanavond, toen ze haar kamer was binnengekomen en plompverloren had gezegd dat Anna naar Indianapolis moest. Als ze dat niet had gedaan, zou ze misschien niet zijn weggelopen. Henry had al een hele tijd zitten zeuren, maar ze had nog steeds niet kunnen besluiten. Het plan van haar moeder om haar weg te sturen had de doorslag gegeven. Haar moeder wilde haar weg hebben? Nou, dat kon. Maar dan ging ze wél op haar eigen manier.

Anna voelde een steentje in haar schoen en bleef staan om

het eruit te halen. Toen ze daarmee bezig was, kwam er een auto de hoek om. De koplampen schenen in haar ogen. Henry dook meteen weg. 'Kom hier, uit het licht,' fluisterde hij gejaagd.

Maar Anna stond op één been, met haar gympje in haar hand. Toen de auto vaart minderde, hinkte ze een stukje opzij, maar bleef toen weer staan. Ze besefte dat ze stiekem had gehoopt dat iemand hen zou vinden. Nu ze écht van huis wegliepen, vond ze het eigenlijk best eng. Hoe verder ze van huis kwamen, hoe meer ze begon te twijfelen. Daarom bleef ze staan. Ze *wilde* dat iemand hen zou vinden.

De auto stopte een paar meter bij haar vandaan. De bestuurder leunde over de passagiersstoel en duwde het rechterportier open. Het was vrij zacht weer, maar hij droeg winterkleren: een skimuts en een sjaal. Hij had een baard, een ruige baard, als een tekenfilmfiguur.

Hij zei iets, maar zo zachtjes dat Anna hem niet kon verstaan.

Ze deed een paar stappen naar de auto toe, er niet helemaal zeker van wat ze wilde. Ze kon Henry niet meer zien; die had zich verstopt. Hij zou wel kwaad zijn dat ze alles bedierf. Maar dat kon haar op dit moment niets schelen. Ze wilde alleen nog maar naar huis.

De bestuurder schoof over de bank en kwam de auto uit. Toen hij op haar af kwam, deinsde Anna achteruit. Ze werd opeens bang. Waarom zei hij niets tegen haar? En waarom zag hij er zo vreemd uit? Toen, zonder enige waarschuwing, vloog hij op haar af en greep hij haar jas. Maar voordat hij haar goed kon beetpakken, rukte Anna zich los. Ze begon te hollen, zo hard als ze kon, harder dan ze ooit had gelopen. Haar voeten dreunden op het asfalt en ze begon te schreeuwen: '*Help!*'

Sterke armen grepen haar vast, tilden haar op, de lucht in. Ze spartelde tegen en zocht naar Henry. Een lap stof werd tegen haar gezicht gedrukt. Een vochtige, stinkende lap. Ze probeerde hem weg te duwen, maar kon haar handen niet omhoog krijgen. En toen kon het haar niets meer schelen.

'Wanneer hebt u uw dochter voor het laatst gezien?'
De rechercheur droeg een zwart T-shirt dat zijn gespierde ar-

men accentueerde. Op zijn linkerbiceps had hij een tatoeage van een wingerd met bloemen. Hij had aan Callie uitgelegd dat hij net een undercover narcoticaonderzoek had afgerond, maar zijn uiterlijk maakte haar gevoel van verwarring evengoed alleen maar groter.

'Om een uur of negen. Anna lag al in bed. Maar hoe kan er nou iemand zijn binnengekomen? Haar kamer is boven.'

Callie keek hem met een gekweld gezicht aan en kneep haar handen ineen op haar schoot.

'Tot nu toe hebben we geen enkel spoor van inbraak gevonden. Is het mogelijk dat uw dochter van huis is weggelopen?

Callie keek hem verbluft aan. 'O... ja, dat kan natuurlijk ook.' Het was tot nu toe niet eens in haar opgekomen, maar misschien had hij gelijk. 'Ze was kwaad op me, omdat ik had gezegd dat ze van de zomer bij haar grootouders moet gaan logeren. Ze wilde niet, maar ik heb gezegd dat ze niets te willen had.'

'Weet u, ondanks de publiciteit die ontvoeringszaken krijgen, worden er maar zelden kinderen gekidnapt.'

Voor het eerst sinds Anna was verdwenen, voelde Callie een sprankje hoop. Misschien was Anna weggelopen. Dan zouden ze haar vast en zeker vinden en terugbrengen.

De rechercheur, die Jeffrey Knight heette, zat tegenover haar. Naast hem zat de vrouwelijke agent die als eerste was gearriveerd. Ze heette Parillo en droeg een blauw uniform. Ze had kort, donker haar, een atletisch figuur en was midden twintig.

'Ze was dus kwaad?' vroeg Knight.

'Ja,' zei Callie.

'Wat zei ze precies?'

'Alleen maar dat ze niet wilde. En dat ik haar niet kon dwingen.'

'Is ze al eens eerder weggelopen? Of heeft ze ooit gedreigd met weglopen?'

Callie schudde haar hoofd. 'Nee. Nooit.'

'Hoe is uw relatie met uw dochter?'

'Eh... de laatste tijd iets minder goed. Het afgelopen jaar hebben we het niet makkelijk gehad. In de herfst heb ik iemand leren kennen – Rick Evans. U kent hem waarschijnlijk wel.'

'Rick? Ja, natuurlijk.' Een zweem van verrassing in Knights stem, een subtiele verandering in zijn intonatie.

'Rick is momenteel de stad uit,' zei ze. 'Zijn vader is ziek.' Ze wist niet zeker waarom ze dat zei en Knight reageerde er niet op.

'Hebt u iets gehoord?' vroeg Knight. 'Geluiden uit Anna's kamer?'

Weer schudde Callie haar hoofd. 'Nee, niets,' zei ze. 'Maar ik had mijn walkman op. Ik zat naar muziek te luisteren.'

Callie hoorde de voetstappen en stemmen van twee andere agenten die boven bezig waren. Ze vroeg zich af of ze iets hadden ontdekt. Ze wou dat ze erbij mocht zijn.

Haar blik gleed door de keuken zonder echt iets in zich op te nemen. De vaat in het afdruiprek. Het schone aanrecht. De messen in het messenblok. *Het gevaarlijkste vertrek van het huis*, had Rick gezegd. Opeens miste ze hem verschrikkelijk. Ze wilde hem hier naast zich hebben.

'Wie zijn de beste vrienden en vriendinnen van uw dochter? Is er iemand die ze in vertrouwen genomen kan hebben?'

Natuurlijk. Waarom had ze daar niet aan gedacht? 'Henry Creighton,' zei ze. 'Als ze het aan iémand heeft verteld, is hij het. Hij woont aan de overkant.'

'Hebt u het telefoonnummer van de familie Creighton?' vroeg Knight.

'Ja. In de klapper bij de telefoon.'

Knight haalde een mobiele telefoon uit zijn zak.

'U mag wel op mijn telefoon bellen,' zei Callie.

'Dank u, maar dat doe ik liever niet. Ik wil de locatie niet besmetten.'

De locatie. Knights nonchalante gebruik van het woord bezorgde Callie koude rillingen. Een ogenblik zag ze haar huis, haar *thuis*, door heel andere ogen.

Knight had het nummer al ingedrukt en wachtte tot iemand zou opnemen. Na een schijnbaar eindeloze tijd begon hij te praten.

'Het spijt me dat ik u stoor, mevrouw, maar ik ben van de politie ... Wat zegt u? ... Nee, het gaat niet om uw man. Het betreft uw buurvrouw, Callie Thayer. Haar dochter wordt vermist. Ik weet dat het midden in de nacht is, maar we willen uw zoon graag even spreken.'

Een stilte.

'Dan komen we meteen ... Ja, natuurlijk, ik zal het zeggen.'

Toen hij had opgehangen, keek hij Callie aan. 'Dat was de moeder.'

'Mimi.'

'Ik moest van haar doorgeven dat u vooral kalm moet blijven, dat alles in orde zal komen.'

Zij had makkelijk praten. 'Hoor eens.' Callie sprak snel om haar gedachten bij te houden. 'Ik moet u iets vertellen. Het kan relevant zijn. Ik ben de afgelopen weken bedreigd. Of eigenlijk niet écht bedreigd. Het is nogal ingewikkeld, maar...'

Op dat moment ging de telefoon. Het gerinkel klonk erg schel. Callies hart sprong op. 'O god, misschien is dat Anna. Misschien is ze...'

Voordat ze kon opnemen, had Knight de telefoon gegrepen. Callie zag nu pas dat hij plastic handschoenen droeg.

'Is het Anna?' vroeg Callie, zonder haar ogen af te wenden van Knights gezicht.

Knight leek haar niet te horen.

Vanaf haar plaats hoorde Callie de gejaagde stem aan de andere kant van de lijn.

'Wie is het?' vroeg ze. 'Zeg toch iets. Ik moet het weten.'

Knight hief zijn hand op, alsof hij haar op een afstand wilde houden.

'We komen meteen,' zei hij en toen hing hij op.

'Wat is er? Is er iets gebeurd?' vroeg Callie. Haar hart sloeg over.

Knight stond op en keek haar aan. 'Henry is ook verdwenen.'

❦

Toen Anna wakker werd, was alles donker. Ze wist niet waar ze was. Ze was van huis weggelopen met Henry en toen was er iets ergs gebeurd. Nu wilde ze alleen nog maar terug naar huis, terug naar haar moeder.

Waar was ze eigenlijk? Ze probeerde rechtop te gaan zitten, maar kon zich niet bewegen. Haar handen en benen waren vastgebonden. Nu werd ze heel erg bang.

Ze wilde gaan gillen, heel hard schreeuwen, maar er zat iets in haar mond.

Ze gooide haar hoofd naar links en naar rechts om te zien waar ze was. Langzaam raakten haar ogen gewend aan het donker en begon ze vormen te onderscheiden. Ze lag op een matras op de grond. De vloer was van beton. Tegen een muur stonden stapels dozen. Ze zag een wasmachine en een droger. Een kelder. Ze lag in iemands kelder.

Ze hoorde iets, een piepend geluid, een deur die openging.

Een baan licht viel over haar gezicht. Anna tuurde in de richting van het licht.

Toen hoorde ze het geluid van voetstappen die de trap af kwamen. Het leek eeuwig te duren en de voetstappen kwamen steeds dichterbij. Op een gegeven moment veranderde het geluid, toen de voeten de betonnen vloer bereikten. Maar de voetstappen bleven dichterbij komen en nu zag ze twee benen. Ze draaide haar hoofd iets achterover om het gezicht te kunnen zien. Híj was het. De man met de baard. Ze voelde dat ze begon te beven.

Toen hij naast haar knielde, zag ze dat hij een pantydoosje in zijn hand had. Hij frunnikte aan het zegel en rukte het doosje toen open. Hij haalde de panty eruit. De panty was tot een bal opgerold. Zou ze die van hem moeten aantrekken? Ze voelde een sprankje hoop. Als hij dat wilde, zou hij haar moeten losmaken. Dan zou ze hem schoppen en ervandoor gaan.

Maar nadat hij de benen van de zwarte panty had losgeschud, pakte hij de voeten ervan bij elkaar. Met zijn andere hand greep hij de taillerand en toen begon hij de panty op te rekken.

❧

Het duurde nu al uren. Een eeuwigheid. Er zou nooit een eind aan de nacht komen.

Callie zat onderuitgezakt aan de keukentafel. Tegenover haar, achter een draagbaar schakelbord, zat een technicus van de politie. Hij had allerlei apparatuur geïnstalleerd om binnenkomende telefoontjes op de band op te nemen en na te trekken. Naast Callie zat agent Parillo te breien, iets van lichtblauwe wol.

Boven hoorde Callie voetstappen, zware, onbekende voetstappen. Rechercheur Knight was met twee collega's nog steeds bezig in haar huis. Callie had een badjas aangehad toen de politie was gearriveerd, maar mocht van hen de keuken niet verlaten. De spijkerbroek en trui die ze nu droeg, had Parillo voor haar gehaald.

Weer keek Callie op haar horloge. Er waren maar een paar minuten verstreken. De vorige keer dat ze had gekeken, was het acht voor halfvier geweest. Nu was het zeven over halfvier.

'Waarom duurt het zo lang?' vroeg Callie aan Parillo. 'Het zijn kinderen, twee kleine kinderen. Hoe ver kunnen ze gekomen zijn?'

Parillo keek haar meelevend aan. 'Ze doen hun uiterste best.'

'O ja?' vroeg Callie ongeduldig. 'Wat zijn ze eigenlijk precies aan het doen?'

'Ze patrouilleren met een helikopter. Ze hebben de State Police erbij betrokken. Er is een opsporingbericht uitgestuurd via de plaatselijke radio en ze hebben speurhonden ingezet. Het is heel goed dat u een recente foto van Anna had. Daar heeft iedereen nu een afdruk van.'

De technicus achter de opsporingsapparatuur trok een erg geconcentreerd gezicht. Toen hij een slok koffie nam uit een plastic bekertje, maakte Callie oogcontact. 'Belt er gewoonlijk iemand?' vroeg ze. Ze was zijn naam vergeten.

'In dit soort gevallen is er geen sprake van "gewoonlijk", mevrouw. 'Ieder geval is anders.'

'In ieder geval zijn ze samen,' mompelde Callie. 'In ieder geval zijn ze met z'n tweeën.' Ze had het niet echt tegen hen. Ze had het tegen zichzelf.

De pieper aan Parillo's riem kwam tot leven. Ze greep haar mobiele telefoon en drukte een nummer in. 'Nancy Parillo,' zei ze.

Het was voor Callie een kwelling naar haar gezicht te moeten kijken zonder te weten wat er werd gezegd. Iedere cel in haar lichaam hunkerde naar informatie.

Toen Parillo eindelijk ophing, zei ze niets. Ze stond op, hurkte naast Callie en pakte haar handen.

'Wat is er?' zei Callie. Ze begon te beven.

Parillo keek haar recht in de ogen. 'Henry Creighton is zojuist thuisgekomen.'

'En Anna? Waar is Anna?'

Parillo gaf haar handen een kneepje.

'Luister goed, Callie. We weten nog niets. We weten niet eens of Henry de waarheid vertelt. Begrijp je dat?'

Callie knikte stom. De angst in haar hart groeide.

'Het is gegaan zoals we dachten. Ze zijn samen weggelopen. Ze waren van plan de eerste bus naar Boston te nemen. Nogmaals, onthoud goed dat we nog nergens een bevestiging van hebben.'

'Alsjeblieft. Vertel het me,' zei Callie smekend.

'Goed.' Parillo hield haar handen iets steviger vast. 'Henry zegt dat er een auto naast hen stopte toen ze door Old Kipps Road liepen. Hij zegt dat de bestuurder Anna heeft gegrepen en is weggereden.'

Callie staarde Parillo aan. Opeens werd ze helemaal duizelig. Zonder enige waarschuwing kwam haar maaginhoud omhoog en gaf ze over op de vloer.

In een waas hoorde ze dat Parillo overeind kwam en wat velletjes keukenpapier afscheurde. Toen hurkte Parillo weer naast haar en begon ze de troep op te ruimen.

'Dat hoef jij niet te doen,' mompelde Callie.

'Geeft niks,' zei Parillo.

Boven sloeg een deur dicht. Callie hoorde mannenstemmen.

'Wanneer is dat volgens Henry gebeurd?' vroeg Callie heel zachtjes.

Parillo gooide de proppen papier in de afvalbak en ging weer zitten. 'Dat weet hij niet precies. Hij zei dat ze om middernacht hadden afgesproken en zijn gaan lopen. Ik schat dat ze er zeker een uur over gedaan hebben om bij de Old Kipps Road te komen, en dan is het nog wel een halfuur tot aan Hicks Plaza. Daar is het naar zijn zeggen gebeurd. Tegenover het winkelcentrum.'

Callie hief met een ruk haar hoofd op. 'Maar dat is… *uren* geleden. Als ze om middernacht hadden afgesproken en als dit… als dit… om halftwee of twee uur is gebeurd, dan is dat twee uur geleden. Waar heeft Henry dan al die tijd gezeten? Waarom is hij dan nu pas thuisgekomen?'

'Ik weet zeker dat ze hem daarover nu aan het ondervragen zijn.'

'Maar waarom besteden ze zoveel tijd aan Henry? Waarom is iedereen niet op zoek naar Anna en naar de man die haar heeft ontvoerd?'

'De man die haar volgens Henry heeft ontvoerd.'

'Geloven jullie hem niet?'

'We weten niet of we hem kunnen geloven of niet. Daarom zijn we hem aan het ondervragen.'

'Maar als hij niet de waarheid spreekt…' Opeens had Callie het door. 'Denkt u dat *Henry* er iets mee te maken heeft?'

'We weten nog niets zeker. We zijn inlichtingen aan het inwinnen.'

'Maar waarom zou hij...' Callie zweeg. Parillo kende Henry niet. Maar zij wel. Ze had hem honderden keren met Anna zien spelen, hun interactie gezien. Ze kon zich niet voorstellen dat Henry Anna kwaad zou doen. In ieder geval niet opzettelijk.

'Ik moet ernaartoe,' zei Callie. 'Ik moet met Henry praten.'

Parillo legde een hand op haar schouder. 'Dat is geen goed idee,' zei ze. 'Tijd is nu van groot belang. De rechercheurs weten precies welke vragen ze moeten stellen. Ze moeten efficiënt zijn.'

Callie wilde ertegenin gaan, maar opeens klapte er in haar binnenste iets dicht. Ze vertrouwde op dit moment haar beoordelingsvermogen niet. Misschien had Parillo gelijk.

Het werd haar allemaal veel te veel. Ze vroeg zich af of ze dit zou overleven. De radeloosheid om Anna, de schuldgevoelens om haar eigen gedrag. Ze had beter naar Anna moeten luisteren, ze had niet zo kortaf moeten doen. Ze twijfelde er geen moment aan dat hun woordenwisseling de aanzet was geweest voor Anna's besluit om van huis weg te lopen. Wat er verder ook gebeurde, *zij* was verantwoordelijk. Net als voorheen, alleen was het nu erger, omdat het nu om *haar* dochter ging.

Ze hoorde bij de voordeur iemand praten met de agent die daar op wacht stond. Even later kwam de bezoeker de keuken in. Lang. Zwart haar. Indringende ogen. Het was inspecteur Lambert.

'Dag, mevrouw Thayer. Weet u nog wie ik ben?'

'Wat... wat doet u hier?'

'Ik heb meerdere functies,' legde hij uit. 'Ik behandel de wapenvergunningen, maar sta tevens aan het hoofd van de afdeling Recherche.'

Zonder tijd te verkwisten trok hij een stoel naar achteren en ging zitten. Zijn ogen lieten haar gezicht geen moment los. 'Toen u bij me kwam, had u net een vergunning aangevraagd voor een vuurwapen, dat u voor uw persoonlijke veiligheid zei nodig te hebben. Nu wordt uw dochter vermist. Bestaat er een verband tussen die dingen?'

Doodsangst omsloot haar als een langzaam opkomende mist. *Hij heeft gelijk*, dacht ze. *Hij heeft gelijk. Alles hoort bij elkaar.* Ze probeerde iets te zeggen, maar haar mond wilde niet bewegen; ze kon niet praten. Het was net een vreemde droom waarin ze plotseling stom was geworden. Maar ze moest hun vertellen over Diane, het horloge en het briefje. Ze moest hun vertellen over de bloemen, de rozen zo rood als bloed.

'Callie?' hoorde ze Parillo zeggen. 'Callie, wat heb je?'

Weer probeerde ze haar lippen te bewegen en ditmaal lukte het.

'Steven Gage,' fluisterde ze.

Lambert keek haar aan. 'Steven Gage. Bedoelt u de serie-moordenaar?'

Callie knikte tweemaal.

'Steven Gage is dood,' zei Lambert. Hij sprak alsof hij het tegen een kind had.

'Ik weet dat hij dood is,' zei Callie. 'Dat... dat bedoel ik niet.'

Het praten viel haar zo moeilijk. Hoe kon ze het uitleggen, waar moest ze beginnen? Gedachten warrelden door haar hoofd als sneeuwvlokken waaronder de woorden werden bedolven. Alle moeite die ze al die jaren had gedaan, en nu dit. Nu eindigde het zo. Heel diep in haar hoofd hoorde ze iets. Steven Gage, die lachte. Op dat moment rees, nee, *vlamde* woede in haar op. De woorden stroomden als lava naar buiten.

'Ik heb vier jaar een relatie gehad met Steven Gage. Ik heette toen Laura Seton. Thayer is de naam van mijn ex. Ik ben zeven jaar geleden naar Merritt gekomen om te proberen een nieuw leven op te bouwen. Niemand hier weet iets over mijn verleden. Ik heb tegen niemand iets gezegd.

Een paar weken geleden, op 5 april, heeft iemand een envelop onder de deur van mijn huis geschoven. 5 april is de datum waarop Steven is geëxecuteerd. In het briefje stond alleen maar "Mijn gelukwensen, Rosamund. Ik ben je niet vergeten." Er stond geen naam onder. Rosamund was een bijnaam die Steven voor me had verzonnen. Twee weken daarna vond mijn dochter bij het paaseieren zoeken een horloge dat was verstopt in een mandje met paaseieren. Ik had dat mandje zelf klaargemaakt en dat horloge er niet in gedaan. Later ontdekte ik dat het horloge eigendom was van een schrijfster genaamd Diane Massey.'

'De vrouw die in Maine is vermoord?'

'Ja. Ze had een boek geschreven over Steven. Ik... ik had haar daarbij geholpen. Ik geloof dat Diane vlak voordat ze is vermoord, net zo'n briefje heeft gekregen. En toen ik een paar dagen geleden thuiskwam, lag er een doos met rozen op de veranda. Steven stuurde me altijd rozen.'

Ze deed verschrikkelijk haar best om duidelijk over te ko-

258

men, maar alles liep door elkaar. Ze slaagde er niet in het verhaal logisch te vertellen, in chronologische volgorde. Lambert zat haar achterdochtig te bekijken en zei niet veel. Toen ze naar hem opkeek, was ze bang dat hij haar misschien helemaal niet geloofde.

'Ik weet dat het krankzinnig klinkt,' zei ze gejaagd, 'maar er zijn mensen die weten dat ik de waarheid vertel. Een man genaamd Mike Jamison. Hij heeft vroeger bij de FBI gezeten. U kunt ook contact opnemen met de State Police van Maine. Ik heb met hen gepraat. Maar gaat u alstublieft eerst Anna zoeken. Alstublieft. U moet haar vinden.'

'Mike Jamison,' zei Lambert bedachtzaam. 'De profielschetser van de FBI?'

Callie veegde langs haar ogen en knikte. De tranen bleven komen.

'Hebt u een telefoonnummer waar hij te bereiken is?'

'Ja.'

Callie zocht in haar tas naar haar adresboekje. Ze sloeg het open bij de J, waar ze Jamisons telefoonnummer had genoteerd. Ze dicteerde het aan Parillo, die het opschreef.

'Bel Sheenan en laat hem hierachteraan gaan,' zei Lambert tegen Parillo.

Parillo stond op, pakte haar mobiele telefoon en liep de gang op.

'Dat briefje en het horloge – hebt u enig idee wie u die gestuurd kan hebben?'

Callie keek naar de tafel. 'Ik... ik weet het niet.'

Lambert bekeek haar aandachtig. 'Geen enkel idee?'

Ze wilde het niet zeggen, ze wilde het niet eens *denken*, zo overweldigend was de angst. Maar ze wist dat ze het hem moest vertellen. Ze had geen keus. 'Ik moet steeds denken aan Lester Crain,' zei ze, nog steeds naar de tafel starend. 'Jamison zegt dat hij het niet kan zijn. De politie van Maine is dat met hem eens. Maar hij is degene aan wie ik aldoor moet denken. Ik krijg hem gewoon niet uit mijn hoofd.'

Ze wachtte tot Lambert zich bij de anderen zou aansluiten en zou zeggen dat het Crain niet kon zijn. In plaats daarvan dacht hij zwijgend na.

'Lester Crain. De man die uit de gevangenis is ontsnapt? In Tennessee?'

Callie sloeg haar armen over elkaar, drukte ze tegen haar lichaam en boog zich naar voren. Anna's gezicht danste voor haar ogen. Ze hoorde haar roepen. 'Mamma!' Ze begon te wiegen, van voren naar achteren, om de pijn te verlichten.

Parillo kwam de keuken weer in. Callie hoorde haar zeggen: 'Wat is er gebeurd?'

'Rustig maar, mevrouw Thayer. Haalt u even diep adem. Alles komt in orde.' In Lamberts stem lag een sussende klank die Callie tot nu toe nog niet had gehoord. Maar ze voelde zich alsof ze aan het verdrinken was en niet boven water kon komen om lucht te happen. Ze zag Lambert en Parillo alsof die zich in een andere wereld bevonden. Ze wilde hen beetpakken, tegen hen praten, maar het water bleef aan haar trekken.

Ze wist niet zeker hoe lang het duurde tot het gevoel overging. Ze dwong zichzelf door te gaan, hun te vertellen wat ze moesten weten.

'Lester Crain en Steven zaten samen in de dodencellen. Steven had in de gevangenis strafrecht gestudeerd en hielp de andere gevangenen. Nadat hij Crain aan een nieuw proces had geholpen, heeft Crain een persconferentie gehouden. Hij zei...' Callie stopte even, maar ging toen haastig door. 'Hij beloofde dat hij Steven een wederdienst zou bewijzen, dat hij een manier zou vinden om hem te bedanken.'

Toen ze was uitgesproken, was het alsof haar hele lichaam instortte. Ze begon weer te huilen. 'Maar waarom zou hij Anna pakken? *Waarom?* Die heeft hem toch niets gedaan?'

Lamberts stem klonk nog steeds sussend. 'Niets van wat u me tot nu toe hebt verteld, heeft me ervan overtuigd dat hij de ontvoerder is. Dit is nog steeds alleen maar een theorie, mevrouw Thayer. We hebben geen bewijs.'

'Maar... maar er is nog meer. De vrouwen op wie deze man het gemunt heeft – ikzelf, Diane, en nóg een vrouw, een advocate uit New York – hebben Steven allemaal teleurgesteld. Hem in zekere zin verraden.'

'En u denkt dat Crain nu probeert... zijn dood te wreken?'

Toen Lambert het zo stelde, klonk het nogal vergezocht. Maar voorlopig had de politie geen andere verdachten. En ook geen andere theorieën.

Callie keek Lambert met wanhoop in haar ogen aan. 'Gaat u alstublieft helpen naar Anna te zoeken. Blijft u toch niet hier bij mij zitten.'

'Mevrouw Thayer, we doen ons uiterste best. En vergeet niet

dat we nog steeds niet zeker weten of Anna wel is ontvoerd. De rechercheurs zijn nog met Henry bezig en proberen zijn verhaal te verifiëren. Anna kan zich net zo goed ergens schuilhouden. We weten nog niets zeker.'

'Denkt u?' Callies hart sprong op. Opeens bedacht ze iets. 'Hebben ze het huis van de Creightons doorzocht? Misschien verschuilt ze zich daar, in de kelder of op de zolder, of... ze hebben een boomhut! Daar spelen ze graag. Misschien durft ze niet thuis te komen. Misschien houdt ze zich daar schuil.'

Lambert zei: 'Het huis en de tuin hebben we zorgvuldig doorzocht, maar dat van de boomhut zal ik laten navragen.'

Hij schoof zijn stoel wat dichter bij de hare. Toen hij naar voren leunde en zijn handen ineensloeg, raakten hun knieën elkaar bijna.

'Mevrouw Thayer, ik verzoek u dringend nog een paar minuten met me mee te werken. Is er iemand anders die een reden zou kunnen hebben om uw dochter te ontvoeren? Hoe zit het met Anna's vader? Heeft het voogdijschap problemen opgeleverd?'

Callie ging verzitten, slecht op haar gemak. Ze wrong haar handen. 'Nee, helemaal niet. Toen Kevin en ik zijn gescheiden, zijn we overeengekomen dat ik Anna zou houden. Hij is inmiddels hertrouwd en heeft meer kinderen. Ik heb hem onlangs gevraagd of hij wilde overwegen opnieuw contact te leggen met Anna. Hij heeft daarover nagedacht en toen geweigerd.'

'Wat voor soort relatie hebt u met hem?'

'Ik kan niet zeggen een goede, maar dat heeft niets met Anna te maken.'

'Waar woont hij?'

'In Chicago.'

'Wat is zijn volle naam?'

'Kevin Thayer.'

'Hebt u een adres en telefoonnummer?'

'Meneer Lambert,' zei Callie ongeduldig. 'Hij is het niet, dat kunt u van me aannemen.' Maar toen ze het zei, stak toch iets van twijfel de kop op. De laatste keer dat ze hem had gesproken, had hij zo nijdig geklonken, veel bozer dan ze had verwacht. De eerste keer dat ze hem had gebeld, was hij de stad uit geweest. *Waar had hij gezeten?* vroeg ze zich nu af.

'Ik begrijp het, maar we moeten toch contact met hem opnemen.'

'Hij staat in het telefoonboek,' zei Callie. 'Kevin Thayer. U kunt het navragen bij Inlichtingen.'

'Hebt u hem onlangs nog gezien?'

'Nee, al zeker zes jaar niet.'

'Hoe vaak spreekt u hem?'

'Toen ik hem vorige maand heb gebeld over Anna, was dat voor het eerst na zes jaar.'

'Wanneer was dat precies?'

'Dat weet ik niet precies.'

'Voor of na de moord op Diane Massey?'

'Ik... ik geloof rond die tijd. Vlak ervoor of vlak erna.'

Lambert dacht even na voordat hij doorging. 'Goed. U zegt dus dat het briefje en het horloge hier vlak bij uw huis zijn achtergelaten. Is het u opgevallen of iemand – misschien een van uw vrienden of buren – zich de laatste tijd vreemd heeft gedragen?'

Gezichten flitsten door Callies hoofd en één sprong eruit. 'Nathan Lacoste,' zei ze abrupt. 'Een student van Windham. Voor een van zijn vakken zit hij bij me in de klas. Hij heeft zich van het begin af aan eigenaardig gedragen, maar de laatste tijd is dat veel erger geworden.'

'In welk opzicht?'

'Alsof hij door me geobsedeerd is. Hij komt steeds naar mijn kantoor. Belt me thuis op. Ik heb nu tegen hem gezegd dat hij me met rust moet laten. Hij... hij was daarvan nogal ondersteboven.'

'Wanneer was dat?'

Callies huid prikte. 'Een week geleden ongeveer, in de lounge van de universiteitsbibliotheek. En... en er is nog iets.' Haar hart begon sneller te kloppen. 'Ik heb Nathan gezien op de ochtend van het paaseieren zoeken. Hij kwam langsfietsen. Maar... dit is absurd. Het kan Nathan niet zijn. Ik bedoel, hij weet er niets van. Niemand weet iets over Steven en mij. Niemand in Merritt, bedoel ik.'

'Lacoste. Hoe spel je dat?'

Ze spelde de naam; hij schreef hem op.

Daarna keek hij weer naar haar op. 'Hoe zit het met agent Evans?'

'Rick?' Callie keek hem verbaasd aan.

'Hebt u hem iets over uw verleden verteld?'

Ze bloosde. 'Nee. Ik zei toch dat ik aan niemand iets heb verteld?'

Maar Ricks naam had iets in haar opgewekt, een diep, pijnlijk verlangen. Ze herinnerde zich dat ze kwaad op hem was, maar daar voelde ze nu niets van. Wat er was gebeurd, was niet belangrijk meer. Ze wou dat hij hier bij haar was.

'Rick is naar zijn ouders,' zei ze tegen Lambert. 'Ik moet hem spreken. Hebt u het nummer soms ergens? Ik... ik heb het zelf niet opgeschreven.'

Lambert en Parillo keken elkaar even aan.

'Wat is er?' vroeg Callie.

'Agent Evans...' Lambert stopte. 'We zullen zien wat we kunnen doen.'

Callie wilde aandringen, maar Lamberts mobieltje ging.

'Neemt u me niet kwalijk,' zei hij tegen Callie toen hij de telefoon uit zijn zak haalde.

Hij luisterde kort, in een ineengedoken houding. 'Mijn god. Hoe lang geleden?'

Callies hart voelde aan alsof het op het punt stond te exploderen. 'Wat?' vroeg ze. 'Wat is er?'

Parillo greep haar bij de schouders. Callie wrong zich uit haar greep.

'Godverdomme, u moet het me vertellen!' schreeuwde ze.

Lambert stond met de telefoon tegen zijn oor gedrukt op en liep de keuken uit.

Hij kwam na een paar seconden alweer terug. 'Dat had niets te maken met uw dochter,' zei hij. 'Het spijt me dat ik u aan het schrikken heb gemaakt.'

Vanuit de deuropening wenkte hij Parillo, die met hem meeliep de gang in. Callie hoorde hen fluisteren en even later kwam Parillo in haar eentje terug.

'De inspecteur moet even weg,' zei ze. 'Hij komt straks terug.'

'Wat is er aan de hand? ' vroeg Callie. 'Wat is er belangrijker dan Anna?'

'Het is niet belangrijker,' zei Parillo. 'Hij... hij moest gewoon weg.' Het was alsof er tussen hen een sluier was gekomen. Hun verstandhouding was op een subtiele manier veranderd.

Callie hoorde iemand de trap van de veranda op komen en voelde haar maag omdraaien.

'Ik ga even kijken wie het is,' zei Parillo en ze liep snel de keuken uit. Callie stond op en wilde achter haar aan gaan, maar Parillo kwam alweer terug.

'Het is agent Carver,' zei ze tegen Callie. 'Hij wil weten hoe het met je is.'

'Tod?' zei Callie vaag. 'Is die hier?' Ze had tegen beter weten in gehoopt dat het Anna was.

'Zal ik zeggen dat je niemand kunt ontvangen?'

'Nee, laat hem maar binnenkomen.' Een kilte kroop door haar lichaam. Niets was belangrijk.

En toch, toen ze Tods vertrouwde gezicht zag, smolt er iets in haar. Ze dacht aan Tods dochter, Lilly, die maar twee jaar jonger was dan Anna. Als er iemand was die begreep wat ze op dit moment moest doorstaan, was Tod het.

Tod liep regelrecht naar Callie toe. Ze stond op. Ze vielen elkaar in de armen.

'Ik heb zo met je te doen,' zei hij zachtjes, haar wiegend. Ze klampte zich vast aan zijn geruststellende gestalte.

Ze begon weer te huilen. Tod streelde haar rug. 'Waar is Rick?' vroeg hij. 'Waarom is hij niet hier?'

Ze maakte zich van hem los en droogde haar ogen. 'Hij is de stad uit. Naar zijn ouders. En… we hebben ruzie gehad. We spreken momenteel niet met elkaar.'

'Dat is nu niet belangrijk,' zei Tod zonder omhaal. 'Dit moet hij weten.'

'Ik heb geen telefoonnummer.' Hoopvol keek Callie naar Tod. 'Jullie moeten het nummer van zijn mobieltje hebben. Moeten jullie niet altijd een nummer achterlaten waar jullie te bereiken zijn?'

'We hebben hem al gebeld,' zei Parillo.

'O ja?' zei Callie verrast.

Tod keek naar de agente. Ze wenkte hem mee naar de gang.

Toen ze terugkwamen, leek Tod slecht op zijn gemak. Hij frunnikte aan iets in zijn zak en meed Callies blik.

'Godverdomme,' viel Callie uit. 'Wat is er aan de hand?'

Ze gaven geen van beiden antwoord. Parillo keek naar haar handen.

Uiteindelijk nam Tod het woord. 'Callie… hij is daar niet.'

'Waar niet?' vroeg Callie. Ze snapte niet wat hij bedoelde.

'Rick is niet bij zijn ouders,' zei Tod. 'We weten niet waar hij is.'

'Bedoel je dat hij is uitgegaan of zo?' vroeg Callie. Ze begreep er niets van.

'Nee. Hij is daar helemaal niet geweest. Zijn vader… is niet ziek.'

Callie staarde Tod aan. Ze kon het niet bevatten. 'Maar...
waar is hij dan?'

Tod keek naar Parillo. Nu gaf zij antwoord. 'Dat weten we
niet. We hebben een aantal berichten voor hem achtergelaten.
We wachten nu op een telefoontje van hem.'

Het duurde nog een paar seconden voordat Callie het begreep. Weken, máánden had Rick tegen haar gelogen. Het was
alsof de keuken bewoog.

'Callie,' hoorde ze Tod zeggen. 'Trek nu niet meteen conclusies.'

'Conclusies?' zei Callie vaag. Het woord had geen betekenis.
Ze had geen idee waarom Rick tegen haar had gelogen en het
kon haar ook niets schelen. In andere omstandigheden zou ze
kwaad zijn geworden, maar nu had ze geen gevoelens meer
over.

Daarna zeiden ze niet veel. Het werd halfvijf en toen vijf uur.
Tegen halfzes vertrok Tod.

'En jij?' zei Callie tegen Parillo. 'Wanneer ga jij naar huis?'

Parillo zei: 'Ik blijf hier.'

Callie keek haar aan. 'Dank je.'

Haar gedachten dwaalden heen en weer tussen het verleden
en het heden. Het verre verleden in Tennessee. Het recente verleden van deze nacht. Kon ze maar terugnemen wat ze een paar
uur geleden tegen Anna had gezegd. Maar je kreeg geen tweede
kans. Dat wist ze maar al te goed.

Alstublieft God, bad ze. *Alstublieft. Beschermt U haar.*

Ze dacht aan alle andere gezinnen die voor dergelijke dingen
hadden gebeden. Ze dacht aan Dahlia's broer, die de dood van
Steven had geëist toen hij voor het journaal was geïnterviewd.
Ze vroeg zich af of dit een straf was voor wat ze toen niet had
gedaan.

Ze zonk weg in een soort droomtoestand tot de telefoon
schril begon te rinkelen. De keuken werd een waas van bewegingen toen iedereen in actie kwam. Een klikje toen de technicus, die een koptelefoon droeg, iets met de apparatuur deed.
Hij keek naar Callie en knikte. Ze nam op.

'Hallo?' Ze kon amper praten.

'Lieveling. Mijn god. Ik heb het zojuist gehoord.'

Het was absurd, maar het duurde een fractie van een seconde voor ze Ricks stem herkende. Zonder iets te zeggen gaf ze de
telefoon aan Parillo. Een vluchtig moment laaide een felle woe-

de in haar op, omdat hij haar hoop had doen opleven en weer gedoofd. Toen was ook dat voorbij en voelde ze alleen nog maar radeloosheid.

'Ze houdt zich goed,' zei Parillo. 'Gezien de omstandigheden... Hoor eens, we moeten deze lijn vrijhouden... Ja. Goed. Ik zal het zeggen.'

Toen ze had opgehangen, keek ze naar Callie. 'Ik moest van hem doorgeven dat hij onderweg hiernaartoe is. Hij kan tegen het middaguur hier zijn.'

Callie staarde naar de witte muur. 'Het is te laat,' zei ze.

✥

De man praatte en praatte, maar Anna begreep er niets van. Hij had het over mensen van wie ze nog nooit had gehoord, en over allerlei vreselijke dingen die ze hadden gedaan. Ene Steven Gage, die volgens hem een heleboel mensen had vermoord. Een vrouw genaamd Laura. Hij zei dat ze Anna's moeder was. Ze wou dat hij dat ding uit haar mond haalde, zodat ze het kon uitleggen. Haar moeders naam was Caroline en ze werd Callie genoemd.

Hij had nog steeds de panty in zijn handen en draaide die in het rond. Hij wond hem om zijn ene hand en dan om de andere. Nu zei hij tegen haar dat het hem speet, dat hij wist dat zij er ook niks aan kon doen. Maar vanwege wat haar moeder – wat *Laura* – had gedaan, moest hij haar doodmaken. Hij wilde haar niet doodmaken, zei hij, maar hij had geen keus.

Je hebt wél een keus, schreeuwde ze in stilte. *Ik wil niet dood. Mamma, help me alsjeblieft! Laat iemand me vinden.*

Het was net een afschuwelijke nachtmerrie. Ze wilde zó graag wakker worden. Maar ze rook de vochtige, bedompte kelder, voelde de touwen om haar polsen. Als hij haar alleen maar even liet praten! Dan kon ze het uitleggen! Ze rolde haar hoofd heen en weer, en naar achteren en naar voren. Ze probeerde te praten met het ding in haar mond, maar de geluiden die ze maakte, waren geen woorden.

De man ging op zijn knieën zitten en boog zich over haar heen.

'Het spijt me, Anna,' zei hij nogmaals. Hij klonk zelfs bedroefd. Heel even klonk hij als iemand die ze kende, maar toen was die gedachte verdwenen.

Hij boog zich nog verder naar voren en legde de panty om haar nek. Toen hij haar hoofd optilde, voelde ze zijn grote, warme hand op haar huid. *Dit gebeurt niet*, dacht ze. *Dit gebeurt niet.* Hij wond de panty een slag om haar nek en zakte terug op zijn hurken. De stof schuurde in Anna's nek. Langzaam trok hij de panty strak.

❧

Vijf voor halfzeven. Callie voelde zich helemaal verdoofd toen de nacht plaats maakte voor de ochtend. Boven hoorde ze water stromen. Parillo, die onder de douche ging. De technicus van de State Police zat nog steeds bij de telefoon en las een tijdschrift. De mannen van de technische recherche waren met hun spullen vertrokken. Callie mocht weer gaan en staan waar ze wilde in haar eigen huis, maar de verlammende apathie waarmee haar lichaam was doortrokken, weerhield haar ervan overeind te komen.

'Het ziet er niet goed uit, hè?' zei ze toonloos. 'Met ieder uur dat verstrijkt, wordt de kans dat ze nog leeft, kleiner.'

De technicus keek op van zijn blad. 'Er zijn pas zes uur verstreken,' zei hij. 'Misschien zelfs niet eens zes.' Hij wist een glimlachje te voorschijn te toveren, maar erg overtuigend was het niet.

Callie liet haar hoofd tussen haar handen zakken. Ze kon de beelden in haar hoofd niet stopzetten. Ze vermenigvuldigden zich met een beangstigende snelheid, al die mogelijkheden. Ze zag Anna verkracht, mishandeld, doodsbang, huilend om hulp. Of misschien – *nee, God, alstublieft niet* – was ze al dood.

Voetstappen op de trap. Boven stroomde het water niet meer. Parillo verscheen in de deuropening van de keuken, haar korte haar nog vochtig. Ze liep de keuken door en legde haar hand op Callies schouder. 'Weet je zeker dat er niemand is die ik voor je kan bellen? Iemand die je gezelschap kan houden?'

Callie schudde haar hoofd.

Toen Parillo ging zitten om haar wake voort te zetten, stopte er buiten een auto. Callie vloog overeind en holde naar de deur. Maar het waren alleen maar Lambert en Knight. Knight had een overhemd aan met een stropdas; hij had zijn undercoverplunje blijkbaar thuisgelaten. Futloos liep Callie achter hen aan naar de zitkamer.

'Mevrouw Thayer,' zei Lambert toen ze allemaal waren gaan zitten. 'Ik weet dat we dit al hebben doorgenomen, maar is het mogelijk dat Anna aan andere mensen heeft verteld dat ze van plan was van huis weg te lopen?'

Callie was tegenover hem op de bank gaan zitten en voelde de moed in haar schoenen zakken. 'U gelooft Henry's verhaal,' zei ze. 'U gelooft dat ze is ontvoerd.' Ze besefte nu dat ze zich had vastgeklampt aan de hoop dat ze zouden ontdekken dat het niet waar was, dat Anna zich alleen maar ergens schuilhield, zoals Lambert in het begin had gesuggereerd.

'We onderzoeken alle mogelijkheden, mevrouw Thayer. Maar ik vrees dat Henry, voorzover we het hebben kunnen nagaan, inderdaad de waarheid vertelt.'

'Wat zei hij over de ontvoerder? Hoe heeft hij hem beschreven?'

'We hebben een tekenaar laten komen die momenteel met hulp van Henry een portrettekening aan het maken is. Hij zei dat de man een volle zwarte baard had, maar dat kan een vermomming zijn.'

'En de auto? Heeft hij gezien wat voor merk het was, of wat het kenteken was?'

'Hij zei dat het een donkere personenwagen was, maar dat is het enige wat hij zich herinnert. Hij is niet zeker van de kleur. Misschien donkerblauw of donkergroen.'

'Hebt u Henry gevraagd of *hij* aan iemand heeft verteld dat ze van plan waren van huis weg te lopen?'

'Hij zegt van niet. Hij zegt dat ze gezworen hadden dat ze het aan niemand zouden vertellen.'

'Wat wil dat zeggen?' vroeg Callie. 'Als ze het aan niemand hebben verteld, wil dat dan zeggen dat die man een volslagen vreemde is? Iemand die toevallig langsreed en de kinderen op straat zag?'

'Dat is een mogelijkheid,' zei Lambert. 'Een andere mogelijkheid is dat er iemand op de loer heeft gelegen.'

'Bent u al met Nathan Lacoste gaan praten?'

'We zijn vanochtend in alle vroegte naar hem toe gegaan. Hij heeft ons toegang verschaft tot zijn flat en we hebben niets verdachts gevonden. Hij zegt dat hij gisteravond rond elf uur thuis is gekomen en vannacht alleen was.'

'Maar hij heeft geen alibi?'

'Nee,' zei Lambert. Op dat moment ging zijn pieper. Hij keek naar het nummer. 'Neemt u me niet kwalijk.' Hij pakte de telefoon en drukte een toets in.

Opeens leunde hij naar voren, zijn hele lichaam gespannen. Was dat goed of slecht? Ze kon er niets van zeggen. Haar ogen lieten zijn gezicht geen seconde los.

'Wanneer? ... Weet je het zeker? ... Waar is ze nu?' Lambert keek op. 'Ze hebben een meisje gevonden dat zegt dat ze uw dochter is. Ze hebben haar gevonden op het parkeerterrein van de Stop 'N Shop. Ze zat daar in haar eentje. Ze is een beetje verward, gedesoriënteerd, maar het lijkt het meisje te zijn van de foto die u ons hebt gegeven.'

'O, mijn god!' snikte Callie. Ze begon hysterisch te lachen en toen te huilen. 'O, mijn god,' zei ze nogmaals. 'Waar is ze? Is alles in orde met haar?'

'Ze is op dit moment in een politieauto op weg naar het ziekenhuis.'

Callie keek hem geschrokken aan. 'Het ziekenhuis? Wat is er dan met haar?'

'Niets. Ze lijkt helemaal in orde. Maar voor alle zekerheid zal een dokter haar onderzoeken. Daarna mag ze naar huis.'

Lambert drukte de telefoon weer tegen zijn oor. 'Ja, dat wil ze vast wel.' Hij stak Callie de telefoon toe. 'Ze verbinden haar door.'

'Verbinden... kan ik dan met haar praten? Is ze... is ze aan de lijn?'

Lambert duwde haar de telefoon in handen. Ze greep hem vast alsof het een reddingsboei was. Ze hoorde eerst geruis en toen een zwak stemmetje: 'Mamma?'

'Anna.' Ze kon amper iets zeggen. 'Lieverd, is alles goed met je?'

'Ja... ik geloof van wel.'

Callie snikte het uit. *Anna leefde nog! Anna was gered!*

'Mamma, ik moest mee met een enge man. Hij had me gegrepen en in zijn auto meegenomen. En toen heeft hij me naar een kelder gebracht.'

Anna's stem klonk griezelig kalm, alsof ze een verhaaltje voorlas.

Tranen stroomden over Callies gezicht. 'Maar nu is alles weer in orde,' zei ze.

'U moet naar haar toe,' fluisterde Lambert tegen Callie.

'Anna? Ik kom naar je toe. Ik hou van je,' zei Callie.

Toen Callie had opgehangen, keek ze Lambert aan. 'Dank u,' zei ze. 'Dank u.'

Alles was zo snel veranderd dat ze het amper kon bevatten. De beelden die haar hadden gekweld, stonden nog in haar hersens gegrift. *Anna is terug*, zei ze in zichzelf. *Anna is terug. Ze hebben haar gevonden.* Maar ze durfde het nog niet helemaal te geloven tot ze haar zelf zou zien.

Ze stonden allemaal op, klaar om te gaan. Parillo tikte Callie op haar schouder. 'Misschien wil je eerst even je haar kammen? Je een beetje opmaken?'

Callie keek haar ongeduldig aan. Wat maakte het nu uit hoe ze eruitzag? Toen begreep ze dat Parillo niet aan haar dacht, maar aan Anna.

'Dat doe ik in de auto wel,' zei ze en ze liep al naar de deur.

In het bestoven spiegeltje van haar poederdoos zag ze er tien jaar ouder uit. Ze had donkere kringen onder haar ogen en haar huid was zo grauw als perkament. Ze haalde een borstel door haar haar en probeerde wat lippenstift op te doen, maar de politieauto maakte net een scherpe bocht waardoor ze haar evenwicht verloor. Met haar vinger poetste ze de smeer weg. Goed genoeg, vond ze.

Binnen vijf minuten waren ze bij het ziekenhuis. De auto reed naar een achteringang, waar ze allemaal uitstapten. De hemel was helderblauw en het rook naar bloemen en dauw. Ze kon nauwelijks geloven dat de wereld gewoon doordraaide.

Callie liep naar het einde van de stoep. Haar benen waren helemaal slap. Ze tuurde de straat af die langs het parkeerterrein liep.

In het drukke verkeer kwam een politieauto in zicht.

'Daar! Ik zie ze. Dat zijn ze vast.' Callie kneep in Parillo's hand.

Een stoplicht sprong op rood. Een schijnbaar eindeloze tijd moest de auto blijven staan. Toen het licht op groen sprong, kwam hij weer in beweging. Lang niet snel genoeg.

Het leek een eeuwigheid te duren voor de auto hen eindelijk bereikte. Toen hij het parkeerterrein op draaide, holde Callie ernaartoe. De auto stopte, het achterportier ging open en Anna kwam naar buiten. Ze leek zo klein en iel, en er lag een verwarde, vage blik in haar ogen.

'Mamma,' huilde ze klaaglijk.

Toen vloog ze in Callies armen.

270

Hij probeerde eruit wijs te worden, uit te zoeken wat er mis was gegaan. Hij had op het punt gestaan het te doen, het te voltooien, toen iets hem had tegengehouden.

Alleen de tijd is fair.

Daar geloofde hij nog steeds in.

Waarom had hij het dan niet gedaan? Waarom had hij Anna niet doodgemaakt?

Nogmaals nam hij alles door, legde hij de stukjes in elkaar.

Ze had geprobeerd tegen hem te praten, iets te zeggen, dat had hij kunnen horen aan de geluiden die ze maakte. Hij had geprobeerd de gesmoorde kreten te negeren terwijl hij op kalme toon tegen haar had gepraat. Het was noodzakelijk dat ze begreep waarom hij het moest doen. Op dat punt had hij er nog niet aan getwijfeld dat hij het ook zou doen.

Nadat hij alles had uitgelegd, had hij de panty strak om haar keel gebonden. Maar toen had hij op haar neergekeken en die gigantische blauwe ogen gezien. Daar was het door gekomen, besefte hij nu. Dat was het moment geweest waarop alles was veranderd. Hij had Laura in haar willen zien, maar hij had alleen maar een klein meisje gezien.

Opeens had hij het begrepen.

Hij kon geen kind vermoorden.

Had hij dat maar eerder beseft. Wat zonde van alle moeite. Hij werd misselijk toen hij zich inbeeldde hoe opgelucht Laura was dat ze haar kind terug had. Hij, die had gehoopt haar alleen maar leed te bezorgen, had haar nu juist gelukkig gemaakt. Hij kon nu alleen nog troost putten uit de gedachten aan wat hij met haarzelf van plan was.

Callie werd in haar eigen bed wakker, de slapende Anna in haar armen. Licht piepte naar binnen langs het rolgordijn, de stralen van de ondergaande zon.

Ze luisterde naar Anna's rustige ademhaling en schurkte nog iets dichter tegen haar aan. Ze inhaleerde de vochtige, bekende geur van haar dochters gulden huid. De uren die ze in het ziekenhuis hadden doorgebracht, leken erg ver weg, als iets wat ze op de televisie hadden gezien, niet iets wat ze zelf hadden mee-

271

gemaakt. Anna had bij haar op schoot gezeten toen de rechercheurs met haar hadden gepraat. Ze had hun eindeloze reeks vragen op een beleefde, ongeïnteresseerde toon beantwoord. Nee, de man had haar geen pijn gedaan, haar niet onder haar kleren aangeraakt. Een doktersonderzoek had uitgewezen dat er geen sprake was geweest van seksueel geweld.

Toen Anna over de zwarte panty begon, kon Callie het amper verdragen. Met trage bewegingen streelde ze Anna's haar, in een poging haar gerust te stellen.

'Hij zei aldoor dat mijn moeder Laura heet, en ik kon niks terugzeggen. Hij had iets in mijn mond gestopt. Ik kon niet praten. Het was net alsof hij dacht dat ik iemand anders was, alleen wist hij wél hoe ik heette. Hij... hij zei dat hij me moest doodmaken. Vanwege iets wat die Laura had gedaan. O, en hij zei ook nog dat het hem speet. Dat was ik bijna vergeten.'

Anna drukte zich tegen Callie aan, alsof ze in haar wilde kruipen.

'Zei hij wat je moeder precies had gedaan?' Lambert sprak op vriendelijke toon.

'Niet mijn moeder. Laura.'

'O ja. Laura. Heeft hij gezegd wat ze had gedaan?'

'Nee... dat geloof ik niet. Alleen dat het iets heel ergs was.'

'Wat heeft hij nog meer gezegd? Heeft hij nog andere namen genoemd?'

'Hij had het over ene Steven. Hij was erg kwaad op hem.'

Lambert keek Anna aan met een scherpe blik. 'Was hij boos op Steven of op Laura?'

'Dat weet ik niet precies. Misschien op allebei. Ik weet het niet. Ik was erg bang.'

Callie voelde dat Anna begon te beven.

'Kun je je nog meer dingen herinneren die hij heeft gezegd?' Lambert leunde iets naar haar toe. 'Ik weet dat het heel moeilijk voor je is om eraan terug te denken, maar we hebben je hulp nodig als we hem te pakken willen krijgen.'

Anna schudde haar hoofd. 'Nee,' fluisterde ze. 'Dat was alles.'

Het beven werd sterker. Callie kon het niet meer verdragen. 'Zo lijkt het me voorlopig wel genoeg. Anna moet rusten.'

Ze werden in een politieauto naar huis gebracht door een beleefde, jonge agent. Toen ze van Main Street de Linden Lane insloegen, minderde hij vaart. 'U kunt zo dadelijk het beste uw hoofd naar beneden houden en u niets van de media aantrekken.'

'De media?' zei Callie zwakjes.

'Ja. U zult het wel zien.'

Toen ze haar huis naderden, begreep Callie het. De straat stond vol verslaggevers. Ze hadden notitieboekjes en microfoons in hun hand en vochten om de beste plek. Rond haar huis waren betonnen barrières geplaatst. Er stonden reportagewagens, camera's. Boven haar hoofd hoorde Callie het geraas van een helikopter.

Een van de verslaggevers kreeg hen in de gaten en sprintte naar de auto. De anderen vlogen achter hem aan en de race werd een stormloop. Gezichten en fototoestellen werden tegen de ruiten van de auto gedrukt. Flitslichten explodeerden in Callies ogen en een lawine van vragen stortte op hen neer.

'Is alles in orde met Anna?'

'Hoe voelen jullie je?'

'Wat gaan jullie nu doen?'

Callie hield haar hand voor haar gezicht en drukte Anna tegen zich aan. 'Niet opkijken,' fluisterde ze. 'Niet naar ze kijken.'

De auto reed nu stapvoets. Ze konden bijna niet door de menigte heen komen. 'Verdomme,' hoorde Callie de agent mompelen. 'Een beetje hulp zou prettig zijn.'

Opeens verschenen er twee agenten in uniform die een pad vrijmaakten te midden van de menigte. 'Achteruit! Opzij!' riepen ze. De zwerm verslaggevers trok zich iets terug.

Ze deden bijna tien minuten over het stukje van de hoek tot hun huis. Voor de oprit stonden dranghekken. Twee andere agenten haalden ze weg.

Ze reden door tot de garage en stopten daar. Callie en Anna stapten uit.

Onder een lawine van flitslichten holden ze naar de voordeur. De agent die hun chauffeur was geweest, liep vlak achter hen mee.

'Gaat het een beetje?' vroeg hij toen ze eenmaal binnen waren.

'Ja, hartelijk dank voor alles.'

Hij glimlachte en vertrok.

Callie deed de deur dicht en op slot en nam Anna mee naar boven. Anna droeg ziekenhuiskleren: een groot shirt en een wijde broek. De rechercheurs hadden haar kleren meegenomen om ze te laten onderzoeken.

'Wil je soms in bad?' vroeg Callie toen ze boven waren.

'Nee.' Anna schudde haar hoofd. 'Ik wil alleen maar slapen. Mag ik in jouw bed, mam?'

Callies hart ging naar haar uit. 'Natuurlijk,' fluisterde ze in Anna's haar. 'Ik kom gezellig bij je liggen.'

Anna trok haar pyjama aan en kroop in Callies tweepersoonsbed. Buiten wedijverde het rumoer van de menigte met het geronk van auto's, maar Anna, ineengedoken tot een zwijgende bal, leek er geen erg in te hebben. Zonder de moeite te nemen zich uit te kleden ging Callie naast haar liggen. De wereld was geslonken tot deze kamer; daarbuiten bestond niets.

Callie was niet van plan geweest zelf ook te slapen, maar moest zijn ingedommeld, want toen ze op het klokje op haar nachtkastje keek, zag ze dat het over zessen was.

Voorzichtig, om haar dochter niet te storen, stapte ze uit bed, liep op haar tenen naar een van de ramen en gluurde onder het rolgordijn naar buiten. De menigte was de afgelopen uren wat kleiner geworden, maar niet geheel verdwenen. Een handvol verslaggevers stond nog steeds te wachten, in het licht van de ondergaande zon. Ze liet het gordijn zakken, liep de kamer door en ging naar beneden om koffie te zetten.

Ze had moeite helemaal wakker te worden na de lange dut. Toen ze koffie in het filter schepte, voelde ze zich opeens erg eenzaam. Ze had er behoefte aan te praten met iemand uit haar gewone leven, iemand anders dan de agenten en rechercheurs met wie ze de hele nacht had doorgebracht. Onwillekeurig dacht ze aan Rick en er schoot een scherp gevoel van verlies door haar heen.

Martha. Ze kon Martha bellen.

Toen ze aan het lieve, verweerde gezicht van haar vriendin dacht, voelde ze zich iets beter.

Martha nam meteen op, alsof ze op haar telefoontje had zitten wachten. 'Callie,' zei ze op een toon vol medeleven. 'Ik heb geprobeerd je te bereiken. Wat ben ik blij voor je dat Anna weer veilig thuis is. Maar hoe is het met jou? Hoe heb jij dit doorstaan?'

'Nu gaat het wel weer,' zei Callie. 'Maar... hoe weet jij hiervan?' Toen ze het zei, wist ze meteen wat een domme vraag dat was. Al die verslaggevers buiten. De hele stad wist het natuurlijk.

Martha zei iets, maar Callie had het begin gemist. In de vloed van woorden ving ze de naam Posy op, maar ze kon het niet volgen.

'Ik... Martha, je gaat me te snel. Ik begrijp niet waar je het over hebt.'

Martha stopte. 'Je hebt het dus nog niet gehoord.'

'Wat niet?' vroeg Callie.

Een lange, lange stilte. 'O god, Callie, wat stom van me. Laat maar zitten. Ik heb niets gezegd. Je hebt dit nu echt niet nodig. Vertel me over Anna. Hoe is het met haar? Dat is het allerbelangrijkste.'

Callie voelde het bloed in haar aderen kloppen. 'Ik wil weten wat er is gebeurd.'

Aan de andere kant van de lijn hoorde ze Martha diep ademhalen.

'Ik durf het je bijna niet te vertellen,' zei Martha uiteindelijk. 'Posy is vermoord. Ze hebben haar vannacht gevonden toen ze naar Anna aan het zoeken waren.'

Een huivering trok door Callie heen, als een kleine, innerlijke aardbeving. Ze dacht aan de opschudding die op de vroege ochtend was uitgebroken, het telefoontje waarna Lambert plotsklaps was verdwenen. Dat was het zeker geweest. Toen hadden ze haar zeker gevonden.

'Wie heeft haar vermoord?' vroeg Callie. 'Hebben ze al een verdachte?'

'De politie zegt niets. In ieder geval niet tegen de media.'

'Het is vast dezelfde man. De man die Anna heeft ontvoerd.'

'Niet noodzakelijkerwijs,' antwoordde Martha. 'Dat weten ze nog niet. Het hoeft niet per se iets met elkaar te maken te hebben. Ik denk zelfs van niet.'

'Hoe kun je dat nou zeggen? Dit is New York niet. Ik woon nu zeven jaar in Merritt, en in al die jaren is er niet één keer iemand vermoord of ontvoerd. En nu hebben we binnen vierentwintig uur een ontvoering én een moord.'

'Niet binnen vierentwintig uur. Posy is langer geleden vermoord.'

Martha zei dat zo snel dat Callie meteen wist dat er iets was. Dat er afgezien van het afgrijselijke feit dat Posy was vermoord, nóg iets was.

'Wat is er met haar gebeurd?' vroeg Callie.

Martha gaf geen antwoord.

'Martha?' Haar stem won aan kracht. 'Vertel me wat er met Posy is gebeurd.'

'Ik weet geen details,' zei Martha ontwijkend. 'De politie zegt niet veel.'

'Vertel me dan alleen wat je weet.'

Weer een lange stilte.

'Ik wil niet dat je het van mij hoort, Callie. Het spijt me, maar ik kan het je niet vertellen.'

De koffie was doorgelopen. Callie pakte een mok uit de kast. Ze tilde de pot uit het apparaat en schonk de dampende koffie in, maar haar hand beefde zo dat ze de helft op het aanrecht morste.

'Ik begrijp het,' zei Callie. 'Maar ik moet nu ophangen.'

Ze had Lamberts visitekaartje in haar tas. Ze haalde het eruit. Ze draaide het nummer. De telefoon ging tweemaal over, toen nam hij op.

'Mevrouw Thayer, ik ben blij dat u belt. We wilden net naar u toe komen.' Hij klonk zakelijk, maar ook alsof hij met zijn gedachten elders zat. Op de achtergrond klonken stemmen.

Ze viel met de deur in huis. 'Wat is er met Posy Kisch gebeurd?'

Een korte stilte waarin Lambert zijn gedachten ordende. 'Ik neem aan dat u het op het nieuws hebt gezien?'

'Nee, ik heb het van een vriendin gehoord. Ze... Posy werkte bij ons op kantoor. Op het alumnikantoor van Windham.'

'Ja,' zei Lambert. 'Ik weet het. Daar moeten we over praten.'

Callie nam een slok. De koffie was heet, maar ze proefde niets. 'Denkt u dat Posy's moordenaar de man is die Anna heeft ontvoerd?'

'Dat weten we nog niet,' zei Lambert. 'Daar zijn we momenteel mee bezig.'

Callie haalde diep adem, probeerde zich voor te bereiden op wat er komen ging. 'Wat is er gebeurd? Hoe is Posy vermoord?'

Weer een stilte, iets langer ditmaal.

'Daar hebben we het straks nog wel over. Eerst iets anders. We moeten nog een keer met Anna praten en haar wat foto's laten zien.'

Lambert sloeg een dossiermap open en haalde er een stapeltje foto's uit. Ze zaten met hun drieën aan de keukentafel, Anna bij Callie op schoot.

276

'Anna, ik ga je wat foto's laten zien. Ik heb je hulp nodig. Ik wil graag weten of een van de mannen op deze foto's de man is die je vannacht heeft ontvoerd.'

Anna was nog in haar pyjama. Haar lange haar zat vol klitten. Ze keek Lambert met slaperige ogen aan, nog niet helemaal wakker.

Lambert legde een foto voor Anna neer. Ze wreef in haar ogen en keek ernaar. De man had een mager gezicht, donkerblond stekeltjeshaar, een baardje.

Anna ging verzitten op Callies schoot. 'Nee, dat is hem niet,' zei ze.

Lambert nam de foto weg en legde er een andere voor in de plaats. De man op deze foto had een pafferig gezicht en droevige ogen. Hij had roodblond haar en een baard die roder was dan zijn haar.

Anna fronste. 'Nee,' zei ze. 'Dat is hem ook niet.'

Lambert nam de foto weg.

Toen hij de volgende neerlegde, miste Callies hart een slag. Hij zag er jonger uit en had een baard, maar de gelaatstrekken waren hetzelfde. De smalle, spitse neus. De sluwe ogen. 'O, mijn god,' fluisterde ze.

Lambert hief snel zijn ogen naar haar op. Hij keek haar waarschuwend aan.

Anna draaide haar hoofd om naar Callie. 'Wat is er, mam?' vroeg ze.

Callie gaf Anna's schouder een kneepje en lachte kort. 'Niets, lieverd. Ik ben een beetje in de war. Ga maar door.'

'Anna, heb je deze man ooit gezien?' vroeg Lambert op effen toon.

'Nee, dat geloof ik niet. Dit is niet de man die me heeft ontvoerd.'

Lambert had in totaal acht foto's meegebracht. Bij iedere foto schudde Anna haar hoofd. Toen ze klaar waren, glimlachte Lambert tegen haar. 'Goed zo. Bedankt voor je hulp. Ik moet nu nog heel eventjes met je mamma praten. Zou je ons even alleen willen laten?'

Callie bleef glimlachen tot Anna de keuken uit was. Toen pakte ze het stapeltje foto's en haalde de derde eruit. 'Deze man heb ik in Maine gezien,' zei ze. 'Op het eiland waar Diane is vermoord. Ik was ernaartoe gegaan om een kijkje te nemen. Hij is door het bos bij Carson's Cove achter me aan gekomen – dat

is de plek waar Diane is overvallen. Ik dacht dat hij een eiland-
bewoner was. Hij zei dat hij zich zorgen over me maakte.'

Lamberts gezicht kreeg een grimmige trek. 'Wanneer was
dat precies?'

'Ongeveer twee weken geleden. Op 1 mei, geloof ik. Wie is
het?'

Lambert haalde zijn vinger langs de rand van de foto. 'Dit is
Lester Crain.'

Dinsdag 16 mei

'IK NEEM AAN DAT U ALLEN DE ACHTERGRONDINFORMATIE hebt gelezen?' Mike Jamison keek naar de gezichten rond de vergadertafel. De vijf mannen knikten.

Jamison wierp een blik op Lambert, die links van hem zat. Het hoofd van de afdeling Recherche van Merritt stond aan het hoofd van de speciale eenheid, samen met rechercheur Ed Farrell van de State Police, en ze hadden Jamison verzocht de zaak uiteen te zetten. Farrell was midden veertig, een man met intelligente grijze ogen. Hij zat iets bij de tafel vandaan. Verder bestond de groep uit twee rechercheurs van de politie van Maine, Jack Pulaski en Stu Farkess, en Wayne Schute van de afdeling Moordzaken van het bureau Manhattan South. Allen hadden de beschikbare sporen nagetrokken, maar zonder resultaat. Nu waren ze bijeengekomen in een gebouw van de State Police vlak buiten Merritt om hun krachten te bundelen.

'Goed,' vervolgde Jamison. 'We zullen de feiten eerst nog even in het kort doornemen en dan mogelijke connecties bespreken. Wie tussendoor iets wil zeggen, moet dat vooral doen.'

Zelfs nu hij al jaren niet meer in het vak zat, was hij gewend dat erbij te zeggen, de anderen duidelijk te maken dat hij hun mening respecteerde. Hij had altijd zijn uiterste best gedaan te laten zien dat hij geen hufterige FBI-agent was. Daarom was zijn relatie met zijn collega's bij de politie meestal goed. In dit specifieke geval hoefde hij zich trouwens nergens zorgen over te maken. Aangezien hij niet meer bij de FBI zat en hier op uitnodiging was gekomen, verkeerde hij niet in een gezagspositie. Hij kon niemand ergens toe dwingen. Niet dat hij daaraan behoefte had, trouwens.

279

Jamison begon met een samenvatting van de feiten over de moord op Diane Massey en eindigde met: 'Volgens het rapport van de patholoog-anatoom was de doodsoorzaak een klap met een stomp voorwerp tegen het hoofd, en wurging. Het lichaam van het slachtoffer was ontdaan van alle kleding en sieraden. Een zwarte panty was strak om haar keel gewonden en haar ogen toonden sporen van petechie.' Dat laatste behoefde geen uitleg. Ze wisten allemaal dat de minieme bloedstolsels een aannemelijk bewijs waren van dood door wurging. 'Aan de binnenkant van beide armen van het slachtoffer zijn evenwijdige sneden gemaakt. De sneden waren post mortem.'

'Dat snijden in de binnenkant van de armen – dat deed Gage ook, nietwaar?' De vraag was afkomstig van Schute, de rechercheur uit New York, die in snel tempo aantekeningen neerkrabbelde. Hij had borstelige wenkbrauwen, een gegroefd gezicht en donkere, indringende ogen.

'Ja,' zei Jamison. 'Gage voerde de verminking na de dood uit, net als de dader in ons geval. Een andere opvallende overeenkomst is de zwarte panty. Gage is schuldig bevonden aan en gevonnist voor de moord op Dahlia Schuyler, die eveneens was gewurgd met behulp van een zwarte panty.'

Het volgende punt op de agenda was de aanval op Melanie. Jamison somde de feiten op. 'U hebt allen een kopie in uw dossier van de portrettekening van de man die mevrouw White heeft aangevallen. De gelijkenis tussen dat portret en de compositietekening van Anna Thayers ontvoerder is u ongetwijfeld al opgevallen.'

'Is er een videofilm?' vroeg Pulaski. 'Heeft het flatgebouw bewakingscamera's?'

Schute knikte zuur. 'Ja, maar de camera die we moeten hebben, was die dag kapot. Wie denkt dat je altijd waar voor je geld krijgt, heeft nog nooit in Manhattan gewoond. Zo'n flat kost zesduizend dollar per maand, en dan nog doet de camera het niet.'

'Heeft iemand iets gehoord?' vroeg Pulaski. 'Waren de buren thuis?'

'De muren daar laten geen enkel geluid door,' zei Schute. 'De bewoners betalen voor stilte en rust.'

Toen Jamison overging op Posy Kisch voelde hij de spanning stijgen. De mannen rond de tafel waren allemaal vader. Sommigen hadden kinderen van Posy's leeftijd.

'Het slachtoffer is dicht bij de Connecticut River gevonden tijdens de zoekactie, naar Anna Thayer. De afwezigheid van bloed ter plaatse bevestigt dat de moord elders heeft plaatsgevonden. Aan de polsen en enkels was te zien dat die vastgebonden waren geweest. Er is overvloedig bewijsmateriaal van seksuele geweldpleging en marteling vóór de dood is ingetreden. Niet alleen is haar keel doorgesneden, maar ze is zevenentachtig keer met een mes gestoken. Het slachtoffer is zowel anaal als vaginaal met een mes verkracht. Er is geen sperma in het slachtoffer aangetroffen, maar wel sporen ervan op haar gezicht. Men is nog bezig met de DNA-analyse. Het onderzoek heeft voorrang.'

'Kisch is voor het laatst gezien op zaterdag 6 mei op een dansavond in Greenfield. Ze was daar samen met een medestudent, die op onze verdachtenlijst heeft gestaan. De student heet Nathan Lacoste en hij is tevens een kennis van mevrouw Thayer. Mevrouw Thayer was ook op die dansavond aanwezig, samen met haar vriend, een politieman uit Merritt, en nog een ander stel.'

'Is dat niet een beetje vreemd?' vroeg Schute. 'Dat ze allemaal naar die dansavond waren?'

Farrell haalde zijn schouders op. 'Dit is New York niet. Er is hier niet zoveel te doen.'

'Hoe dan ook,' vervolgde Jamison, 'mevrouw Thayer heeft ons verteld dat Lacoste haar die avond tijdens een pauze heeft gevraagd of ze het slachtoffer had gezien.'

Ze praatten er nog even over door en gingen toen over op Anna Thayer. Jamison schetste de feiten rond haar ontvoering en vrijlating.

'Wat is volgens u de reden dat hij haar niet heeft vermoord?' vroeg Schute, toen Jamison was uitgesproken.

'Ik gok erop,' zei Jamison, 'dat de dader zelf ook kinderen heeft. Of dat hij zich om de een of andere reden sterk met kinderen identificeert.'

Jamison leunde achterover in zijn stoel en keek de tafel rond.

'Ik zal meteen maar terzake komen. Volgens mij hebben we te maken met twee moordenaars. De eerste, die we Dader 1 zullen noemen, heeft Diane Massey vermoord, Melanie White aangevallen en Anna Thayer ontvoerd. De andere, Dader 2, heeft Posy Kisch vermoord.'

Schute zei: 'Dat kan ik niet volgen. Hoe kunt u weten dat het niet om dezelfde man gaat? Is dat niet aannemelijker?'

'Ik zeg niet dat er geen verband bestaat tussen de zaken. Alleen dat ik er vrij zeker van ben dat er twee afzonderlijke moordenaars in het spel zijn. In het geval van Kisch hebben we te maken met een seksuele sadist. Eentje die in vervoering raakt. We hebben zijn sperma gevonden op het lijk van Kisch. Hij is slordig te werk gegaan.

Dader 1 is erg minutieus. Er is geen enkel spoor gevonden van seksueel sadisme noch van verkrachting. Zelfs de sneden in Masseys armen zijn na haar dood gemaakt. Er is geen enkel teken dat de dader haar heeft willen laten lijden.'

'Maar haar lichaam was van alle kleding ontdaan,' zei Pulaski. 'Is dat niet seksueel?'

'In dit geval vermoed ik van niet. Ik denk dat hij de kleren heeft meegenomen om de plaats delict zuiver te houden, om de kans dat er sporen gevonden zouden worden, zo klein mogelijk te maken. Als misdaadonderzoekers kennen we allemaal de theorie van overbrenging en uitwisseling – de wetenschap dat een dader altijd iets van zichzelf op de plaats delict achterlaat en iets met zich meeneemt. In dit geval hebben we nog helemaal niets. Geen vezels, geen haren, niets.'

Schute wreef over zijn kin. 'Posy Kisch is dus niet door die dader vermoord?'

'Zo zie ik het,' antwoordde Jamison. 'Zoals ik al zei is Dader 2 een seksuele sadist. Zijn manier van moorden lijkt op die van Lester Crain.'

'Denkt u echt dat Lester Crain dat meisje heeft vermoord?' Schute was nog steeds sceptisch. 'Waarom zou hij nu opeens zijn opgedoken? Waar heeft hij al die jaren gezeten?'

'Ik zeg niet dat het Crain *is*. Ik zeg alleen dat de moord dezelfde signatuur draagt. Als Crain een moord zou plegen, zou die er ongeveer zo uitzien.'

'Maar,' zei Lambert, 'Callie Thayer zegt dat ze Crain op het eiland heeft gezien waar Massey is vermoord. Trekt u geen conclusies uit het feit dat ze hem op de plaats van de moord heeft gezien? Als hij Diane Massey niet heeft vermoord, wat deed hij daar dan?'

Voordat Jamison antwoord kon geven, nam Pulaski het woord. 'We weten niet zeker of ze hem heeft gezien. Ze dacht helemaal in het begin al dat Crain wel eens de moordenaar kon zijn. Misschien heeft ze automatisch een verband gelegd, toen ze zijn foto zag.'

'Misschien,' zei Lambert. 'Maar ze heeft hem niet als Lester Crain geïdentificeerd. Toen ze de foto zag, herkende ze het gezicht, maar ze wist niet wie het was. Ze kan zich niet herinneren ooit een foto van Crain te hebben gezien vóór de foto die ik aan haar dochter liet zien.'

'Dat *zegt* ze,' zei Pulaski. 'En ze gelooft het waarschijnlijk ook, maar wie weet welke herinneringen in haar onderbewustzijn opgesloten liggen? Ze ziet de foto die u aan haar dochter hebt laten zien; die doet haar ergens aan denken. Ze dénkt dat ze de man onlangs heeft gezien, maar in werkelijkheid is het een herinnering uit het verleden. Zulke dingen gebeuren wel vaker. Het is een bekend probleem met ooggetuigen.'

Lambert wilde antwoord geven, maar Jamison was hem voor. 'Beide scenario's zijn mogelijk, maar geen van beide verandert iets aan mijn basistheorie. Of Crain nu op dat eiland was of niet, volgens mij is hij niet de man die Massey heeft vermoord.'

Een paar weifelende blikken rond de tafel, maar niemand zei iets.

'Hoe zit het met het slachtoffertype?' vroeg Pulaski.

'Ook dat speelt een rol,' zei Jamison. 'Crains slachtoffers waren voornamelijk prostituees met een specifiek uiterlijk. Strakke kleding, getoupeerd haar, veel make-up. Kisch was weliswaar geen prostituee, maar ze had zich een soortgelijke stijl aangemeten.'

'Hoe zit het met de jongen met wie ze die avond uit was? Wat weten we over hem?'

Jamison keek vragend naar Lambert, die de leiding had over dat onderzoek.

'We hebben een paar keer met Nathan Lacoste gesproken. Op dit moment hebben we geen bewijsmateriaal tegen hem, maar we hebben hem nog niet van onze lijst geschrapt. Hij heeft zich aan een leugendetectoronderzoek onderworpen, maar de uitslag was niet doorslaggevend.'

Farrell, die een tijdlang niets had gezegd, schudde nu zijn hoofd. 'Ik ben dezelfde mening toegedaan als Wayne. Ik kan moeilijk geloven dat we te maken hebben met twee moordenaars. Het is natuurlijk mogelijk, maar waarom bent u zo zeker van uw zaak? Hoe weet u dat het niet om één en dezelfde moordenaar gaat, die zijn werkmethode heeft gewijzigd?'

Jamison antwoordde: 'Het gaat niet om de werkmethode.

283

Wanneer we het over de werkmethode hebben, bedoelen we de schroeven en bouten, de praktische stappen die een moordenaar neemt om zijn misdaad te plegen. De signatuur is iets anders. Het is het visitekaartje van de moordenaar, het beetje extra dat de moordenaar doet omdat hij daar een kick van krijgt. De werkmethode kan variëren, al naargelang de omstandigheden. De signatuur blijft hetzelfde. De signatuur kan ontwikkeld of uitgebreid worden, maar de aard ervan verandert niet. Bij Crain staan marteling en SM centraal. Beide zien we bij de moord op Kisch, geen van beide bij de moord op Diane Massey.'

'Oké, dat snap ik,' zei Farrell bedachtzaam. 'En Steven Gage? Hoe zou u zijn signatuur beschrijven in relatie tot wat we in deze gevallen hebben?'

'Dat is weer iets anders,' antwoordde Jamison. 'Gage kreeg geen kick van pijnigen. Hij was alleen maar uit op de lijken. Hij kon niet eens seks met zijn slachtoffers hebben voordat ze dood waren. Het doden was een bijkomstigheid, een middel om hen volledig de baas te worden. Zelfs het snijden in de armen van zijn slachtoffers gebeurde post mortem.'

'Net als bij Massey?' zei Farrell.

'Dat gedeelte wel, ja.'

'Goed,' zei Schute. Hij leunde achterover en rekte zich uit. 'Laten we het even hebben over de moordenaar van Massey. De man die u Dader 1 noemt. Wat weten we over hem?'

'Zoals ik al zei, is hij minutieus. Hij weet hoe onderzoeken op plaatsen delict in hun werk gaan. Hij kan opgeleid zijn tot politieman of zelfs iets zijn in de forensische sector. Als hij getrouwd is, heeft hij zijn leven zodanig georganiseerd dat hij niet volgens een regelmatig patroon leeft. Misschien reist hij veel voor zijn werk, is hij niet vaak thuis.'

'Hoe zit het met de vriend van Thayer?' Schute vroeg het aan Lambert.

Lambert zei: 'Ik ken hem niet erg goed, maar hij heeft een goede naam. We zijn uiteraard nagegaan waar hij was, in het bijzonder afgelopen weekend. Hij had gelogen over zijn plannen voor het weekeinde en dat baarde ons zorgen. Maar er zijn verzachtende omstandigheden, waarover ik echter niet in detail wil treden. Hij was in New York. Hij heeft een goed alibi.'

Pulaski zat een overzicht te bestuderen dat Jamison had gemaakt. 'Hoe zit het met die briefjes? Hebben die nog iets opgeleverd?'

Jamison schudde zijn hoofd. 'Melanie White heeft het hare weggegooid. We hebben de andere twee onderzocht, maar dat heeft niet veel opgeleverd. Doodgewoon papier dat je overal kunt kopen en waar we dus geen houvast aan hebben. De enige envelop die we hebben, is die mevrouw Thayer had gekregen. Ook al een doodgewone witte envelop. Op de flap zijn geen sporen van speeksel aangetroffen.'

De telefoon, die op een hoektafel stond, begon te rinkelen. Farrell stond snel op en liep ernaartoe. Hij nam op, luisterde kort en zei toen kortaf: 'Bedankt.'

Toen hij had opgehangen, keek hij hen aan met een verbijsterde uitdrukking op zijn gezicht.

'Het DNA op de plaats delict van Kisch is dat van Lester Crain.'

❦

'Callie. Ik weet dat je thuis bent. Neem alsjeblieft op. Je hoeft alleen maar...'

Callie greep de telefoon. 'Goed. Ik heb opgenomen. Zul je nou ophouden met bellen?'

Een lange stilte aan de andere kant. Callie hoorde Rick ademen. 'We moeten praten,' zei hij toen.

'Oké. We praten. Ben je nou gelukkig?'

'Ik bedoel niet telefonisch,' zei hij. 'Ik wil je zien, ik wil het uitleggen.'

'Je hebt tegen me gelogen,' zei Callie. 'Meer hoef ik niet te weten.'

Er klonk een piepje op de lijn, een sein dat iemand anders probeerde haar te bellen. Ze liet de voicemail opnemen. De stroom van telefoontjes was iets afgezwakt, maar ze werd nog steeds belegerd door verslaggevers.

'Ik geloof niet dat het daarom gaat,' zei Rick. 'Niet alléén daarom. Volgens mij ben je boos omdat ik er niet voor je was toen je me nodig had.'

Nu was Callie degene die zweeg. Door het keukenraam zag ze een grijze lucht. Er was regen op komst.

'Heb ik gelijk?' drong hij aan.

'Wil je ons alsjeblieft met rust laten?' zei ze. 'We hebben al genoeg aan ons hoofd. De man die Anna heeft ontvoerd, is nog op vrije voeten. Het is... het is me allemaal veel te veel.'

Weer een piepje op de lijn. Hadden die verslaggevers niets anders te doen? Er gebeurden vast nog wel meer dingen in de wereld.

'Ik wil het je niet moeilijker maken. Ik wil juist helpen,' zei Rick.

Iets in zijn stem, een dringende ondertoon, deed Callie aarzelen. Opeens zag ze zijn gezicht voor zich, de bekende trekken. Ze wilde haar hand uitsteken en zijn wang aanraken, maar hij was er niet.

Ze bleef secondenlang roerloos zitten zonder te kunnen besluiten wat ze moest doen. Of ze nu ja of nee zei, ze zou evengoed straks het gevoel krijgen dat ze het verkeerde besluit had genomen.

'Goed,' zei ze uiteindelijk. 'Kom dan vanavond maar even langs, wanneer Anna slaapt. Maar je mag uiterlijk een uur blijven. Ik ben doodop.'

'Om negen uur? Is dat goed?'

'Nee, niet voor tienen,' zei Callie.

Ze hing op. Ze voelde zich verscheurd, onbehaaglijk. Ze had veel zin om Rick meteen terug te bellen en te zeggen dat ze van gedachten was veranderd. En als ze zich straks nog zo zou voelen, zou ze dat ook doen.

Ze herinnerde zich de piepjes en drukte de code van haar voicemail in. De meeste verslaggevers hingen gewoon op wanneer ze niet opnam. Het waren realistische mensen die wisten dat ze toch niet zou terugbellen. Heel af en toe sprak er eentje een bericht in, altijd op een innemende, meelevende toon, dat ze haar *begrepen*, dat ze haar graag *haar verhaal wilden laten doen.*

Het eerste bericht was van een verslaggeefster van de *Merritt Gazette*. Ze klonk aarzelend en erg jong, onzeker over wat ze moest zeggen.

'Mevrouw Thayer, we hebben informatie gekregen waar we u graag iets over willen vragen. Het heeft te maken met uw... verleden. Met dingen die in Tennessee zijn gebeurd.'

Ze had een telefoonnummer en haar naam ingesproken, maar Callie schreef ze niet op. Ze bleef als verdoofd voor zich uit zitten staren en vroeg zich af hoeveel ze wisten.

Het volgende bericht was van de *Boston Globe*, van een journalist genaamd Charlie Hammond. Zijn bericht was niet dubbelzinnig en liet geen ruimte voor twijfel.

'Ik bel om uw reactie op een bewering dat u Laura Seton bent.'

⚜

Na de bespreking van de speciale eenheid ging Mike Jamison naar de Orchard Inn, een klein hotel dicht bij het Windham College dat Lambert had aanbevolen. Zijn kamer had een hemelbed en witte gordijnen. Hij was blij dat er ook een bureautje stond met een leeslamp. Hij was van plan de volgende dag een auto te huren en naar New York te rijden. Schute had daarstraks gevraagd of hij soms een lift wilde naar New York, maar hij wilde wat tijd voor zichzelf.

Nadat hij zijn pak had opgehangen, ritste hij het zwarte, nylon laptopkoffertje open en haalde de platte computer eruit. Hij zette hem op het gepolijste bureautje, stak de stekker in het stopcontact en zette de computer aan. Het was begonnen te regenen, in een zacht, ruisend ritme. Hij had een raam opengezet en de gordijnen fladderden toen er een koele bries naar binnen kwam.

Terwijl de computer opstartte, dacht hij na over de bespreking. Het DNA was overtuigend bewijs dat Crain het meisje Kisch had vermoord. De ontdekking had hem en alle anderen in de vergaderkamer verbijsterd. Tot op dat moment had hij er iets onder durven verwedden dat Crain dood was. Een man als Crain hield nooit op met moorden, dat was bijna vanzelfsprekend, en toch wist Jamison van geen enkele onopgeloste misdaad die Crains signatuur droeg. Steven Gage was een meester geweest in het verbergen van de lijken van zijn slachtoffers. Zou hij in de dodencellen van Tennessee Crain die vaardigheid hebben bijgebracht?

Maar áls dat de verklaring was, was Crain hier toch de mist in gegaan. De poging om het lijk van Kisch te verbergen, was bijzonder slordig geweest. Ook zonder de zoekactie naar Anna Thayer zou ze vrij snel gevonden zijn. Verder zaten ze met de nog onopgeloste kwestie of er een verband bestond tussen de zaken. Als er inderdaad twee moordenaars waren, zoals hij dacht, op welke manier waren die dan met elkaar verbonden? Als Crain niet degene was die Diane had vermoord, wat had hij dan op Blue Peek Island te zoeken gehad?

De vragen hielden hem in hun greep. Hij probeerde allerlei

scenario's uit. Hij werd zich bewust van het bekende gevoel van opwinding dat zich altijd van hem meester maakte wanneer hij op het punt stond iets te ontdekken. Eén ding was zeker: Lester Crain was geobsedeerd geweest met Steven Gage. Stel dat Crain naar het eiland was gegaan toen hij had gehoord dat Massey was vermoord. Misschien had hij iets over de moord op Diane gelezen, over de zwarte panty waarmee ze was gewurgd. Geïntrigeerd door de opvallende connecties met Gage, had hij een bezoek aan de plaats delict niet kunnen weerstaan. En toen hij daar eenmaal was, was er iets in hem geknapt. De moord op Diane kon de stressveroorzakende factor zijn geweest die Crain over de rand van de afgrond had gedreven. De grip die hij op zijn moordzuchtige lusten had gehad, was in de opwinding verloren gegaan. Vanuit Maine was hij naar Merritt gereisd, waar hij Posy Kisch had gemarteld en vermoord.

Hij besloot zijn aantekeningen uit te typen. Soms kwam hij bij het doornemen van de feiten op nieuwe ideeën. Maar eerst, herinnerde hij zich opeens, moest hij controleren of er iets op de voicemail van zijn kantoortelefoon stond. Hij had al zijn afspraken verzet, maar er was altijd wel iemand die belde.

Twee berichten. Verdomme.

Het was een opluchting toen hij de joviale stem van zijn pokervriend Joe Carnowski hoorde. Ze waren van plan naar Atlantic City te gaan; had hij zin om mee te gaan? Een piepje en toen een andere stem.

Het was Callie Thayer.

Ze sprak zo zacht dat hij haar nauwelijks kon verstaan, maar hij hoorde dat ze van streek was. Ze verzocht hem haar zo snel mogelijk terug te bellen. Ze had haar nummer tweemaal ingesproken.

Haar telefoon ging viermaal over en toen kreeg hij haar voicemail. Hij sprak zijn naam en het nummer van zijn mobieltje in, en nog voordat hij terug was bij het bureautje, begon zijn mobieltje te rinkelen.

'Neemt u me niet kwalijk,' fluisterde Callie. 'Ik kan niet zomaar opnemen zonder dat ik weet wie er belt.'

Hij had moeite haar te verstaan. 'Kunt u iets harder praten?'

'Ja, goed.' De stem werd iets luider. 'Ik wil niet dat Anna me hoort.'

Een stilte.

'Ik neem aan dat u inmiddels weet wie ik ben.'

'Ja,' zei hij.

'Neemt u me niet kwalijk dat ik het u niet meteen heb verteld. Ik was... er niet klaar voor. Maar nu is de pers erachter gekomen. Daarom heb ik u gebeld. Ik word constant gebeld door verslaggevers. Ik weet niet goed wat ik moet doen. Ik heb geprobeerd Lambert te spreken te krijgen, maar kon hem niet bereiken... en toen dacht ik aan u. Ik zit met de handen in het haar. Ik heb advies nodig.'

'Bel die verslaggevers in ieder geval niet terug,' zei Jamison. 'Daar schiet u toch niks mee op. Op dit punt weet u niet eens of ze genoeg hebben voor een artikel. Als u niets van zich laat horen, kunnen ze niet veel beginnen.'

'Niet veel beginnen,' zei Callie. Ze klonk verschrikkelijk ontmoedigd.

Het was harder gaan regenen. Jamison keek uit het raam en zag nog net de vage omtrek van een berg.

'Nu zal iedereen erachter komen. Nu zal iedereen het weten.' Wat klonk ze triest en wanhopig. Jamison zocht naar woorden. Iets om haar ervan te overtuigen dat ze erdoorheen zou komen, dat het niet het eind van de wereld was.

'Misschien ziet u het te somber in.' Hij sloeg een zo vriendelijk mogelijke toon aan. 'Ik weet dat het in het begin moeilijk zal zijn, maar het kan ook een opluchting zijn. Het zal voor u niet makkelijk zijn geweest om met zo'n geheim te moeten leven.'

'Och, dat viel wel mee.' Haar stem klonk dof, alsof ze het had opgegeven.

'U hebt misschien nog een dag of twee. In ieder geval weet u nu waar u aan toe bent.'

'Denkt u dan dat het morgen nog niet in de krant zal staan?'

'Dat hangt af van hoeveel ze bevestigd hebben gekregen.'

'Maar als ik niet terugbel, wakkert dat hun achterdocht dan niet aan?'

'Als u zou terugbellen, wat zou u dan zeggen? Je kunt over zoiets niet liegen. Dat maakt het alleen maar erger.'

Meteen nadat hij het gesprek met Callie had beëindigd, belde hij Lambert. Hij probeerde eerst zijn doorkiesnummer op het politiebureau, toen zijn pieper. Toen er op geen van beide werd opgenomen, liet hij een boodschap achter op het bureau. 'Vraag of hij zo snel mogelijk contact met me wil opnemen.' Toen hing hij gefrustreerd op.

Het was vreemd dat ze Lambert niet konden vinden. Als

hoofd van de afdeling Recherche zou hij bij een zaak als deze dag en nacht bereikbaar moeten zijn. In kleine steden ging het misschien iets anders toe dan in de grote, maar zoveel verschil kon er niet zijn. Dit was een belangrijke moordzaak die onder Lamberts jurisdictie viel.

Het was inmiddels bijna zeven uur en Jamison besloot eerst iets te gaan eten.

Buiten was de lucht vochtig en geurig, bijna tropisch. Hij stak zijn paraplu op en liep naar het centrum. Het waren maar een paar straten, maar omdat de regen schuin neerkwam, werd hij toch nat. Hij dook een Mexicaans restaurant in met een groot, felgekleurd uithangbord. Aan de balie bestelde hij cajun vistaco's en daarna ging hij aan een van de tafeltjes zitten.

Aan de tafel naast hem had een vermoeide jonge moeder problemen met haar kleuter. 'De vorige keer vond je het wel lekker,' zei ze. Het jochie trok een obstinaat gezicht.

'Honderdnegen,' riep de vrouw achter de balie.

Hij keek op zijn bonnetje. Dat was hij.

Hij at snel, omdat hij honger had en ook omdat hij weer aan het werk wilde. De moeder met het kindje deden hem denken aan Callie en aan alle ellende die ze had doorstaan. Hij vroeg zich af waar ze woonde. Kon niet al te ver hiervandaan zijn. Als hij hier langer kon blijven, zou hij proberen een ontmoeting met haar te regelen, maar daar had hij nu doodeenvoudig geen tijd voor. Toch zou hij graag de vrouw hebben willen zien die hij alleen van de getuigenbank kende. De voormalige Laura Seton. De vriendin van Steven Gage.

Callie was degene die als eerste had gezegd dat Lester Crain er wel eens iets mee te maken kon hebben. Ze wist zelf niet, nog niet, hoe afgrijselijk dicht ze bij de waarheid had gezeten. Ze hadden besloten niets bekend te maken over het DNA van Crain. Het laatste waar ze behoefte aan hadden, was dat Crain erachter zou komen dat ze dit bewijsmateriaal hadden. Als hij niet al uit dit rechtsgebied was gevlucht, zou hij dat dán zeker doen. Er zou misschien wat ophef komen over de openbare veiligheid wanneer de waarheid eenmaal aan het licht zou zijn gekomen, maar voorlopig waren de leden van de speciale eenheid het erover eens dat geheimhouding essentieel was.

Het was duidelijk dat Crain Dader 2 was.

Maar hoe zat het met Dader 1?

Toen hij klaar was met eten, bracht hij het dienblad weg en

liep hij terug naar het hotel. Hij dacht na over wat Callie had gezegd over de familie van Gage, het gesprek dat Pulaski aan hem had doorgegeven. Hij had de moeder en broers nooit gesproken, maar ze wel vaak gezien. Hij herinnerde zich de moeder als een nerveuze, dikke vrouw die altijd werd geflankeerd door haar twee grote zonen. Hij kon zich de namen van de jongens niet herinneren. De moeder heette Brenda. Ze had de naam van haar tweede man aangenomen. Hij meende dat die met een 'H' begon.

Holiday. Halliburton. Hallowell...

Ze klonken geen van alle juist.

Terug in zijn hotelkamer zag hij dat er geen berichten waren binnengekomen. Lambert had dus nog niet gebeld.

Toen hij zijn jas ophing, schoot de naam hem opeens te binnen: *Hollworthy*. Brenda Hollworthy. Dat was haar naam geweest. Misschien was ze verhuisd of opnieuw getrouwd, maar hij kon het allicht proberen.

Op de centrale van Nashville had men geen telefoonnummer van een Brenda Hollworthy, maar wel van een B.W. Hollworthy. Jamison noteerde het, hing op en draaide het nummer.

'De Here Jezus zal weer verrijzen. Hebt u hem aanvaard als uw redder?' Een vrouwenstem op het antwoordapparaat, een hese stem met een zuidelijk accent. Te veel sigaretten en cocktails voordat God op het toneel was verschenen. 'Ik kan u op dit moment niet te woord staan, maar als u uw nummer achterlaat, bel ik u zo snel mogelijk terug.'

Hij herinnerde zich niet dat hij Brenda ooit had horen praten, dus kon hij haar stem ook niet herkennen. Hij had haar niet voor een wedergeboren christen gehouden, maar hij kende haar natuurlijk alleen van toen. Van vóór haar zoon schuldig was bevonden aan moord. Van vóór hij ter dood was gebracht. Misschien had ze, zoals zoveel anderen, troost gevonden in religie.

Hij hing op zonder een bericht achter te laten. Hij zou het later nog een keer proberen.

Hij wilde nog één telefoontje plegen voordat het daarvoor te laat zou zijn. Morgen ging hij naar New York om Melanie op te zoeken. Ze was uit het ziekenhuis ontslagen, maar sliep nog veel. Hij wilde haar spreken voordat ze naar bed ging.

Hij pakte zijn mobieltje en zapte in het geheugen naar Melanies nummer.

'Hallo?' Ze klonk aarzelend, onzeker over wie het kon zijn.

'Dag, Melanie. Met Mike. Hoe voel je je vandaag?'

'Vrij goed.' Ze leek zich te ontspannen nu ze wist dat hij het was. 'Ik bedoel, beter. Het gaat langzaam. De genezing, bedoel ik.'

'Ik schat dat ik morgen rond tien uur in de stad kan zijn.'

'Dat is... zou je iets later kunnen komen? Ik moet wat dingen doen.'

'Tuurlijk. Zeg het maar.'

'Om elf uur. Kan dat?'

'Best. Om elf uur ben ik bij je.'

'Mike, het spijt me heel erg, maar ik moet ophangen. De portier belde net dat ik bezoek heb... een kennis.'

'Dan zal ik je niet storen. Tot morgen.'

Hij hing op met een zeurend gevoel dat er iets mis was. Ondanks de geruststellende woorden van de artsen klonk ze nog steeds niet als de oude Melanie. En die bezoeker zat hem ook niet lekker. Opeens sloeg de angst hem om het hart. *En wat dan nog, als het iemand was die ze kende? Misschien was de moordenaar ook een bekende van haar.* Toen hij haar ernaar had gevraagd, was ze er vrij zeker van geweest dat ze hem nog nooit eerder had gezien. Maar stel dat ze zich vergist had? Stel dat ze het mis had?

Hij had het niet meer. Vijf minuten later greep hij nogmaals de telefoon.

'Het spijt me dat ik je stoor, maar ik ben het briefje kwijt waarop ik je adres had genoteerd,' loog hij.

'Geeft niets, hoor,' zei Melanie. Ze gaf hem het adres.

'Is alles in orde?' vroeg hij.

'Ja, hoor.' Ze klonk verbaasd. Hij had haar immers net gebeld. Waarom zou er iets niet in orde zijn?'

Hij voelde zich een beetje gegeneerd toen hij ophing. Maar Melanie zat in zijn hoofd als een deuntje dat je niet kwijtraakte. Hij had zich erg met haar verwant gevoeld, al die tijd dat hij in het ziekenhuis bij haar had gewaakt. Alsof hij precies op de plek zat waar hij moest zijn, een gevoel dat hij bijna was vergeten. Hij had dat heel vaak gehad toen hij nog voor de FBI werkte en aan profielstudies werkte, ook in de weken dat hij gesprekken had gevoerd met Steven Gage, vlak voor de executie. Hij vroeg zich af of dat er iets mee te maken had dat hij zo'n sterke band voelde met Melanie, alsof ze een soort talisman was die het verleden terugbracht.

Het regende nog steeds. Hij kon het horen, maar niet zien. Het was nog licht geweest toen hij was gaan eten. Nu was het helemaal donker. Hij besloot Brenda Hollworthy nog een keer te proberen en dan onder de douche te gaan.

'Hallo?' Dezelfde hese stem die hij daarnet had gehoord, maar nu live, niet op een bandje.

'Spreek ik met mevrouw Hollworthy?'

'Ja, met wie spreek ik?'

'Mijn naam is Mike Jamison. We... we hebben elkaar lang geleden gekend.'

'Hoe zei u dat u heette?'

'Mike. Mike Jamison. We hebben elkaar gekend in... Tennessee.'

'Bent u die man van de FBI?'

'Ik zat toen bij de FBI, ja.' Zijn hart begon sneller te kloppen; hij voelde de adrenaline stromen. Het verleden stortte zich over hem heen. *De moeder van Steven Gage.*

Voordat ze kon ophangen, vulde hij snel de stilte.

'Lang geleden,' zei hij.

'Inderdaad,' zei ze vlak. Hij verwachtte half dat ze nu zou ophangen, maar ze bleef aan de lijn. Afwachtend.

'Ik had gehoopt dat u wat vragen voor me zou kunnen beantwoorden over een vrouw genaamd Diane Massey. U kent waarschijnlijk het boek wel dat ze heeft geschreven...'

Brenda Hollworthy viel hem in de rede. 'Weet u, de Heer zegt dat we moeten vergeven, en dat probeer ik echt. Iedere avond bid ik om kracht om te vergeven, maar sommige dingen zijn sterker dan wij. Hebt u kinderen, meneer Jamison?'

Een korte stilte.

'Ja.'

'Hoeveel?'

'Twee.'

'Jongens of meisjes?'

'Een jongen en een meisje.'

'Ik had drie zonen. Nu heb ik er nog maar twee. Zoiets kom je nooit te boven. U had iets moeten doen, meneer Jamison. U had iets moeten doen om hem te redden. De Heer wil niet dat mensen elkaar doodmaken. Je moet kwaad niet met kwaad vergelden.'

Haar stem was ontdaan van iedere emotie, alsof ze dit toespraakje uit haar hoofd had geleerd. Alsof ze zich al die eindeloze jaren had voorbereid op dit telefoontje.

'Ik kan me inderdaad niet eens voorstellen wat u hebt moeten doorstaan.' Dat was in ieder geval de waarheid.

'Dus u belt vanwege die Massey? U denkt dat wij er iets mee te maken hebben, ik of de jongens. Nou, ik kan niet zeggen dat het me spijt dat ze er niet meer is – moge God me daarvoor vergeven – maar als u zulke dingen over ons denkt, zoekt u het in de verkeerde richting. Ik ben een christen en mijn zonen zijn goede jongens, die inmiddels elk zelf een gezin hebben.'

'Mag ik het even uitleggen, mevrouw Hollworthy? Daar gaat het namelijk helemaal niet om.'

'Denkt u dat iemand anders haar heeft vermoord?'

'Inderdaad,' zei hij. In werkelijkheid wist hij dat natuurlijk niet, maar je zei gewoon wat het beste was. 'Ik wil u een paar vragen stellen over mensen die Steven kende. Ik wil graag weten welke indruk die mensen op u hebben gemaakt. Ik zal niet al te veel van uw tijd in beslag nemen.'

'Welke mensen bedoelt u?' Hij hoorde dat ze nog steeds op haar hoede was, hoewel ze iets minder vijandig klonk.

'Kunt u zich ene Melanie White herinneren?'

'Natuurlijk. Dat was een van Stevens advocaten.'

'Zei hij wel eens iets over haar?'

'Soms. Hij mocht haar graag. Hij vond dat ze erg intelligent was.'

'Hebt u ooit de indruk gekregen dat hij kwaad op haar was? Omdat ze niet méér voor hem kon doen?'

'Natuurlijk was hij kwaad. Hij zat in een dodencel. Hij wist dat ze hem dood wilden hebben. Hij was vaak kwaad, meneer Jamison. Dat zou u ook zijn.'

'Maar zei hij specifiek dingen over mevrouw White? Was hij kwaad op haar in het bijzonder?'

'Nee, dat zou ik niet willen zeggen. Ze had haar best gedaan. Dat zei hij tenminste.'

'En Laura Seton?'

Hij hoorde haar adem stokken.

'Dat kreng. Begin alstublieft niet over haar.' Voor het eerst klonk er scherpte in haar stem. Hij had een zere plek geraakt.

Hij wist intuïtief dat hij zijn mond moest houden en wachten tot ze zelf zou doorgaan.

'Het spijt me, ik hoop dat God me zal vergeven, maar dat is ze, een leugenachtig kreng. Als ze echt van hem had gehouden, zoals ze beweerde, zou ze niet al die dingen over hem hebben gezegd. Ik wou dat *zij* dood was. God vergeve me, maar dat wil ik echt. Als ik wist waar ik haar kon vinden, zou ik haar misschien zelf vermoorden.'

'Als iemand een van mijn kinderen zoiets zou aandoen, zou ik er vast net zo over denken.'

'Ik heb nooit begrepen waarom Stevie haar niet haatte. Maar hij werd juist nijdig wanneer ik een kwaad woord over haar zei. Hij had een zwak voor haar, mijn Stevie. In wezen was hij een goede jongen. "Ze is in de war, mam." Dat zei hij altijd. Hij werd nooit kwaad.'

In de war? *Welnee*, dacht Jamison. Hij herinnerde zich Laura in de getuigenbank, haar handen wringend. Ze had zo zacht gesproken dat je haar nauwelijks had kunnen verstaan. Ze was bang geweest, maar niet in de war.

'En Diane Massey? Sprak Steven wel eens over haar?'

Een lange zucht die eindigde in een piepend geluid. Brenda's longen klonken niet goed. 'Weet u, ik heb hem gewaarschuwd dat hij niet met dat meisje moest praten. Ze was alleen maar op geld uit.'

'Hoe voelde hij zich toen het boek was uitgekomen? Weet u of hij het heeft gelezen?'

'Gelezen? Nou en of. Wel vijf of zes keer.'

'Was hij er kwaad om?'

'Kwaad? Nee, dat geloof ik niet. Ik heb dat boek één keer ingekeken. Ik moest er zowat van kotsen. Maar Stevie – die heeft een getekend exemplaar gekregen, daar had hij haar speciaal om gevraagd. Ik zei: "Stevie, snap je niet wat ze doen? Snap je niet dat ze je uitbuiten?" Dan haalde hij alleen maar zijn schouders op, alsof het hem niets kon schelen. Ik herinner me dat hij een keer zei: "Mam, ze doet alleen maar haar werk." "Haar werk?" heb ik toen gezegd. "Dat kan best wezen, maar waarom moet je haar daarbij helpen?"'

Er werd op de deur van Jamisons kamer geklopt. Dat moest een vergissing zijn. Hij probeerde het te negeren, maar er werd weer geklopt, harder ditmaal.

'Een ogenblikje alstublieft, mevrouw Hollworthy,' zei hij. Hij liep snel naar de deur.

Door het spionnetje herkende hij de vrouw van de receptie met het keurige krullenkapsel. 'Ik ben aan het telefoneren,' zei hij op scherpe toon. 'Kan het wachten tot ik klaar ben?'

Ze keek dapper op naar de deur, alsof ze probeerde oogcontact te maken. 'Het spijt me dat ik u stoor, meneer Jamison, maar ik heb een dringende boodschap voor u. Van inspecteur Lambert van de politie. Hij verzoekt u hem onmiddellijk te bellen.'

❧

In het zwakke oranje licht van de verandalamp maakte Rick een nerveuze indruk. Het motregende. Hij had een spijkerbroek aan en wiegde onder zijn paraplu van zijn ene been op het andere. Een fractie van een seconde ging haar hart naar hem uit – hij zag er zo kwetsbaar uit. Maar dat was gewoonte, alleen maar gewoonte. Daar zou ze niet aan toegeven.

Ze haalde diep adem en deed de deur open.

'Callie,' zei hij zachtjes.

Ze kon aan hem zien dat hij moeite had zijn armen niet naar haar uit te steken en haar tegen zich aan te drukken. Ze draaide zich snel om en liep naar de zitkamer. Rick volgde haar.

Callie gebaarde dat hij op de bank moest gaan zitten. Zelf koos ze voor een stoel. Ze keken elkaar aan met de kamer tussen hen in. Een gapende kloof.

Rick zat op de rand van de bank en leunde naar voren. Alsof hij op deze manier probeerde haar toch iets dichter bij zich te hebben.

'Ik ben je een verklaring schuldig,' zei hij.

'Het is niet belangrijk.'

Een gekwelde trek gleed over zijn gezicht.

'Ik vind van wel,' zei hij.

Ze zaten slechts een paar meter bij elkaar vandaan, maar hij leek erg ver weg. Ze vroeg zich af waarom het haar niets kon schelen, waarom ze niet nieuwsgieriger was.

Er zat een soort gezoem in haar achterhoofd: *ze weten het, ze weten het, ze weten het.* Over niet al te lange tijd zou haar verleden voorpaginanieuws zijn. Het was alleen nog maar een kwestie van tijd.

'Callie, luister je naar me?'

'Ja,' zei ze.

Rick zuchtte, liet zijn knokkels knakken en staarde naar zijn handen. Hij leek zich af te vragen hoe hij moest beginnen. Misschien verwachtte hij hulp van haar, maar toen de seconden wegtikten en ze niets zei, begon hij uiteindelijk zelf.

'Toen ik klein was, had ik een boezemvriend. Zijn naam was Billy O'Malley. We zaten op dezelfde school, dezelfde sportclub, gingen altijd gevieren, met onze meisjes, naar de schoolfeesten. Mijn vader was leraar Engels. Billy's vader zat bij de politie. Je kunt je wel voorstellen welk beroep voor een opgroeiende jongen interessanter was. De O'Malleys hadden een groot, rommelig huis. Vijf kinderen, twee of drie honden. Ik zat altijd bij hen thuis. Ik vond het er heerlijk.'

Callie zat kaarsrecht op haar stoel met het gevoel dat ze een standbeeld was. Het verhaal over Ricks jeugd had niets met haar te maken. Ze vroeg zich vaag af wat hem bezielde, waarom hij haar dit zat te vertellen. Maar om hem dat te vragen, zou ze moeten spreken en dat kon ze absoluut niet opbrengen.

'Toen ik twaalf was,' ging Rick door, 'heb ik tegen mijn vader gezegd dat ik bij de politie wilde. Billy en ik hadden het helemaal voor elkaar. We zouden alles samen doen. Mijn vader probeerde me ervan af te brengen, zei dat ik meer in mijn mars had, maar hoe meer hij zich verzette, hoe vastberadener ik werd.'

Tot nu toe had hij naar de vloer gestaard. Nu keek hij op naar Callie. Haar gezicht was zo glad als marmer. Hij keek weer naar zijn handen.

'We zijn allebei gaan studeren. We waren kamergenoten. Het toelatingsexamen voor de NYPD hadden we al gedaan. "Op je twintigste beginnen, op je veertigste met pensioen." Dat was de mantra van Billy's vader. Omdat we eerst zijn gaan studeren, liepen we een paar jaar achter, maar dat maakte niet uit.

Nadat we waren afgestudeerd, liep het min of meer zoals we het gepland hadden. We werden als partners aangesteld en deden de nachtdienst. Niet iedereen deed graag nachtdienst, maar wij – wij vonden dat allebei juist leuk. Er was minder supervisie en je verdiende wat meer. Het enige probleem was dat Billy op een gegeven moment ging trouwen en dat zijn vrouw het niet leuk vond dat hij aldoor 's nachts werkte. Hij beloofde haar steeds dat hij er iets aan zou doen, maar daar kwam hij eigenlijk nooit aan toe.

Vanaf het allereerste begin vond ik het politiewerk leuk. Er waren geen twee dagen hetzelfde. Ik vond het leuk om te patrouilleren, ervoor te zorgen dat de mensen veilig waren. Dat klinkt waarschijnlijk ouderwets, maar zo zag ik het echt. En toen...'

Ricks gezicht versomberde. Hij haalde diep adem en ging door.

'Als agent leer je bepaalde dingen, regels die een tweede natuur voor je worden. Hou je radio nooit in de hand waarmee je schiet. Schiet op het midden van het lichaam. En er was nóg een regel die ik nooit vergat, tot… tot die nacht. Bij meldingen over huiselijk geweld moet je de betrokkenen altijd uit de keuken zien te krijgen.

Het gevaarlijkste vertrek van het huis. Callie kreeg het opeens koud. Haar mond was kurkdroog. Ze wilde zeggen dat ze genoeg had gehoord, maar Rick ging door.

'Het was een dinsdagavond, 20 november. Vlak voor Thanksgiving. Carla was vier of vijf maanden zwanger en Billy was de koning te rijk. De melding kwam om ongeveer twee uur 's nachts binnen. Huiselijk geweld in 110th Street. Toen we bij de flat aankwamen, was het daar stil. We hoorden helemaal niets. Een man doet open. Een blanke man in een kakibroek en een T-shirt. Hij lijkt verbaasd ons te zien. "Jullie hebben zeker het verkeerde adres," zegt hij. We vragen of we evengoed even mogen binnenkomen, en hij zegt: "Van mij wel."

Het is zo'n gebouw waar vroeger heel grote appartementen waren die in kleinere flats zijn opgedeeld. Daardoor sta je meteen in de keuken wanneer je binnenkomt. Maar om de een of andere reden sta ik daar niet bij stil. Wij geen van tweeën. Misschien dachten we dat de man de waarheid sprak, omdat hij er zo ontspannen bij stond. Of misschien omdat je normaal gesproken niet meteen "keuken" denkt wanneer je een flat binnengaat. Maar er was iemand aan het koken geweest. Het rook er naar gebakken uien.

Billy blijft bij de man, om een oogje op hem te houden, en ik loop de keuken door. "Is er verder nog iemand thuis?" vraagt Billy. De man zegt van niet. Op hetzelfde moment hoor ik achter een gesloten deur een soort gekreun.

Daarna… is het allemaal niet meer duidelijk. Ik denk dat ik ben doorgelopen, naar die deur en dat geluid. Maar bijna op hetzelfde moment hoor ik Billy een kreet slaken. Alles moet erg snel zijn gegaan, maar het voelde aan alsof het in slowmotion ging. Ik draai me om. Billy ligt op de grond. De man komt op me af met een vleesmes. Ik slaag erin mijn pistool te trekken. Ik schiet hem in zijn borst en blijf schieten tot het magazijn leeg is. Het volgende dat ik me herinner, is dat ik naast Billy geknield zit. Bloed spuit uit zijn keel. Hij kijkt me smekend aan, alsof hij wil zeggen *laat dit niet gebeuren*. Toen zakte zijn hoofd achterover en... en was het afgelopen.

Nadat ik het bureau had gebeld om assistentie, ben ik jankend bij hem blijven zitten. Er schoten me allerlei herinneringen te binnen, van toen we nog klein waren. Dat Billy degene was die me had verteld dat Sinterklaas niet bestond. Dat we een keer gepakt waren toen we zonder betalen de bioscoop waren binnengeglipt omdat we blut waren. En ik herinnerde me zijn trouwdag. Ik was Billy's getuige en we zagen er zo opgeprikt uit in ons nette pak. Ik moest aldoor aan Carla denken en aan het kind dat hij nooit zou zien.

Toen de versterking kwam, zat ik daar nog steeds zo: met zijn hoofd op mijn schoot. Ik was het geluid achter de deur helemaal vergeten. Tegen de tijd dat ze haar vonden, was ook zij dood. Ze had meer dan vijftig steekwonden. De patholooganatoom zei dat ze het evengoed niet zou hebben overleefd, maar dat is voor mij altijd een vraagteken gebleven. Van de twee maanden daarna heb ik geen duidelijke herinneringen. Ik was helemaal kapot van de schuldgevoelens. Er waren dagen dat ik niet eens uit mijn bed kon komen. Dan wou ik dat ik ook dood was.'

Opeens droogde de woordenstroom op. Stilte vulde de kamer. De koplampen van een passerende auto gleden over Ricks gezicht. Regen tikte tegen de ruiten. Het was harder gaan regenen.

'Maar het was jouw schuld niet,' zei Callie. 'Jullie waren er met z'n tweeën.'

'Ik was degene die het had overleefd,' zei hij. 'Het moest dus wel mijn schuld zijn.'

'En nu? Denk je dat nu nog steeds?'

Hij keek weer naar zijn handen. Ze kende die handen, de lange vingers, de wat ruwe handpalmen.

'Ik weet het niet,' zei hij. 'Ook als het niet geheel mijn schuld was, had ik iets kunnen doen. Dat is wat Billy's vader dacht. Ik zag het in zijn ogen. Bij de begrafenis keek hij amper naar me en zei hij geen woord. Na het onderzoek heb ik geprobeerd weer aan het werk te gaan, maar het lukte niet. Ik kon het niet aan. Soms pakte ik 's nachts mijn pistool en dacht ik erover zelfmoord te plegen. Soms zette ik het pistool tegen mijn slaap en haalde ik bijna de trekker over. Op een dag roept een brigadier me bij zich. Hij bekijkt me aandachtig. "Rick," zegt hij, "ga ander werk zoeken, anders schiet je jezelf nog voor je kop." Ik deed alsof ik niet begreep waar hij het over had, maar in mijn hart wist ik dat hij gelijk had.

Nadat ik ontslag had genomen, heb ik twee jaar lang niet veel uitgevoerd. Ik ben naar Colorado gegaan, heb daar een tijdje in een wintersporthotel gewerkt. Toen het zomer werd, besefte ik dat de baby al moest zijn geboren. Ik heb erover gedacht Carla te bellen, maar kon het niet opbrengen. Ze had zich zo tegen Billy's nachtdiensten verzet en *ik* was de reden dat hij die was blijven doen. Als hij dat niet had gedaan, zou hij nog geleefd hebben. Ik wist zeker dat ze dat dacht.

Na Colorado ben ik hierheen gekomen. Het leek een goed idee. Bezig zijn, weer aan het werk gaan, maar in een totaal andere omgeving. En zo is het gebleven tot afgelopen herfst. Toen leerde ik jou en Anna kennen. Vanwege Anna begon ik me af te vragen hoe het met Carla en de baby was. Ik heb wat oude kennissen gebeld en hoorde dat ze was hertrouwd en in Forrest Hills woonde.

Het heeft een tijd geduurd voor ik de moed ertoe kon opbrengen, maar uiteindelijk heb ik haar gebeld. Toen ik zei wie ik was, begon ze te huilen, maar ze was toch blij iets van me te horen. De baby was geen baby meer – hij is al zes. Zijn naam is William jr. – ze noemen hem Will – en hij is een heel pienter jochie. Toen ze hertrouwde, kreeg hij echter problemen. Een jaar geleden is Carla bevallen van een dochter en toen werd dat nog erger. We hebben wel twee uur gepraat, over alles. Tegen het eind van het gesprek vroeg ze of ik soms een keer bij hen op bezoek wilde komen. Ze zei dat het Will misschien goed zou doen mij te leren kennen.

Ik heb natuurlijk meteen toegezegd. We hebben een afspraak gemaakt. Maar het punt was dat ik er met jou niet over kon praten. We kenden elkaar nog maar twee of drie maanden. Ik was er nog niet aan toe. Dus heb ik dat verhaal over mijn vader verzonnen. Een paar jaar geleden is hij echt ziek geweest en... nou, de rest weet je. Ik dacht dat het bij één keer zou blijven, maar dat pakte anders uit. Later wilde ik het je wel vertellen, maar ik wist niet hoe. Ik wist dat je kwaad zou zijn dat ik tegen je had gelogen. Ik had geen idee hoe ik het moest aanpakken.'

Nu keek hij naar haar op, wachtend op een reactie. Opeens drong het tot haar door hoeveel ze met elkaar gemeen hadden.

Zij had zichzelf de schuld gegeven van Dahlia Schuylers dood. Hij had gedacht dat hij schuldig was aan de dood van Billy. Het leek ironisch en ook triest dat ze allebei in hun eentje met zulke problemen hadden geworsteld. Ze hadden er beiden een goede reden voor gehad, maar het was evengoed triest.

Callie haalde diep adem. 'Ik moet jou ook iets vertellen. Dit is blijkbaar een avond voor bekentenissen.'

Kon ze het hem echt zomaar vertellen? Het leek veel te makkelijk. Maar uiteindelijk was het dat ook. Een paar eenvoudige woorden.

'Net als jij,' begon ze, 'ben ik naar Merritt gekomen om ergens aan te ontvluchten. Ik wilde opnieuw beginnen op een plek waar niemand wist wie ik was. Vóór mijn huwelijk, toen ik in Nashville woonde, had ik...' Ze hakkelde. Het was moeilijker dan ze had gedacht om het hardop tegen Rick te zeggen. 'Had ik ... een relatie met Steven Gage. De seriemoordenaar.'

Ze zag dat Rick grote ogen opzette. Ze wachtte niet tot hij iets zou zeggen.

'Toen Steven in Nashville werd gearresteerd, had ik al een aantal jaren een relatie met hem.'

'Jezus.' Rick klonk ongelovig. 'Dat... dat meisje dat tegen hem heeft getuigd. Dat... was jij?'

Callie knikte langzaam.

Zo. Het hoge woord was eruit.

Maar voordat ze besefte wat er gebeurde, was Rick overeind gesprongen en stond hij al naast haar. Hij bukte zich en greep haar armen. Ruw stroopte hij een mouw op zodat de zachte, gehavende huid te zien was.

'Heeft hij dit gedaan? Ben je zó aan die littekens gekomen?' Zijn stem klonk verstikt van emotie. Hij was kwaad, maar niet op haar.

Callie trok snel de mouw naar beneden en drukte haar armen tegen haar lichaam.

'Nee,' zei ze zachtjes. 'Dat heb ik zelf gedaan.'

Rick bekeek haar indringend. Hij geloofde haar niet helemaal. Maar de tijd van leugens was voorbij. Het uur van de waarheid had geslagen.

'Toen ik klein was, viel de depressiviteit nog wel mee, maar tegen de tijd dat ik naar de middelbare school moest, was het heel erg. Soms had ik het eigenaardige gevoel dat ik maar amper bestond. Wanneer ik een snee in mijn arm maakte, ging dat gevoel weg. En het deed geen pijn, althans in het begin niet. Het maakte een euforie in me los. Het nam het leed weg. Eindelijk had ik het gevoel dat ik de baas was over mijn leven. Dat niemand me iets kon doen.'

'Gage... deed dit met de vrouwen die hij vermoordde. Hij sneed hen in de armen, precies op deze manier.'

Callie knikte langzaam, terwijl ze een vinger over haar arm haalde, door de stof van haar mouw heen. De littekens waren door de jaren heen iets vervaagd, maar zouden nooit helemaal verdwijnen.

'Op de avond dat ik Steven ontmoette, zag hij de littekens op mijn armen. Ik werkte als serveerster in een restaurant waar de blouse van het uniform korte mouwen had. Ik zie die blouse nóg voor me, wit katoen met oranje biezen. Ergens was dat heel goed voor me, want daardoor moest ik leren me te beheersen. Verse wonden, vooral als ze diep waren, zouden de aandacht hebben getrokken. Ik had die baan echt nodig en herinnerde mezelf er steeds aan dat ik het risico niet kon nemen.

Twee avonden voordat Steven voor het eerst in dat restaurant kwam, had ik een inzinking. Ik dronk een heleboel wodka en maakte een nieuw rijtje sneetjes. De dag erop heb ik me ziek gemeld, maar ik durfde niet twee dagen thuis te blijven. Ik heb op de ergste wonden pleisters gedaan en mijn armen zo veel mogelijk naar beneden gehouden. Maar toen ik Stevens bestelling opnam, wist ik dat hij de wonden had gezien. Hij vertelde me wat hij wilde eten, maar hield zijn ogen op mijn armen gericht. Hij zei die avond niets, maar kwam een week later terug. Ditmaal nodigde hij me uit iets met hem te gaan drinken.

We zijn naar het Wursthaus in Harvard Square gegaan, waar we een heleboel bier hebben gedronken. Ik dacht aanvankelijk dat hij misschien een psychiater was en me advies wilde geven. Maar hij zei helemaal niets over de sneden, hoewel hij er wel steeds naar keek. Na ongeveer een uur stak hij zijn hand uit en raakte hij ze aan. Hij zei dat ze mooi waren, een vorm van kunst. Ik was behoorlijk dronken, maar ik wist nog wel dat het een beetje raar was om zoiets te zeggen. Tegelijkertijd ervoer ik een enorme opluchting. Iemand had het deel van me aanvaard waar ik me het meest voor schaamde. Dat hij niet echt *mij* zag, wist ik toen nog niet.'

'Wat bedoel je, dat hij niet echt jou zag?'

Callie sloeg haar ogen neer. 'Het had te maken met zijn moeder. Toen Steven drie jaar oud was, heeft ze geprobeerd zichzelf van het leven te beroven. Hij heeft haar naakt op de badkamervloer gevonden. Ze had haar polsen doorgesneden en was bijna doodgebloed. Je kunt het je bijna niet voorstellen, maar zijn moeder... zag er in haar jonge jaren net zo uit als zijn slachtoffers. Slank, blond en mooi. Net als de meisjes die hij heeft vermoord.'

'Daar... heb ik nooit iets over gehoord.'

'Soms werd ik wakker en zag ik Steven naar mijn armen staren. Naar de littekens op mijn armen, bedoel ik. Ik denk dat hij ze gebruikte als voedsel voor zijn fantasieën. Ik deed hem aan zijn moeder denken.'

'Dat weet je niet zeker,' zei Rick.

'Vrij zeker,' zei Callie.

Ze dacht dat Rick haar zou tegenspreken, maar hij zei niets.

'Die zelfverminking, hoe lang heb je dat gedaan?' Ricks stem klonk teder.

Zijn stem vertelde Callie dat het hem niet kon schelen, dat hij het niet erg vond dat ze had gelogen. Een beetje verwonderd besefte ze dat Rick nog steeds van haar hield. En toch had dat voor haar geen betekenis. Haar eigen hart was bevroren.

'Acht of negen jaar,' zei ze in antwoord op zijn vraag. 'Ik ben er op de middelbare school mee begonnen en ben het blijven doen tot Anna was geboren.'

'Mis je het?' vroeg hij.

Ze haalde schokkerig haar schouders op. 'Ik mis de opluchting die er altijd uit voortvloeide, maar ik weet dat het nu niet meer zou werken. Het is net zoiets als drank of andere dingen waarin je wegvlucht. Je voelt je tijdelijk beter, maar daarna wordt het alleen maar erger. Ik mis wat ik dacht dat het voor me kon doen, me bevrijden van mijn angsten. Maar dat was maar een illusie. Dus mis ik het eigenlijk niet.'

Rick liep naar een raam en staarde naar de regen. Om de een of andere reden voelde ze zich verschrikkelijk eenzaam toen ze naar zijn rug keek.

'Waarom heb je het me niet verteld?' Het was de vraag waarop ze had gewacht.

'Ik... ik weet het niet. Ik heb er moeite mee mensen te vertrouwen, vooral mannen. Jou vertrouwde ik wel in grote mate, meer dan wie ook deze laatste jaren. Jij had ook een geheim, dus je begrijpt dit vast wel.'

'Dat is iets anders,' zei hij. 'Ik heb tegen je gelogen. Ik vond dat ik geen keus had. Maar jij... jij hebt alleen maar iets achtergehouden. Dat is niet hetzelfde.'

Callie dacht even na. 'Zo zie ik het niet,' zei ze. 'Ik heb onlangs met iemand een gesprek gehad, een advocate die ik ken. Ze vertelde me over de effectenwet, die je verplicht informatie te onthullen; alleen maar niet liegen wil nog niet zeggen dat je goed zit. Ze vindt dat in relaties net zo'n regel moet gelden. Een onthullingsplicht, noemde ze het. Ik ben het daar wel mee eens.'

'We zijn maar gewone mensen, Callie. Iedereen maakt fouten.'

'En fouten hebben consequenties.'

Te laat; ze zag zijn gezicht vertrekken.

'Dat bedoelde ik niet zoals het klonk. Ik bedoelde niet... je weet wel.'

Weer viel er een lange stilte, gevuld met het geluid van de regen.

'Ik begrijp nog steeds niet,' zei Rick uiteindelijk, 'waarom je het me niet hebt verteld. Ik ken je, Callie. Je bent van nature eerlijk. Zo'n leven is niets voor jou. Het is een van de redenen waarom ik me zo rot voelde dat ik tegen je had gelogen.'

Callies lichaam verstijfde. 'Je kent me helemaal niet zo goed. Dat zie je nu toch zeker wel in?'

'Volgens mij ken ik je juist heel goed,' zei Rick langzaam. 'Soms ken ik je beter dan je jezelf kent. En ik weet dat dit niets voor jou is. Zulke dingen doe jij niet.'

Er trilde iets in Callies lichaam, een waarschuwing voor naderend gevaar. Er was nog zo veel dat ze hem niet had verteld, maar het was tijd dat Rick naar huis ging.

'Het is al laat,' zei ze met een blik op de deur.

Maar Rick verroerde zich niet. Er lag een eigenaardige nieuwe uitdrukking op zijn gezicht.

'Anna,' zei hij terwijl hij haar bleef aankijken. 'Het is vanwege Anna.'

Callie likte aan haar lippen. 'Ik weet niet waar je het over hebt.'

Maar Ricks ogen werden groot, alsof hij iets had ontdekt. 'Anna is de dochter van Steven Gage. En dat wilde je haar niet vertellen.'

Een koude wind woei in haar binnenste. Haar hart was een open deur.

Dit gebeurde niet, dit kon gewoon niet waar zijn.
Hoe kon hij dat weten?

※

De regen kwam met bakken uit de hemel. De weg was amper te onderscheiden. Mike Jamison reed honderdzestig op de donkere, onbekende snelweg. Het doffe schijnsel van zijn koplampen loste op in de nacht. De ruitenwissers sloegen verwoed heen en weer en boden hem steeds een paar seconden zicht.

Maar hij dacht niet aan het weer; hij dacht aan Lester Crain. *Ze hadden Lester Crain gearresteerd.* Hij kon het nog steeds niet geloven. Crain was aangehouden omdat hij door een rood licht was gereden. Toen hij had geweigerd te stoppen, had de surveillancewagen hem nagejaagd tot hij zich klem had gereden. Hij reed in een gestolen Toyota Camry en had een vervalst identiteitsbewijs bij zich. Hij zei dat hij Peter Welch heette, maar de vingerafdrukken waren die van Crain.

Jamison reed het parkeerterrein van het politiebureau op. Hij was terug op de plek waar hij die dag was begonnen. Er stond maar een handjevol auto's bij de ingang van het gebouw. Nog geen reportagewagens. De melding moest zijn behandeld als een verkeersovertreding. De verslaggevers zouden goed de pest in hebben wanneer ze te horen kregen wat ze gemist hadden.

Hij zei tegen de agent achter de balie wie hij was en werd snel meegenomen naar achteren. In de observatiekamer voegde hij zich bij het groepje dat door de spiegelruit stond te kijken. Hij zag Lambert aan het einde van de rij en verder wat mensen die hij niet kende. De man in het nette pak met het onbewogen gezicht was vermoedelijk van de FBI. Er was ook een vrouw bij. Ze droeg een broekpak en had een bril met een hoornen montuur op. Ze had een blond pagekapsel en deed hem denken aan Melanie.

Toen hij aanschoof bij de zwijgende rij, zag hij Lester Crain.

Het was een beetje surreëel om Crain hier te zien, in het politiebureau van dit provinciestadje. Jarenlang had Crain de beste rechercheurs van het land weten te ontlopen. En nu ze het min of meer hadden opgegeven, zat hij opeens hier.

Hij was tenger gebouwd, had een ingevallen borst en een fretachtig gezicht. Er was niets opvallends aan hem. Een miezerige punk. Zijn groene T-shirt was gekreukeld en zat vol vlekken. Hij zag eruit alsof hij een uur in de wind stonk.

Ed Farrell, de rechercheur van de State Police, bevond zich bij Crain in de verhoorkamer. Hij leunde tegen de muur en keek met een zuur gezicht op Crain neer.

'Je schiet hier niks mee op, Lester. We weten dat je liegt.' Farrells stem klonk hol door de krakerige intercom.

'Ik lieg niet,' mompelde Crain. 'Jullie weten niks.' Hij zakte wat verder onderuit op de houten stoel en stak zijn onderlip naar voren.

'Achterlijke smeris,' mompelde Crain tegen niemand in het bijzonder.

Jamison voelde een hand op zijn schouder. 'Hallo.' Het was Lambert.

'Gefeliciteerd,' zei Jamison op zachte toon.

'Bedankt,' fluisterde Lambert terug. 'Niet te geloven, hè?'

'Zeg dat wel.' Jamison bleef naar Crain kijken. 'Hoe gaat het tot nu toe?'

'Vlak voordat u binnenkwam, heeft hij nogal raar zitten praten. Hij beweert dat hij niets te maken heeft met de dood van Posy Kisch, maar dat hij wél Diane Massey heeft vermoord en Anna Thayer ontvoerd.'

Dat bestaat niet, dacht Jamison. Zo werkt hij niet. Als Crain Anna Thayer had ontvoerd, zou ze nu niet meer leven.

'Hij liegt,' zei Jamison kortaf. 'We weten dat hij Kisch heeft vermoord. Het DNA, de signatuur – alles klopt. Maar hij heeft Massey niet vermoord en ook het meisje Thayer niet ontvoerd. Om de een of andere reden wil hij ons dat wijsmaken. De vraag is: waarom?'

In de verhoorkamer begon Farrell weer te praten.

'Goed,' zei hij. 'Je hebt Diane Massey vermoord. Vertel me hoe het is gegaan, Lester. Ik wil details. Vertel me hoe je het hebt gedaan.'

Crains lippen vertrokken tot een kille glimlach. 'Ik heb haar een klap gegeven,' zei hij. 'Ik was nogal dronken. Ik weet niet meer waarmee ik haar heb geslagen. Waarschijnlijk iets wat daar gewoon op de grond lag. Ik kan het me niet herinneren.'

'*Je kunt het je niet herinneren*,' zei Farrell. 'Waarom zou ik je dan geloven?'

Crain negeerde de vraag. 'En ik heb haar gewurgd,' zei hij.

'Je hebt haar gewurgd,' herhaalde Farrell. 'Ik neem aan dat je je ook niet kunt herinneren wat je voor soort wurgkoord hebt gebruikt?'

'Geen wurgkoord,' zei Crain.

'Wat dan?'

Crain glimlachte fijntjes, alsof hij eraan terugdacht. 'Een zwarte panty,' zei hij.

Aan deze kant van de ruit schudde Jamison zijn hoofd. 'Dat heeft in de krant gestaan,' mompelde hij. 'Daar weet hij het van.'

'Weet je nog welke maat het was?' vroeg Farrell.

'Nee.'

'Welk merk?'

'Weet ik veel. Ik was niet van plan het ding aan te trekken.'

'Waar heb je hem gekocht?'

'Weet ik niet meer. Ik had hem al een tijd.'

'Weken? Maanden? Jaren?'

'Ja.'

'Weken, maanden of jaren?'

'Weet ik niet meer.'

Weer schudde Jamison zijn hoofd. 'Alles wat hij zegt, heeft hij uit de krant kunnen halen. De dingen die ze hebben achtergehouden – maat, merk – op die vragen heeft hij geen antwoord.'

'Hij kan het vergeten zijn, zoals hij zelf zegt,' zei Lambert.

'Hij niet. Niet dat soort dingen.'

'Maar waarom zou hij liegen?' vroeg Lambert. 'Waarom een moord bekennen die hij niet heeft gepleegd?'

'Hij wou dat hij het had gedaan,' antwoordde Jamison. 'Dat is een mogelijke verklaring.'

Toen gebeurde er iets waardoor ze bijna gingen denken dat Crain hen kon horen. Tot nu toe had hij naar de vloer gekeken en alleen af en toe een blik op Farrell geworpen. Nu draaide hij zich naar de spiegelruit en keek hij naar *hen*.

'Ik heb in haar armen gesneden,' zei hij.

Jamison staarde naar hem. Hij voelde het bloed in zijn aderen suizen. Dit was een detail dat alleen bekend kon zijn aan de moordenaar. Ze hadden precies om deze reden de informatie over Dianes armen achtergehouden. Om het verschil te kunnen zien tussen ware en valse bekentenissen.

'Je hebt in haar armen gesneden? Hoe dan?' vroeg Farrell.

'Met een mes. Aan de binnenkant van haar onderarmen, vanaf de handen naar boven.'

Lambert schudde langzaam zijn hoofd. Er lag een verbijsterde blik op zijn gezicht. 'Jezus, Callie Thayer had gelijk. Lester Crain heeft het gedaan.'

Jamison zei niets. Wat viel er te zeggen? Hij was er zo zeker van geweest dat hij gelijk had, zo zeker van zijn theorieën. En nu? Wat dacht hij nu? Weer hoorde hij Crains stem: 'Aan de binnenkant van haar onderarmen, vanaf de handen naar boven.'

Kon iemand die informatie aan Crain hebben doorgespeeld? Dat was bijzonder onwaarschijnlijk. Maar hoe kon Crain dat dan weten? Tenzij hij inderdaad de dader was. Voor het eerst sinds hij in Merritt was aangekomen, voelde Jamison zich onzeker. Was hij zo trots – zo arrogant – geweest dat hij de waarheid niet had gezien?

'Wat heb je daarvoor gebruikt?' Dat was Farrell weer.

Crain grinnikte. Hij leek in een opperbest humeur; hij voelde wel aan wat een opschudding hij had veroorzaakt. 'Wat een doordrammer ben jij, zeg. Ik vind dat ik je genoeg heb gegeven om mee te werken. Verder zeg ik niks.'

Farrell ging op een stoel aan de tafel zitten, recht tegenover Crain. 'Heb je Diane eerst een of andere waarschuwing gegeven? Dat je haar zou vermoorden, bedoel ik?'

'Het briefje,' zei Jamison zachtjes. 'Daar stuurt hij op aan.'

Crain hief zijn handen op. 'Heb je me niet verstaan? Ik zeg niks meer. Geloof je niet dat ik Massey heb vermoord? Ook goed. Laat me dan gaan.'

'Hoe zit het met Anna Thayer? Waarom heb je haar niet vermoord? Zo kennen we je niet, Lester. Waarom heb je het meisje niet gemarteld en vermoord?'

Crains ogen glinsterden, maar hij zei niets.

'Laten we het nog even over Kisch hebben. Die studente die je hebt vermoord.'

'Schei maar uit. Ik doe geen bek meer open.'

Farrell stond op, rekte zich uit en geeuwde langdurig. 'Mij best. Ik krijg overuren uitbetaald. Ik kan hier de hele nacht blijven.'

Crain trok een nijdig gezicht en staarde naar de muur.

Na een of twee minuten zei Lambert: 'Zo te zien moeten we het voor vanavond hierbij laten.'

Hij keek naar Jamison. 'Wat denkt u?'

Jamison haalde een hand over zijn gezicht. 'Ik weet het niet. Er is iets… Het wil er bij mij nog steeds niet in dat hij Massey heeft vermoord.'

'Maar die sneden in haar armen dan?' zei Lambert. 'Hoe kan hij dat dan hebben geweten?'

'Hoe lang heeft het geduurd voor het lijk is weggehaald van de plaats waar het is gevonden?'

'Dat weet ik niet precies, maar u weet hoe het over het algemeen gaat. Het kan niet erg lang zijn geweest. Niet zo lang dat Crain tijd kan hebben gehad naar het eiland te gaan, nadat hij in de krant had gelezen dat ze was vermoord.'

'Weet u,' zei Jamison langzaam, 'het is mogelijk dat hij er maar naar raadt. Gage maakte altijd zulke sneden in de armen van zijn slachtoffers. Hij kan het daarom gezegd hebben.'

Lambert keek hem weifelend aan. 'Dus u denkt nog steeds dat we te maken hebben met *twee* moordenaars, die allebei geobsedeerd zijn met Steven Gage? Dat de ene echt zijn werkmethode kopieert en dat de andere alleen maar beweert dat te doen?'

Weer dat gevoel van onzekerheid. Zou hij het mis hebben? Hij was al heel wat jaren weg bij de FBI. Zou zijn intuïtie zijn afgestompt?

Alsof hij voelde dat Jamison niet zeker van zijn zaak was, drukte Lambert door.

'Dat Crain het meisje Kisch heeft vermoord, is zeker. We weten dat hij in actie is geweest. Ik weet wat u hebt gezegd over Crains signatuur, maar die is van lang geleden. Misschien is Crain een uitzondering op de regel. Op de meeste regels zijn uitzonderingen.'

'Het is natuurlijk mogelijk,' gaf Jamison toe, maar het kostte hem heel wat moeite dat te zeggen.

Lambert sloeg hem op zijn schouder. 'Dat is wat ik wilde horen.'

Woensdag 17 mei

CALLIE WERD ABRUPT WAKKER MET EEN GEVOEL DAT ER IETS mis was. Ze sprong uit bed en vloog naar Anna's kamer. Haar dochter lag rustig te slapen. Ze knielde naast Anna's bed en dronk haar aanwezigheid in. De roze wangetjes, het rozenknopmondje, de zwakke geur van zeep. Met tegenzin trok ze zich terug. Ze wilde haar niet wakker maken.

Toen ze terugliep naar haar eigen kamer kreeg ze weer dat onrustige gevoel. Ze wist dat Anna veilig in bed lag. *Wat was er dan mis? Wat kon er zijn?* Het was nog niet eens vijf uur. Ze moest proberen nog een poosje te slapen. Toen ze weer in bed kroop, wist ze opeens wat het was. Die telefoontjes gisteren van de journalisten. Daar was ze zo ongerust over. Was ze er met haar zwijgen in geslaagd hen tegen te houden of hadden ze de weinige informatie die ze tot hun beschikking hadden, toch gepubliceerd?

Haar walkman lag op haar bureau, waar ze hem in de nacht van zaterdag op zondag had achtergelaten. Ze zette het koptelefoontje op en draaide aan de zenderknop tot ze de plaatselijke nieuwszender vond. De nieuwslezer had het over besnoeiingen op de begroting. Een goed teken, vond ze.

In haar nachtpon ging ze naar beneden om koffie te zetten. De stem van de nieuwslezer werd een gezoem, een achtergrondgeluid voor haar gedachten. Anna was al een week niet naar school geweest. Ze zou wel achterlopen. Callie nam zich voor te vragen of iemand haar huiswerk kon brengen.

Ze was bezig water in het koffiezetapparaat te schenken toen ze de naam *Lester Crain* opving. Ze liet van schrik het kannetje vallen. Het rolde de gootsteen in.

'Volgens een bericht van de State Police is Crain opgepakt nadat hij door rood was gereden. Zijn inhechtenisneming maakt een einde aan een klopjacht die meer dan tien jaar heeft geduurd. Crain is indertijd uit een gevangenis in Tennessee ontsnapt waar hij gevangenzat in afwachting van de heropening van de rechtszaak betreffende de martelmoord op een teenager uit Tennessee. Rechercheur Ed Farrell van de State Police zegt dat er voldoende bewijsmateriaal is om Crain te verdenken van de moord op Posy Kisch, een studente van Windham College. Het stoffelijk overschot van de jonge vrouw is afgelopen zondagochtend dicht bij de Connecticut River gevonden. De politie onderzoekt voorts de mogelijkheid dat Crain degene is die afgelopen zaterdagnacht de tienjarige Anna Thayer heeft ontvoerd. Het meisje is op de ochtend na de ontvoering ongedeerd vrijgelaten.'

Callie leunde tegen het aanrecht en haalde een paar keer diep adem. Allerlei gedachten schoten door haar hoofd. *Ze hebben hem te pakken*, was het eerste wat ze dacht. Maar de euforie werd gevolgd door een andere, gruwelijke gedachte. Haar kind, van wie ze meer hield dan van wat dan ook ter wereld, was in handen geweest van dat monster. De gedachte was weerzinwekkend, ondraaglijk. Ze kon het niet eens echt bevatten.

Tegen de tijd dat ze weer helder kon denken, was de nieuwslezer op een ander onderwerp overgegaan, verbouwingsplannen voor de openbare bibliotheek van Merritt. Callie dook uit haar portemonnee het visitekaartje van Lambert op. Ze zette de koptelefoon af, deed de deur dicht, ging zitten en draaide zijn nummer.

Hij nam op voordat de telefoon tweemaal was overgegaan.

'Is het waar?' vroeg ze op dringende toon. 'Ik heb daarnet het nieuws op de radio gehoord. Hebt u Lester Crain opgepakt?'

'Ik wilde u net bellen.' Voor het eerst sinds ze hem had leren kennen, klonk Lambert vermoeid.

'Is het nu dan voorbij?' vroeg Callie gespannen. 'Is hij de dader?'

'We hebben duidelijk bewijsmateriaal betreffende de moord op Posy Kisch. We weten niet of hij degene is die Anna heeft ontvoerd.'

Het was alsof de grond onder haar voeten wegzakte.

'Maar... dat begrijp ik niet,' zei Callie. 'Ik bedoel... hij *moet* het wel zijn. Twee misdaden hier in Merritt. De connectie met Steven.'

'We zitten met… complicaties.'

'Hebt u hem ondervraagd over Anna?'

'Ja.'

'Wat zei hij?'

'Dat mag ik u niet vertellen.'

'Niet vertellen? Waarom niet? Mijn god, ik ben haar *moeder*.'

'Mevrouw Thayer, het onderzoek loopt nog. Zodra er meer informatie mag worden vrijgegeven, neem ik onmiddellijk contact met u op.'

'U zegt dus,' zei ze, haar woorden zorgvuldig kiezend, 'dat de ontvoerder misschien nog op vrije voeten is.'

'Dat is inderdaad een mogelijkheid,' zei Lambert. 'We weten het niet.'

'Hoe zit het met Diane en Melanie? Hoe zit het met de briefjes die we hebben gekregen? Ik bedoel, hoe kunnen er twee afzonderlijke moordenaars zijn, die allebei iets te maken hebben met Steven? Tenzij… tenzij ze samenwerken. Is dat soms het geval?'

'Mevrouw Thayer, het spijt me erg, maar ik kan verder echt niets zeggen. Ik beloof u dat ik contact met u zal opnemen zodra we ergens zekerheid over hebben.'

'En tot dan?' vroeg Callie kwaad. 'Wat moeten wij tot dan?'

'U wordt dag en nacht bewaakt. Er kan u niets gebeuren.'

'Maar voor hoe lang? Hoe lang kan dit gaan duren?'

'Ik wou dat ik u daar antwoord op kon geven.'

Het was over tienen toen Anna, nog in haar pyjama, eindelijk de trap af kwam sukkelen. Met een gemompeld 'môgge' plofte ze neer op een stoel aan de keukentafel. Callie schonk een glas sinaasappelsap voor haar in en ook een voor zichzelf. Ze had liever nog een kop koffie gewild, maar had al een hele pot op.

'Ik had gedacht pannenkoeken te bakken,' zei Callie opgewekt. 'Heb je daar zin in?'

Anna wreef in haar ogen. 'Ik heb niet zoveel trek,' zei ze.

'Cornflakes dan? Of roerei?'

'Doe maar een sneetje toost.'

Callie zei bijna: 'Je moet wél goed eten,' maar slaagde erin de woorden binnen te houden. Wat maakte het uit, alles bij elkaar genomen, of Anna vandaag goed at of niet? Ze deed twee sneetjes brood in het broodrooster, vond een potje aardbeienjam in de kast. Buiten hing een laag, grijs wolkendek. Het was drukkend weer. Er was weer storm op komst.

Toen de toost klaar was, besmeerde Callie de sneetjes met jam en zette het bord voor Anna neer.

'Weet je zeker dat je er verder niets bij wilt?'

'Voorlopig niet,' zei Anna.

Callie keek toe toen Anna at. Ze wou dat ze de radio kon aanzetten. Vlak voordat Anna naar beneden was gekomen, had ze nogmaals alle zenders beluisterd. Het nieuws over de gevangenneming van Crain was herhaald, maar er waren geen nieuwe details bekendgemaakt. Er was nog niets gezegd over haar vorige leven. Dat was tenminste één lichtpuntje.

Toch had Jamison gelijk: het was slechts een kwestie van tijd. Ze vroeg zich af of het beter zou zijn geweest als ze van het begin af aan de waarheid had verteld. Maar zelfs nu kon ze zich niet voorstellen wat ze dan tegen Anna zou hebben gezegd. Opgroeien was al moeilijk genoeg zonder een dergelijke belasting. Ze had zelf twee liefhebbende ouders en een toegewijde oudere zuster, en toch had ze altijd het gevoel gehad dat ze niet goed genoeg was. De wetenschap dat je vader een seriemoordenaar was – zoiets viel volledig buiten haar voorstellingsvermogen. Zijzelf zou die wetenschap hebben beschouwd als de bevestiging van haar grootste angst. Dat had ze Anna willen besparen en daarom had ze het haar niet verteld. Anna had haar vader niet gekozen. Ze had recht op een normale jeugd.

Callie probeerde zich voor te stellen hoe het zou zijn als ze bij Anna aan tafel ging zitten en haar alles vertelde. Ze probeerde te bedenken wat Anna zou zeggen, maar er kwam helemaal niets in haar op.

'Lieverd,' zei ze, 'ik moet je iets vertellen. Iets heel belangrijks.'

Anna keek op met vrees in haar ogen. 'Gaat het over... de man die me heeft ontvoerd?'

'Nee, schattebout. Het gaat over iets heel anders.'

Ze keek naar Anna's bord. 'Ben je klaar met eten?'

'Ja.'

'Laten we dan even in de achterkamer gaan zitten.'

Ze gebruikten de achterkamer hoofdzakelijk om televisie te kijken en bordspelletjes te doen, maar de zitkamer lag aan de voorkant van het huis. Achter voelde ze zich veiliger.

De bank in de achterkamer had een bruine ribfluwelen bekleding vol slijtplekken en was een tikje doorgezakt. Callie ging zitten en trok Anna naar zich toe. Normaal gesproken zou Anna zich losgewurmd hebben. Ze was veel te oud voor zulke dingen. Maar nu nestelde ze zich juist in Callies armen.

Callie draaide Anna een beetje zodat ze haar kon aankijken. 'Er zijn een aantal dingen die ik je nu moet vertellen. En je mag er best boos om worden.'

Ze bleef naar Anna kijken, naar het smalle vertrouwensvolle gezichtje. Ze zou er vrijwel alles voor over hebben als ze dit niet hoefde te doen.

'Weet je nog dat we het een paar weken geleden over je pappa hadden?'

'Ja,' zei Anna.

'Nou, het punt is' – nu drukte Callie haar toch iets dichter tegen zich aan – 'dat je een andere vader hebt.'

Anna keek haar aan met een verwarde blik. 'Heb ik twee vaders?'

'Je vader uit Indiana heb ik pas leren kennen nadat je al was geboren.'

Anna staarde Callie aan. 'Dus hij is niet mijn echte vader.' Het was geen vraag. Ze begreep de feiten, maar haar stem bleef eigenaardig vlak.

'Hij zou je vader zijn geweest. Hij wilde het graag. Hij was van plan je te adopteren, maar voordat het zover was, zijn we uit elkaar gegaan.'

Het was alsof Anna niet echt luisterde. Ze staarde naar haar handen, draaide een vinger alsmaar in het rond. 'Waar is hij dan?' fluisterde ze.

'Hij... leeft niet meer,' zei Callie. 'Hij is lang geleden gestorven.'

'Voordat ik was geboren?'

'Nee, daarna.'

Anna's lippen trilden nu. 'Waarom heb je me dat nooit verteld? Wilde hij me niet zien?'

'Hij was te ziek,' zei Callie. 'Hij was geestelijk ziek. Ik heb hem niets verteld toen je was geboren. Ik vond het beter dat hij dat niet zou weten. Maar Anna,' ze legde haar hand op de schouder van haar dochter, 'hij zou veel van je hebben gehouden. Als ik hem over jouw bestaan zou hebben verteld, zou hij net zo lang hebben gevochten tot ze me gedwongen hadden je bij hem te brengen.'

Anna had haar ogen weer neergeslagen. 'Wat is er met hem gebeurd?' vroeg ze.

'Hij... hij had erg slechte dingen gedaan. Daarom moest hij naar de gevangenis. En daarna – dit is allemaal in Tennessee gebeurd – hebben ze besloten hem te laten executeren.'

'Wie heeft dat besloten?' vroeg Anna.

'De jury. En de rechter.'

'In een elektrische stoel?' Anna's ogen waren zo groot als schoteltjes.

'Nee.' Callie wiegde haar nu. 'Met een spuitje. Hij is gewoon ingeslapen. Net als bij een operatie.'

Ze geloofde dat zelf helemaal niet, maar wat moest ze anders zeggen? Het afgrijzen over de hele zaak beukte weer op haar neer: wat hij had gedaan, wat zij hem hadden aangedaan. Dit allemaal hardop vertellen was nog veel erger dan ze zich had voorgesteld.

Anna keek naar Callie op. 'Had hij iemand vermoord?' vroeg ze.

Callie keek haar dochter in de ogen. 'Ja,' zei ze.

'Meer dan één persoon?'

'Ja,' zei Callie.

'En was zijn naam Steven? Is dat de naam van mijn echte vader?'

Een moment van schok. Toen herinnerde Callie zich de wartaal van de ontvoerder. Daar kende Anna de naam van. Ze had zelf het verband gelegd.

'Heet jij eigenlijk Laura, mam?' vroeg Anna nu met een heel klein stemmetje.

'Voluit heet ik Laura Caroline Thayer. Vroeger werd ik Laura genoemd.'

'O,' zei Anna.

Callie wachtte op een nieuwe vraag, maar Anna bleef zwijgend zitten, alsof een deel van haar probeerde te verwerken wat ze zojuist had gehoord. Ze trok een kussen op haar schoot en klemde haar armen eromheen.

'Ik wil er nu liever niet meer over praten.'

'Goed,' zei Callie. Ze streelde Anna's haar en wenste met heel haar hart dat alles anders had kunnen zijn.

❦

Melanies flat zag er smetteloos uit. De zon scheen naar binnen. Jamison kon bijna niet geloven dat het dezelfde flat was. Hij zat in een grote fauteuil, Melanie op de bank. Beide meubelstukken waren maagdelijk wit, nieuw of opnieuw bekleed.

'Ik ben je zo dankbaar voor alles wat je hebt gedaan,' zei Melanie. In het bleke gezicht waren haar ogen net zo blauw als hij ze zich herinnerde.

Ze had haar blote voeten onder zich opgetrokken. Haar teennagels waren roze gelakt. Ze droeg een wijde grijze broek en een lichtroze blouse met lange mouwen.

Jamison schudde zijn hoofd. 'Ik heb eigenlijk niets gedaan.'

'Jawel. Je bent er steeds voor me geweest. Ik weet niet hoe ik je daarvoor kan bedanken.'

De warme woorden vormden een contrast met haar stem, die hooguit beleefd te noemen was. Van haar gezicht kon hij absoluut niet aflezen wat ze dacht. Sinds ze was aangevallen, leek ze zich diep in zichzelf te hebben teruggetrokken. Misschien had ze al haar energie nodig voor het genezingsproces.

Hij dacht terug aan hun eerste telefoongesprek, die keer dat ze hem zomaar opeens had opgebeld. Hij had toen gedacht dat het méér was dan een beroepsmatig telefoontje. Toen hij had voorgesteld samen ergens iets te gaan eten, had hij aan haar stem gehoord dat ze dat een leuk idee had gevonden. Maar toen, in die afgrijselijke nacht, was alles veranderd.

Nu hij hier zat, voelde hij zich niet echt op z'n gemak. Hij was gekomen als een vriend, maar eigenlijk kende hij haar amper. Hij keek naar de kleine verzameling ingelijste foto's op haar boekenplank. Zijn blik bleef rusten op die van een jonge zwarte vrouw die bij de Eiffeltoren stond.

Melanie zag hem kijken.

'Dat is mijn beste vriendin Vivian. Ze is van haar vakantie in Griekenland teruggekomen toen ze had gehoord wat er was gebeurd.'

Het viel hem op dat ze haar woorden zorgvuldig koos en details vermeed. Hij wilde vragen of haar ouders al bij haar waren geweest, maar besefte opnieuw dat hij haar niet goed genoeg kende om zo'n gevoelig onderwerp aan te snijden. Hij hield het op iets algemeens.

'Ik ben blij dat je dit niet in je eentje hebt hoeven doorstaan.'

'Ik ook,' zei ze. 'Paul, mijn verloofde, zorgt zo goed voor me. Hij komt iedere dag.'

Nu pas zag hij de diamanten ring die aan haar linkerhand flonkerde. Die had ze in het ziekenhuis niet gedragen, dat wist hij zeker. Maar misschien was het daar de gewoonte de patiënten alle sieraden af te doen.

'Je gaat dus trouwen.' Hij wist een glimlach te voorschijn te toveren. 'Wat heerlijk voor je. Ik wist dat niet. Is het een recente ontwikkeling?'

'Nee, niet precies.' Ze speelde met de ring. Hij snapte niet dat die hem niet eerder was opgevallen. 'We... we hadden wat problemen, maar we zijn erin geslaagd die op te lossen. Na wat er is gebeurd, heb ik beseft dat het tijd is dat ik volwassen word. Paul heeft aangetoond dat ik op hem kan rekenen. Daar is veel voor te zeggen.'

'Ja,' zei Jamison zachtjes. 'Dat is een belangrijke eigenschap.'

Toen hij haar zo zag zitten, geschonden en frêle, begreep hij opeens wat er aan de hand was. Ze was verwikkeld geweest in een of andere privé-strijd en nu had ze die opgegeven. Toen ze over Paul had gesproken, had hij aan haar stem kunnen horen dat ze niet van hem hield. Maar liefde was een spel met hoge inzetten en Melanie had gepast. Hij zei er bijna iets van, maar bedacht zich. Wie was hij, dat hij haar beslissing in twijfel kon trekken?

Ze keek hem aan met die azuurblauwe ogen en ging toen gladjes op iets anders over. 'Hoe staat het met het onderzoek? Zijn er nog nieuwe ontwikkelingen?'

'Niets concreets,' antwoordde hij.

Ze praatten nu alleen maar om de tijd op te vullen.

'Ik geloof nog steeds niet dat Lester Crain de man is die mij heeft aangevallen. Ik heb naar veel foto's gekeken en ik... ik geloof echt niet dat hij het was.'

Jamison knikte. 'Ik weet het,' zei hij. 'De rechercheurs houden rekening met alles wat je hun hebt verteld.'

'Ik kreeg de indruk dat zij graag hadden dat het Crain was. Niet dat ze me onder druk hebben gezet. Ze zeiden alleen aldoor dat ik er de tijd voor moest nemen. Ze wilden dat ik zeker was van mijn zaak.'

Ze praatten nog ongeveer een uur, over ditjes en datjes. Veel onderwerpen – alle belangrijke – leken verboden terrein te zijn. De bruiloft zou in september plaatsvinden in het huis van Pauls moeder in Southampton. Ze wilden een besloten plechtigheid, met alleen hun beste vrienden en hun familie. Ze sprak over weer aan het werk gaan, misschien over een maand of twee. Ze leed nog steeds aan hoofdpijnaanvallen en duizeligheid, maar het werd al minder. De firma waarvoor ze werkte, had haar onvoorstelbaar veel steun gegeven. De vennoten waren overeengekomen haar kandidatuur voor medevennoot tot volgend jaar op te schorten.

Toen hij opstond om te vertrekken, liep ze met hem mee naar de deur, ook al leek zelfs die kleine inspanning veel van haar te vergen. Voordat hij vertrok, verraste hij zichzelf door haar even tegen zich aan te drukken. 'Pas goed op jezelf,' mompelde hij en toen trok hij zachtjes de deur achter zich dicht.

✣

Ik was vroeger een beter mens.

De woorden flitsten door Melanies hoofd toen ze tegen de deur geleund bleef staan. Ze voelde de omhelzing van Mike Jamison nog, zijn handen rond haar schouders. Haar manier van doen had hem vast het idee gegeven dat het haar amper was opgevallen hoe aardig hij voor haar was. Maar ze was moe. Ze was zo verschrikkelijk moe. Ze had haar best gedaan. Tot méér was ze niet in staat.

Haar leven verliep niet zoals ze had gehoopt, maar het was nu eenmaal niet anders. Je deed je best om alles goed te doen, en toch gingen er dingen mis. Investeringen mislukten. Echtgenoten vertrokken. Rampen voltrokken zich. Je moest roeien met de riemen die je had. En dat deed ze dus.

Het had geen zin om te kijken en je in te beelden hoe het had kunnen zijn. Ze liep de kamer door, pakte de telefoon en drukte Pauls nummer in.

Donderdag 18 mei

'CALLIE? IK HEB NET DE KRANT GEZIEN.'

Meer hoefde Martha niet te zeggen. Callie wist dat het nieuws bekend was geworden.

'Welke krant?' vroeg ze. Niet dat het iets uitmaakte. Dergelijk nieuws zou via het persbureau als een lopend vuurtje rondgaan. Als één krant het verhaal had gebracht, zouden ze dat allemaal doen.

'Ik heb het in de *Globe* zien staan,' zei Martha. 'Van andere kranten weet ik het niet.'

De ochtendzon scheen flauwtjes door het keukenraam. Bijna negen uur. Het begin van een nieuwe dag.

'Wat schrijven ze?' vroeg Callie. Het verbaasde haar dat ze zo kalm bleef. Misschien omdat ze nu al een paar dagen in feite alleen maar had zitten wachten tot de klap zou komen.

'Afgezien van het deel over... je verleden, staat er niet veel nieuws in. Ze hebben het over hoe Anna was ontvoerd. En een heleboel over Tennessee.'

'Staat erbij of er een verband tussen die dingen bestaat?'

'Een verband?' vroeg Martha.

'Laat maar zitten,' zei Callie. 'Ik weet zelf niet wat ik bedoel.'

Ze wist dat Martha afwachtte of ze verder nog iets zou zeggen, maar het enige wat Callie wilde, was ophangen en het nieuws laten bezinken. En ze wilde de krant zelf zien, lezen wat er precies in stond.

'Martha,' zei ze. 'Ik hoop dat je het niet erg vindt, maar ik moet ophangen. Ik moet hier met Anna over praten. Ik bel je nog wel terug, goed?'

Ze had amper opgehangen of de telefoon ging weer. Ze

dacht dat het Martha was, die iets was vergeten te zeggen en nam snel op. Maar het was Martha niet; het was een man. De stem van Mike Jamison.

'U hebt het nieuws gehoord,' zei ze. Het was een verklaring, geen vraag.

'Het nieuws? Ik... nee, ik heb uitgeslapen. Ik ben net wakker.'

'Ik heb het zojuist van een vriendin gehoord. Het staat in de krant, het verhaal over mijn verleden.'

Ze hoorde hem een krant doorbladeren. 'Ah,' zei hij.

'Welke krant hebt u?' vroeg ze.

'De *Washington Post*,' zei hij. 'Daarin stelt het niet veel voor. Een kolommetje op een binnenpagina.'

'O,' zei Callie. Ze staarde uit het raam. De achtertuin was groen en verlaten, net als op een normale dag. De zon was achter een wolk verdwenen. Het zag ernaar uit dat het een koude dag zou worden.

'Het spijt me,' zei Jamison, 'als dit het voor u nog moeilijker maakt.'

Ze haalde haar schouders op, besefte toen dat hij haar niet kon zien en zei: 'Het gaat wel. Er is de afgelopen week zoveel gebeurd dat ik min of meer verdoofd ben. Misschien zal ik méér voelen wanneer dit eenmaal is bezonken, maar voorlopig gaat het wel.'

'Ik bel u eigenlijk,' zei hij, 'omdat ik zeker wil weten dat u voorzorgsmaatregelen neemt. Ik heb nog steeds grote twijfels dat Crain de enige moordenaar is.'

'Gelooft u niet dat hij degene is die Anna heeft ontvoerd?' Callie sprak heel zacht.

'Ik wou dat ik een ander antwoord kon geven,' zei hij, 'maar nee, dat geloof ik inderdaad niet.'

Callie zakte op een stoel neer. 'Wie dan wel? Wie zou het kunnen zijn?'

'Profielschetsen is geen wetenschap, het is meer een kunstvorm. Mijn indrukken zijn meestal vrij accuraat, maar ik heb niet altijd gelijk.'

'En wat denkt u?' vroeg Callie. 'Hebt u een theorie?'

'Ik denk dat het iemand is die de wijk waar u woont erg goed kent, iemand die misschien zelf ook kinderen heeft. Hij weet hoe de rechercheteams werken. Hij is goed georganiseerd, nauwgezet, iemand die zijn plannen goed uitwerkt.'

'Denkt u... dat het iemand van de politie is? Iemand met een dergelijke achtergrond?'

'Een paar jaar geleden zou ik dat inderdaad hebben gedacht, maar tegenwoordig kun je zoiets niet meer met zekerheid zeggen. Er zijn zoveel misdaadromans en televisieseries dat dergelijke informatie voor iedereen beschikbaar is.'

'Weet u dat ze mijn ex-vriend hebben ondervraagd? Hij had echter een alibi. Hij was in New York in de nacht dat Anna is ontvoerd.'

'De echtgenoot of vaste partner wordt altijd ondervraagd, omdat die in veel gevallen de dader is. Die wordt altijd het eerst onder de loep genomen.'

'Ze hebben ook een medestudent van me ondervraagd, een jonge jongen, maar ik geloof dat ze ook hem van hun lijstje hebben geschrapt.'

Er zeurde iets in Callies achterhoofd, maar het kreeg geen vorm. Een vage intuïtie, een schaduwgedachte, die probeerde tot haar bewustzijn door te dringen.

'Wij zijn hier veilig,' zei ze uiteindelijk. 'We worden dag en nacht bewaakt en ik heb bovendien een alarmsysteem. Trouwens, vanwege al die verslaggevers buiten kan er niet eens iemand bij het huis komen. Ik heb nog niet naar buiten gekeken, maar ik kan me wel voorstellen hoe het eruitziet. En na wat er nu in de krant staat, wil ik er niet eens aan denken.'

Op hetzelfde moment hoorde ze het geraas van een helikopter, angstig dicht boven haar hoofd. 'Hoort u dat?' vroeg ze. 'De muskieten van de media.'

'Ik heb Stevens moeder gesproken,' zei Jamison abrupt.

'Brenda?' zei Callie. Ze werd opeens helemaal licht in het hoofd.

'Ik wilde een indruk van haar krijgen.'

'En... wat bent u te weten gekomen?'

'Ze zei iets wat ik belangwekkend vond. Over u en de andere vrouwen die het doelwit van deze moordenaar zijn... volgens haar heeft Steven u geen van allen ooit iets kwalijk genomen.'

'Ons nooit iets kwalijk genomen?' herhaalde Callie. 'Ik begrijp niet wat u bedoelt.'

'Uw theorie over wraak. U had het idee dat Crain een plan aan het uitvoeren was dat Gage had verzonnen. Omdat Gage niet zelf zijn dood kon wreken, zou Crain dat in zijn plaats doen. Maar afgaande op wat Brenda zei, heeft Steven u nooit iets kwalijk genomen. En niet alleen u niet, maar ook de anderen niet. Dat zei Brenda. Steven vond dat Melanie haar best had gedaan wat het hoger beroep betrof. Hij vond Dianes boek juist mooi en het maakte hem niets uit dat hij daarin erg negatief overkwam. Hij was zeker zo narcistisch dat hij welk boek dan ook beter vond dan helemaal geen boek.'

'O ja?' zei Callie. 'Het verbaast me dat te horen. Maar weet u, ook als hij dat tegen Brenda heeft gezegd, hoeft het nog niet noodzakelijkerwijs waar te zijn. Steven loog wel vaker. Wie weet wat hij in werkelijkheid dacht. Misschien hoorde dit zelfs bij zijn plannen. Zodat niemand verdenkingen zou koesteren.'

'Dat is natuurlijk ook mogelijk.'

'En zelfs als Steven geen behoefte had aan wraak, heeft Crain misschien evengoed wraak voor hem willen nemen. Misschien heeft Crain het plan bedacht. Misschien was het zijn idee.'

'Ik snap wat u bedoelt, maar er is nóg iets. Toen ik met Brenda sprak, kreeg ik bijna het gevoel dat Steven u dankbaar was. De anderen ook, maar u vooral.'

'Dankbaar dat ik tegen hem had getuigd?' vroeg Callie.

'Dankbaar voor wat daaraan was voorafgegaan. U was de enige met wie hij ooit min of meer echt menselijk contact heeft gehad. Misschien wist hij dat onbewust. Misschien was hij daar dankbaar voor.'

'Waar stuurt u op aan?' vroeg Callie op scherpe toon. Ze had absoluut geen behoefte aan een dergelijk gesprek.

'Denk even aan het volgende scenario. Crain heeft zich gedeisd gehouden nadat hij uit de gevangenis was ontsnapt. Hij is blijven moorden, maar heeft de lijken steeds verborgen. Hij had van Steven geleerd hoe dat moet. Dan hoort hij over de moord op Massey, misschien zelfs over de zwarte panty. Het incident werkt als een stressopwekkende factor, ofwel een 'triggerfactor' zoals dat in psychologische termen heet. Vanaf dat moment begint Crain zijn zelfbeheersing langzaam te verliezen. Hij gaat naar Maine om een kijkje te nemen. Hij wil zien waar het is gebeurd. Heel toevallig ziet hij u daar.'

'Dat is dan wel érg toevallig.'

'Oké, misschien heeft hij er een tijdje gezeten. Niet alleen die dag. Hoe dan ook, nadat hij u heeft gezien, wordt de dwangneurose sterker. Hij volgt u naar Merritt. Hij blijft op u loeren. Hij heeft nog geen specifieke plannen, maar hij weet dat hij iets moet doen. Op dit punt is hij al bezig door te draaien. Hij is net een tijdbom. Hij volgt u naar de dansavond in Greenfield en ziet Posy Kisch. Voor hem is ze een perfect slachtoffer. Maar hij raakt helemaal op drift. Hij verstopt het lijk niet eens.'

'Volgens u is Crain dus een zijspoor. Afgezien van Posy dan.'

'Ja.'

'U denkt dat iemand anders Anna heeft ontvoerd?'

'Ja,' zei hij weer.

'Nogal moeilijk te geloven,' zei Callie. Maar het was allemáál nogal moeilijk te geloven.

Toen ze uitgepraat waren, hing ze op en ging ze kijken waar Anna was. Haar dochter lag op de bank in de achterkamer. Ze hield een paarse pluchen koe tegen zich aan gedrukt. Een bordje met een halfopgegeten broodje stond op de grond naast de bank. Het drong opeens tot Callie door dat ze Anna behandelde alsof ze ziek thuis was van school.

Lucy Ball was op tv, maar Anna keek er niet echt naar. Callie zette het geluid zacht en ging naast haar dochter zitten.

'Het valt niet mee, hè, om aldoor binnen te moeten zitten?' zei ze.

Anna pulkte aan de vacht van de paarse koe. Ze knikte zwijgend.

'Ik heb een idee,' zei Callie. 'Als je niet wilt, hoeft het niet, maar opa en oma willen je dolgraag zien. Al blijf je er maar een paar nachtjes. Dat is misschien leuker voor je dan hier aldoor binnen te moeten zitten.'

'Goed,' fluisterde Anna.

Callie keek haar verbaasd aan. 'Ja? Wil je dat?' zei ze.

Tranen sprongen in Anna's ogen. 'Ik vind het hier niet fijn,' zei ze. 'Al die mensen buiten. En ik moet aldoor denken aan de man die me heeft gepakt en of die misschien nog terugkomt.'

Callie trok haar dochter tegen zich aan. 'Niemand zal je kwaad doen.'

De gedachte gescheiden te zullen worden van haar dochter, was zo verschrikkelijk dat ze het bijna niet kon verdragen. Na alles wat ze hadden doorstaan, wilde ze Anna het liefst bij zich houden. Maar ze wist diep vanbinnen dat dit het juiste besluit was.

Heel even overwoog ze met haar dochter mee te gaan, Merritt achter zich te laten. Maar ze begreep meteen dat dat geen goed plan was. Om te beginnen wilde ze haar ouders niet met zo'n last opzadelen. Want waar ze nu ook heen zou gaan, de

323

pers zou haar volgen; dat kon ze hun niet aandoen. Belangrijker was de veiligheidskwestie. Ze moest Anna beschermen. Ze wist zeker dat niet Anna maar zijzelf het eigenlijke doelwit van de moordenaar was. Waar ze ook naartoe ging, het gevaar zou achter haar aan komen. Ze moest Anna dus bij zich vandaan houden.

Met een snelle reeks telefoontjes was alles twee uur later geregeld. Callies moeder zou morgen naar Boston vliegen en Anna met zich meenemen. Het nieuws over Anna's ontvoering had de kranten in het Middenwesten niet gehaald, dus hoorden Callies ouders nu pas wat hun kleindochter was overkomen. Tot Callies opluchting reageerden ze opvallend beheerst op het nieuws. Ze maakten zich hoofdzakelijk zorgen over hoe Anna dit allemaal verwerkte.

'Het spijt me erg dat ik jullie hiermee belast,' zei Callie in alle ernst.

'Doe niet zo mal,' antwoordde haar moeder. 'We willen je graag helpen.'

Haar moeder was een kleine vrouw, amper één meter zestig, maar ze leek langer door haar fiere houding. Callie had vaak gewenst dat ze een wat zachter karakter had, dat ze wat guller was geweest met omhelzingen en liefkozingen. Vandaag kon ze echter niemand bedenken die ze liever aan haar kant had.

Nadat ze had opgehangen, bleef Callie op de rand van haar bed zitten. Er moest zoveel gedaan worden. Ze zou eigenlijk moeten beginnen, maar het was alsof ze zich niet kon bewegen. Ze moest Anna's koffer uit de kast in de kelder halen. Maar ze had Anna nog niet eens verteld dat ze morgen al zou gaan. Ze nam in gedachten door wat ze het beste voor haar kon inpakken. Haar blauwe jack, voor het geval het koud zou zijn. Een pyjama. Haar pantoffels.

Uiteindelijk hees ze zich overeind. Ze liep naar de deur, aarzelde, en liep terug naar haar ladekast. Ze trok de bovenste la open en pakte er een kersenhouten kistje uit. De sleutel lag in haar bijouteriedoos. Ze stak hem in het slot van het kistje. Ze deed de deksel open en keek naar haar .357 Magnum. Haar aanvraag was goedgekeurd en gisteren had ze het pistool gekocht. Behoedzaam tilde ze het uit het met blauw vilt beklede kistje.

Vrijdag 19 mei

VAN ALLES WAT IS GESCHREVEN, HOU IK ALLEEN VAN WAT *is geschreven in bloed. Schrijf in bloed: en u zult ontdekken dat bloed geestkracht is.*

Hij droeg de woorden met zich mee op een indexkaartje. Hij zat in kleermakerszit in de boomhut en haalde het kaartje te voorschijn om het te lezen.

Schrijf in bloed: en u zult ontdekken dat bloed geestkracht is.

Hij stak het kaartje weer in zijn zak en pakte een ander.

Velen sterven te laat en sommigen sterven te vroeg...

De woorden van de Duitse filosoof vervulden hem met overtuiging. Laura had al veel te lang geleefd, maar spoedig zou ze dood zijn.

Alleen de tijd is fair. Tijd was wat het leven zin gaf. Zodra ze dood was, zou zijn leven beginnen. De last zou worden weggenomen.

Hij dacht aan het boek van Diane Massey en hoe dat aan hem had geknaagd. Uiteindelijk was het echter een stimulans geweest. Haar boek had hem kracht gegeven.

Zaterdag 20 mei

'EN? WAT HEBBEN OMA EN JIJ GEDAAN VANDAAG?'

'Een taart gebakken,' zei Anna. 'Een chocoladetaart met chocoladeglazuur.'

'Mmm, lekker! Je lievelingstaart.'

Terwijl Callie met haar dochter praatte, keek ze naar een foto van haar, een ietwat wazig kiekje waarop Anna in de achtertuin een sneeuwpop maakte. De keukentafel lag vol met stapels foto's die ze te voorschijn had gehaald om te sorteren. Ze had bedacht dat dit een mooi werkje was waar ze niet bij hoefde na te denken, terwijl het heel wat uurtjes zou vullen.

'Ik hou van je, mam,' zei Anna.

Tranen sprongen in Callies ogen. 'Ik ook van jou, lieverd. Ik mis je verschrikkelijk.'

'Ben je boos op me? Omdat ik van huis ben weggelopen?' vroeg Anna met een klein stemmetje.

'Nee,' zei Callie. 'Ik ben alleen maar blij dat ik je veilig terug heb.' Ze had hier natuurlijk nog wel een en ander over te zeggen, maar dat kon wachten.

'Het spijt me dat ik je zo ongerust heb gemaakt.'

'En het spijt mij dat je zo ongelukkig was. Dat ik niet beter heb geluisterd.'

'Dat zit wel goed. Mam?'

'Ja, lieverd?'

'Wanneer mag ik naar huis komen?'

'Heel gauw,' zei Callie. 'Zodra de rust hier is teruggekeerd. Wanneer de politie niet meer met me hoeft te praten. Wanneer ze zeker weten dat ze de boze man te pakken hebben.'

Anna zei niets.

'Zeg, is het nog niet je bedtijd?'

'Eigenlijk wel.'

'Nou, hup met de geit, dan. En vergeet niet je tanden te poetsen.'

'*Ma-am.*' Een overdreven zucht. Heel eventjes klonk ze weer als de oude Anna.

'Welterusten, lieverd. Slaap lekker.'

Callie zond haar door de telefoon een kusje.

Anna zond er eentje terug.

De kusjes in de lucht benadrukten alleen maar hoe ver ze van elkaar verwijderd waren. Callie werd overweldigd door een verlangen haar kind in haar armen te sluiten, haar geur op te snuiven.

Ze voelde zich nog eenzamer dan de afgelopen dagen toen ze ophing. De stapels foto's konden de echte Anna onmogelijk vervangen. Rusteloos stond ze op en liep de keuken door naar de koelkast. Ze had geen trek, maar ze wist dat ze moest eten. Ze kon aan haar spijkerbroek merken dat ze was afgevallen.

Minutenlang staarde ze naar de inhoud van de koude, helder verlichte koelkast. Eieren. Kaas. Worteltjes. Pindakaas. Brood. Uiteindelijk besloot ze een tosti te maken. Ze zette een gietijzeren koekenpan op het gas en liet er een klontje boter in glijden.

Zodra ze zeker weten dat ze de boze man te pakken hebben.

Maar hoe lang zou dat duren?

Al die tijd had ze gedacht dat Lester Crain de dader was, maar sinds haar gesprek met Mike Jamison was ze daar niet meer zo zeker van. Ze dacht na over Jamisons theorie dat de dood van Diane iets in Crain had losgemaakt. Dat de moord niet zijn werk was geweest, maar dat hij er inspiratie uit had geput. Dat hij daarom naar Maine was gegaan en toen Callie stomtoevallig op Blue Peek Island had gezien. Hij had haar herkend als Stevens vriendin en was haar gevolgd naar Merritt. Posy was een willekeurig slachtoffer geweest. Die was gewoon op de verkeerde tijd op de verkeerde plek geweest. Posy had niets met de rest te maken. Ze had Steven niet eens gekend. Ook dat feit leek erop te wijzen dat er een tweede moordenaar in het spel was.

De boter begon te sputteren. Callie draaide het gas lager. Ze legde een snee brood in de pan en belegde die met plakjes kaas en een tweede snee brood.

Iemand die de wijk waar je woont, goed kent.

Iemand die misschien zelf kinderen heeft.

Die weet hoe de rechercheteams te werk gaan.
Nauwgezet.
Werkt zijn plannen goed uit.

Ze keerde de tosti om. In gedachten liep ze de punten van Jamisons profielschets langs. Weer had ze het irritante gevoel dat ze er bijna was. Er zat een naam, een gezicht, in haar onderbewustzijn, maar ze kreeg hem niet te pakken.

Ze liet de tosti op een bord glijden, schonk een glas melk in en duwde wat stapels foto's opzij om ruimte te maken op de tafel.

Happen, kauwen, slikken.

De tosti smaakte naar vettig karton, maar ze dwong zichzelf te eten.

Door het raam zag ze hun omheinde achtertuin, eigenaardig verlicht. Een paar dagen geleden had een bewakingsfirma een felle schijnwerper aangebracht. Callie moest opeens aan Henry Creighton denken en vroeg zich af hoe het met hem was. Nu haar angst en woede waren gezakt, kon ze met medeleven aan hem denken. Net als Anna moest hij overweldigd zijn door gevoelens die hij niet kon verwerken. Ze dacht aan haar laatste gesprek met Mimi, hier aan de keukentafel, aan hoe verbijsterd ze was geweest toen Mimi had gezegd dat Bernie haar ontrouw was. Binnen dat gezin bestonden allerlei spanningen waarvan ze het bestaan nooit had vermoed. Net als Anna was Henry een gevoelig kind. Hij zou er wel onder lijden.

Weer kreeg Callie dat onbestemde gevoel, het begin van een gedachte, en ditmaal wist ze het te grijpen. Het gezicht was dat van Bernie Creighton. Ze zag zijn heldere, zelfvoldane ogen, de opgezette borst. Ze had zich bij Bernie nooit erg op haar gemak gevoeld, maar had dat altijd toegeschreven aan het feit dat ze zo verschillend waren. Dat ze elk een andere kijk op het leven hadden, zich in andere kringen bewogen, maar meer niet. Nu begon ze zich onbehaaglijk af te vragen of er soms meer achter zat.

Bernie had vrij zicht op wat zij en Anna deden. En wie had makkelijker achter Henry's plannen kunnen komen dan hij? Bernie was bij het eieren zoeken geweest; hij kon het horloge in het mandje hebben gedaan. Hij werkte op onregelmatige uren, had zelfs een flat genomen in Boston. Er trok een huivering door Callie heen toen ze zich het telefoontje naar de Creightons herinnerde, in de nacht dat Anna was verdwenen. 'Nee, het gaat niet over uw man,' had de rechercheur tegen Mimi gezegd. Bernie was die nacht dus niet thuis geweest; ze vroeg zich af waar hij dan wél had gezeten.

Callie duwde haar bord van zich af en liet haar hoofd tussen haar handen zakken. Nog heel even danste het verhaal door haar hoofd, maar toen kreeg haar gezonde verstand de overhand. Zou Anna Bernie dan niet hebben herkend? Om over Henry nog maar te zwijgen. Wat voor reden kon Bernie in hemelsnaam hebben? Hoe zou hij iets over haar verleden ontdekt moeten hebben?

Maar terwijl ze nog bezig was Bernie uit haar gedachten te bannen, drong een ander gezicht zich aan haar op. Ze zag een andere man met kinderen. Haar ex, Kevin Thayer. Ze had sinds de ondervraging van Lambert amper aan hem gedacht. Ze had dat idee ronduit belachelijk gevonden en het meteen verworpen. Maar nu, in haar eentje aan haar keukentafel, voelde ze de twijfel terugsijpelen. Hoe goed kende ze Kevin eigenlijk? Helemaal niet goed. Toen ze nog getrouwd waren, had er al een muur tussen hen in gestaan. Een paar weken geleden, toen ze had geprobeerd hem te spreken te krijgen, was ook hij de stad uit geweest. Ze dacht na, probeerde uit te rekenen op welke dag ze hem had gebeld.

Ze was waarschijnlijk een beetje paranoïde, maar ze wist wat ze moest doen. Het was een kwestie van datums vergelijken. Daar moest je mee beginnen.

Ze liep de trap op, ging aan haar bureau zitten en zette de computer aan. Nadat ze op AOL had ingelogd, zette ze Google op het scherm. Ze typte 'Diane Massey' in het vakje en klikte op 'zoek'. Een lijst websites verscheen op het scherm. Ze zocht naar overlijdensberichten. Ze moest er een paar doorlezen voordat ze er eentje had gevonden waarin duidelijke datums werden genoemd. Dianes stoffelijk overschot was op 18 april gevonden. Ze was toen ongeveer een week dood. Dan was ze dus rond 10 april vermoord.

Ze pakte een schrift en sloeg een lege pagina op. Ze nam haar agenda erbij, deed hem open bij april en begon een chronologie te schetsen.

5 april – felicitatiebriefje (Merritt)
10 april (?) – Diane vermoord (Maine)
16 april – Pasen (Merritt)

26 april – Melanie aangevallen (New York)
14 mei – Anna ontvoerd (Merritt)

De rozen, die vormden ook een aanwijzing. Hij had die voor haar deur neergelegd. Ze had ze gevonden op de dag dat ze de boodschappen had gedaan voor het etentje. Ze dacht diep na, probeerde zich te herinneren op welke dag dat was geweest. Het was een drukke week geweest, dat wist ze nog. Rick was op reis. Op woensdag, de dag voor het dineetje, was ze alleen thuis geweest. Dan had ze op dinsdag de boodschappen gedaan. Maandag zou te vroeg zijn.

Ze bladerde in haar agenda en besefte nu pas hoeveel dingen ze had gedaan. Op 23 april was ze naar New York gegaan, een week daarna naar Maine. Ze herinnerde zich opeens dat ze Kevin had gebeld op de dag dat Rick was teruggekomen. Dat moest dan op 11 april zijn geweest. Een huivering ging door haar heen. Kevin was de stad uit geweest rond de tijd dat Diane was vermoord.

Maar waarom zou Kevin Diane vermoorden? Dat sloeg nergens op. Ze bladerde naar 26 april, de avond dat Melanie was aangevallen, de avond vóór haar dineetje. In blauwe inkt had ze daar neergekrabbeld: *Rick naar Springfield*. Dat was die instructiedag geweest.

Althans, dat was wat hij had gezegd.

En ze had hem geloofd.

Er was geen specifiek moment waarop het idee in haar opkwam. Het was eerder alsof het er al die tijd al was geweest en ze er alleen maar naar had hoeven kijken.

Weet hoe rechercheteams te werk gaan.

Kent de wijk waar je woont.

Misschien iemand die zelf kinderen heeft.

Misschien, maar niet noodzakelijk. En de rest paste allemaal.

Ze hoeft niet na te denken over wat ze nu moest doen. Ze had het daarnet al een keer gedaan. Een voor een vergeleek ze de datums met de aantekeningen in haar agenda. 5 April, toen ze het briefje had gevonden. Woensdag. Pizza-avond. Ze was binnengekomen met de envelop in haar tas. Rick was in de keuken bezig geweest. Toen Diane was vermoord, was hij op reis geweest, zogenaamd naar zijn ouders. Hij was op reis geweest toen Melanie was aangevallen. Hij was op reis geweest toen Anna was ontvoerd.

330

De rechercheurs zeiden dat ze zijn gangen hadden nagegaan, zijn alibi nagetrokken. Maar hij was een van hen, een collega die ze vertrouwden. Hoe goed zouden ze het bewijsmateriaal dat hij hun had gegeven, hebben bekeken? Ze dacht aan het hartverscheurende verhaal dat hij haar had verteld over zijn jeugdvriend. Was dat alleen maar een uitgebreide dekmantel geweest? Zou hij het hebben verzonnen? En Anna? Had Rick geraden dat Steven haar vader was? Of was dat iets wat hij lang geleden al had ontdekt?

De twijfels waren griezelig vertrouwd, sleurden haar terug naar haar verleden. Ze zat weer in haar flat in Nashville en dacht: *Zou het waar zijn? Zou het waar zijn? Zou het waar zijn?*

Maar dat was Steven geweest. Dit was Rick. Ze hadden niets met elkaar gemeen.

Niets? zei een stemmetje in haar achterhoofd.

Jou. Ze hebben jou.

❧

Het was donker in de boomhut en een beetje koud, maar Rick Evans had er een perfect uitzicht. Tussen de zwarte takken door keek hij neer op het kleine witte huis. Alleen achter de neergelaten rolgordijnen van haar slaapkamerraam brandde licht. Voor het huis hield een surveillancewagen de wacht. In de auto zat Tod Carver, zijn zogenaamde vriend. Nu was het de vraag hoe hij van hem af kon komen.

❧

Ze begon helemaal door te draaien.

Ze besloot in bad te gaan.

Eerst Bernie, toen Kevin, en nu Rick. Wie volgt? Het punt was dat geen van deze verdenkingen op solide bewijsmateriaal gefundeerd was. Het waren alleen maar dingen die toevallig qua timing klopten. Meer niet. Ze stopte haar agenda terug in haar tas en zette de computer uit.

Het water kletterde in het bad toen er werd gebeld. Haar eerste reactie was het te negeren, net te doen alsof ze niet thuis was. Maar dat was natuurlijk belachelijk, want degene die had aangebeld, moest weten dat ze er was. Ze gluurde achter het rolgordijn langs en zag de politieauto. Gerustgesteld door de inmiddels vertrouwde aanblik daarvan daalde ze de trap af.

Ze liep op haar tenen naar de voordeur en keek door het spionnetje. Toen ze het uniform zag, werd haar mond droog, maar toen besefte ze dat het Rick niet was. Zelfde uniform, ander gezicht. De man op de veranda was Tod.

Opgelucht schakelde ze het alarm uit en deed ze de deur open.

Tod stond een beetje schuin voor de deur, zijn handen in zijn zakken.

'Dag Callie,' zei hij verontschuldigend. 'Ik hoop dat ik je niet stoor.' Hij gebaarde naar de verlaten surveillancewagen. 'Die is van mij. Ik heb de dienst. Ik zag boven licht branden en vond dat ik je wel even gedag kon zeggen.'

'Je stoort me helemaal niet,' zei Callie. 'Ik snak naar gezelschap. Kom gezellig binnen, dan zet ik thee.'

Hij keek om naar de auto, haalde toen zijn schouders op en draaide zich weer naar haar toe. 'Waarom ook niet? Ik kan binnen net zo goed op je passen als vanuit de auto.'

'Beter nog, zou ik zeggen,' grapte Callie. 'Je hoeft me dan geen moment uit het oog te verliezen.'

❧

Hij wachtte nog een minuut of twee nadat Tod in het huis was verdwenen.

Het had een paar avonden geduurd, maar nu was de kust vrij.

Behoedzaam klom Rick uit de boom via de latjes die in de stam waren gespijkerd. Toen hij op de grond was aangeland, keek hij naar beide kanten de straat af. Stilte. Geen auto's. Geen mensen.

De afstand van de plek waar hij stond naar de struiken naast haar huis was ongeveer tien meter.

Rick haalde diep adem, stapte uit de schaduw en stak snel de straat over.

❧

Tod zat aan de keukentafel die nog vol lag met de foto's van Anna. Hij pakte een stapeltje en bekeek de foto's. 'Mooi meisje,' zei hij.

Callie had de ketel opgezet. 'Ze betekent alles voor me.'

'Je hebt een zware tijd achter de rug,' zei Tod.

'Ja,' zei Callie, 'dat heb ik zeker.'

Het was prettig om Tod hier bij zich te hebben, iemand die het begreep.

'Denk je dat het voorbij is?' vroeg Callie.

'Voorbij? Hoe bedoel je?'

'Ze hebben een theorie dat er misschien twee moordenaars zijn. Crain en nog iemand.'

Tod schudde zijn hoofd. 'Ik ben maar een doodgewone patrouilleagent. Dat spul laat ik over aan de rechercheurs.'

'En wat denken die? Wat denkt Lambert?'

'Ook dat weet ik niet. Ik bedoel, ik kan er wel over speculeren, maar ik weet niks.'

'Speculeer dan,' zei Callie. 'Wat *denk* je dat hij denkt?'

'Nou, hij is het hoofd van de afdeling Recherche in een universiteitsstadje dat zijn inkomsten voor een groot deel betrekt uit toerisme. De druk om de bewoners van zijn stad zo snel mogelijk weer een gevoel van veiligheid te geven, is groot. Aan de andere kant zal hij geen onnodige risico's willen nemen.'

Callie knikte. 'Zo denk ik er ook over. Ze spelen op veilig. Ze laten de pers denken dat ze de dader hebben, maar jullie houden nog steeds een oogje op mij.'

De ketel begon te fluiten. Callie nam hem van het fornuis.

'Kruidenthee of gewone?' vroeg ze aan Tod.

'Doe maar gewone.'

Ze hing een zakje English Breakfast in een mok, een zakje kamillethee in een andere, goot er water op en liep met de mokken naar de tafel.

'Voorzichtig,' zei ze toen ze Tods mok voor hem neerzette. 'Hij is gloeiend heet.'

Ze trok tegenover hem een stoel naar achteren en legde een paar stapeltjes foto's opzij zodat ze haar mok kon neerzetten.

'Hoe is het met Rick?' vroeg ze. Ze probeerde zo nonchalant mogelijk over te komen.

'Goed, geloof ik,' zei Tod. 'Ik heb hem de afgelopen weken eigenlijk nauwelijks gezien.'

Callie pakte haar mok op en blies. De thee was nog veel te heet. Ze vroeg zich af of Tod de waarheid vertelde of de vraag ontweek. Hij was veel langer met Rick bevriend dan met haar. Hij zou Rick natuurlijk trouw zijn.

'Ben jij samen met hem naar die instructiedag in Springfield geweest, in de week dat ik hier thuis dat etentje heb gegeven?'

'Instructiedag?'

'Ja, in Springfield. Ik weet niet precies waar het over ging.'

Tod sloeg zijn ogen neer. 'Daar moet je Rick maar naar vragen.'

'Het was dus niet iets waar iedereen naartoe moest?'

'Ik ga hier liever niet op in.'

Maar nu ze erover was begonnen, wilde ze het weten. Ze móést wel. Ze bracht Tod in een moeilijk parket, maar dat kon haar niets schelen.

'Heb je de weduwe van zijn partner ooit gesproken? Die vrouw bij wie hij naar zijn zeggen op bezoek ging?'

'Naar zijn zeggen?' Tod keek onthutst. 'Denk je... dat hij liegt?'

Callie glimlachte strak. 'Ik weet niet wat ik ervan moet denken.'

Heel even aarzelde ze nog, toen waagde ze de sprong.

'Ik heb mijn agenda erop nagekeken,' zei ze. 'De moord op Diane. De aanval op Melanie. Anna's ontvoering. Iedere keer was Rick op reis.'

Ze zag de verbazing zich over Tods gezicht uitspreiden. Ze hief haar hand op om hem ervan te weerhouden haar te onderbreken.

'Oké, ik weet dat jij dit belachelijk vindt. Misschien heb je gelijk. Maar hij voldoet aan de criteria van het profiel. En hij was in de gelegenheid.'

Tod schudde met trage bewegingen zijn hoofd.

'Het was Rick niet, Callie. Dat weet ik zeker.'

'Hoe weet je dat?' vroeg ze. 'Hoe kun je dat zo zeker weten?'

'Omdat ik Rick ken. Ik weet wat voor soort man hij is.'

En zij... er gebeurde iets... een caleidoscoop in haar hersenen. Tod had haar altijd herinnerd aan Larry Peters, de jongen met wie ze op de middelbare school verkering had gehad. Maar nu vroeg ze zich opeens af waarom ze dat had gedacht. Larry had donkerbruin haar. Tods haar was rossig. Het was haar tot op dit moment niet opgevallen hoeveel rood erin zat. Hij had ook een andere stem, een tragere manier van spreken.

Opeens dacht ze niet meer aan Tod, maar aan Lester Crain. Toen ze hem op dat eiland in Maine had gezien, moest zijn accent haar zijn opgevallen. Ze had het niet bewust geregistreerd, maar het was toch tot haar doorgedrongen. Hij had het accent van iemand uit het Zuiden. Hij had net zo geklonken als Tod nu. Tod had in Virginia gewoond en moest zijn accent daaraan overgehouden hebben. Maar toch... maar toch was er nóg iets. Of was het alleen maar haar verbeelding?

Haar hersenen draaiden nu op volle toeren, gedachten tuimelden over elkaar heen. Ze dacht terug aan de dag van het paaseieren zoeken, aan hoe Tod opeens achter haar had gestaan. Dat had Steven ook vaak gedaan en heel even was ze bang geworden.

Ze werd zich ervan bewust dat Tod haar met een bezorgd gezicht zat te bekijken. 'Wat is er, Laura?' vroeg hij haar.

Laura. Hij had haar Laura genoemd.

Volkomen in de war staarde ze hem aan en haar gedachten wervelden nog sneller door haar hoofd. Hij wist het natuurlijk, iedereen wist het inmiddels, maar waarom noemde hij haar bij die naam? Weer, om redenen die haar niet duidelijk waren, dacht ze aan Larry Peters. Wat had Tod toch, dat hij haar aan haar voormalige vriendje deed denken? Ze had altijd gedacht dat het zijn glimlach was, maar nu was ze daar niet zeker van. Maar als het de glimlach niet was, wat was het dan? Ze verschilden uiteindelijk sterk van elkaar.

Foutieve toekenning. Onbewuste overbrenging.

De termen lichtten op in haar hoofd.

Het verwarren van twee personen.

Een fout van het geheugen.

Een beeld, een gezicht, steeg op uit de dikke mist van het verleden. Ze lag weer op de bank in haar flat in Nashville, luisterend naar het nieuws. Ze voelde de springveren van de slappe kussens, de druk in haar zwangere buik. Ze hoorde de haat en woede die de broer van Dahlia Schuyler uitspuwde. 'Hij heeft mijn leven verwoest en dat van mijn hele familie. De dood is nog te goed voor hem.'

Tod had haar aan iemand herinnerd, maar niet aan wie ze had gedacht.

Zijn gezicht was dat van Tucker Schuyler.

Hij was Dahlia's broer.

'Je weet wie ik ben,' zei hij op vlakke toon. 'Ik zie het aan je gezicht.'

'Wat?' zei Callie nerveus. Ze stond met een ruk op.

Toen trok Tod – Tucker – een pistool. Er lag een harde, koude uitdrukking in zijn ogen. Hij hief het pistool op.

'Jij gaat nergens naartoe, Laura.'

Callie bleef doodstil staan. Ze dacht koortsachtig na. Ze dacht aan het pistool dat ze nog maar net had aangeschaft en dat boven in de la lag. Daar kwam ze nooit bij omdat Tucker de doorgang blokkeerde.

'Als je me vermoordt, weten ze meteen dat jij de dader bent,' zei ze. 'Je wordt geacht me te beschermen.'

'Iemand had de achterdeur geforceerd.' Hij leek het hardop uit te denken. 'Het was donker. Ik kon niet zien wie het was. Ik kan niet álles zien.'

'De achtertuin is verlicht. Er staat een schijnwerper. Dat verhaal geloven ze nooit.'

'Zou kunnen,' zei hij, 'maar dat maakt niet uit. Levens worden niet gemeten in jaren, Laura. Ik zal gedaan hebben wat ik me heb voorgenomen. *Velen sterven te laat.* Weet je wie dat heeft gezegd?'

'Nee.'

'Nietzsche. Een Duitse filosoof.'

'O ja?' Ze glimlachte innemend. 'Ik weet niet veel van hem af.' Als ze maar tijd kon winnen. Tijd om na te denken.

Maar hij leek haar niet te horen; hij zat elders met zijn gedachten.

'Weet je, ik dacht dat ik me beter zou voelen toen Gage eenmaal ter dood was gebracht. Maar toen ik de volgende ochtend wakker werd, was alles nog precies hetzelfde. Drie maanden lang heb ik helemaal niets gedaan. Ik lag de hele dag in bed na te denken. Uiteindelijk begreep ik waar de schoen wrong. Alle mensen die hem hadden geholpen, hadden daar nog niet voor geboet. Jullie gingen vrolijk door met je eigen leven. Jullie gaven geen zak om Dahlia.'

'Dat… is niet waar.' Callies mond was droog.

In haar geest verschoof iets, roerde zich iets, werden feiten opnieuw gerangschikt. Ze leek van bovenaf op de keuken neer te kijken. Een deel van haar was daar, samen met Tucker, terwijl een ander deel van haar ergens anders was. Toen, terwijl ze sprak, werd duidelijk waardoor hij werd gedreven.

'Het was niet jouw schuld,' zei ze abrupt.

Hij kromp ineen bij het geluid van haar stem.

'Hou je bek!' zei hij, zwaaiend met het pistool. Maar zijn ogen stonden vol angst.

Was hij maar op tijd gekomen. Was hij maar niet te laat ge-

weest. Ze zag het nu allemaal zo duidelijk alsof ze in zijn binnenste kon kijken. Hoe zijn schuldgevoelens om de dood van Dahlia in hem waren gegroeid als een kankergezwel. Hij had gedacht dat die gevoelens zouden afzwakken, maar ze waren juist gegroeid. Op een gegeven moment waren ze ondraaglijk geworden en was er iets in hem geknapt. Uiteindelijk had hij geprobeerd de zelfhaat de baas te worden door die op hen te projecteren.

'Je hebt niets verkeerds gedaan.' Ze sprak langzaam. 'Steven Gage is degene die haar heeft vermoord. Hij is de enige schuldige. En wij – wij hebben ieder gedaan wat in ons vermogen lag, in die omstandigheden. Jij – wij – dragen geen verantwoordelijkheid. Wij hebben je zuster niet vermoord.'

Ze werd bevangen door een eigenaardig licht gevoel.

'Wij dragen geen verantwoordelijkheid,' zei ze nogmaals. 'Wij hebben Dahlia niet vermoord.'

Tuckers linkeroog kreeg een tic. Hij deed zijn mond open en dicht. Het was alsof zich een strijd voltrok op zijn gekwelde gezicht. Ze wenste vurig dat ze het hem kon laten inzien, dat hij het zou *begrijpen*. Maar de kilte in zijn ogen werd dieper.

'Het is wél jouw schuld,' zei hij.

'Tuck…' Hoe moest ze hem noemen? Welke naam was het minst provocatief? 'Je schiet er niets mee op als je mij vermoordt. Denk aan je dochter.'

Maar dat was een misrekening. Tucker sprong overeind. Hij zwaaide het pistool voor haar neus heen en weer. 'Hou je bek! Hou je bek!' schreeuwde hij.

Toen greep hij haar arm en rukte er hard aan. 'Genoeg gepraat,' zei hij tegen haar. 'Mee naar de kelder.'

⚬✹⚬

Gehurkt tussen de struiken kon hij hen door het keukenraam net niet zien. Ze zaten zeker aan de keukentafel, vlak buiten zijn gezichtsveld. Hij hoorde het geluid van hun stemmen, maar kon de woorden niet verstaan.

Ervoor oppassend geen geluid te maken, schuifelde Rick naar rechts. Hij wist dat hij zich krankzinnig gedroeg, maar hij kon er niets aan doen. Ze wilde hem niet zien. Dat had ze heel duidelijk gemaakt. Toch geloofde hij nog steeds dat ze van hem hield, dat ze hem nodig had. Hij wist dat zijn leugens haar diep hadden gekwetst. Hij was bereid te wachten. Maar zelfs nu kon hij niet bij haar vandaan blijven.

Hij wist wat de reden voor zijn gedrag was: jaloezie, ordinaire jaloezie. Hij was er niet trots op. Maar het was nu eenmaal niet anders. Het had hem altijd een beetje dwarsgezeten dat Tod haar herinnerde aan dat vriendje van vroeger. En hij had langzamerhand de indruk gekregen dat Tod iets te veel op Callie gesteld was. Hij was pas echt achterdochtig geworden toen Tod ermee had ingestemd naar die dansavond te gaan. Wat echter de doorslag had gegeven, was dat Tod zo graag de nachtelijke surveillance bij Callies huis op zich had willen nemen.

En wat gaat jou dat aan?

Die vraag kwam hard aan.

Opeens walgde hij van wat hij aan het doen was. Dat hij hier zat, als een stalker die weigerde haar met rust te laten. Als ze niets met hem te maken wilde hebben, moest hij die keuze respecteren. Hoe had hij het zover laten komen? Hij moest hier weg. Nu meteen.

Maar net toen hij wilde vertrekken, kwamen ze binnen zijn gezichtsveld. Hij staarde naar wat hij achter het raam zag. Hij begreep er niets van. Tods gezicht was vertrokken van woede. Callie keek doodsbang. Tod trok zijn Glock en richtte hem op Callie.

❦

Ook als ze zich had willen bewegen, zouden haar benen haar niet hebben kunnen dragen. Ze voelden aan als rubber, alsof er geen greintje kracht in zat. Ze wist dat het met haar gedaan zou zijn als hij haar de kelder in wist te krijgen. Ze moest iets doen, maar hoe kon ze iets uitrichten tegen Tucker? Hij was groter, sterker, sneller. Bovendien had hij een pistool.

Het gevaarlijkste vertrek van het huis.

Ricks woorden schoten haar te binnen.

Ze dacht aan de messen op het aanrecht, in het messenblok. Niet meer dan vijf of zes stappen bij haar vandaan, maar ze zou het nooit halen. Op het fornuis stond de zware koekenpan die ze had gebruikt voor de tosti, maar ook die was buiten haar bereik. Ze kon proberen bij de deur te komen, maar zou de sloten nooit op tijd open krijgen. Heel even werd ze getroffen door de ironie van haar situatie. De maatregelen die ze had genomen om zichzelf te beschermen, beletten haar nu te ontsnappen.

Haar blik viel op de mok thee die stond af te koelen. Met de vluchtige hoop dat de thee nog heet was, greep ze de mok en gooide hem naar Tucker. Hij raakte hem op zijn kin. De thee vloog alle kanten op. Callie zag zijn verbaasde blik toen zijn hoofd achterover klapte. Ze holde naar de deur, maar al na een paar stappen had Tucker haar te pakken.

Hij greep een handvol haar en trok hard. Callie gilde het uit van de pijn. Hij smakte haar tegen het fornuis. Ze klapte voorover en sloeg hard met haar wang tegen een van de kookpitten. Pijn vlamde door haar heen.

'Alsjeblieft! Hou op!' riep ze.

Net toen de ergste pijn in haar wang wegtrok, werd haar arm op haar rug gedraaid. Een brandend gevoel in haar schoudergewricht, en op hetzelfde moment werd het pistool in haar ribben gezet.

'Godverdomme.' Zijn stem klonk verstikt. 'Wat denk je wel?'

Bevend wachtte ze tot het pistool zou afgaan. Maar er gebeurde niets.

Haar rechterarm hing slap langs haar lichaam. Langzaam bewoog ze hem naar voren, zijwaarts over het aanrecht, in de richting van de gietijzeren koekenpan.

'Hé!'

Tucker rukte haar achteruit, maar hij was niet snel genoeg.

Ze wist de koekenpan te grijpen. Met alle kracht die ze in zich had, draaide ze zich om en sloeg ze naar hem.

De pan raakte Tucker in zijn zij en Callie hoorde iets kraken. Hij slaakte een jankende kreet van pijn. Het pistool viel op de grond.

Eén gespannen ogenblik stonden ze tegenover elkaar, Callie met de pan nog in haar hand. Ze begon ermee te zwaaien. Tucker sprong buiten haar bereik.

Ze schuifelde naar het pistool toe tot ze er vlakbij was. Maar ze durfde het niet op te rapen en Tucker de kans te geven op haar af te springen. In plaats daarvan hief ze haar voet op en gaf ze het pistool een schop. Het gleed over de vloer. Ze zag Tuckers instinctieve impuls zich om te draaien om te zien waar het terecht was gekomen. Maar hij slaagde erin zich in te houden en naar haar te blijven kijken.

'Je hebt geen enkele kans,' zei hij tegen haar. Zijn stem klonk minachtend.

339

Callie deed een snelle stap naar voren en sloeg met de koekenpan naar zijn hoofd. Ondanks dat ze erg snel was, bukte hij net op tijd. Hij stortte zich op haar.

Nu lagen ze allebei op de grond. Callie liet de pan los. Toen Tucker een hand om haar keel klemde, zette Callie haar tanden in zijn arm.

'Vuil kreng!'

Tod sloeg haar hard in haar gezicht en smakte haar hoofd tegen de vloer.

Callie voelde iets nats en warms over haar gezicht lopen. Ze bracht een vinger naar haar gezicht. Bloed. Het was bloed.

Ze besefte dat Tucker haar had losgelaten en begon overeind te krabbelen, maar ze was nog maar op één elleboog overeind gekomen toen ze hem op zich af zag komen. Met een hulpeloos gevoel zag ze dat hij het pistool in zijn riem had gestoken. Het gewicht van zijn lichaam daalde op haar neer, aan weerskanten een knie. Toen legde hij zijn handen om haar nek. Langzaam begon hij te knijpen.

'Ik wil dit niet te snel doen. Ik wil er zeker van zijn dat je het voelt.'

Callie maakte haar rug hol, probeerde onder hem vandaan te komen. Maar zijn knieën duwden hard in haar flanken. Ze kon zich niet bewegen.

Zijn handen knepen weer iets harder en haar longen snakten naar adem. Ze zag het gezicht van haar dochter voor zich.

Het spijt me, Anna. Het spijt me.

❦

Rick sprong dwars door het raam naar binnen. Glas en hout vlogen alle kanten op. Voordat Tod zijn pistool kon trekken, zat Rick boven op hem. Ze rolden om en om, maar Rick slaagde er niet in hem de baas te worden. 'Jezus christus. Wat ben je aan het doen, man? Geef het op, Tod.'

Maar de enige reactie was hijgende ademhaling. Hij kon Tods gezicht niet zien. Vanuit zijn ooghoek zag hij Callie roerloos op de vloer liggen. Haar ogen waren gesloten. Ze bewoog zich niet. *Wat had Tod haar aangedaan?*

Die ene blik opzij was voldoende. Tod maakte er gebruik van om de overhand te krijgen. Met een machtige uithaal stompte hij Rick tegen zijn kaak. Pijn sneed door de zijkant van

Ricks gezicht en breidde zich uit door zijn hele hoofd.

Gedesoriënteerd probeerde hij te gaan zitten, maar toen kwam een nieuwe klap. De vloer kwam omhoog, smakte tegen zijn hoofd en toen was alles voorbij.

☙❧

Geluiden en licht werden afwisselend zwakker en sterker. Ze lag op de grond. Ze had lopen hollen, door de ondoordringbare, donkere nacht, maar op het laatst had hij haar ingehaald. Haar hals deed pijn, er was iets mis met haar hals, maar het maakte niet uit. Het was eindelijk voorbij. Eindelijk kon ze rusten.

I'm in the mood, I'm in the mood, I'm in the…

Ergens speelde de muziek. Ze kon de woorden verstaan. En Steven was er ook, niet zo ver bij haar vandaan.

De geluiden van een wanhopig gevecht, vrij dicht bij haar. *Geef het op, geef het op*, wilde ze zeggen. *Dat is veel makkelijker.*

Langzaam draaide ze haar hoofd om te zien wat er gebeurde. De pijn in haar hals bracht haar echter in de war. In dromen voelde je geen pijn.

Toen stroomde adrenaline door haar lichaam en besefte ze waar ze was.

Ze sliep niet.

Dit was geen droom.

Alles kwam weer boven.

Dat Tod die avond had aangebeld. Tod was Tucker Schuyler.

Maar met wie vocht hij daar op de grond? Rick zweefde haar gezichtsveld binnen. Tucker zat boven op hem, net zoals hij daarnet op haar had gezeten. Met een misselijkmakend geluid stompte hij Rick in zijn maag.

Tucker zat met zijn rug naar haar toe. Ze wist dat hij haar niet kon zien. Ze dacht aan het pistool boven in haar kamer, mat in gedachten de weg ernaartoe. Ze sprong overeind en holde naar de gang. Bijna onmiddellijk hoorde ze Tucker overeind stommelen.

Toen ze bovenaan de trap was, hoorde ze hem een paar passen achter zich. Ze ving een angstaanjagende blik van zijn gezicht op voordat ze de deur van haar slaapkamer dichtsmeet.

Precies op het moment dat ze het koperen slot dichtdraaide,

smakte Tucker tegen de deur. Heel even overwoog ze de politie te bellen, maar dat zou te lang duren. Ze smeet de inhoud van de la op de grond en greep het kistje met het pistool. Haar vingers leken helemaal stijf te zijn en één keer liet ze het sleuteltje vallen. Maar uiteindelijk wist ze het kistje open te krijgen en pakte ze het pistool eruit.

De kogels lagen in haar nachtkastje. Ze griste de doos eruit en scheurde hem open. Kogels vielen op de grond. Ze liet zich op haar knieën vallen, graaide ze bij elkaar en laadde het magazijn.

Krak. De deur vloog open en Tucker kwam struikelend in zicht. Vanuit haar beschermde positie achter het bed richtte Callie het pistool.

Tucker keek wild om zich heen.

Schiet altijd op het midden van het lichaam.

Met moeite haar handen stilhoudend, vuurde ze.

Ze vuurde en bleef vuren. Hij zakte in elkaar op de grond. Zijn eigen pistool viel uit zijn hand. Callie snelde naar hem toe en pakte het. Ze bleef een moment hijgend staan, niet in staat zich te bewegen of na te denken. Toen liep ze bevend naar de telefoon en belde ze de politie.

Epiloog

Merritt, Massachusetts

Woensdag 28 juni

CALLIE ZAT AAN DE PICKNICKTAFEL BLADEREN VAN MAÏS-kolven te trekken. Een eindje verderop was Rick bezig hamburgers te keren op de barbecue. Het was even over zessen op de zomerse avond. Ze hadden hun wekelijkse pizza-avond verruild voor een wekelijkse barbecue.

De achtertuin glinsterde vochtig groen onder de warme zon. Rick had onder een esdoorn een badmintonnet gespannen. Een zachte *tok* toen Anna een shuttle over het net sloeg. Henry haalde wild uit met zijn racket. Callie glimlachte. Voorzover ze kon zien, had geen van beide kinderen tot nu toe raak geslagen.

Ze zag Rick naar haar kijken, glimlachend om haar glimlach. Ze hield zijn blik even vast, genietend van zijn aanwezigheid. *Gezien*. Ze werd eindelijk echt gezien. Dat had hij haar gegeven. En nu kon zij hém ook eindelijk zien. Ze konden elkaar zien.

De hamburgers sputterden op de rokende barbecue.

'Hoe lang nog?' vroeg Callie.

Rick maakte een snee in een van de hamburgers. 'Minuutje of vijf.'

Callie trok nog een paar laatste draden van een maïskolf, legde hem in de mand en liep ermee naar de keuken.

Terwijl ze de kolven onder de kraan afspoelde, bleef ze naar Rick en Anna kijken, niet in staat – niet bereid – te vergeten welke weg ze hiernaartoe samen hadden afgelegd. Tucker Schuyler, de man die ze gekend hadden als Tod, lag nog in het ziekenhuis. De eerste twee weken was het kantje boord geweest, maar nu ging hij gestaag vooruit. Callie was daar enorm dankbaar voor, ongeacht wat hij had gedaan. Het feit dat ze bijna iemand had gedood, was iets wat haar altijd zou achtervolgen. Maar hoe afschuwelijk het ook was geweest, er viel veel van te leren. Ze had de afgelopen maand al veel geleerd, en iedere dag leerde ze er nog iets bij.

Gedurende die eindeloze nacht in de keuken met Tucker had ze ook zichzelf toegesproken. 'Het is niet onze schuld,' had ze gezegd. En ze had geweten dat het waar was. Steven Gage was degene die Dahlia en al die andere vrouwen had vermoord. En zijzelf was niet de ster van dit treurspel geweest, maar slechts een figurant. Meer dan tien jaar had ze haar daden en gedachten door Steven laten beheersen. Na zijn dood had hij evenveel grip op haar gehad als toen hij nog leefde. Vanwege Steven had ze tegen haar dochter gelogen, tegen haar vrienden, tegen Rick. Ze was doodsbang geweest voor wat er zou gebeuren als ze ooit de waarheid zou vertellen.

Maar nu de waarheid aan het licht was gekomen, bleek dat geen van haar angsten gegrond was geweest. Toen de verslaggevers hadden begrepen dat ze haar mond niet zou opendoen, hadden ze het uiteindelijk opgegeven. Langzaam was haar leven weer in het normale spoor gekomen van boodschappen doen, koken, studeren, weer aan het werk gaan. Ze had Martha haar verontschuldigingen willen aanbieden voor Tod, maar Martha had haar woorden weggewuifd. 'Hoewel ik eerlijk moet zeggen,' had ze er droogjes aan toegevoegd, 'dat het leuke van mannen er eventjes af is.' En Anna – Anna moest ze gewoon tijd gunnen, en dankzij de hulp van een therapeut ging het al een stuk beter met haar. Tot nu toe had ze weinig belangstelling getoond voor de details van haar vaders leven. Wanneer ze ernaar zou vragen, zou Callie haar de waarheid vertellen. Tot dan zou ze het rustig afwachten.

Wat natuurlijk niet wilde zeggen dat ze het verleden konden vergeten. Het doel was niet het verleden uit te wissen, maar het uit te diepen om erachter te komen wat het allemaal betekende. Tucker had geweigerd het verleden te accepteren en dat had geleid tot zijn moordzuchtige daden. In plaats van vooruit te kijken, had hij zich aan het verleden geketend, niet in staat nog enige zin in het leven te ontdekken, afgezien van zinnen op wraak. *Tod.* Het was het Duitse woord voor dood; daarom had hij die naam gekozen.

De geur van smeulende houtskool en pasgemaaid gras kwam door het raam naar binnen. Anna en Henry hadden hun rackets erbij neergegooid en stonden naast Rick bij de barbecue.

'Mogen we na het eten marshmallows roosteren?' hoorde Callie Anna vragen.

'Ja hoor,' zei Rick. 'Zoveel als je wilt.'

Callies hart zwol toen ze Rick en Anna zo samen zag. De twee mensen van wie ze het meeste hield, kwamen langzaam nader tot elkaar. Nadat Anna de waarheid had vernomen over Kevin, was er bijna onmerkbaar iets veranderd. 'Ze dacht dat haar vader haar had afgewezen,' had Anna's therapeut uitgelegd. 'Dat deed veel meer pijn dan de waarheid. Nu begrijpt ze eindelijk waarom je ex-man niet bij jullie is gebleven. Na verloop van tijd zal ze misschien bereid zijn iemand anders als vader te accepteren.'

'Na verloop van tijd,' fluisterde Callie.

De woorden waren als een cadeautje.

Henry en Anna waren teruggelopen naar het badmintonnet en probeerden weer de shuttle eroverheen te slaan. Callie vond het verbazingwekkend dat ze zo'n onaangedane indruk konden maken, na alles wat ze hadden doorstaan. Ook Henry was ontvlucht aan een huis waar de waarheid was genegeerd. Vlak na het debacle van Henry en Anna had Bernie de waarheid opgebiecht. Hij had niet zomaar een verhouding. Bernie Creighton was homoseksueel. Hij zou nu in Boston intrekken bij John Casey, de man die hij had meegebracht naar Callies etentje. Vreemd genoeg leek ook die opschudding de lucht juist te hebben gezuiverd. Mimi was een stuk rustiger geworden, begrijpender. Ook zij kon zich eindelijk ontspannen.

De maïskolven dansten in het kokende water. Callie pakte een tang. Toen ze de eerste dampende kolf uit het water haalde, keerden haar gedachten weer terug naar het verleden. Ze dacht aan Diane en *De verdwijnende man*. Ze dacht aan Lester Crain. Ze dacht aan Mike Jamison, die achteraf gelijk bleek te hebben gehad. Ze dacht aan Melanie. Ze hadden elkaar vorige week telefonisch kort gesproken. Op Callies initiatief. Nadat ze had gevraagd hoe het met haar ging, had ze hun vorige gesprek aangehaald.

'Weet je nog dat je toen hebt gezegd dat we erg veel op elkaar leken?'

Een lange stilte.

'Eerlijk gezegd kan ik me dat niet herinneren. Ik zat toen zwaar onder de medicijnen.'

'Weet je niet meer waar we het over gehad hebben?'

'Ik herinner me het hele telefoontje niet.'

Melanie had het gesprek snel op neutraal terrein gebracht. Haar aanstaande huwelijk met een andere advocaat, haar plannen om weer aan het werk te gaan. *Was Melanie hun gesprek echt vergeten?* Callie vroeg het zich nog steeds af. Maar dat zou een van de dingen in het leven zijn waar ze nooit achter zou komen.

'Callie! Ben je zover?' Door het open raam hoorde ze Rick roepen. Ze zag dat de kinderen al aan de picknicktafel zaten. Met de tang viste ze de laatste maïskolf uit de pan en legde hem op de gele stapel.

'Ik kom al,' riep ze.

Aantekening van de schrijfster

Bij het schrijven van dit boek heb ik – over het algemeen – geprobeerd de juridische en forensische procedures realistisch af te schilderen. Ik heb me echter bepaalde vrijheden veroorloofd met betrekking tot de doodstraf in de staat Tennessee. Daar is na een periode van veertig jaar in april 2000 voor het eerst weer een doodvonnis ten uitvoer gebracht: Robert Glen Coe is geëxecuteerd wegens de moord op de achtjarige Cary Ann Medlin in 1979. Als gevolg van een langdurige rechtszaak in hoger beroep was er bijna twintig jaar verstreken tussen de veroordeling van Coe in mei 1981 en zijn executie.

Dankbetuiging

Ik ben veel dank verschuldigd aan onderstaande mensen, die me tijdens het schrijven van dit boek hebben gesteund en begeleid.

Dank aan mijn redactrice, Judy Clain, die er met haar goede gevoel voor manuscriptbewerking toe heeft bijgedragen dat dit een veel spannender verhaal is geworden, en aan haar geweldige assistente, Claire Smith. Dank aan Pamela Marshall voor het uitmuntende persklaar maken, aan Yoori Kim, die het prachtige omslag heeft ontworpen, en aan mijn publiciteitsagent Shannon Byrne, bij wie ik dagelijks meer in het krijt kom te staan.

Zoals altijd enorm veel dank aan mijn literair agent, Nick Ellison, die me van het begin af aan heeft gesteund met nimmer aflatende bemoediging, vriendschap en advies, en aan zijn hardwerkende medewerkers, Jennifer Cayea, Abigail Koons en Katie Merrill.

Op het gebied van de research ben ik oneindig veel dank verschuldigd aan de politiemensen en deskundigen van het forensisch instituut die zo vriendelijk zijn geweest tijd uit te trekken om mijn vragen te beantwoorden en delen van mijn manuscript door te nemen. Het spreekt vanzelf dat feitelijke vergissingen en dichterlijke vrijheden geheel voor mijn eigen rekening komen.

Dank aan Vernon J. Geberth, gepensioneerd inspecteur van het New York Police Department, en Raymond M. Pierce, stichter van de Criminele Beoordelings- en Profileringseenheid van de afdeling Recherche van het NYPD, die me nu al met twee boeken hebben geholpen.

Dank aan oud-pro-Deoadvocaat C. Dawn Deaner van Metro Nashville en assistent-officier van justitie Kathy A. Moran-

te voor hun hulp betreffende de strafprocedures van de staat Tennessee.

In Massachusetts, dank aan inspecteur Kenneth Patenaude en inspecteur Brian Rust van het Northampton Police Department, die me hebben geholpen politieprocedures te verzinnen voor de fictieve stad Merritt, en aan Kenneth Frisbie, mijn vuurwapeninstructeur aan de Smith & Wesson Academy in Springfield.

In Maine, dank aan rechercheur Joseph W. Zamboni van de Maine State Police, aan dr. Margaret Greenwald, hoofdpatholoog-anatoom van Maine, en aan het bureau van de sheriff van Knox County, waar Sheriff Daniel G. Davey, hulpsheriff Todd L. Butler en hulpsheriff John Tooley me hebben geholpen procedures te ontwikkelen voor het fictieve Blue Peek Island. Dank aan brigadier Vicki M. Gardner van de State Police voor de rondleiding in het politiebureau van Skowhegan.

In New York, dank aan brigadier Richard J. Khalaf en brigadier James F. Kobel van het 20th Precinct van het NYPD en aan brigadier Benedict Pape en alle toegewijde instructeurs van de Citizens' Police Academy van het NYPD.

Voor de inspiratie gaat mijn dank uit naar de hoofdpatholoog-anatoom van Delaware, dokter Richard T. Callery.

Voor antwoorden op medische vragen ben ik dank verschuldigd aan dokter Brian Smith van het Baystate Medical Center en aan mijn tweede, anonieme, deskundige (je weet zelf wel wie je bent).

Voor hulp betreffende allerlei andere onderwerpen – inclusief commentaar op het manuscript en hulp bij de research – dank ik Gordon Cotler, Ruth Diem, Susan Garcia, Penny Geis, Theresie Gordon, Kirk Loggins, Anne Paine, Kirstin Peterson, Marissa Piesman, Polly Saltonstall, John Shiffman, Louisa Smith en Kerstin Olson Weinstein.

Dit boek is wederom opgedragen aan mijn familie, die me in zoveel opzichten heeft gesteund bij het schrijven en bij alle andere dingen: mijn moeder, Janet Franz, mijn broer Peter, mijn vader en stiefmoeder, Froncie en Bonnie Gutman, en mijn zusters Karin en Megan. Zonder jullie zou ik het niet voor elkaar hebben gekregen.